FURIE

DU MÊME AUTEUR
CHEZ POCKET

LE DERNIER SOUPIR DU MAURE

LES VERSETS SATANIQUES

LA TERRE SOUS SES PIEDS

SALMAN RUSHDIE

FURIE

Traduit de l'anglais par Claro

PLON

Titre original :

FURY

*Le traducteur remercie vivement H.M.
pour l'inestimable pertinence de sa relecture.*

ISBN : 2-266-12437-4

Pour Padma

PREMIÈRE PARTIE

1

Le professeur Malik Solanka, irascible créateur de poupées naguère historien des idées, ayant pris la décision (vivement critiquée) de vivre seul à compter de ses cinquante-cinq ans, connut l'âge d'or quand sa chevelure s'argenta. Dehors, un long été humide, première saison chaude du troisième millénaire, mijotait et rissolait. Partout en ville le dollar crépitait. Le marché de l'immobilier n'avait jamais été aussi florissant, et dans l'industrie vestimentaire tout le monde s'accordait à dire que la mode n'avait jamais été aussi à la mode. De nouveaux restaurants ouvraient toutes les heures. Magasins, concessionnaires et galeries se pliaient en quatre pour satisfaire la demande débridée de produits de plus en plus recherchés : huile d'olive à pressage limité, tire-bouchons à trois cents dollars, 4 × 4 sur mesure, logiciels antivirus ultra-performants, agences d'hôtesses de charme proposant contorsionnistes et jumelles, installations vidéo, art marginal, châles ultra-légers faits avec la barbiche de chèvres de montagne en voie de disparition. Les gens étaient si nombreux à refaire leur déco intérieure que les éléments d'ameublement étaient vendus à prix d'or. Il y avait des listes d'attente pour les baignoires, les boutons de porte, les bois durs d'importation, les cheminées à l'ancienne, les bidets, les plaques de marbre. Malgré la chute récente de l'indice Nasdaq et des actions Amazon, les nouvelles technologies régnaient sur la ville : on parlait encore et toujours de start-up, d'offres publiques, d'interactivité, de cet inconcevable futur qui commençait à peine à commencer. L'avenir était un casino, tout le monde y jouait, et tout le monde espérait gagner.

Dans la rue du professeur Solanka, de jeunes Blancs pleins aux as se prélassaient devant les porches roses, simulant la pauvreté avec élégance tout en attendant la super-manne qui n'allait pas tarder à leur échoir. Une femme en particulier, grande, aux yeux verts, aux pommettes saillantes d'Europe centrale, attira son regard alerte de célibataire abstinent. Ses cheveux blond vénitien en épis dépassaient, telle la tignasse d'un clown, de sous une casquette de base-ball noire « Vaudou » D'Angelo. Elle avait des lèvres charnues et sardoniques, devant lesquelles, pour la forme, elle plaça sa main avant de ricaner grossièrement quand Solly Solanka, petit dandy désuet coiffé d'un panama et vêtu d'un complet en lin couleur crème, entama sa promenade de l'après-midi en faisant des moulinets avec sa canne. « Solly », un surnom universitaire qui ne l'avait jamais emballé mais dont il n'avait pas tout à fait réussi à se débarrasser.

« Hé, m'sieur ? M'sieur, excusez-moi. »

La blonde l'avait interpellé d'un ton impérieux qui exigeait une réponse. Ses satrapes dressèrent l'oreille, de vrais gardes prétoriens. Elle venait d'enfreindre une règle de la grande ville, et cela effrontément, sûre de son pouvoir, de son territoire et de sa meute, n'ayant peur de rien. Une jolie fille pleine de culot, pas de quoi s'inquiéter. Le professeur Solanka s'arrêta et fit face à l'immobile déesse sur son pas de porte, laquelle se mit, de façon déconcertante, à l'interroger.

« Vous marchez beaucoup, vous. Je vous vois aller et venir, comme ça, au moins cinq à six fois par jour. D'où je suis, je vous vois sortir, revenir, z'avez pas de chien, vous revenez jamais avec des copines ou des courses. Et à de drôles d'heures, pas comme si vous alliez au boulot. Alors je m'interroge, forcément, je me dis, pourquoi est-ce qu'il se balade toujours seul ? Y a un type en ville qui agresse des femmes avec un morceau de béton, peut-être que vous en avez entendu parler, mais bon, si je pensais que vous étiez pas net, je vous parlerais pas. Et vous avez un accent anglais, c'est pas banal, ça. On vous a même suivi plusieurs fois, mais vous allez nulle part, vous marchez juste, sans but, comme ça, pour marcher. J'ai eu comme qui dirait l'impression que vous cherchiez quelque chose, alors je me suis dit, bon, on va lui demander. Histoire d'être poli, quoi, le truc entre voisins. Vous êtes du genre énigmatique. En tout cas moi je trouve. »

Solanka prit aussitôt la mouche.

« Ce que je cherche, rétorqua-t-il sèchement, c'est qu'on me fiche la paix. »

Sa voix tremblait sous l'effet d'une rage que ne justifiait pas l'intrusion, une rage qui l'ébranlait chaque fois qu'elle déferlait dans son système nerveux. La jeune femme recula devant cette violence et se claquemura dans le silence.

« Dites donc, fit le garde prétorien le plus imposant et le plus protecteur, son amant, sans aucun doute, une espèce de centurion aux cheveux décolorés, pour un apôtre de la paix, vous êtes plutôt du genre belliqueux. »

La jeune femme lui rappelait quelqu'un, mais il était incapable de se rappeler qui, et cette petite carence de la mémoire, ce « rappel de l'âge », l'agaça prodigieusement. Heureusement, elle n'était plus là, ni les autres, quand il revint du carnaval caribéen, trempé jusqu'aux os, et son chapeau dito, après avoir été surpris par une pluie chaude et battante. En passant devant le Congregation Shearith Israel sur Central Park West (un mastodonte blanc au fronton triangulaire supporté par quatre massives colonnes corinthiennes, pas une de moins !), le professeur Solanka qui se hâtait sous l'averse repensa à la fillette de treize ans tout juste bar-mitsvahée qu'il avait entr'aperçue par l'entrée latérale, et qui attendait le sacrement du pain, un couteau à la main. On ne trouve dans aucune religion une cérémonie du Décompte des bénédictions, songea le professeur Solanka : on aurait pu s'attendre, au moins, que les anglicans en inventent une. Le visage de l'enfant rougeoyait dans l'obscurité, ses doux traits juvéniles empreints de la certitude de répondre aux plus hautes espérances. Oui, une époque bénie, si le terme « béni » faisait partie de votre vocabulaire, ce qui n'était pas le cas chez ce sceptique de Solanka.

Non loin du croisement de Broadway et d'Amsterdam Avenue, une foire d'été tenait le pavé, un marché de rue ; les affaires allaient bon train en dépit des averses. Le professeur Solanka supposa que, sur les trois quarts de la planète, les marchandises au rabais empilées sur ces étals de fortune auraient rempli les étagères et les vitrines des boutiques les plus huppées et des grands magasins les plus cotés. Que ce soit en Inde, en Chine, en Afrique ou dans la plus grande partie du continent sud-américain, ceux qui avaient du temps et de l'argent à consacrer à la mode — ou même, dans des latitudes moins favorisées, à consacrer à la simple acquisition de biens matériels — auraient été prêts à tuer pour obtenir ce qu'on trouvait sur les trottoirs de Manhattan, ainsi que pour les vieilles frusques et les tissus d'ameublement que proposaient les opulentes boutiques d'occasion, les porcelaines de second choix et les produits de marque à prix sacrifié des grandes braderies du centre-ville. L'Amérique insulte le reste de la planète, pensa Solanka, vieux jeu, en traitant pareils trésors avec la désinvolture désabusée de l'injustement riche. Mais en cette ère d'abondance, New York était devenu l'objet et la cible de la concupiscence mondiale, et l'« insulte » ne faisait que rendre encore plus jaloux le reste de la planète. Sur Central Park West, les calèches tirées par des chevaux allaient et venaient. Le tintement des clochettes à leurs harnais évoquait celui de pièces entrechoquées.

Le film phare de la saison racontait la décadence de la Rome impériale de César Joachim Phénix, où l'honneur et la dignité, sans parler des jeux et combats à mort, n'existaient que dans la recréation assistée par ordinateur de la grande arène des gladiateurs, l'amphithéâtre Flavien ou Colisée. À New York, également, il y avait autant de jeux que de pain : une comédie musicale avec d'adorables lions, une course de vélos sur la Cinquième, Bruce Springsteen au Madison Square Garden avec une chanson sur les quarante et une balles tirées par la police sur feu l'innocent Amadou Diallo, la menace faite par le syndicat de la police de boycotter le concert du « Boss », Hillary contre Rudy, les funérailles d'un cardinal, un film avec d'adorables dinosaures, les cortèges de deux candidats à la Présidence allégrement interchangeables et tout sauf adorables (Gush, Bore), Hillary contre Rick, les orages qui frappaient le concert de Springsteen et le Shea Stadium, l'intronisation d'un cardinal, un dessin animé avec d'adorables poulets anglais, et même un festival littéraire ; plus une série de défilés « exubérants » célébrant les nombreuses sous-cultures ethniques, nationales et sexuelles de la ville et s'achevant (parfois) par des agressions au couteau sur (très souvent) des femmes. Les jours de défilé, le professeur Solanka, qui se considérait comme égalitariste par nature et citadin de souche, avec pour credo « La campagne aux vaches », venait transpirer parmi ses concitoyens agglutinés. Un dimanche, il se mêla aux dandinements gracieux des fringants de la Gay Pride, le week-end suivant il se trémoussa au côté d'une Portoricaine au cul énorme qui arborait son drapeau national en guise de soutien-gorge. Il ne se sentait pas déplacé au milieu de ces foules, bien au contraire. Un anonymat agréable naissait de la multitude, on ne s'y sentait jamais un intrus. Personne, ici, n'était intéressé par ses mystères. Tous, ici, étaient là pour se perdre. C'était la tacite magie des masses, et ces temps-ci le seul but ou presque dans la vie du professeur Solanka était justement de se perdre. Ce week-end particulièrement pluvieux, il y avait dans l'air un rythme de calypso, rien à voir avec les adieux jamaïcuculs d'un Harry Belafonte que chérissait la mémoire vaguement coupable de Solanka (« Maintenant je te le dis tout net / ne t'avise pas d'attacher mon mulet / sinon il va braire et ruer / alors n'attache surtout pas mon mulet ! »), c'était l'authentique musique satirique des polémistes-troubadours jamaïcains, Banana Bird, Cool Runnings, Yellowbelly, en direct de Bryant Park et des ghetto-blasters perchés sur les épaules qui arpentaient Broadway.

De retour chez lui, le professeur Solanka fut assailli par la mélancolie, cette fréquente et secrète tristesse qu'il sublimait dans le domaine public. Quelque chose clochait en ce bas monde. La philosophie baba-optimiste de sa jeunesse l'avait abandonné, et il ne savait plus comment se réconcilier avec une réalité de plus en plus truquée (il abhorrait, dans ce contexte, le terme par ailleurs admirable de « virtuel »). La question du pouvoir le taraudait. Tandis que ses concitoyens survoltés se gavaient d'innombrables variétés de lotus, qui sait ce que manigançaient les dirigeants de la ville — pas les Giuliani et Safir qui recevaient avec mépris les plaintes des femmes violées jusqu'à ce que des vidéos amateurs de l'agression soient diffusées aux infos du soir, pas ces vulgaires marionnettes à gaine, non, mais les vrais manitous, ceux qui occupaient le haut du pavé et nourrissaient sans cesse leurs insatiables désirs, recherchant la nouveauté, dévorant la beauté, et toujours, toujours, aspirant à plus ? Les rois du monde, inconnus mais immuables — l'impie qu'était Malik Solanka évitait d'attribuer à ces fantômes humains le don d'omniprésence —, les irascibles et meurtriers Césars, comme disait son ami Rhinehart, les Bolingbroke dépourvus d'âme, les Tribuns aux mains profondément enfoncées dans le Janus du Maire et du Préfet... Cette dernière image donna le frisson au professeur Solanka. Il n'était pas aveugle au point d'ignorer la honteuse propension de son caractère à la vulgarité, mais le jeu de mots grossier le choqua tout de même.

Ces marionnettistes nous font tous ruer et braire, s'inquiéta Malik Solanka. Pendant que nous autres, marionnettes, dansons, qui tire nos ficelles ?

Le téléphone sonnait quand il franchit le seuil de son appartement, le bord de son chapeau encore tout dégoulinant de pluie. Il décrocha sèchement, arrachant le sans-fil à sa base dans le hall d'entrée. « Oui, qu'est-ce que c'est ? » La voix de son épouse parvint à son oreille via un câble au fond de l'Atlantique, à moins que ce ne fût — puisque tout changeait ces temps-ci — par le biais d'un satellite au-dessus des mers. Difficile de savoir. L'ère de l'impulsion cédait la place à l'ère de la tonalité. L'ère de l'analogique (mais aussi celle de la richesse du langage, de l'analogie) cédait la place à l'ère du numérique, la victoire finale du mathématique sur l'alphabétique. Il avait toujours aimé la voix d'Eleanor. Quinze ans plus tôt, à Londres, alors qu'il téléphonait à Morgen Franz, un ami éditeur qui se trouvait être absent à ce moment-là, c'était Eleanor qui avait décroché l'instrument vociférant, ils ne se connaissaient pas mais leur conversation dura près d'une heure. La semaine suivante, il dînait chez elle, sans qu'aucun des deux ne fasse allusion à l'inopportunité d'un tel lieu pour un premier rendez-vous. Il s'ensuivit quinze ans de vie commune. Il était donc tombé amoureux de sa voix avant d'aimer le reste. Cela avait toujours été l'épisode préféré de leur vie amoureuse. Mais à présent, bien sûr, avec le brutal revers de l'amour, quand l'amour se réinventait sous les traits de la douleur, maintenant que leurs voix au téléphone étaient tout ce qu'il leur restait, cet épisode était devenu l'un des plus tristes. Le professeur Solanka écouta la voix d'Eleanor et, non sans répulsion, l'imagina fractionnée en petits lambeaux d'information numérisée, sa belle tessiture grave ingérée puis régurgitée par un gros ordinateur situé sans doute dans un endroit comme Hyderabad-Dekkan. Quel est l'équivalent numérique de « belle » ? se demanda-t-il. Quels sont les chiffres qui encodent la beauté, la poigne chiffrée qui enclôt, transforme, transmet, décode mais, on ne sait trop comment, échoue à emprisonner ou étouffer l'âme de cette beauté ? Pas à cause de la technologie mais malgré elle, la beauté, ce spectre, ce trésor, circule indemne dans les nouvelles machines.

« Malik. *Solly*. (L'appelant ainsi pour l'embêter.) Tu ne m'écoutes pas. Te voilà reparti dans un de tes monologues intérieurs et tu n'as même pas assimilé le simple fait que ton fils est malade. Tu n'as pas assimilé le simple fait que je dois me réveiller chaque matin pour l'entendre me demander — ce qui est insupportable — pourquoi son père n'est pas là. Sans parler du plus évident, à savoir que sans la moindre once d'explication ni la moindre bribe de justification crédible tu nous as abandonnés, tu as traversé l'océan et trahi tous ceux qui ont besoin de toi et t'aiment le plus, et t'aiment encore, nom d'un chien, en dépit de tout. »

Ce n'était qu'une simple toux, les jours du gamin n'étaient pas en danger, mais elle avait raison, le professeur Solanka s'était retiré en lui-même. Elle avait raison, qu'il s'agisse de cette question ponctuelle comme de celle plus vaste de leur vie naguère commune et désormais séparée, leur mariage jugé un temps indissoluble, la meilleure union qu'aucun de leurs amis ait jamais connue ; et celle de leur condition de parents d'Asmaan Solanka, désormais petit garçon de trois ans au caractère affable et à l'invraisemblable beauté, fruit à la chevelure miraculeusement blonde de parents aux cheveux bruns, à qui ils avaient donné ce prénom si éthéré (*Asmaan*, n. m., *lit.* le ciel, mais aussi *fig.* le paradis) parce qu'il était l'unique firmament auquel tous deux pouvaient croire sans la moindre réserve.

Le professeur Solanka demanda à son épouse de lui pardonner son inattention, sur quoi elle éclata en sanglots, un long gémissement discordant qui lui serra le cœur, car il n'était nullement insensible. Il attendit en silence qu'elle se calme. Puis il lui parla en mandarin accompli, s'interdisant — et lui refusant — le moindre soupçon d'émotion.

« J'admets que ce que j'ai fait te semble inexplicable. Je n'ai pas oublié, toutefois, ce que tu m'as toi-même appris concernant l'importance de l'inexplicable (elle lui raccrocha alors au nez mais il acheva néanmoins sa phrase) chez, euh, Shakespeare. »

Cette conclusion qu'elle n'entendit pas lui rappela la vision de sa femme dans le plus simple appareil, d'Eleanor Masters quinze ans plus tôt, allongée nue dans la gloire de ses vingt-cinq ans, la tête sur ses genoux, un exemplaire défraîchi des *Œuvres complètes*, relié cuir bleu, ouvert sur sa toison pubienne. Telle avait été la conclusion inconvenante mais agréablement précipitée de ce premier dîner. Il avait apporté le vin, trois bouteilles hors de prix de tignanello antinori (trois ! preuve flagrante d'une volonté de séduire excessive), elle lui avait préparé du jarret d'agneau et, pour accompagner la viande parfumée au cumin, une salade de fleurs fraîches. Elle portait une robe courte et noire et se déplaçait avec légèreté, nu-pieds, dans un appartement très influencé par le style du groupe de Bloomsbury, fière de posséder un perroquet en cage qui imitait son rire : un rire bien sonore pour une femme aussi délicate. C'était la première et la dernière fois qu'il donnait rendez-vous à une inconnue, et elle se révéla à la hauteur de sa voix : non seulement belle mais intelligente, à la fois sûre d'elle et vulnérable, et un véritable cordon-bleu. Après avoir mangé quantité de capucines et bu sans modération de son vin rouge toscan, elle entreprit de lui parler de sa thèse de doctorat (ils se prélassaient alors dans son salon, sur un tapis artisanal tissé par Cressida Bell), quand elle fut interrompue par des baisers : le professeur Solanka était tombé amoureux d'elle, tendrement, comme un agneau. Au cours des belles et nombreuses années qui suivirent, ils se chamaillèrent gaiement pour savoir qui avait fait le premier pas, elle s'obstinant à nier énergiquement (mais les yeux brillants) qu'elle ait pu se montrer aussi directe, lui répétant à l'envi — tout en sachant que c'était faux — qu'elle s'était « jetée dans ses bras ».

« T'as envie que j'en parle, ou pas ? » Oui, avait-il acquiescé, tout en caressant son petit sein finement ouvragé. Elle posa une main sur la sienne et se lança dans son exposé. Sa thèse de départ était que dans chacune des grandes tragédies shakespeariennes se trouvaient des questions sans réponse concernant l'amour, et, pour bien comprendre ces pièces, chacun devait s'efforcer à sa façon d'expliquer cet inexplicable. Pourquoi Hamlet, qui aime son père mort, reporte-t-il indéfiniment l'heure de sa vengeance, alors qu'il détruit Ophélie, qui l'aime ? Pourquoi Lear, qui de toutes ses filles préfère Cordelia, n'entend-il pas l'amour dans la sincérité de ses premières répliques et devient-il alors la proie de ses insensibles sœurs ; et pourquoi Macbeth, un homme fidèle à ses semblables, a-t-il été aussi facilement traîné par l'érotique mais indifférente Lady M. jusqu'à un trône cruel et sanglant ? À New York, le professeur Solanka, qui tenait toujours distraitement le combiné sans fil dans une main, se rappelait avec émotion le téton dressé d'Eleanor sous ses doigts agiles ; ainsi que son extraordinaire réponse au problème d'Othello, qui à ses yeux n'était pas la « malfaisance gratuite » de Iago, mais plutôt, chez le Maure, le manque d'intelligence affective, « l'incroyable stupidité d'Othello en matière amoureuse, l'escalade débile de la jalousie qui le conduit à assassiner sa prétendue femme adorée à cause d'une preuve insignifiante ». L'explication d'Eleanor était la suivante :

« *Othello n'aime pas Desdémone*. Ça m'est venu comme ça un jour sans prévenir. Un vrai déclic, une ampoule qui s'allume. Il prétend l'aimer, mais ça ne peut pas être vrai. Parce que s'il l'aime, alors le meurtre n'a pas de sens. Selon moi, Desdémone est l'épouse-trophée d'Othello, son bien le plus précieux et le plus valorisant, la preuve charnelle de sa réputation grandissante dans un monde d'hommes blancs. Tu comprends ? C'est la seule chose qu'il aime chez elle. Othello lui-même, visiblement, n'est pas un Noir, mais un Maure : un Arabe, un musulman, et son nom sans doute une latinisation de l'arabe Attallah ou Ataullah. Il n'est donc pas une créature du monde chrétien du péché et de la rédemption, mais plutôt de l'univers moral islamique, dont les pôles sont l'honneur et la honte. La mort de Desdémone est un cas d'"honneur vengé par la mort". Elle n'avait pas besoin d'être coupable. L'accusation suffisait. L'agression subie par sa vertu était incompatible avec l'honneur d'Othello. Voilà pourquoi il ne l'a pas écoutée, pourquoi il ne lui a pas accordé le bénéfice du doute, ni ne lui a pardonné, ni fait ce que tout homme qui aime une femme aurait fait. Othello n'aime que lui-même, lui-même en tant qu'amant et chef, ce que Racine, écrivain plus ampoulé, aurait appelé sa *flamme**, sa *gloire**[1]. Pour lui, elle n'est même pas une personne. Il l'a réifiée. Elle est sa statuette, son Oscar-Barbie. Sa poupée. En tout cas, c'est ce que j'ai essayé de démontrer, et j'ai obtenu mon doctorat peut-être en récompense de mon effronterie, de mon simple culot. »

Elle but une grande gorgée de tignanello, puis se cambra en arrière et passa les bras autour de

1. Les mots ou expressions en italique suivis d'un astérisque sont en français dans le texte original. (*N.d.T.*)

son cou en le faisant descendre contre elle. La tragédie quitta leurs pensées.

Des années plus tard, le professeur Solanka se tenait sous le jet brûlant de la douche pour se réchauffer après sa balade pluvieuse au milieu des fêtards antillais, se faisant l'effet d'être un pompeux crétin. Retourner la thèse d'Eleanor contre elle était une cruauté qu'il aurait pu aisément lui épargner. Comment osait-il draper ses mesquineries dans ces grands airs shakespeariens ? Osait-il vraiment se mettre sur le même pied que le Maure de Venise et le Roi Lear, comparer ses humbles mystères aux leurs ? Pareille vanité était assurément un motif de divorce suffisant. Mais là encore c'était frapper à la mauvaise porte. Eleanor ne voulait pas divorcer. Même aujourd'hui, elle voulait qu'il revienne. « Tu sais parfaitement, lui avait-elle dit plus d'une fois, que si tu décidais de revenir sur la bêtise que tu es en train de faire, tout irait très bien. Ça serait si bien. Je ne supporte pas que tu t'entêtes. »

Et c'était là la femme qu'il avait quittée ! Si elle avait un défaut, c'était de ne pas faire de fellations. (Côté excentricité, lui détestait qu'on lui touche le sommet du crâne pendant qu'il faisait l'amour.) Si elle avait un défaut, c'était de posséder un odorat si fin qu'elle lui donnait l'impression qu'il empestait toute la maison. (Mais du coup il se mit à se laver plus souvent.) Si elle avait un défaut, c'était de dépenser sans compter, un trait de caractère surprenant chez une femme qui, pour reprendre l'expression, n'était pas née coiffée. Si elle avait un défaut, c'était de s'être habituée à être entretenue et elle était capable de claquer plus d'argent à Noël que n'en gagnait la moitié de la population en une année. Si elle avait un défaut, c'était que son amour maternel la rendait aveugle aux désirs du reste de l'humanité, y compris, pour être franc, ceux de Solanka. Si elle avait un défaut, c'était de vouloir plus d'enfants. De ne vouloir rien d'autre. Pas même tout l'or d'Arabie.

Non, elle était irréprochable : la plus tendre et la plus attentive des maîtresses, la plus extraordinaire des mères, charismatique, imaginative, la plus agréable et la plus gratifiante des compagnes, pas nécessairement bavarde mais percutante dans ses propos (*cf.* leur premier coup de fil), et experte pas seulement en cuisine et en vins mais aussi en psychologie humaine. Un sourire d'Eleanor Masters Solanka était comme un agréable et subtil compliment. Son amitié était une récompense. Elle dépensait facilement, et alors ? Les Solanka s'étaient retrouvés brusquement riches, grâce à la popularité mondiale, presque choquante, d'une poupée au sourire insolent et dotée de cette insouciante suffisance que les Américains commençaient juste à qualifier du mot concis d'*attitude*, et dont Asmaan Solanka, né huit ans plus tard, semblait mystérieusement une incarnation blonde, aux yeux foncés, au caractère plus doux. Bien qu'il fût un vrai garçon, préoccupé par les pelleteuses géantes, les rouleaux compresseurs, les vaisseaux spatiaux et les trains, fasciné par l'obstination j'peux-l'faire-j'peux-l'faire-j'l'ai-fait-j'l'ai-fait de Casey Jones, l'invincible petite locomotive du cirque dans *Jumbo*, Asmaan était sans cesse pris pour une fille, sans doute à cause de sa beauté aux longs cils, mais aussi peut-être parce qu'il rappelait aux gens la première création de son père : la poupée baptisée « Cervelette ».

2

À la fin des années quatre-vingt, le professeur Solanka désespérait de la vie académique : étroitesse, conflits internes, provincialisme définitif.

« On mange tous un jour ou l'autre les pissenlits par la racine, mais l'*alma mater* vous les prépare à l'avance en salade, déclara-t-il à Eleanor, ajoutant, inutilement ainsi qu'il s'avéra : Prépare-toi à la pauvreté. »

Puis, à la consternation de ses collègues, mais avec l'approbation inconditionnelle de son épouse, il démissionna de son poste au King's College, à Cambridge — où il faisait des recherches sur les progrès de l'idée de responsabilité étatique vis-à-vis des citoyens, et de celle, parallèle et parfois contradictoire, de « moi souverain » — et alla s'installer à Londres (à Highbury Hill, à portée de cris du stade d'Arsenal). Peu de temps après, il se lança dans, eh oui, la télévision — ce qui, comme on pouvait s'y attendre, lui valut bien du mépris envieux, surtout quand la BBC lui passa commande pour ses programmes de fin de soirée d'une série grand public sur l'histoire de la philosophie, dont les protagonistes seraient les célèbres poupées intellectuelles du professeur Solanka, toutes fabriquées par ses soins.

La coupe était pleine. Ce qui avait été une excentricité tolérable chez un collègue respecté devint une folie intolérable chez un lâche apostat, et *Les Aventures de Cervelette* furent unanimement raillées, avant même d'être vues, par les « intellos » de tous rangs. Puis l'émission fut diffusée et, en moins de trois mois, à l'étonnement général et au grand dam de ses détracteurs, cessa de faire le secret régal d'une élite raffinée pour devenir un classique, avec un public de fans agréablement jeunes et de plus en plus importants, jusqu'à ce qu'il finisse par connaître la consécration en occupant le créneau convoité de l'après-JT. Là, il connut le formidable épanouissement du prime time.

Au King's College, il était de notoriété publique que Malik Solanka, à l'âge de vingt-cinq ans, lors d'un séjour à Amsterdam — afin de discourir sur la religion et la politique dans un institut plutôt à gauche financé par Fabergé —, avait visité le Rijksmuseum et s'était extasié devant l'un de ses plus beaux trésors, les maisons de poupée aux intérieurs d'époque méticuleusement reconstitués, descriptions uniques de la vie privée hollandaise au cours des âges. Elles étaient à trois pans, comme si des bombes avaient soufflé leur façade ; ou pareilles à de petits théâtres, que sa présence venait compléter. Il était leur quatrième mur. Tout, dans Amsterdam, commença à lui sembler miniaturisé : son propre hôtel sur l'Herengracht, la maison d'Anne Frank, les Surinamaises à l'incroyable beauté. C'était une aberration de l'esprit que de voir la vie humaine en tout petit, réduite à une échelle de poupée. Les résultats plurent au jeune Solanka. Un peu de modestie quant aux dimensions de l'aventure humaine n'était pas superflu. Une fois ce revirement mental opéré, il était difficile de revenir à l'ancienne vision. « *Small is beautiful* », comme venait juste de le décréter Schumacher.

Jour après jour, Malik retourna admirer les maisons de poupée du Rijksmuseum. C'était la première fois de sa vie qu'il envisageait de fabriquer quelque chose de ses mains. Désormais, il pensait ciseaux et colle, aiguilles et chiffons. Il imaginait des papiers peints et des tissus d'ameublement, rêvait de draps de lit, concevait des installations sanitaires. Après quelques visites, toutefois, il lui apparut clairement que de simples maisons ne lui suffiraient pas. Ses demeures imaginaires se devaient d'être peuplées. Vides, elles n'avaient aucun intérêt. Les maisons de poupée hollandaises, en dépit de leur beauté et de leur raffinement, et bien qu'elles fussent en mesure de meubler et décorer son imagination, lui faisaient finalement penser à la fin du monde, à un étrange cataclysme qui aurait laissé intacts les immeubles après avoir détruit tout ce qui sur terre respirait. (Cela se passait de nombreuses années avant l'invention de cette revanche suprême de l'inanimé sur le vivant, la bombe à neutrons.) À peine cette pensée lui vint-elle que l'endroit se mit à le dégoûter. Il imagina alors les réserves du musée pleines d'énormes monticules de cadavres miniatures : oiseaux, animaux, enfants, domestiques, comédiens, bourgeoises, aristos. Un beau jour, il quitta le Rijksmuseum et ne remit jamais les pieds à Amsterdam.

De retour à Cambridge, il entreprit aussitôt de construire ses propres microcosmes. Dès le début, ses maisons de poupée furent le fruit d'une vision très personnelle. Elles furent d'abord fantaisistes, voire fabuleuses ; des extrapolations futuristes plutôt qu'une plongée dans le passé que les maîtres miniaturistes des Pays-Bas avaient déjà rendu à la perfection. Cette période « science-fiction » ne dura pas longtemps. Solanka comprit vite l'intérêt d'œuvrer, comme les grands toreros, au plus près de la bête ; à savoir, en utilisant les matériaux de sa propre vie et de son entourage immédiat, et, par l'alchimie de l'art, en les rendant étranges. Son idée, qu'Eleanor aurait comparée à « un déclic, une ampoule qui s'allume », aboutit au final à une série de poupées « intellos », souvent disposées en petits tableaux — Bertrand Russell matraqué par des policiers lors d'une manifestation pacifiste en temps de guerre, Kierkegaard se rendant à l'Opéra pour le temps de l'entracte afin que ses amis ne pensent pas qu'il travaillait trop, Machiavel soumis à l'atroce torture de l'estrapade, Socrate avalant l'inévitable ciguë, et la préférée de Solanka, un Galilée à deux têtes et quatre bras : le premier marmonnant la vérité tandis que deux de ses bras, cachés dans les plis de son habit, dissimulaient le modèle réduit de la Terre tournant autour du Soleil ; l'autre, le visage baissé et pénitent sous le regard sévère des hommes en froc rouge, se rétractant publiquement, tandis que son autre paire de bras serrait avec dévotion un exemplaire de la Bible. Des années plus tard, quand Solanka quitta l'université, ces poupées se mirent à travailler pour lui. Pas seulement elles, mais également l'insatiable chercheuse qu'il créa pour être leur interlocuteur télévisé et le substitut du public, la poupée qui voyage dans le temps, Cervelette, et qui par la suite devint une star et fut vendue à des milliers d'exemplaires dans le monde entier. Cervelette, sa Candide hip et tendance mais néanmoins idéaliste, sa championne de la vérité en treillis de camouflage, sa petite Basho aux cheveux en bataille qui voyageait, un bol de mendiant à la main, dans le fin fond du nord du Japon.

Cervelette était futée, effrontée, vaillante, s'intéressait en profondeur au savoir, rêvait d'acquérir une sagesse de bon aloi ; moins une disciple qu'un *agent provocateur**, munie d'une machine à voyager dans le temps, elle harcelait les grands esprits de tous les temps jusqu'à ce qu'ils lâchent de surprenantes révélations. Par exemple, le romancier préféré de Baruch Spinoza, l'hérétique du XVIIᵉ siècle, n'était autre que P.G. Wodehouse, une coïncidence étonnante puisque, bien sûr, le philosophe préféré de l'immortel et sémillant majordome, Reginald Jeeves, était Spinoza. (Spinoza qui coupa nos ficelles, qui fit renoncer Dieu à son rôle de divin marionnettiste, convaincu que la révélation n'était pas un événement situé au-dessus de l'histoire humaine mais en son cœur même. Spinoza qui ne porta jamais de chemises ni de cravates inconvenantes.) Les Grands Esprits des *Aventures de Cervelette* pouvaient également se projeter dans le temps. Le penseur ibéro-arabe Averroès, tout comme son homologue juif Maimonide, était un grand fan de l'équipe des Yankees.

Cervelette alla trop loin une seule fois. Alors qu'elle interviewait Galilée à la façon débraillée et vulgaire des nouvelles speakerines, elle exposa au grand homme son avis estampillé « me-fais-pas-chier » sur ses déconvenues.

« Putain, dans ce genre de situ je me serais pas écrasée, moi, dit-elle avec fougue en se penchant vers lui. Si un pape avait essayé de me faire mentir, j'aurais déclenché une putain de révolution, moi. J'aurais foutu le feu à sa baraque. J'aurais incendié sa putain de ville. »

Certes, les gros mots furent caviardés à la préproduction — « putain » devenant « saleté » — mais le problème n'était pas là. Incendier le Vatican : voilà qui aux yeux des dirigeants de la radio dépassait les bornes et Cervelette subit, pour la première fois, l'infâme sourdine de la censure. Et ne put rien y faire sinon, peut-être, murmurer la vérité avec Galilée : « Elle aussi, elle tourne. Moi aussi je serais prête à y mettre le feu... »

Retour à la case Cambridge. Même les premières tentatives de « Solly » Solanka — ses stations spatiales et structures d'habitation style nacelle pour réunions sur la Lune — démontraient des qualités d'originalité et d'imagination qui, de l'avis fin-de-repas d'un spécialiste de littérature française qui travaillait sur Voltaire, étaient « agréablement absentes » de ses travaux universitaires. La pique fit grandement rire tous les convives assemblés.

« Agréablement absentes. » C'est le style Oxbridge, un badinage primaire et insultant à la fois, désinvolte et terriblement sérieux. Le professeur Solanka ne s'habitua jamais à ces railleries qui le blessaient souvent ; il feignait d'en voir le côté amusant. Bizarrement, c'était là un trait qu'il partageait avec son agresseur voltairien au nom inquiétant — Krysztof Waterford-Wajda, dit « Gudule » —, avec lequel il avait noué la plus improbable des amitiés. Waterford-Wajda, tout comme Solanka, s'était plié à ce style de conversation sous la pression de leurs pairs féroces, mais lui non plus ne s'y était jamais senti à l'aise. Solanka le savait, aussi ne lui tint-il pas rigueur de cet « agréablement absentes ». En revanche, il n'oublia jamais le rire des convives.

Gudule était jovial, émoulu d'Eton, mi-coqueluche du Club d'Hurlingham, mi-Polonais mal dépoli, fils d'un autodidacte, un vitrier immigré et trapu qui parlait et buvait comme un voyou des rues, il s'était enrichi avec le double vitrage et avait fait un mariage étonnamment juteux, provoquant l'indignation de ses beaux-parents de la haute — « Sophie Waterford a épousé un Polack ! ». Gudule avait la mise gentiment échevelée d'un Rupert Brooke gâtée par des joues creuses, possédait une garde-robe pleine de vestes en tweed voyantes, une batterie, une voiture de sport, aucune petite amie. Au bal des débutants du premier trimestre, les jeunes filles émancipées des années soixante refusèrent de danser avec lui, lui arrachant cette plainte :

« Pourquoi toutes les filles de Cambridge sont-elles aussi grossières ?

— Parce que la plupart des hommes sont comme toi », lui rétorqua cruellement une Andrée ou une Sharon.

Devant le buffet, voulant jouer les joyeux bizuteurs, il proposa à une fille sa saucisse. Là-dessus, la Sabrina ou la Nicki pince-sans-rire qui avait l'habitude d'éconduire les admirateurs indésirables rétorqua sans ciller :

« Il se trouve que je ne mange pas de certains animaux. »

Il faut reconnaître que Solanka lui-même s'était rendu plus d'une fois coupable d'asticoter Gudule. Le jour de la remise des diplômes, au cours de l'explosif été 68, quand, attifés, ravis et cernés par leurs parents sur la pelouse principale de l'université, ils se permirent de rêver à l'avenir, le naïf Gudule fit part de sa surprenante intention de devenir romancier. « Comme Kafka, peut-être », dit-il rêveusement, en souriant de ce large sourire des classes supérieures, ce sourire de capitaine d'équipe de hockey légué par sa mère, que ni la douleur, ni la pauvreté, ni le doute n'étaient jamais venus ternir et qui trônait de façon incongrue en dessous de l'héritage paternel, deux proéminents sourcils noirs marqués par les privations intraduisibles qu'avaient endurées ses ancêtres dans la ville peu reluisante de Lodz.

« *Dans la fosse. La machine qui ne servait à rien. Fury*. Ce genre. »

Solanka réprima un fou rire et se dit que, dans le conflit qui opposait ce sourire et ces sourcils, la cuiller d'argent anglaise et la timbale polonaise, la florissante gravure de mode style Cruella de Vil de un mètre quatre-vingts qu'était sa mère et ce char d'assaut trapu au visage écrasé qu'était son père, il pouvait fort bien y avoir de la place pour qu'un écrivain germe et s'épanouisse. Comment savoir ? C'étaient peut-être même les conditions propices à la naissance de cet improbable hybride, un Kafka anglais.

« Ou, sinon, réfléchit à haute voix Gudule, on pourrait envisager une approche plus commerciale. *La Vallée des Pépées*. Il existe aussi le juste milieu, à mi-chemin entre plouc et intello. La plupart des gens ne sont pas des lumières, Solly, ne va pas dire le contraire. Ils veulent bien qu'on les stimule, mais seulement un tantinet. Et il ne s'agit pas non plus que ça s'éternise. Les pavés, genre Tolstoï, Proust, non merci. Des livres courts qui ne filent pas la migraine. Les grands classiques adaptés — et raccourcis — à la mode popu. *Othello* actualisé en *Le Maure s'en mêle*. Qu'en dis-tu ? »

Il n'en fallut pas plus. Lubrifié par l'excellent champagne des Waterford-Wajda — ses propres parents n'avaient pas jugé utile de quitter Bombay pour venir assister à la remise des diplômes, et Gudule avait généreusement insisté pour lui servir une coupe, et la lui remplir régulièrement —, Solanka s'était élevé avec fougue contre les absurdes propositions de Krysztof, priant instamment Waterford-Wajda, écrivain, d'épargner au monde ses épanchements littéraires.

« De grâce, pas d'obscures et inquiétantes intrigues de manoir : *Brideshead* dans le style du *Château. Métamorphose à Blandings*. Par pitié. Et pour ce qui est des ébats sexuels, domine-toi. Tu es davantage Alex Portnoy que Jacqueline Susann, qui disait, rappelle-toi, qu'elle admirait le talent de Roth mais refusait de lui serrer la main. Et surtout, renonce à ton idée de classiques à grand succès. *L'Énigme Cordelia ? Embrouille à Elseneur ?* Jamais de la vie. »

Après plusieurs minutes de ce chaud-froid taquin, Gudule se laissa gentiment fléchir :

« Bon, p't-être que je deviendrai réalisateur, alors. Nous allons bientôt nous installer dans le sud de la France. Ils doivent avoir besoin de metteurs en scène là-bas. »

Malik Solanka avait toujours eu un faible pour cet hurluberlu de Gudule, en partie parce qu'il était capable de faire ce genre de sorties, mais également à cause de la franche et généreuse bonté que cachait son tintouin snobinard. Et puis il lui devait une fière chandelle. Au foyer Market Hill du King's College, par une nuit glaciale de l'automne 65, Solanka, alors âgé de dix-huit ans, avait eu une crise d'angoisse. Il avait passé sa première journée à l'université dans un état de peur panique, incapable de sortir de son lit, voyant des démons partout. L'avenir lui faisait l'effet d'une gueule grande ouverte sur le point de le dévorer, tout comme Cronos avait dévoré ses enfants, et le passé — les liens de Solanka avec sa famille s'étaient sérieusement érodés —, le passé n'était qu'un pot fêlé. Il ne restait que cet insupportable présent, dans lequel il se découvrait totalement inadapté. Il était plus facile de rester au lit sous ses couvertures. Dans sa chambre moderne et anonyme en bois blanc et aux fenêtres à cadre métallique, il se barricada contre tout ce qui l'attendait derrière la porte. Il entendit des voix mais ne répondit pas. Il y eut des bruits de pas. À sept heures du soir, toutefois, une voix qui ne ressemblait à aucune autre — plus impérieuse, plus aristocratique, et exigeant une réponse — lui lança :

« Quelqu'un n'aurait-il pas égaré une putain de grosse malle avec un nom de métèque dessus ? »

Et Solanka, à sa grande surprise, répondit. Cette journée d'effrayante inaction s'acheva ainsi et ce fut le début de ses années universitaires. La voix tonitruante de Gudule, tel le baiser d'un prince, avait rompu le mauvais sort.

Les affaires de Solanka avaient été livrées par erreur au foyer de Peas Hill. Krys — il n'était pas encore devenu Gudule — dénicha un diable, aida Solanka à hisser dessus sa malle et la tirer jusqu'à sa chambre, puis entraîna l'infortuné propriétaire de la malle dans le réfectoire pour y dîner après avoir pris une bière. Plus tard, assis l'un à côté de l'autre, tous deux écoutèrent le doyen incroyablement lustré de King's leur expliquer qu'ils étaient à Cambridge pour « trois choses : — Réfléchir ! Réfléchir ! Réfléchir ! ». Et qu'au fil des ans à venir ils en apprendraient plus

« dans la chambre de leurs condisciples, en se fertilisant les uns les autres » que dans une salle d'étude ou de classe. Le braiment peu discret de Waterford-Wajda — « AH, ah, ah, HA » — rompit le silence ébahi qui suivit cette remarque. Solanka adora ce gros rire irrévérencieux.

Gudule ne devint ni romancier ni metteur en scène. Il écrivit sa thèse, passa son doctorat, se vit finalement proposer un poste et sauta sur l'occasion avec la mine reconnaissante d'un homme qui a réglé une bonne fois pour toutes la question de son avenir. Solanka perçut alors Gudule derrière le masque du golden boy, le jeune homme qui cherche à tout prix à échapper au monde doré dans lequel il est né. Solanka essaya de lui inventer, en guise d'explication, une mère vaine et mondaine et un père grossier et brutal, mais son imagination le trahit ; les parents qu'il rencontra se montrèrent absolument adorables et paraissaient adorer leur fils. Mais Waterford-Wajda avait dû connaître le désespoir et parlait, quand il était ivre, de son poste à King's comme d'une « foutue existence, la seule chose que j'aie ». Lui qui, à l'aune des critères ordinaires, possédait tant. Une voiture de sport, une batterie, une maison de famille à Roehampton, un fonds en fidéicommis, ses entrées chez les Tatler. Solanka, avec un manque de compassion qu'il regretta par la suite, conseilla à Gudule de ne pas se rouler autant dans la fange de l'auto-apitoiement. Gudule se raidit, opina, éclata d'un rire sec — « AH-ah-ah-AH — et n'aborda plus aucun sujet personnel pendant des années.

La nature des capacités intellectuelles de Gudule demeurait un mystère total aux yeux de nombre de ses collègues : l'Énigme Gudule. Il paraissait si souvent sot — un temps on l'appela Nunuche, d'après l'ours immortel de Cervelette, mais ce surnom fut jugé trop cruel même pour des Cambridgiens — et pourtant sa prestation universitaire lui valut de l'avancement. La thèse sur Voltaire qui lui permit de décrocher son doctorat et servit de tremplin à sa gloire future avait tout d'une défense de Pangloss — à la fois de cet optimisme excessif et fictif propre au Leibnitz des débuts et de son ralliement tardif au quiétisme restreint. Cela allait si profondément à l'encontre du courant dystopique, collectiviste, politiquement engagé de l'époque à laquelle il la rédigea qu'elle en devint, aux yeux de Solanka et des autres, profondément dérangeante. Gudule donna une série de cours intitulée *Cultiver son jardin**. Peu de professeurs à Cambridge — Pevsner, Leavis, ou autres — attiraient des foules similaires. Les jeunes (ou, pour être exact, les très jeunes, car Gudule, en dépit de sa tenue ringarde, n'avait aucunement renoncé à sa jeunesse) vinrent pour le chahuter et le huer, mais repartirent plus sages et plus songeurs, séduits par sa nature profondément suave, par ces mêmes yeux bleus et naïfs et cette même certitude concomitante d'être entendu qui avait arraché Malik Solanka à sa trouille initiale.

Les temps changent. Un beau matin, au milieu des années soixante-dix, Solanka se glissa au fond de la salle où son ami donnait un cours. Ce qui l'impressionna alors fut la dureté des propos de Gudule, et la façon dont sa voix par contraste toute pépiante et quasi pythonesque les désamorçait. Qui le regardait voyait un dandy distingué, irrémédiablement coupé de ce qu'on appelait encore le *Zeitgeist*. Mais si vous tendiez l'oreille, vous entendiez tout autre chose : une austérité profondément beckettienne.

« N'espérez rien, n'est-ce pas, déclarait Gudule aux gauchistes virulents et aux chevelus emperlés, tout en agitant un exemplaire défraîchi de *Candide*. Pas un fifrelin. Tout est là. C'est ce que disent les bons livres. La vie telle qu'elle est ne connaîtra aucune amélioration. C'est une terrible nouvelle, je sais, mais au moins vous voilà avertis. Ça ne changera jamais. La perfectibilité de l'homme n'est que, pourrait-on dire, une mauvaise farce jouée par Dieu. »

Dix ans plus tôt, alors que toutes sortes d'utopies, marxistes, hippies, semblaient au coin de la rue, alors que la prospérité économique et le plein-emploi permettaient aux jeunes érudits de donner libre cours à leurs stupides et brillants fantasmes de marginalité ou d'Erewhon révolutionnaire, il aurait pu se faire lyncher, ou du moins réduire au silence par les huées. Mais on était dans l'Angleterre d'après la grève des mineurs et de la semaine de trois jours, une Angleterre fissurée à l'image du fameux monologue de Lucky dans *Godot*, l'Homme avec un grand H voyait sa dimension réduite et affaiblie, et où l'époque dorée de l'optimisme, quand le meilleur des mondes possible semblait sur le point de naître, s'estompait prestement. La vision stoïque qu'avait Gudule de Pangloss — réjouissez-vous de ce monde sans en demander davantage, car c'est tout ce que vous avez, et par conséquent se réjouir et désespérer sont deux termes interchangeables — commençait à trouver un écho.

Solanka lui-même en fut affecté. Alors qu'il s'efforçait de formuler une réflexion sur l'éternel problème de l'autorité et de l'individu, il lui arrivait parfois de sentir l'influence de la voix de Gudule. L'époque était à l'étatisme, et ce fut en partie Waterford-Wajda qui lui permit de ne pas hurler avec les loups. L'État ne pouvait pas vous rendre heureux, murmurait Gudule à son oreille, il ne pouvait ni vous rendre bon ni soulager un cœur brisé. L'État contrôlait l'école, mais pouvait-il apprendre à vos enfants à aimer lire ? N'était-ce pas plutôt votre boulot ? Il existait un système de sécurité sociale, mais que pouvait-il contre le fort pourcentage de gens qui allaient consulter leur médecin alors qu'ils n'en avaient pas besoin ? Il y avait bien l'aide à la construction, mais les rapports de bon voisinage n'intéressaient guère le gouvernement. Le premier livre de Solanka, un petit volume intitulé *Ce qu'il nous faut* qui traitait des attitudes changeantes dans l'histoire européenne face au problème de l'État contre l'individu, fut attaqué par les deux extrémités du spectre politique, et décrit par la suite comme un des « pré-textes » de ce qu'on en vint à appeler le thatchérisme. Le professeur Solanka, qui détestait Margaret Thatcher, admit honteusement la vérité partielle de cette accusation. Le conservatisme thatchérien était la contre-culture ayant mal tourné : il partageait la méfiance de sa génération envers les instruments de pouvoir, et se servait de leur langage contestataire pour détruire les vieux pôles dirigeants — non pas donner le pouvoir au peuple, quel que soit le sens de cette expression, mais à un réseau de gros rupins. L'économie ne profitait qu'aux profiteurs, et c'était la faute des années soixante. Ces réflexions furent pour beaucoup dans la décision du professeur Solanka de renoncer au monde de la pensée.

À la fin des années soixante-dix, Krysztof Waterford-Wajda était un peu une vedette. Les universitaires étaient devenus charismatiques. La victoire de la science, alors que la physique était en passe de devenir la nouvelle métaphysique et que la microbiologie, et non la philosophie, allait s'attaquer à la vaste question de l'humain, était encore à venir ; la critique littéraire était du dernier chic, et ses titans arpentaient les continents dans leurs bottes de sept lieues pour se pavaner devant un public international de plus en plus vaste. Gudule voyageait de par le monde avec des mouvements de tête étudiés qui décoiffaient ses mèches prématurément argentées, comme Peter Sellers dans *The Magic Christian*. D'ardents délégués le prenaient parfois pour le célèbre philosophe français Jacques Derrida, mais il repoussait cet honneur avec le sourire britannique de qui aime se dénigrer, tandis que ses sourcils de Polonais accusaient l'insulte avec un froncement.

C'était l'époque où naissaient les deux grandes

industries de l'avenir. Au cours des décennies suivantes, l'industrie de la culture allait remplacer celle de l'idéologie, devenant « primaire » à la façon dont l'avait été l'économie, et engendrer toute une nouvelle *nomenklatura* de commissaires de la culture, une nouvelle race d'apparatchiks se consacrant à de vastes entreprises de définition, d'exclusion, de révision et de persécution, et à une dialectique fondée sur la nouvelle dualité défense/offense. Et si la culture était le nouveau laïcisme de la planète, alors sa nouvelle religion était la célébrité, et l'industrie — ou, plutôt, l'Église — de la célébrité donnait du travail en abondance à toute une nouvelle *ecclesia*, un vrai prosélytisme destiné à conquérir les nouveaux territoires, avec ses véhicules tapageurs en celluloïd et ses fusées à rayons cathodiques, son nouveau carburant à base de rumeur, ses élus propulsés dans les étoiles. Et pour répondre aux plus sombres exigences de la nouvelle foi, il fallait de temps à autre des sacrifices humains, des essors brutalement interrompus.

Gudule fut un des premiers Icares à s'y griller. Solanka le vit peu au cours de son âge d'or. La vie nous sépare avec sa désinvolture apparemment fortuite, et quand un jour nous secouons la tête comme au sortir d'une rêverie, nos amis sont devenus des inconnus : « Personne ici ne connaît donc le pauvre Rip van Winkle ? » demandons-nous d'une voix plaintive, mais plus personne ne sait qui il est. Ainsi en alla-t-il avec les deux anciens camarades d'université. Gudule passait presque tout son temps en Amérique à présent, une sorte de chaire ayant été créée à son intention à Princeton, et ce fut tout d'abord un échange de coups de fil, puis des cartes postales à Noël et aux anniversaires, et enfin le silence. Jusqu'à ce que, par un soir embaumé de l'été cambridgien, en 1984, alors que la vieille bâtisse était plus que jamais digne d'un roman, une Américaine vienne frapper au battant de la porte des appartements du professeur Solanka — autrefois occupés par E.M. Forster, au-dessus du bar des étudiants. Elle s'appelait Perry Pincus, était petite, brune, sexy avec de gros seins, jeune mais heureusement pas assez pour être étudiante. Tout cela fit aussitôt bonne impression sur le mélancolique Solanka. Il se remettait de la fin d'un premier mariage sans enfant, et Eleanor Masters n'avait pas encore débarqué dans sa vie.

« Krysztof et moi sommes arrivés à Cambridge hier, lui dit Perry Pincus. Nous sommes à Garden House. Ou plutôt, je suis à Garden House. Lui est à l'hôpital d'Addenbrooke. Il s'est ouvert les veines hier soir. Il était très déprimé. Il a demandé à vous voir. Dites, je boirais bien quelque chose ? »

Elle entra et apprécia ce qu'elle découvrit dans l'appartement. Les maisons, petites mais imposantes, et les silhouettes humanoïdes trônant partout, les figurines dans les maisons, bien sûr, mais également d'autres à l'extérieur, sur les meubles du professeur Solanka, dans tous les coins, des figurines douces et dures, masculines et féminines, à la fois petites et imposantes. Perry Pincus était soigneusement, mais abondamment, maquillée, ses paupières empesées de faux cils noirs, et elle portait une tenue de combat très sexy : ensemble court et moulant, talons aiguilles. Rien de la toilette habituelle d'une femme dont l'amant vient juste de faire une tentative de suicide, mais elle ne chercha aucunement à se justifier. Perry Pincus était une jeune spécialiste de la littérature anglaise qui aimait coucher avec les vedettes de son milieu de moins en moins étriqué. Adepte des amours de rencontre, elle n'avait que faire des conséquences (veuves, suicides). Mais elle était vive, enjouée, et comme nous tous pensait qu'elle était quelqu'un d'acceptable, voire de bien. Après un premier verre de vodka — le professeur Solanka conservait toujours une bouteille au freezer — elle déclara platement :

« C'est une dépression clinique. Je ne sais pas quoi faire. Il est gentil, mais m'occuper des hommes en danger n'est pas mon fort. Je n'ai rien d'une infirmière. J'aime bien les types qui mènent la danse. »

Au bout de deux verres, elle dit :

« Je crois qu'il était puceau quand on s'est rencontrés. Vous vous rendez compte ? Il n'a pas voulu le reconnaître, bien sûr. Il m'a assuré que dans son pays il était un beau parti. Ce qui s'est révélé exact, financièrement parlant, mais je ne suis pas le genre grippe-sou. »

Trois verres plus tard, elle dit :

« Tout ce qui l'intéressait, c'était de se faire sucer ou alors de m'enculer. Ce qui ne me gênait pas, enfin bon. J'ai l'habitude. À cause de mon allure. Un garçon avec des nichons. Ça excite les types à la sexualité trouble. Vous pouvez me croire. Je m'y connais. »

Au quatrième verre, elle dit :

« À propos de sexualité trouble, professeur, super, vos poupées. »

Il décida qu'il avait faim, mais pas à ce point, aussi la raccompagna-t-il gentiment jusqu'à King's Parade où il la mit dans un taxi. Elle lui décocha de derrière la vitre un regard brouillé par le khôl et la perplexité puis se retourna, ferma les yeux et haussa doucement les épaules. *Comme tu voudras*. Plus tard il apprit qu'à sa façon Perry « Pince-Cul » était célèbre dans le milieu littéraire international. On pouvait être célèbre pour n'importe quoi de nos jours, et c'était son cas.

Il alla voir Gudule le lendemain matin, non à l'hôpital mais dans un vieux bâtiment en brique d'aspect très correct au beau milieu d'un domaine vert et feuillu un peu plus loin dans Trumpington Road : une sorte de manoir pour incurables. Gudule fumait une cigarette à la fenêtre, vêtu d'un pyjama à rayures blanches sous ce qui ressemblait à sa vieille robe de chambre d'étudiant, un vêtement usé et maculé qui jouait peut-être le rôle d'objet transitionnel. Ses poignets étaient bandés. Il paraissait plus lourd, plus vieux, mais son foutu sourire d'aristo était bien là, en évidence. Le professeur Solanka se dit que si ses propres gènes l'avaient condamné à porter tous les jours un tel masque, cela ferait longtemps qu'il serait ici avec les poignets bandés.

« Le parasite de l'orme, dit Gudule en désignant les souches des arbres. Un truc épouvantable. Les ormes de la vieille Angleterre jamais ne revivront. »

Oncques ne revivront. Le professeur Solanka ne dit rien. Il n'était pas venu pour parler des arbres. Gudule se tourna vers lui, et comprit.

« N'espérez rien et vous ne serez pas déçus, hein, murmura-t-il, avec l'air penaud d'un gamin. J'aurais dû écouter mes propres cours. »

Mais Solanka ne répondait toujours pas. Alors, pour la première fois depuis de nombreuses années, Gudule cessa son numéro de vieil Etonien.

« C'est lié à la souffrance, dit-il platement. Pourquoi nous souffrons tous tant. Pourquoi il y a tant de souffrance. Pourquoi on ne peut jamais l'arrêter. On peut construire des digues, mais elle finit toujours par suinter, et puis un jour les digues cèdent, tout simplement. Et ça ne concerne pas que moi. Je veux dire, si, ça me concerne, mais tout le monde aussi. Toi inclus. Le fait qu'elle continue, sans fin. Qu'elle nous tue. Je veux dire, qu'elle me tue, moi.

— Cela semble un peu abstrait, hasarda doucement le professeur Solanka.

— Oui, certes. »

Le changement était soudain. Les déflecteurs étaient de nouveau déployés.

« Désolé de n'être pas à la hauteur. Pas facile d'être une créature de Cervelette.

— Je t'en prie, demanda le professeur Solanka. Raconte-moi tout.

— C'est bien ça le pire. Il n'y a rien à dire. Pas de cause directe ou indirecte. Tu te réveilles un jour et tu ne fais plus partie de ta vie. Tu le sais. Ta vie ne t'appartient plus. Ton corps n'est pas... comment te faire ressentir la force de ce phénomène ? il n'est plus à toi. Il n'y a plus que la vie, qui continue d'elle-même. Tu ne la possèdes pas. Tu n'as rien à voir avec elle. C'est tout. Ça n'a pas l'air très grave mais crois-moi, c'est comme si tu hypnotisais quelqu'un et le persuadais qu'il y a une énorme pile de matelas sous sa fenêtre. Il ne verrait aucune raison de ne pas sauter.

— J'ai connu cela, du moins en plus bénin, acquiesça le professeur Solanka en repensant à ce fameux soir à Market Hill, il y a très longtemps. Et c'est toi qui m'en as arraché. Maintenant, c'est à mon tour de te rendre la pareille. »

L'autre secoua la tête.

« Ce n'est pas un truc dont on se débarrasse comme ça, je le crains. »

L'attention dont il avait fait l'objet, sa célébrité, avaient considérablement aggravé la crise existentielle de Gudule. Plus il devenait une Personnalité, moins il se sentait une personne. Finalement, il avait opté pour une retraite dans les cloîtres de l'université traditionnelle. Fini toutes ces derridagrinations à la *Magic Christian*. Terminé les *performances**. Stimulé par sa récente décision, il avait repris l'avion, direction Cambridge, avec la groupie littéraire Perry Pincus, éhonté papillon sexuel, en pensant pouvoir s'installer avec elle et bâtir une vie stable autour de leur relation. Voilà où il en était arrivé.

Krysztof Waterford-Wajda allait survivre à trois

autres tentatives de suicide. Puis, tout juste un mois avant que le professeur Solanka ne s'ôte métaphoriquement la vie en disant au revoir à tous ceux (et tout ce) qu'il chérissait pour filer en Amérique avec dans les bras une poupée aux cheveux en bataille — une première édition limitée de Cervelette en mauvais état, vêtements arrachés, corps endommagé —, Gudule mourut brutalement. Trois de ses artères étaient gravement bouchées. Un simple pontage aurait pu le sauver, mais il refusa de se faire opérer, et, tel un orme anglais, tomba. Ce qui joua peut-être, si on a le goût de ce genre d'explications, le rôle de déclencheur dans la métamorphose du professeur Solanka. Ce dernier, alors à New York, repensa à son défunt condisciple et s'aperçut qu'il avait suivi Gudule dans quantité de choses : dans certaines de ses idées, mais également dans *le monde médiatique**, dans l'Amérique, la crise.

Perry Pincus avait été une des premières à percevoir le lien qui les unissait. Elle était repartie dans son San Diego natal et enseignait désormais, dans une université du coin, le travail de certains des critiques et écrivains qu'elle avait connus charnellement. Pincus 101 : ainsi appela-t-elle son cours, plus effrontée que jamais, dans l'une des cartes de vœux annuelles qu'elle ne manquait jamais d'envoyer au professeur Solanka. « C'est mon hit-parade des meilleurs, la crème de mon palmarès », écrivit-elle, ajoutant avec un certain mordant : « Vous n'y figurez pas, professeur. Je ne peux pas me balader dans l'œuvre d'un homme si j'ignore quelles entrées il préfère. » Ses vœux de Nouvel An étaient invariablement et inexplicablement accompagnés d'une peluche — un ornithorynque, un morse, un ours polaire. Eleanor avait toujours trouvé très amusants ces paquets provenant de Californie.

« Comme tu n'as pas voulu la baiser, lui expliqua son épouse, elle ne peut pas te considérer comme un amant. Et donc, à la place, elle essaie de devenir ta mère. Quel effet ça fait d'être le petit chéri à sa Perry Pince-Cul ? »

3

Dans le confortable appartement qu'il sous-louait dans l'Upper West Side, un duplex haut de plafond aux premier et deuxième étages arborant de magnifiques lambris en chêne et une bibliothèque qui en disait long sur les propriétaires, le professeur Solanka sirotait un verre de zinfandel rouge de Geyserville en se lamentant. C'était bel et bien lui qui avait décidé de partir, mais il regrettait néanmoins son existence passée. Quoi qu'ait pu dire Eleanor au téléphone, la rupture était certainement irréparable. Solanka ne s'était jamais considéré comme un lâche ou un dégonflé, et cependant il s'était dépouillé de plus de peaux qu'un serpent. Il avait laissé derrière lui un pays, une famille, et non une épouse, mais deux. Et maintenant, un enfant. Son erreur consistait peut-être à trouver inhabituelle cette toute dernière sortie. La dure réalité, c'était sans doute qu'il n'agissait pas à l'encontre de la nature, mais en accord avec ses diktats. Quand il se tenait tout nu devant le cruel miroir de la vérité, c'est ainsi qu'il se voyait.

Oui, comme Perry Pincus, il pensait être quelqu'un de bien. Les femmes le pensaient aussi. Devinant en lui un sens féroce de l'engagement tel qu'on en trouvait rarement chez l'homme moderne, elles avaient souvent cédé au sentiment amoureux, aussitôt étonnées — ces femmes si prudentes, si avisées ! — de la rapidité avec laquelle elles se jetaient dans les eaux profondes de la passion. Et lui ne les décevait pas. Il se montrait gentil, compréhensif, généreux, brillant, drôle, mature, et bon amant, sans faute. Cela durera toujours, se disaient-elles, car elles voyaient bien qu'il pensait de même ; elles se sentaient aimées, chéries, en sécurité. Il leur affirmait — l'une après l'autre — que l'amitié tenait lieu chez lui de liens familiaux, et, plus que l'amitié, l'amour. Cela semblait parfait. Du coup, elles relâchaient leur vigilance et se laissaient aller à toutes les bonnes choses, sans jamais deviner la torsion secrète qui se faisait en lui, ce terrible travail du doute, jusqu'au jour où il cassait et où l'alien jaillissait de son estomac en arborant de nombreuses rangées de dents. Elles ne voyaient venir la fin que quand il était trop tard. Sa première épouse, Sara, celle qui avait un don pour les expressions imagées, résumait ainsi la chose : « C'était comme de se faire massacrer à coups de hache. »

« Le problème chez toi, lui dit Sara avec une fougue incendiaire au terme de leur dernière dispute, c'est que tu n'es amoureux que de tes saletés de poupées. Tu n'es à l'aise qu'avec un monde miniature, inanimé. Un univers que tu peux fabriquer, détruire et manipuler, peupler de femmes qui ne répondent jamais, de femmes que tu n'as pas besoin de baiser. À moins que tu ne les fasses maintenant avec des fentes, des fentes en bois, des fentes en caoutchouc, des putains de fentes increvables qui couinent comme des ballons quand tu les enfiles ; est-ce que tu as un harem de poupées-putes grandeur nature cachées quelque part dans ton atelier, et qu'on découvrira un jour quand ils viendront t'arrêter parce que tu auras violé et découpé en morceaux une blondinette de huit ans, une pauvre petite poupée animée avec laquelle tu auras joué avant de la balancer ? Ils trouveront sa chaussure dans un buisson et diffuseront la description d'une camionnette à la télé et moi je serai devant mon poste et tu ne seras pas là et je me dirai, bon sang, je connais cette camionnette, c'est celle dans laquelle il trimballe ses saloperies de jouets quand il se rend à ses réunions de pervers pour jouer à "je te montre la mienne si tu me montres la tienne". Je serai l'épouse qui n'a jamais rien soupçonné. Je serai la pauvre conne d'épouse qui passe à la télé et se croit obligée de te défendre pour simplement me défendre moi, moi et mon inimaginable stupidité, puisque après tout c'est moi qui t'ai choisi. »

Il pensa : la vie n'est que fureur. La fureur — sexuelle, œdipienne, politique, magique, brutale — nous hisse à nos plus subtils sommets et nous précipite dans nos plus vulgaires abîmes. C'est de la fureur que naissent la création, l'inspiration, l'originalité, la passion, mais aussi la violence, la douleur, la destruction implacable et l'échange de coups dont on ne se remet jamais. Les Furies nous traquent ; Shiva danse sa danse furieuse pour créer et aussi pour détruire. Mais peu importe les dieux ! Sara fulminant contre lui représentait l'esprit humain sous sa forme la plus pure, la moins socialisée. C'est cela que nous sommes, ce que nous déguisons en nous polissant — la terrible bête humaine qui est en nous, le seigneur-créateur exalté, transcendant, autodestructeur et sans entraves. Nous nous hissons l'un l'autre jusqu'aux cimes de la joie. Nous nous dépeçons l'un l'autre sans pitié.

Elle s'appelait Lear, Sara Jane Lear, lointaine parente de l'écrivain et aquarelliste, mais il n'y avait aucune trace en elle de l'ineffable sens de l'absurde qui caractérisait Edward Lear. *Quel plaisir de connaître Sara Lear, qui connaît tant et tant de choses ! Certains la trouvent laide à pâlir, mais pour moi c'est la plus belle des roses.* Ces vers retouchés ne lui arrachèrent même pas l'ombre d'un sourire. « Imagine combien de personnes m'ont récité ces mêmes vers, et tu me pardonneras de n'être pas impressionnée. » Elle était plus âgée que lui d'environ un an et écrivait une thèse sur Joyce et le Nouveau Roman. Dans son appartement situé au deuxième étage de Chesterton Road, l'« amour » — qui, rétrospectivement, lui semblait davantage de la peur, comme si tous deux se cramponnaient au gilet de sauvetage de l'autre pour ne pas sombrer dans la solitude de leurs vingt et quelques années —, l'amour le poussa à parcourir laborieusement et à deux reprises *Finnegans Wake*. Ainsi que les textes austères de Sarraute, Robbe-Grillet et Butor. Quand il levait tristement les yeux des énormes masses de leurs longues et obscures phrases, il la trouvait assise dans l'autre fauteuil, qui le regardait, avec son beau et anguleux visage de démon sournois. La belle des marais aux yeux sournois. Il était incapable de déchiffrer son expression. Peut-être du mépris.

Ils se marièrent sans prendre le temps de la réflexion et se sentirent aussitôt piégés par leur erreur. Et pourtant ils restèrent ensemble pendant plusieurs années misérables. Plus tard, quand il raconta sa vie à Eleanor Masters, Solanka fit de sa première épouse celle qui avait le cœur inconstant et qui allait abandonner la partie la première. « Elle a renoncé très tôt à tout ce qu'elle désirait le plus. Avant même de comprendre qu'elle n'était pas à la hauteur. » Sara avait été l'éminente actrice universitaire de sa génération, puis avait tout abandonné, laissant derrière elle public et fond de teint sans un mot de regret. Plus tard, elle devait également renoncer à sa thèse et se trouver un poste dans la publicité, pour émerger de sa chrysalide bas-bleu et étendre de superbes ailes de papillon.

Cela se passa peu de temps après leur séparation. En apprenant la chose, Solanka piqua une colère. Toutes ces lectures laborieuses pour rien ! Et pas seulement les lectures.

« Grâce à elle, s'emporta-t-il devant Eleanor, j'ai vu *L'Année dernière à Marienbad* trois fois dans la même journée ! On a passé tout le week-end à essayer de comprendre ce foutu jeu d'allumettes auquel ils jouaient. "Tu ne peux pas gagner, tu sais. — Ce n'est pas un jeu si on ne peut pas perdre. — Oh, je peux perdre, mais je ne perds jamais." Quel jeu ! Grâce à elle je m'en souviens encore, mais elle s'est barrée au pays de l'esbroufe où si t'en as pas t'es cuit allez hop dégagez. Moi, je suis coincé ici dans les fichus *couloirs** du roman français des années soixante tandis qu'elle se pavane dans son ensemble Jil Sander au quarante-neuvième étage d'un immeuble de la Sixième Avenue, et amasse une fortune.

— Oui, mais n'oublie pas que c'est toi qui l'as quittée, souligna Eleanor. Tu t'en es trouvé une autre contre laquelle tu as troqué Sara : tu l'as laissée tomber comme une vieille chaussette. Tu n'aurais jamais dû l'épouser, apparemment, et c'est ta seule excuse. C'est la grande question sur l'amour posée par ta reine Lear et qui n'a pas de réponse : mais où donc avais-tu la tête ? Et puis ç'a été ton tour quand celle d'après, la Walkyrie wagnérienne à la Harley, t'a largué pour je ne sais plus quel compositeur. »

Elle savait très bien de qui il s'agissait, mais tous deux adoraient jouer à ce petit jeu.

« Cet enfoiré de Rummenigge, lâcha Solanka en souriant, de nouveau détendu. Elle a été son assistante lors d'une de ses tristes prestations pour trois orchestres et char Sherman, et après ça il lui a envoyé un télégramme. *Abstiens-toi je t'en prie de tout rapport sexuel avant d'avoir examiné le lien profond qui de toute évidence nous unit.*

Et le lendemain, paf, un aller simple pour Munich, et elle disparaît dans la Forêt Noire pendant des années. Mais elle n'était pas heureuse, ajouta-t-il. Elle ne connaissait pas son bonheur, tu comprends. »

Quand Solanka quitta Eleanor, elle ajouta un amer P.-S. à ces réflexions.

« En fait, j'aimerais connaître leurs versions de l'histoire, dit-elle lors d'une pénible conversation téléphonique. Peut-être que tu étais tout simplement, et ce depuis le début, un beau salopard insensible. »

Alors qu'il se rendait un soir à une rétrospective Kieslowski au Lincoln Plaza, Malik Solanka essaya de voir sa propre vie comme un volet du *Décalogue*. Un Court Métrage sur la Désertion. Quels commandements son histoire aurait-elle pu bien illustrer ou — pour parler comme les spécialistes de Kieslowski qui firent le rappel des épisodes précédents — interpeller ? Il existait de nombreux commandements contre les péchés de démission. La convoitise, l'adultère, la luxure, tout cela était frappé d'anathème. Mais existait-il des lois contre les péchés d'omission ? Ton Fils Tu N'Abandonneras Pas. Et À Ce Propos, De Vie Tu Ne Changeras Pas Sans Une Bonne Raison, Ducon, Et Ce Que Tu As Trouvé Pour L'Instant, L'Affaire Ne Fait Pas Franchement. Qu'Est-Ce Que Tu Crois ? Que Tu Peux Faire Comme Ça Te Chante ? Non Mais Dis Donc Connard, Pour Qui Tu Te Prends ? Hugh Hefner ? Le Dalaï-

Lama ? Donald Trump ? À Quel Sam Hill Tu Joues ? Hein, Mec ? *Hein ? ? ?*

Sara Lear était sûrement en ville, pensa-t-il soudain. Elle devait avoir à présent la cinquantaine bien tassée, un poste en or et des actions à la pelle, une ligne directe pour réserver une table chez Pastis et Nobu, et un pied-à-terre le week-end sur la côte, disons à Amagansett. Dieu merci, il n'était pas question d'aller lui rendre visite et de la féliciter pour ses choix dans la vie. Comme elle aurait pavoisé ! Car ils avaient vécu assez longtemps pour assister à la victoire absolue de la publicité. Dans les années soixante-dix, quand Sara avait lâché la vie sérieuse pour la frivole, travailler dans la pub n'était pas encore très glorieux. On en parlait à ses amis, les yeux baissés, à mi-voix. La publicité était un truc d'escroc, de l'arnaque, l'ennemie tristement célèbre de la vérité. C'était — horrible pensée à cette époque — le capitalisme à l'état brut. Vendre des choses était *vil*. À présent, tout le monde — écrivains renommés, grands peintres, architectes, hommes politiques — voulait être dans le coup. Les alcooliques repentis vantaient les mérites de la gnôle. Tout le monde, et tout, était à vendre. Les panneaux publicitaires était devenus des colosses, ils escaladaient les façades des immeubles tel King Kong. Qui plus est, on les aimait. Quand Solanka regardait la télé, il baissait toujours le son pendant les pauses publicitaires, mais il était sûr que les autres gens le mettaient à fond. Les filles des publicités — Esther, Bridget, Elizabeth, Halle, Gisele, Tyra,

Isis, Aphrodite, Kate — étaient plus désirables que les actrices des feuilletons qu'elles interrompaient. Bon sang, même les hommes des pubs — Mark Vanderloo, Marcus Shenkenberg, Marcus Aurelius, Marc Antoine, Marky Mark — étaient plus désirables que les actrices des feuilletons. Et en plus de proposer le rêve d'une Amérique à la beauté idéale où toutes les femmes étaient choupines et tous les hommes s'appelaient Mark, après avoir accompli la tâche primaire consistant à vendre des pizzas, des 4 × 4 et c'est fou ça n'attache même pas !, au-delà de la gestion financière et du nouveau bip-bip-bip des point-com, les publicités soulageaient les maux de l'Amérique, ses maux de tête, de ventre, ses chagrins, sa solitude, le mal de la petite enfance et du grand âge, le mal d'être parent et celui d'être enfant, le mal d'être un mâle et celui d'être une femme, le mal du succès et celui de la réussite, le mal sain de l'athlète et le mal malsain du coupable, l'angoisse de la solitude et de l'ignorance, le tourment cuisant des grandes villes et la douleur sourde et entêtante des plaines désertes, le mal de vouloir sans savoir ce qu'on voulait, la souffrance de ce vide qui hurlait au sein de chaque individu à demi conscient. Pas étonnant que la publicité fût populaire. Elle améliorait les choses. Elle montrait la route à suivre. Elle ne faisait pas partie du problème. Elle trouvait les solutions.

Il se trouvait justement qu'un publicitaire habitait dans l'immeuble du professeur Solanka. Il portait des bretelles rouges et des chemises

Hathaway, et fumait la pipe. Il s'était présenté l'après-midi même, devant les boîtes aux lettres, dans le couloir, en brandissant un rouleau de plans. (Qu'avait de particulier la solitude de Solanka, se demandait intérieurement celui-ci, pour que ses voisins se sentent obligés de venir le perturber ?)

« Mark Skywalker, de la planète Tattooine. »

Ben voyons, comme aurait dit Perry Pincus. Solanka ne s'intéressait absolument pas à ce jeune homme à nœud papillon et lunettes qui n'avait rien du guerrier Jedi. Lui-même ancien mordu de S.-F., il trouvait lamentable la série de *La Guerre des Étoiles*. Mais il avait appris à ne pas critiquer l'originalité new-yorkaise. Il avait également appris, quand il se présentait, à laisser tomber le « professeur ». Apprendre ennuyait les gens, et sacrifier aux formalités c'était vouloir en imposer hiérarchiquement. Or on était dans le pays du diminutif. Même les magasins et les restaurants prônaient le copinage. Rien qu'au coin de la rue il pouvait aller Chez Randy, Chez Benny, Chez Josie, Chez Gabriela, Chez Vinnie, Chez Freddie & Pepper. Il avait laissé derrière lui le pays de la réserve, de l'euphémisme et du non-dit, ce qui était plutôt une bonne chose. Chez Hana (accessoires médicaux), il était possible d'entrer et d'acheter un SOUTIEN-GORGE SPÉCIAL MASECTOMIE. L'indicible s'affichait en vitrine, en grosses lettres rouges de trente centimètres de haut. Et donc il répondit : « Solly Solanka », sur un ton neutre, s'étonnant de recourir au surnom honni. Là-dessus, Skywalker grimaça et dit :

« Êtes-vous judien ? »

Solanka ne connaissait pas l'expression, et l'avoua, en s'excusant.

« Oh, alors vous ne l'êtes pas, opina Skywalker. J'ai cru, à cause de "Solly". Et puis aussi, veuillez m'excuser, à cause de votre nez. »

Le sens de ce mot inconnu apparut alors clairement dans ce nouveau contexte, appelant une question intéressante que Solanka se retint de poser : ainsi donc vous avez des juifs sur Tattooine ?

« Ça y est, j'y suis, vous êtes anglais, continua Skywalker. (Solanka n'entra pas dans les subtilités coloniales et migratoires.) Mila me l'avait dit. Faites-moi plaisir. Jetez un œil là-dessus. »

Mila était apparemment la jeune impératrice de la rue. Solanka remarqua non sans déplaisir l'euphonie de leurs noms : Mila, Malik. Quand la jeune femme s'en apercevrait, nul doute qu'elle ne pourrait se retenir de lui en parler. Il se verrait contraint de dire des évidences, à savoir que les sons n'avaient pas de sens et qu'il s'agissait là d'une simple allitération dont il ne découlait rien, et surtout pas un rapport humain. Le jeune publicitaire avait déroulé ses plans et les avait étalés sur la table du vestibule.

« Je veux que vous me donniez franchement votre avis, expliqua Skywalker. C'est une campagne pour l'image d'une société. »

On voyait sur deux pages les panoramas de villes célèbres au crépuscule. Solanka eut un geste vague, ne sachant quelle réaction adopter.

« La légende, insista Skywalker. Elle fonctionne ? »

Toutes les photos étaient tirées de la même façon. *Le soleil ne se couche jamais sur American Express International Banking Corporation.*

« Bien. C'est bien », dit Solanka, sans savoir si c'était très bien, médiocre ou nullissime. Visiblement, il y avait toujours un guichet American Express ouvert quelque part dans le monde, aussi l'affirmation devait-elle être vraie, mais quel intérêt y avait-il pour, disons, un Londonien de savoir que les banques étaient encore ouvertes à Los Angeles ? Il garda cette réflexion pour lui et arbora une expression qu'il espéra judicieuse et approbatrice. Mais Skywalker en attendait de toute évidence plus.

« En tant que Britanniqueux, hasarda-t-il, pensez-vous que les Anglais ne se sentiront pas insultés ? »

La question était on ne peut plus déroutante. Solanka parut effrayé.

« À cause de l'Empire britannique, je veux dire. Sur lequel le soleil ne se couche jamais. Il n'y a pas malice. C'est ce dont je veux m'assurer. Cette légende ne doit pas être prise comme une insulte au passé glorieux de votre pays. »

Le professeur Solanka sentit un profond agacement monter en lui. Il ressentit le besoin impérieux d'invectiver ce type et tous ses stupides pseudos, de l'injurier, voire de lui flanquer une gifle magistrale. Il dut faire un effort pour se maîtriser et, d'une voix égale, rassura le très sérieux jeune Mark dans sa tenue de clone de David

Ogilvy : même les colonels les plus rougeauds d'Angleterre ne risquaient guère d'être agacés par cette banale formule. Puis il se précipita chez lui, referma sa porte le cœur battant, s'adossa au mur, ferma les yeux, respira profondément et secoua la tête. Oui, c'était le revers de la médaille de ce nouvel environnement franc du collier & SOUTIEN-GORGE SPÉCIAL MASECTOMIE — cette nouvelle hypersusceptibilité culturelle, cette peur quasi pathologique d'offenser. Il était au courant, comme tout le monde, mais là n'était pas la question. La question était : d'où vient toute cette colère ? Pourquoi était-il pris au dépourvu, en permanence, par des bouffées de rage qui annihilaient presque sa volonté ?

Il prit une douche froide. Puis il resta allongé pendant deux heures dans l'obscurité de sa chambre tandis que le climatiseur et le ventilateur du plafond faisaient de leur mieux pour venir à bout de la chaleur et de l'humidité. Il contrôla sa respiration et recourut également à des techniques de visualisation pour se détendre. Il imagina la colère comme un objet à trois dimensions, une chose molle, sombre et palpitante, qu'il délimita mentalement dans un triangle rouge. Cela marcha. Son rythme cardiaque revint à la normale. Il alluma la télévision de la chambre, un vieux monstre vrombissant et cliquetant datant d'une génération technologique antérieure, et regarda El Duque au lancer, son geste étonnant et hyperbolique. Le lanceur s'enroula sur lui-même jusqu'à ce que ses genoux touchent presque son nez, puis se déplia comme un fouet.

Même en cette saison inégale et quasi angoissée dans le Bronx, Hernández inspirait le calme.

Le professeur Solanka commit l'erreur de jeter un rapide coup d'œil sur CNN, où c'était Elián par-ci, Elián par-là. Le professeur Solanka fut écœuré par ce besoin perpétuel de totems. Un petit garçon avait été repêché en mer, sa mère s'était noyée, et aussitôt l'hystérie religieuse se déclenchait. La défunte mère devint presque une nouvelle Marie et on vit des affiches proclamant *Elián, sauve-nous*. Le culte, né de l'inévitable démonologie de Miami — selon laquelle le démon Castro, Hannibal-le-Cannibale Castro, allait dévorer le gamin tout cru, lui arracher son âme immortelle et l'avaler en la faisant passer avec quelques fèves et un verre de vin rouge —, accoucha sans tarder d'un sacerdoce. L'insupportable tonton obsédé par les médias fut sacré pape d'Eliánismo, et sa fille, la pauvre Marisleysis avec sa « fatigue nerveuse », devint le type même de l'exaltée qui, d'un jour à l'autre, allait observer des miracles chez ce gosse de sept ans. Il fut même question d'un pêcheur. Et bien sûr d'apôtres qui répandirent la bonne parole : le photographe qui vivait dans la chambre d'Elián, les directeurs de chaînes qui agitaient des contrats, les éditeurs agissant de même, CNN elle-même et toutes les autres équipes télé avec leurs antennes paraboliques et leurs paluches. Pendant ce temps à Cuba, le petit garçon était transformé en un tout autre totem. Une révolution moribonde, une révolution de barbons barbus, brandissait l'enfant comme preuve de sa jeunesse retrouvée.

Dans cette version, Elián sortant des eaux devint un mythe sur l'immortalité. Fidel, le vieil infidèle, prononçait d'interminables discours affublé d'un masque d'Elián.

Et pendant longtemps le père, Juan Miguel González, resta chez lui dans son village natal de Cárdenas, parlant peu. Il déclara qu'il voulait revoir son fils, ce qui était sans doute digne, et suffisant. Se demandant ce que lui-même ferait si ses oncles et cousins venaient à s'interposer entre Asmaan et lui, le professeur Solanka brisa net un crayon en deux. Puis il changea de chaîne pour revenir au match de base-ball, mais il était trop tard. El Duque, lui-même réfugié cubain, ne serait pas d'accord avec Solanka. Son esprit, dans lequel Asmaan Solanka et Elián González se brouillaient et se confondaient, était de nouveau en état de surchauffe, et lui rappelait que dans son propre cas aucun parent n'avait eu besoin de se mettre entre lui et son fils. Il avait consommé la rupture sans la moindre aide extérieure. Comme la rage impuissante montait en lui, il recourut, une fois de plus, à ses techniques éprouvées de sublimation, et dirigea sa colère sur une cible extérieure, la population idéologiquement dérangée de Miami, que l'expérience avait transformée en ce qu'elle détestait le plus. La hantise de la bigoterie avait fait d'eux des bigots. Ils vitupéraient les journalistes, insultaient les politiciens en désaccord avec eux, agitaient le poing sur le passage des voitures. Ils parlaient d'un maléfique lavage de cerveau, mais il était clair que leurs propres cervelles s'étaient encrassées.

« Pas du lavage, mais du souillage ! se mit à crier Solanka à l'intention du lanceur cubain à la télé. Vous vous êtes vous-mêmes infligé un souillage de cerveau. Et à ce gamin paumé sur sa balançoire que viennent renifler les centaines de groins des caméras, vous lui dites quoi, sur son père ? »

Il repassa par toutes les mêmes phases : les tremblements, le cœur qui s'emballe, le souffle court, la douche, la respiration dans le noir, la visualisation. Pas de médicaments ; il les avait bannis et évitait également les psys. Le gangster Tony Soprano pouvait bien aller consulter un psy, qu'est-ce que ça pouvait foutre, il n'était que fiction. Le professeur Solanka avait décidé d'affronter seul son démon. La chimie et la psychanalyse étaient de l'arnaque. S'il devait sortir victorieux de ce duel, si ce démon qui le possédait devait mordre la poussière et être consigné aux enfers, alors ça devait se passer entre eux deux, et rien qu'entre eux, dans un combat mortel à mains nues.

Il faisait nuit quand Malik Solanka se jugea en état de quitter l'appartement. Secoué, mais feignant l'insouciance, il se rendit à la rétrospective Kieslowski. S'il avait été un ancien du Vietnam ou même un reporter un peu trop éprouvé, son comportement aurait été plus aisément compréhensible. Jack Rhinehart, un poète américain et correspondant de guerre qu'il connaissait depuis vingt ans, réduisait systématiquement en mille morceaux tout téléphone qui sonnait pendant son sommeil. Il était incapable de s'en empêcher, et n'était qu'à demi conscient quand la chose se produisait. Jack devait souvent se racheter un téléphone, mais il acceptait son sort. Il était endommagé et s'estimait heureux que ça s'arrête là. Mais la seule guerre qu'avait connue le professeur Solanka était sa propre existence, et l'existence s'était montrée clémente à son égard. Il avait de l'argent et ce que la plupart des gens considéraient comme une famille idéale. Sa femme et son fils étaient tous deux exceptionnels. Pourtant, il s'était retrouvé au beau milieu de la nuit dans sa cuisine avec des envies de meurtre ; de meurtre réel, et non métaphorique. Il était même monté à l'étage muni d'un couteau à découper et était resté figé pendant une terrible minute devant le corps endormi de son épouse. Puis il était allé dormir dans la chambre d'amis, avait fait ses valises au petit matin et pris le premier avion pour New York sans laisser la moindre explication. Ce qui s'était passé était au-delà de l'explicable. Il avait besoin de mettre un océan, au moins, entre lui et ce qu'il avait failli faire. Miss Mila, l'impératrice de la 70e Rue Ouest, avait été plus proche de la vérité qu'elle ne le pensait. Qu'elle ne devait jamais le savoir.

Il faisait la queue devant le cinéma, perdu dans ses pensées. C'est alors qu'une jeune voix masculine retentit derrière son oreille droite, scandaleusement élevée, se fichant pas mal des autres, déballant sa vie privée non seulement à sa compagne mais à toute la file, à toute la ville ; comme si ça pouvait intéresser le monde. Vivre à Metropolis, c'était savoir que l'exceptionnel était aussi répandu que le soda sans sucre. L'anormalité était la norme pop-corn.

« Et donc je finis par l'appeler, et je lui dis : salut, 'man, et elle : tu veux savoir qui c'est qui dîne en ce moment même, ici, à Trouducville, qui c'est qui goûte au pâté de ta mère ? Eh bien c'est le Père Noël, ni plus ni moins. Le Père Noël est ici même en bout de table là où ton putois de serpent de père venait poser son gros cul d'enfoiré. Je le jure devant Dieu ! Non mais franchement, il est trois heures de l'après-midi et elle déraille déjà. C'est ce qu'elle a dit, putain, mot pour mot ! Le Père Noël. Et moi de répondre : bien sûr, maman, et que fabrique le petit Jésus ? Et elle : on dit *Monsieur* Jésus-Christ, fiston, et sache que Monsieur Jésus-Christ s'occupe du poisson. Bon, moi j'en pouvais plus, alors je dis : salut, maman, bien le bonjour à ces messieurs de ma part, amusez-vous bien. »

Et tout le temps que parla le jeune homme on entendit le gros rire horrifié d'une femme. HA-ah-ah-HA.

À ce stade, dans un film de Woody Allen (une scène de *Maris et Femmes* avait d'ailleurs été tournée dans l'appartement que louait Solanka), les cinéphiles se seraient mêlés à la conversation, prenant parti, y allant de leurs anecdotes personnelles pour rivaliser avec — ou surpasser — celle qu'ils venaient de surprendre, citant des précédents au monologue de cette mère folle et déchaînée, tirés du dernier Bergman, d'Ozu, de Sirk.

Dans un film de Woody Allen, Noam Chomsky ou Marshall McLuhan, ou peut-être qu'aujourd'hui ce serait Gurumayi ou Deepak Chopra, auraient jailli de derrière une plante en pot et glissé un petit commentaire mielleux et raffiné. L'état critique de la mère ferait l'objet d'une brève méditation angoissée de la part de Woody — était-elle psychotique toute la journée, ou seulement aux heures des repas ? Quel médicament prenait-elle, les contre-indications étaient-elles clairement indiquées sur le flacon ? Que fallait-il déduire du fait qu'elle était sur le point de se la donner avec non pas une, mais deux figures tutélaires ? Qu'aurait pensé Freud de cet insolite triangle sexuel ? Que nous apprend sur cette femme son besoin identique de paquets cadeaux et de salut éternel ? Que nous apprend-il sur l'Amérique ?

Et s'il y avait bel et bien deux types avec elle dans la pièce, de qui s'agissait-il ? Peut-être de meurtriers en cavale, se terrant dans la cuisine de cette pauvre femme imbibée de bourbon ? Courait-elle vraiment un danger ? Sinon, en tant que penseurs à l'esprit large, ne devrions-nous pas envisager la possibilité, du moins au niveau théorique, qu'il s'est produit un authentique et double miracle ? Dans ce cas, quel genre de cadeau Jésus allait-il demander au Père Noël ? Et si, comme convenu, le fils de Dieu s'occupait du thon, y aurait-il assez de pâté pour aller avec ?

À tout cela, Mariel Hemingway prêterait une attention morne mais soutenue ; puis, en un clin d'œil, la chose serait oubliée à jamais. Dans un film de Woody Allen, la scène aurait été tournée en noir et blanc, ce procédé des plus irréel qui avait fini par signifier réalisme, intégrité et art. Mais le monde est en couleurs et moins bien écrit que dans les films. Malik Solanka se retourna brusquement, ouvrit la bouche pour protester, et se retrouva face à Mila et à son quarterback de centurion. Penser à elle l'avait fait apparaître. Derrière eux se tenaient — adossés, voûtés, accroupis, cambrés — le reste de l'indolente division des vérandas.

Ils étaient superbes, reconnut Solanka. Ils avaient délaissé leur uniforme diurne Hilfiger pour un style très différent et plus BCBG, une classique tenue d'été Calvin Klein blanc et ocre, et tous portaient des lunettes bien qu'il fît nuit. Les multiplex passaient une publicité dans laquelle un groupe de vampires branchés — grâce à la série avec Buffy, les vampires cartonnaient — attendait l'aube sur une dune avec des Ray-Ban. Celui qui avait oublié ses lunettes se mettait à grésiller au premier rayon du soleil et ses camarades éclataient de rire en montrant les crocs quand il explosait littéralement. AH-ah-ah-AH. Le professeur Solanka se dit que Mila & Cie étaient peut-être des vampires, et qu'il avait commis l'erreur de venir sans protection. Sauf, bien sûr, que cela signifierait qu'il était lui aussi un vampire, un réfugié fuyant la mort, capable de défier les lois du temps... Mila ôta ses lunettes de soleil et le dévisagea d'un air provocateur, et il se souvint immédiatement qui elle lui rappelait.

« Tiens donc, mais c'est Monsieur Garbo, qui

veut qu'on le laisse tranquille », lança méchamment le centurion décoloré, pour montrer qu'il était prêt à en découdre avec le vieux et rouillé professeur Solanka si celui-ci osait se rebiffer. Mais Malik était prisonnier du regard de Mila.

« Ça alors, dit-il. Ça alors, mais c'est Cervelette. C'est ma poupée. »

Le géant centurion trouva la remarque opaque, et par conséquent suspecte. Le fait est qu'il émanait de l'expression de Solanka autre chose que de la surprise : quelque chose de bilieux, voire d'hostile, quelque chose qui aurait pu être du dédain.

« On se calme, Greta », dit la jeune brute, en posant la paume de son énorme main contre la poitrine de Solanka et en y appliquant une poussée impressionnante. Solanka perdit l'équilibre et heurta le mur.

Mais la jeune femme rappela son chien de garde.

« C'est rien, Eddie, je t'assure, tout va bien. »

Au même moment, heureusement, la fille se mit à avancer rapidement. Malik Solanka se précipita dans la salle et s'assit à bonne distance du groupe de vampires. Comme les lumières s'éteignaient, il vit les deux yeux verts et perçants le fixer avec intensité de l'autre bout de la salle.

4

Il passa la nuit à errer dehors, sans parvenir à trouver l'apaisement, même au plus profond de la nuit, et encore moins au petit matin quand la ville se réveilla. La vraie nuit n'existait plus. Il ne se rappelait pas son itinéraire exact, et avait l'impression d'avoir traversé la ville puis d'être revenu par Broadway ou ses environs, mais il se rappelait l'incroyable boucan d'un son blanc et coloré. Il se rappelait les sons dansant en formes abstraites devant ses yeux cernés et rougis. La veste de son costume en lin pesait, détrempée, sur ses épaules, mais au nom de la bienséance, d'une certaine façon de faire les choses, il ne l'ôta pas. Non plus que son panama. Le vacarme urbain augmentait presque tous les jours, à moins que ce ne fût sa sensibilité à ce bruit qui s'exacerbât douloureusement. Les camions-poubelles, pareils à de gigantesques cancrelats, sillonnaient la ville en vrombissant. Où qu'il fût, il pouvait entendre une sirène, une alarme, le bip strident des gros véhicules qui reculaient, le rythme d'une musique insupportable.

Les heures passaient. Les personnages de Kieslowski ne le quittaient pas. Quelles étaient les causes de nos actes ? Deux frères, éloignés l'un de l'autre et dc leur défunt père, perdaient quasiment la tête pour une inestimable collection de timbres. Un homme apprenait qu'il était impuissant et ne pouvait supporter l'idée que la femme qui l'aimait ait une vie sexuelle sans lui. Nous sommes tous le jouet de mystères. Nous ne faisons qu'entr'apercevoir leurs visages voilés mais leur puissance nous pousse en avant, vers les ténèbres. Ou vers la lumière.

Comme il débouchait dans sa rue, même les immeubles se mirent à lui parler dans le style ronflant des dirigeants de la planète, pleins d'une suprême assurance. L'école du Saint-Sacrement faisait du prosélytisme en latin gravé dans la pierre : *Parentes Catholicos Hortamur Ut Dilectae Proli Suae Educationem Christianam et Catholicam Procurant.* Cette opinion ne fit vibrer aucune corde sensible chez Solanka. Juste à côté, une devise plus débonnaire inscrite en lettres dorées scintillait à un majestueux fronton assyriano-DeMille : *Si l'amour fraternel pouvait rapprocher les hommes, comme le monde serait beau !* Trois quarts de siècle plus tôt, cet édifice, à la beauté tapageuse typique de New York, avait été voué, dixit la première pierre, « au phytianisme », sans se formaliser du heurt entre métaphores grecque et mésopotamienne. Ce pillage confus des entrepôts impériaux défunts, ce melting-pot ou *métissage** des puissances passées, était le véritable indicateur des forces en présence.

Pytho était l'ancien nom de Delphes, patrie du Python qui lutta contre Apollon ; et surtout du célèbre oracle delphique, la Pythie, prêtresse et prophétesse connue pour ses transports et ses extases. Solanka ne pouvait croire que ce fût là le sens de « pythien » visé par les bâtisseurs : voué aux convulsions et aux crises d'épilepsie. Et un bâtiment aussi épique ne pouvait pas non plus être dédié à l'humble pratique de la poésie (la poésie pythienne recourt à l'hexamètre dactylique). On avait dû sans doute penser à quelque référence apollinienne plus générale, à Apollon dans ses incarnations à la fois musicale et athlétique. Depuis le VIe siècle avant l'Ère vulgaire, les jeux Pythiens, l'un des quatre plus grands festivals panhelléniques, avaient lieu chaque troisième année du cycle olympique. Il y avait des joutes musicales ainsi que sportives, et l'on mettait également en scène la grande bataille du dieu et du serpent. Des bribes de cet événement étaient peut-être parvenues jusqu'aux oreilles de ceux qui avaient bâti cet autel dédié au demi-savoir, ce temple consacré à la croyance selon laquelle l'ignorance, suffisamment épaulée par le dollar, devenait sagesse. Le temple d'Apollon Bêta.

Au diable ce mic-mac antique ! s'exclama intérieurement le professeur Solanka. Une plus vaste déité l'entourait de toutes parts : l'Amérique, au faîte de son insatiable puissance hybride. L'Amérique, où il était venu pour s'effacer. Pour se détacher de tout lien et donc aussi de toute colère, peur, et douleur. Dévore-moi, supplia en silence le professeur Solanka. Dévore-moi, Amérique, et laisse-moi tranquille.

Sur l'autre trottoir, face au faux palais assyrien de la Pythie, le simulacre le plus abouti d'une *Kaffeehaus* viennoise venait juste d'ouvrir ses portes. Là, on pouvait trouver le *Times* et le *Herald Tribune* maintenus par des baguettes de bois. Solanka entra, but un café corsé et se laissa prendre à l'éternel jeu mimétique de la plus transitoire des cités. Avec son costume de lin et son panama en piteux état, il pouvait passer pour un des habitués désargentés du Café Hawelka de Dorotheergasse. À New York, personne n'y regardait de trop près, et rares étaient les yeux rompus aux subtilités de la vieille Europe. Le col mou d'une chemise blanche maculée de taches, des espadrilles marron et sales, une barbe hirsute et inégale (ni soigneusement entretenue ni délicatement pommadée) ne dépareillaient pas ici. Même son nom, quand il aurait été contraint de le donner, avait une vague résonance *mitteleuropäisch*. Quel endroit, pensa-t-il. Une ville de demi-vérités et d'échos qui règne quasiment sur la planète. Et plante son regard vert émeraude dans votre cœur.

Solanka s'approcha du comptoir et des fabuleuses pâtisseries viennoises dans leur vitrine réfrigérée, ignora l'appétissant *gâteau** Sacher et commanda plutôt une part de Linzertörte, s'attirant en réponse un regard de parfaite incompréhension hispanique qui l'obligea à montrer du doigt, non sans exaspération, la tarte désirée. Il put alors déguster et lire.

Les quotidiens ne parlaient que du rapport enfin rendu public sur le génome humain. Ils l'appelaient la meilleure version à ce jour du « grand livre de la vie », une phrase diversement utilisée pour décrire la Bible et le roman, même si cette nouvelle lumière n'était en rien un livre mais plutôt un rébus électronique disponible sur Internet, un code écrit avec quatre acides aminés, or le professeur Solanka n'entendait rien aux codes, n'avait même jamais réussi à apprendre l'argot des bouchers, encore moins les signaux à bras ou le Morse aujourd'hui défunt, hormis ce que tout le monde en savait. Dit dit dit da da da dit dit dit. *L'appel de détresse.* SOS, dans les deux sens. Tout le monde spéculait sur les miracles qu'entraînerait la victoire du génome, par exemple les membres supplémentaires qu'on pourrait décider de se laisser pousser pour éliminer le problème consistant, devant un buffet, à tenir une assiette et un verre de vin tout en mangeant en même temps ; mais pour Malik, les deux seules certitudes étaient, premièrement, que les découvertes qu'on faisait venaient trop tard pour lui être d'un quelconque secours, et deuxièmement, que ce livre — qui bouleversait tout, qui transformait la nature philosophique de notre être, qui contenait un changement quantitatif dans notre connaissance de soi si vaste qu'il en devenait également un changement qualitatif — lui resterait à jamais illisible.

Si les êtres humains se voyaient interdit ce niveau de compréhension, du moins pouvaient-ils se consoler en se disant que tous partageaient la même ignorance crasse. Maintenant que Solanka savait que quelqu'un quelque part savait ce qu'il ne saurait jamais, et en outre se rendait bien compte que ce nouveau savoir était d'une importance vitale, il ressentait le morne agacement, la colère rentrée de l'idiot. Il avait l'impression d'être un faux-bourdon, une fourmi. Comme s'il était l'un de ces milliers d'ouvriers qui avancent péniblement dans les vieux films de Chaplin et de Fritz Lang, ces anonymes condamnés à se rompre les os sur la roue de la société tandis qu'un savoir détenu en haut lieu les opprime sans merci. L'ère nouvelle avait de nouveaux empereurs, et il serait leur esclave.

« Monsieur. *Monsieur.* »

Une jeune femme se tenait devant lui, si proche que c'en était gênant, vêtue d'une jupe étroite bleu marine qui lui arrivait aux genoux et d'un chemiser blanc impeccable. La chevelure blonde sévèrement tirée en arrière.

« Je vais vous demander de partir, monsieur. »

Le personnel hispanique du comptoir semblait tendu, prêt à intervenir. Le professeur Solanka fut sincèrement perplexe :

« Y aurait-il un problème, mademoiselle ?

— Il y a, et non il y “aurait”, un problème, monsieur, et c'est que vous avez parlé grossièrement, en termes obscènes, et d'une voix forte. Dégoisé de façon dégoûtante, dirais-je. Monsieur, c'est vous le problème. Veuillez partir à présent, s'il vous plaît. »

Enfin, pensa-t-il tandis qu'il se faisait botter oralement le derrière, enfin un moment d'authenticité. Il y a au moins une Autrichienne ici. Il se leva, s'enveloppa de son manteau bosselé et régla l'addition mais non son compte à la femme. L'étrange discours de cette dernière était incompréhensible. Quand il dormait encore avec Eleanor, elle l'accusait de ronfler. Il était à mi-chemin entre sommeil et éveil et elle le secouait et lui disait, tourne-toi sur le côté. Mais il était conscient, voulait-il lui dire, il pouvait lui parler, et par conséquent, s'il avait fait le moindre bruit, il l'aurait entendu, lui aussi. Au bout d'un moment, elle renonçait à le persécuter et il s'endormait profondément. Jusqu'au jour où une fois de plus il ne parvint pas à s'endormir. Non, pas encore ça, pas maintenant. Maintenant, alors qu'une fois de plus il était conscient, et que toutes sortes de bruits assaillaient ses oreilles.

Devant chez lui, un ouvrier sur un échafaudage était en train de ravaler la façade de son immeuble. L'homme vociférait des ordres et des blagues obscènes dans un penjabi houleux à son collègue qui fumait un beedi sur le trottoir. Malik Solanka téléphona aussitôt aux Jay, ses propriétaires, de riches fermiers spécialisés dans l'agriculture biologique qui passaient leurs étés dans le nord de l'État au milieu de leurs fruits et légumes, et se plaignit vigoureusement. Un tel vacarme était intolérable. La location stipulait clairement que les travaux seraient non seulement extérieurs mais silencieux. En outre, les toilettes fonctionnaient mal ; de petits débris de matière fécale refaisaient surface quand on avait tiré la chasse. Vu son état, cela le plongeait dans un désarroi complètement disproportionné, et il ne cacha pas ses sentiments à Mr Simon Jay, le gentil et stupéfait propriétaire de l'appartement, qui avait vécu ici trente années de bonheur avec son épouse Ada, avait élevé ses enfants dans ces pièces, leur avait appris à être propres sur ces mêmes toilettes, Mr Simon Jay pour qui chaque jour passé entre ses murs avait été un pur ravissement. Solanka ne voulut rien entendre. Tirer une seconde fois la chasse résolvait le problème, reconnut-il, mais ce n'était pas acceptable. Il fallait faire venir un plombier, et vite.

Mais le plombier, comme les ouvriers du bâtiment penjabis, avait la langue bien pendue. Joseph Schlink était un octogénaire maigre et sec, doté d'une tignasse blanche à la Einstein et de dents de devant à la Bugs Bunny. Il franchit le seuil, animé d'une espèce d'orgueil défensif qui le poussa à prévenir toute critique.

« Ne me dites rien, hein ? Fous pensez che suis trop vieux peut-être, ou peut-être pas, che n'ai pas dit que che lisais dans les pensées, mais meilleur plombier sur la côte Est fous ne trouferez pas, et en pleine forme, hein, ou che ne m'appelle pas Schlink. (Le tout avec l'accent prononcé et immuable du juif allemand transplanté.) Mon nom fous amuse ? Riez, donc. Le monsieur Simon, il m'appelle Schlink Ascète, et la madame Ada, elle m'appelle En Schlink Sec, ils peuvent bien m'appeler Schlink le Bismarck che m'en moque, c'est un pays libre, mais dans mon métier che n'ai que faire de l'humour. En latin, *humor* c'est une zécrétion dans l'œil. Che cite zeulement Heinrich Böll, prix Nobel mille neuf cent soixante-douze. Dans sa partie, il reconnaît que za peut être utile, mais dans mon dravail za ne peut qu'amener des erreurs. Mes yeux sont secs, ja ?, et che n'ai pas de blagues dans ma zacoche. Mais che travaille vite, on me paye vite aussi, vous me suifez. Comme dit le *Schwarzer* dans le film, che feu foir argent. Après une guerre passée à réparer les fuites dans un sous-marin nazi, fous me croyez pas capable de réparer votre petit machin ? »

Un plombier mal embouché, c'est le comble, pensa Solanka, soudain accablé. Et cela alors qu'il ne tenait presque plus debout. La ville lui donnait une leçon. Il était impossible d'échapper aux intrus, au bruit. Il avait traversé l'océan pour laisser sa vie derrière lui. Il était venu ici en quête de silence et n'avait trouvé qu'un vacarme plus grand encore que celui qu'il avait quitté. Désormais le bruit était à l'intérieur de lui. Il avait peur d'entrer dans la pièce où se trouvaient les poupées. Peut-être allaient-elles se mettre à lui parler. Peut-être allaient-elles s'animer et jacasser sans fin jusqu'à ce qu'il soit obligé de les faire taire une bonne fois pour toutes, jusqu'à ce qu'il se voie contraint, par l'omniprésence de la vie, par son refus obstiné de laisser glisser, par l'insupportable et cacophonique brouhaha du troisième millénaire, de leur arracher leurs putains de têtes.

Respirer. Il fit un lent exercice respiratoire. Très bien. Il accepterait la loquacité du plombier comme s'il s'agissait d'une punition. S'en accommoder renforcerait son humilité et son sang-froid. Il avait devant lui un plombier juif qui avait échappé aux camps de la mort en s'immergeant. Ses talents lui avaient valu protection de l'équipage du sous-marin, un équipage qui s'en était remis à lui jusqu'au jour de la reddition, lorsqu'il avait été libre et s'était rendu en Amérique, laissant derrière lui — ou, plutôt, emportant avec lui — ses fantômes.

Schlink avait déjà raconté l'histoire un millier de fois, et même davantage. Les phrases étaient prêtes et le rythme rodé.

« Che vous laisse imaginer. Un plombier dans un sous-marin, c'est déchà un peu comique, mais en plus de ça fous afez l'ironie, la complexité *psychologische*. Pas besoin de fous faire un dessin. Mais me foilà defant fous. Ch'ai fécu ma fie. Che suis touchours là, hein ? »

Solanka dut admettre que c'était une vie digne d'un roman. Une vie cinématographique. Une vie qui pourrait faire un film à succès avec un budget moyen. Dustin Hoffman, peut-être, dans le rôle du plombier, et dans celui du capitaine du sous-marin, qui donc ? Klaus Maria Brandauer, Rutger Hauer. Mais sans doute les deux rôles iraient-ils à de plus jeunes acteurs dont Malik ignorait les noms. Même la cinéphilie dont il s'enorgueillissait s'estompait avec l'âge.

« Vous devriez mettre tout ça par écrit et déposer le projet, dit-il à Schlink en parlant un peu trop fort. C'est comme ils disent un concept fort. Un croisement entre *U-571* et *La Liste de Schindler*. Peut-être une comédie à double tranchant comme celle de Benigni. Non, plus forte que celle de Benigni. Disons, *Judaïk Park.* »

Schlink se raidit. Mais avant de reporter son attention blessée sur les toilettes, il posa sur Solanka un regard triste et dégoûté.

« Pas d'*humor*, dit-il. Comme che fous l'ai déchà fait savoir. Ch'ai le regret de fous dire que fous êtes quelqu'un d'irrespectueux. »

Au rez-de-chaussée, dans la cuisine, la femme de ménage polonaise, Wislawa, venait d'arriver. Elle était fournie avec la sous-location, refusait de repasser, laissait des toiles d'araignée dans les coins, et après son départ vous pouviez tracer un sillon dans la poussière sur le manteau de la cheminée. L'aspect positif, c'était son caractère agréable et son large sourire tout en gencives. Mais si vous lui tendiez la perche, ou même si vous n'en faisiez rien, elle se lançait dans ses récits. Irrépressible et dangereuse puissance du récit. Wislawa, en fervente catholique, avait vu sa foi profondément ébranlée par une histoire manifestement vraie, racontée par son mari qui la tenait de son oncle qui la tenait d'un très bon ami qui connaissait la personne concernée, un certain Ryszard qui avait été pendant de nombreuses années le chauffeur personnel du pape, cela bien sûr avant que ce dernier soit élu au Saint-Siège. Quand vint l'heure de l'élection, son chauffeur Ryszard conduisit le futur pape à travers toute l'Europe, une Europe à la charnière de l'histoire, à l'orée de grands changements. Ah, la camaraderie des deux hommes, la simplicité des joies et des soucis d'un tel périple ! Puis ils arrivèrent dans la ville sainte. L'homme d'Église s'enferma avec ses pairs et le chauffeur attendit. Enfin l'on vit monter la fumée blanche, les cris d'*habemus papam* retentirent, puis un cardinal tout de rouge vêtu apparut, descendit lentement un immense escalier de pierre jaune, un peu en crabe, comme un personnage dans un film de Fellini. Tout en bas des marches, le chauffeur tout excité attendait dans la petite voiture aux vitres fumées. Le cardinal s'approcha de la vitre du chauffeur en s'épongeant le front et en gonflant les joues ; Ryszard avait bien sûr baissé le carreau en vue de la nouvelle. Aussi le cardinal put-il lui transmettre le message du nouveau pape polonais :

« Vous êtes viré. »

Solanka, qui n'était ni catholique, ni croyant, ni franchement intéressé par cette histoire quand bien même véridique, ni convaincu, loin s'en faut, de sa véracité, ni désireux d'arbitrer la lutte avec le démon du doute qui tenait actuellement à la gorge l'âme immortelle de Wislawa, aurait préféré ne pas lui parler du tout, et la voir aller et venir dans l'appartement, le briquer et le rendre habitable, puis s'en aller une fois le linge lavé, repassé et plié. Mais en dépit de frais de sous-location s'élevant à plus de huit mille dollars par mois, femme de ménage incluse, le destin lui avait distribué un jeu exécrable. Il n'avait aucune envie de se prononcer sur la place au paradis très compromise de Wislawa, mais elle ne cessait de revenir sur ce sujet.

« Comment baiser l'anneau d'un Saint-Père comme celui-ci, c'est un des miens, mais grand

Dieu, envoyer un cardinal comme ça, si légèrement, pour lui donner congé. Et si ce n'est pas avec le Saint-Père, alors comment faire avec ses prêtres, et si ce n'est pas avec les prêtres, alors comment obtenir confession et absolution, et voilà que s'ouvrent sous mes pieds les grilles forgées de l'enfer. »

Le professeur Solanka, dont la patience s'usait, menaçait jour après jour d'exploser. Le paradis, envisageait-il de dire à Wislawa, était un endroit dont seuls les magnats de New York connaissaient le code secret. Par respect pour l'esprit démocratique, de rares mortels ordinaires y avaient accès eux aussi ; ils se présentaient en arborant une expression convenablement révérencielle, l'expression de ceux qui savent qu'ils ont eu un pot vraiment exceptionnel. L'air ahuri de cette foule de gagne-petits renforçait la satisfaction blasée des privilégiés, et bien sûr celle du Propriétaire lui-même. Toutefois, les lois de l'offre et de la demande étant ce qu'elles étaient, il était hautement improbable que Wislawa côtoie un jour d'heureux élus dans les tribunes privées et les gradins baignés de soleil de l'éternité.

Mais Solanka se retenait de lui dire tout cela et bien plus encore. Il préférait attirer son attention sur les toiles d'araignée et la poussière, ne recevant en retour que le fameux sourire tout en gencives et un geste d'incompréhension cracovienne.

« Je travaille pour madame Jay depuis un long temps. »

Aux yeux de Wislawa, cette réponse balayait

toutes les critiques. Au bout de deux semaines, Solanka s'abstint de toute remarque, épousseta lui-même le manteau de la cheminée, fit disparaître les toiles d'araignée et déposa ses chemises à l'excellente blanchisserie chinoise juste au coin de la rue, dans Columbus Avenue. Mais l'âme de Wislawa, son âme inexistante, continuait de temps à autre d'exiger son indifférent tutorat.

Solanka commençait à avoir légèrement le tournis. En manque de sommeil, le cerveau en ébullition, il se dirigea vers sa chambre à coucher. Derrière lui, apporté par l'air épais et humide, il pouvait entendre le jacassement de ses poupées devenues vivantes, chacune faisant à l'autre le récit des événements ayant conduit à sa captivité en ce lieu. Récit imaginaire que Solanka avait inventé pour chacune d'entre elles. Si une poupée n'avait pas de passé, alors sa valeur marchande était faible. Et ce qui était vrai pour les poupées l'était également pour les êtres humains. C'était cela qu'on emportait avec soi quand on franchissait les mers, les frontières, l'existence : notre petite réserve d'anecdotes et de rebondissements, nos intimes il-était-une-fois. Nous étions nos histoires, et à notre mort, avec un peu de chance, notre immortalité figurerait dans une histoire ou une autre.

C'était la grande vérité à laquelle Malik Solanka avait tourné le dos. C'était précisément son « passé » qu'il voulait détruire. Qu'importe d'où il venait, ni qui, alors que le petit Malik savait à peine marcher, avait abandonné sa mère, l'autorisant du coup, des années plus tard, à agir de même. Au diable ses beaux-pères, les pressions sur le sommet du crâne d'un jeune enfant, les déguisements, la faiblesse des mères et les coupables Desdémone, et tout ce bagage inutile du sang et de la tribu. Il était venu en Amérique comme tant d'autres avant lui pour recevoir l'insulaire bénédiction de saint Ellis, et repartir de zéro. Baptise-moi, Amérique, appelle-moi Buzz, Chip ou Spike. Immerge-moi dans l'amnésie et enveloppe-moi dans ta puissante inconscience. Prends-moi dans ton équipe et passe-moi mon chapeau de Mickey ! Fais que je ne sois plus un historien, mais un homme sans histoires. J'arracherai ma langue maternelle de ma gorge et parlerai ton anglais bâtard. Scanne-moi, numérise-moi, téléporte-moi. Si le passé est cette Terre vieille et malade, alors, Amérique, sois ma soucoupe volante. Emporte-moi jusqu'aux confins de l'espace. La Lune n'est pas assez loin.

Mais les fenêtres de sa chambre fermaient mal et n'empêchaient pas les histoires de rentrer. Qu'allaient faire Saul et Gayfrid — « elle est devenue la Coupe Stanley des épouses trophées à une époque où les épouses trophées étaient aussi communes que des Porsche » — maintenant qu'il ne restait plus que 40 ou 50 millions de dollars ?... Hourrah, Muffie Potter Ashton est enceinte !... Et c'était pas Paloma Huffington de Woody qui faisait copain-copain avec S.J. « Ytzhak » Perelman à Gibson's Beach, à Sagaponack ?... Vous étiez au courant pour Griffin et sa grande et belle Dahl ?... Comment ça, Nina a l'intention de lancer un *parfum* ? Mais mon cher, elle est tellement vieille qu'elle commence à sentir le faisandé !... Meg et Dennis, depuis qu'ils ont splitté, ils se disputent pour savoir qui aura non seulement les CD mais aussi le gourou... Quelle est donc cette actrice en vue de Hollywood qui vient de faire courir le bruit que le couronnement de telle ou telle nouvelle star a des origines saphiques auxquelles serait mêlé un ponte des studios ?... Vous avez lu le dernier livre de Karen, *Maigrir en beauté ?*... Lotus, la dernière boîte in, a refusé O.J. Simpson pour sa java d'anniv' ! Y'a qu'en Amérique, les gars, y'a qu'en Amérique qu'on voit ça !

Les mains sur les oreilles, toujours vêtu de son costume en lin fichu, le professeur Solanka s'endormit.

5

La sonnerie du téléphone le réveilla à midi. Jack Rhinehart, le destructeur de combinés téléphoniques, invitait le professeur Solanka à venir regarder chez lui sur le câble le match de quart de finale de l'Euro 2000 entre les Pays-Bas et la Yougoslavie. Malik accepta, à leur grande surprise mutuelle.

« Ravi de te voir sortir de ta taupinière, dit Rhinehart. Mais si t'as l'intention d'encourager les Serbes, reste chez toi. »

Solanka se sentait ragaillardi et avait besoin de voir un ami. Même en ces jours de retraite, il éprouvait de tels besoins. Un saint homme au sommet de l'Himalaya pouvait se passer de regarder le foot à la télé. Solanka n'avait pas le cœur aussi pur. Il ôta son costume tout chiffonné, se doucha, s'habilla rapidement et héla un taxi. Quand il descendit du véhicule devant l'immeuble de Rhinehart, une femme avec des lunettes de soleil s'y précipita en le bousculant, et, pour la seconde fois depuis deux jours, il eut le sentiment déroutant de connaître l'inconnue. La mémoire lui revint dans l'ascenseur : c'était la Barbie bavarde dont le nom était devenu synonyme contemporain de crasse infidélité, « Bourreau Avale ».

« Oh, bon sang, Monica ! dit Rhinehart. J'arrête pas de la croiser. Ici, avant, c'était Naomi Campbell, Courtney Love, Angelina Jolie. Maintenant c'est Allume-Cigare. Ainsi va la vie de quartier, non ? »

Cela faisait des années que Rhinehart essayait d'obtenir le divorce, mais sa femme menait la croisade inverse. Ils avaient formé un beau couple parfaitement contrasté, ébène plus ivoire, elle, languissante, pâle, élancée, lui également mince, mais noir comme du charbon, un Afro-Américain hyperactif, chasseur, pêcheur, pilote de course le week-end, marathonien, féru de gym, joueur de tennis et récemment, grâce au succès de Tiger Woods, golfeur obsessionnel. Depuis le premier jour de leur union, Solanka s'était demandé ce qu'un homme doté d'une telle énergie pouvait faire avec une femme aussi apathique. Ils s'étaient mariés en grande pompe à Londres — Rhinehart ayant préféré pendant ses années de guerre se baser ailleurs qu'en Amérique — et, dans un palais tout en céramique et mosaïque loué pour l'occasion à une organisation caritative qui s'en servait comme centre de réadaptation pour malades mentaux, leur témoin Malik Solanka avait prononcé un discours dont la teneur avait été spectaculairement mal interprétée — à un moment, s'étant lancé dans son imitation alors célèbre de W.C. Fields, il avait comparé les risques de la conjugalité à ceux qu'on prend

« quand on saute d'un avion volant à vingt mille pieds d'altitude et qu'on essaie d'atterrir sur une botte de foin » — mais qui se révéla pertinente *a posteriori*. Comme la plupart des amis du couple, toutefois, il avait sous-estimé Bronislawa Rhinehart sur un point essentiel : elle avait la force adhésive d'une sangsue.

(Au moins, ils n'avaient pas d'enfants, pensa Solanka quand ses doutes sur cette union, partagés par tous, se révélèrent justifiés. Il se rappelait le coup de fil d'Asmaan. « Où est-ce que t'es allé, papa, tu es où ? » Il songea à lui-même, il y avait de cela des années. Au moins Rhinehart n'avait pas à se préoccuper de la profonde et lancinante douleur d'un enfant.)

Rhinehart avait mal agi avec elle, ça ne faisait aucun doute. En réaction au mariage, il avait pris une maîtresse et, devant la difficulté d'entretenir une liaison clandestine, s'était lancé dans une autre infidélité, et quand ses deux maîtresses exigèrent qu'il mette de l'ordre dans sa vie, chacune insistant pour prendre la pole position dans son rallye personnel, il ne trouva rien de mieux à faire que de glisser une troisième femme dans son lit déjà surpeuplé et bruyant. Allume-Cigare n'était finalement peut-être pas une icône aussi déplacée que ça. Après quelques années de ce régime, et après avoir quitté Holland Park pour le West Village, Bronislawa — mais qu'avaient tous ces Polacks à surgir sans cesse à divers endroits ? — quitta l'appartement d'Hudson Street, saisit les tribunaux pour forcer Rhinehart à lui assurer un niveau de vie élevé dans un hôtel chic de l'Upper

East Side, avec AmEx à la carte. Plutôt que de divorcer, elle lui annonça d'un ton mielleux qu'elle avait l'intention de faire du reste de sa vie un enfer, de le saigner lentement aux quatre veines. « Et ne viens pas à manquer d'argent, chéri, avertit-elle. Sinon je serai obligée de m'en prendre à ce qui t'est le plus cher. »

Ce qui était le plus cher à Rhinehart, c'était le vin et la bonne cuisine. Il possédait une petite villa à deux étages à Springs avec, au fond du jardin, une remise qu'il avait aménagée en cave à vins et assurée pour une somme nettement supérieure à celle du cottage, où l'objet le plus précieux était une cuisinière Viking à six brûleurs. Rhinehart était à l'époque un gastronome turbocompressé et son congélateur était empli de carcasses de volailles destinées à être réduites — mieux : *exhaussées* — à l'état de *jus**. Dans son réfrigérateur se bousculaient les mets les plus délicats de la terre : langues d'alouettes, testicules d'émeus, œufs de dinosaures. Mais quand, au mariage de son ami, Solanka avait parlé à la mère et à la sœur de Rhinehart des plaisirs exquis de la table de celui-ci, les deux femmes s'étaient montrées perplexes et stupéfaites.

« Jack, cuisiner ? Mon Jack à moi ? demanda sa mère en désignant son fils d'un air incrédule. Jack est incapable d'ouvrir une boîte de haricots si je ne lui explique pas comment marche l'ouvre-boîte. »

« Le Jack que je connais, ajouta sa sœur, est incapable de faire bouillir de l'eau dans une casserole sans tout faire cramer. »

« Le Jack que je connais, conclut sa mère d'un ton définitif, est incapable de trouver la *cuisine* sans un chien d'aveugle pour lui indiquer le chemin. »

Ce même Jack pouvait maintenant rivaliser avec les plus grands chefs du monde, et Solanka s'émerveillait, une fois de plus, du talent « automorphique » de l'individu, cette transformation de soi par soi que les Américains revendiquent comme leur spécialité, leur trait principal. À tort. Les Américains apposaient leur logo partout : American Dream, American Gigolo, American Graffiti, American Psycho, American Melody. Mais tout le monde possédait de telles choses et, dans le reste du monde, l'ajout d'un préfixe nationaliste ne semblait guère renforcer le sens des mots. English Psycho, Indian Graffiti, Australian Gigolo, Egyptian Dream, French Melody. Le besoin qu'avait l'Amérique d'américaniser les choses, de se les approprier, était la preuve d'un étrange sentiment d'insécurité. C'était aussi, plus prosaïquement, la marque du capitalisme.

En menaçant les trésors viticoles de Rhinehart, Bronislawa avait visé juste. Il cessa de sillonner les pays en guerre et entreprit à la place de rédiger des portraits des super-puissants, des super-célèbres et des super-riches pour leurs hebdos et mensuels de choix. Tout y passait, dans ses chroniques : leurs amours, leurs contrats, leurs turbulents rejetons, leurs tragédies personnelles, leurs domestiques bavardes, leurs meurtres, leurs opérations chirurgicales, leurs bonnes œuvres, leurs vils secrets, leurs jeux, leurs querelles, leurs pratiques sexuelles, leurs bassesses, leur générosité, leurs palefreniers, leurs déambulateurs, leurs voitures. Il cessa également d'écrire des poèmes et s'essaya à des romans situés dans ce même monde, ce monde irréel qui dirigeait le monde réel. Il comparait souvent son sujet à celui de Suétone.

« Ce sont les vies des Césars d'aujourd'hui, dans leurs palais, avait-il pris l'habitude de dire à Malik Solanka et à quiconque voulait bien l'écouter. Ils couchent avec leurs sœurs, assassinent leur mère, font de leurs chevaux des sénateurs. Ça barde sérieux dans les palais. Mais vous savez quoi ? Si vous êtes au-dehors, si vous êtes l'homme de la rue, si, donc, vous êtes comme nous autres, vous comprenez que les palais sont bien des palais, que l'argent et le pouvoir sont là, derrière ces murs, et quand ils claquent des doigts, mec, putain, la planète je te dis que ça, elle se met au pas. (Rhinehart avait pris l'habitude de temps en temps de se la jouer Eddy Murphy, pour rire ou appuyer son propos.) Maintenant que j'écris sur des milliardaires dans le coma, ou sur des gosses de riches qui refroidissent leurs parents, maintenant que je tutoie l'argenterie, je vois mieux la vérité des choses que pendant l'opération Tempête du Désert ou à Sarajevo sous l'œil des snipers, et crois-moi c'est tout aussi facile, et même plus, de marcher sur une putain de mine et de voler en éclats. »

Ces temps-ci, chaque fois que son ami se lançait dans son petit laïus, le professeur Solanka y percevait une note grandissante d'insincérité. Jack avait connu la guerre — comme jeune et célèbre reporter noir de gauche dont l'enquête remarquée sur le racisme américain lui avait valu un cortège conséquent d'ennemis — et éprouvé entre autres les mêmes peurs que celles exprimées, vingt ans plus tôt, par le jeune Cassius Clay : la peur, surtout, de la balle dans le dos, la balle « perdue » comme on disait alors, tirée par son propre camp. Au cours des années qui suivirent, toutefois, Jack eut la preuve sans cesse répétée de la tragique propension de l'espèce humaine à ignorer la notion de solidarité ethnique : brutalité des Noirs contre les Noirs, des Arabes contre les Arabes, des Serbes contre les Bosniaques et les Croates. Ex-Yougo, Iran-Irak, Rwanda, Érythrée, Afghanistan. Les exterminations à Timor, les massacres entre communautés à Meerut et en Assam, le perpétuel cataclysme humain indifférent à la race. À un moment donné, il réussit à nouer des liens d'amitié étroits avec ses collègues blancs des États-Unis. Son étiquette changea. Il renonça à son trait d'union et devint simplement un Américain.

Solanka, qui était sensible aux implications cachées de tels réestampillages, comprit que pour Jack cette transformation se doublait d'une immense déception, voire d'une colère dirigée contre ce que les racistes blancs auraient volontiers appelé « les siens » ; et qu'une telle colère se retourne trop facilement contre soi. Jack évita l'Amérique, épousa une Blanche, et évolua dans des cercles *bien-pensants** où la race n'était pas « un problème » : normal, presque tous étaient blancs. De retour à New York, séparé de Bronislawa, il continua de fréquenter celles qu'il appelait « les blanches colombes », ajoutant aussitôt : « De la ville, hein, monsieur. » La boutade cachait mal la vérité. Jack était alors plus ou moins le seul Noir que Jack connaissait, et Solanka probablement le seul au teint foncé. Rhinehart avait franchi la ligne.

Et en franchissait peut-être à présent une autre. Le nouveau métier de Jack lui ouvrait la porte de tous les palais, et il adorait ça. Il écrivait sur ce milieu doré avec un venin hargneux, vilipendait sa vulgarité, sa cécité, sa stupidité, sa superficialité, mais les invitations émanant des Warren Redstone et des Ross Buffett, des Schuyler, des Muybridge, des Van Buren et des Klein, d'Ivana Opalberg-Speedvogel et Marlalee Booken Candell ne cessaient d'affluer, car le bonhomme était accro et tous le savaient. Il était leur nègre domestique et ils aimaient l'avoir parmi eux, un peu — soupçonnait Malik Solanka — comme un animal familier. « Jack Rhinehart » était un nom utilement dépourvu de toute connotation noire, qui ne sentait en rien le ghetto, à l'instar d'un Tupac, d'une Vondie, d'une Anfernee ou d'un Rah'schied (c'était l'époque où la communauté afro-américaine rivalisait d'innovation et de créativité orthographiques dans les noms). Dans les palais, les gens n'étaient pas ainsi baptisés. On n'appelait pas les hommes Biggie, Hammer, Shaquille, Snoop ou Dre, ni les femmes Pepa, Lefteye ou D:Neece. Aucun Kunta Kinte ou Shaznay dans les vestibules dorés de l'Amérique où, toutefois, il était possible de surnommer un homme Tombeur ou Étalon en manière de compliment sexuel, où on trouvait parmi les femmes des Blaine, des Brooke et des Horne, et où tout ce qu'on désirait miroitait sûrement sous des draps de satin juste derrière la porte de la chambre là-bas, celle qui est très légèrement entrebâillée.

Oui, les femmes, bien sûr. Les femmes étaient la drogue de Rhinehart et son talon d'Achille, et on était dans la Vallée des Pépées. Non, la montagne, l'Everest des Pépées, la mythique Corne d'Abondance féminine. Qu'elles viennent à croiser son chemin, ces Christie, Christy, Kristen et Chrystèle, ces géantes qui faisaient fantasmer presque toute la planète, avec lesquelles même Castro et Mandela étaient heureux de poser, qu'elles viennent à sa rencontre et Rhinehart se mettait à genoux (ou tendait la patte). Sous les innombrables couches du vernis policé de Rhinehart gisait cette terrible vérité : il avait été ensorcelé, et son désir d'être accepté dans ce club pour hommes blancs était un sombre secret qu'il ne pouvait avouer à personne, pas même sans doute à lui-même. Or ce sont là des secrets qui attisent la colère. Dans ces sombres gisements germe la graine de la furie. Et Jack avait beau avancer tout cuirassé, sans jamais baisser le masque, Solanka était sûr de voir, dans le regard de braise de son ami, le feu exécré de sa rage. Il lui fallut longtemps pour admettre que la fureur refoulée de Jack était le miroir de sa propre fureur.

Le revenu annuel de Rhinehart était actuellement dans la frange supérieure de la tranche à six chiffres mais il prétendait, en plaisantant à moitié, être fréquemment à court d'argent. Bronislawa avait épuisé trois juges et quatre avocats, se découvrant en chemin un talent à la Jarndyce, ce personnage du *Bleak House* de Dickens rompu aux interminables chicanes — voire, pensait Solanka, un génie indien — pour l'obstruction et l'atermoiement juridiques. Elle en tirait une fierté démentielle (peut-être au sens littéral). Elle avait appris à vicier et corser la chose. En bonne catholique pratiquante, elle annonça tout d'abord à Rhinehart que même s'il était le diable incarné, elle n'exigerait pas le divorce. Le diable, expliqua-t-elle à ses avocats, était petit, blanc, portait une redingote verte, une natte et des chaussons à talons hauts, et ressemblait fortement au philosophe Emmanuel Kant. Mais il était capable de prendre n'importe quelle forme, colonne de fumée, reflet dans un miroir, époux survolté de race noire. « Ma revanche sur Satan, déclara-t-elle aux avocats médusés, consistera à le garder prisonnier de mon alliance. » À New York, où les motifs juridiques de divorce étaient peu nombreux et rigoureusement définis, et où le divorce sans faute n'existait pas, Rhinehart n'avait guère de chance de l'emporter contre sa femme. Il essaya la persuasion, la corruption, les menaces. Elle tint bon et n'engagea aucune poursuite. Finalement, il entama une procédure à laquelle elle opposa avec superbe et détermination une inaction prodigieuse, quasi mystique. La férocité de sa résistance passive aurait sans doute impressionné Gandhi. Elle s'en tira avec dix ans de « crises » physiques et psychologiques à répétitions que le pire feuilleton à l'eau de rose aurait jugé excessives, et fut coupable d'outrage à la Cour quarante-sept fois, sans jamais aller en prison, à cause de la réticence de Rhinehart à la traîner devant les tribunaux. Aussi, à l'âge de quarante-cinq ans, payait-il encore pour des péchés commis dix ans plus tôt. Mais il continuait de coucher à droite et à gauche, et de louer la générosité de la ville. « Pour un célibataire avec quelques dollars en banque et une propension à faire la fête, ce petit lopin de terre volé à la tribu des Mannahattoes est un terrain de chasse idéal. »

Mais il n'était pas célibataire. Et en onze ans, il aurait sûrement pu, par exemple, passer la frontière et s'installer au Connecticut, où le divorce sans faute existait, ou trouver les six ou sept semaines requises pour établir sa résidence légale dans le Nevada et trancher ce nœud gordien. Or il n'en avait rien fait. Un jour, un peu éméché, il avait confié à Solanka que, malgré la gamme étendue de flirts possibles que la ville, dans sa largesse, accordait à l'homme reconnaissant, il y avait un hic.

« Avec elles, il faut tout de suite que ce soit les grands mots, se plaignit-il. Toujours sérieux, profond, durable. Si ce n'est pas la Passion avec un grand P, ça ne compte pas. Voilà pourquoi elles sont si seules. Il n'y a pas assez d'hommes à leur disposition mais elles refusent de faire du lèche-vitrines si ce n'est pas pour acheter. Elles ne veulent pas du concept de location, de temps partagé. Elles sont tarées, je te dis. Elles cherchent à acheter alors que le marché est au plus haut, parce qu'elles savent que les prix vont continuer à grimper. »

Selon cette version des faits, le divorce inabouti de Rhinehart lui laissait le temps de respirer, lui conférait un *Lebensraum*. Les femmes le prenaient à l'essai, car il était beau et séduisant, jusqu'à ce qu'elles soient écœurées d'attendre indéfiniment.

Il existait toutefois une autre manière d'analyser la situation. Là où habitait désormais Rhinehart la plupart du temps, au sommet de cette montagne en sucre glacé, de ce diamant gros comme le Ritz, il était littéralement surclassé ; dès l'instant où il tomba dans le piège et désira ce qui était en promotion dans l'Olympe, il perdit pied. Il était leur jouet, ne l'oublions pas, or les filles jouent avec leurs poupées, elles ne les épousent pas. Aussi, le fait d'être à demi marié, prisonnier d'un divorce interminable, était-il peut-être également une façon pour Rhinehart de s'illusionner. La file d'attente ne devait pas être aussi impressionnante que ça. Seul et vieillissant, son temps était compté. Un candidat quasi inéligible, selon la cruelle terminologie des mangeuses d'hommes.

Malik Solanka, d'une dizaine d'années l'aîné de Jack Rhinehart et cent fois plus inhibé, avait souvent observé avec un émerveillement jaloux la façon éhontément masculine dont Rhinehart menait sa barque. Les pays en guerre, les femmes, les sports dangereux, une existence tout entière vouée à l'action. Même ses poèmes désormais remisés au placard portaient l'empreinte virile de Ted Hughes. Solanka avait souvent eu l'impression que, malgré les années qui les séparaient, c'était lui l'élève, et Rhinehart le maître. Celui qui fabriquait des poupées ne pouvait que s'incliner devant celui qui faisait de la planche à voile, de la chute libre, du saut à l'élastique, celui qui adorait se rendre deux fois par semaine à Hunter College pour monter et dévaler au pas de course quarante volées de marches. Être un vrai gamin — mais c'est là toucher de trop près à son passé tabou — était un art que Malik Solanka n'avait pas eu le droit de maîtriser pleinement.

Patrick Kluivert marqua pour les Hollandais. Solanka et Rhinehart se levèrent d'un bond et crièrent en agitant leurs bières mexicaines. Puis on sonna à la porte et Rhinehart déclara tout à trac :

« Ah, au fait, je crois que je suis amoureux. Je lui ai proposé de nous rejoindre. J'espère que ça ne te dérange pas. »

Ce n'était en rien une déclaration surprenante. En temps normal, elle indiquait l'arrivée de ce que Rhinehart appelait en privé « la nouvelle serveuse ». Mais la suite, en revanche, sortait de l'ordinaire.

« C'est une de tes compatriotes, lui glissa Rhinehart en se levant pour aller ouvrir. Diaspora indienne. Cent ans de servitude. Dans les années dix-huit cent quatre-vingt-dix, ses ancêtres sont allés travailler comme ouvriers asservis sur l'île de comment c'est déjà ? Ah oui, Lilliput-Blefuscu. Ils dirigent à présent la production de sucre de canne et sans eux l'économie s'effondrerait, mais tu sais comment ça se passe partout où vont les Indiens. Les gens ne les aiment pas. Eux travailler trop, rester entre eux et être extrêmement beaucoup arrogants. Demande à n'importe qui. Demande à Idi Amin. »

À la télévision, les Pays-Bas jouaient un football sublime, mais le match était devenu soudain hors de propos. Malik Solanka trouva que la femme qui venait d'entrer dans le salon de Rhinehart était de loin la plus belle Indienne — la plus belle *femme*, même — qu'il eût jamais vue. En comparaison des effets grisants de sa présence, la bouteille de Dos Equis dans sa main gauche paraissait du petit-lait. Il existait sûrement sur terre d'autres femmes d'un peu moins d'un mètre quatre-vingts aux cheveux noirs descendant jusqu'à la taille, pensa-t-il. Et l'on devait pouvoir croiser ailleurs de tels yeux gris fumée, des lèvres aussi opulentes, des cous aussi graciles, des jambes aussi interminables. D'autres femmes devaient également posséder de pareils seins. Et alors ? Pour citer une chanson stupide des années cinquante, *Bernardine*, entonnée dans un de ses moments les plus débridés par le chanteur préféré de sa mère, le catholique et conservateur Pat Boone : « Si chacun de tes traits n'est point trop intrigant, la façon dont tu les réunis est un enchantement. » Exactement, songea le professeur Solanka en se noyant. C'est exactement cela.

Juste au-dessus de la saignée de son coude

droit, il y avait une cicatrice de vingt centimètres de long en forme de chevrons. Quand elle vit qu'il l'avait remarquée, elle croisa aussitôt les bras et posa sa main gauche sur la cicatrice, sans comprendre que cette dernière la rendait encore plus belle, parachevant sa beauté en y ajoutant une imperfection essentielle. En montrant qu'elle était vulnérable, et qu'une aussi étonnante beauté pouvait être brisée en un instant, sa cicatrice ne faisait que souligner sa présence, et la rendait d'autant plus adorable — bon sang, pensa Solanka, quel adjectif pour une inconnue !

La beauté physique absolue attire à elle toute la lumière, et devient un flambeau radieux dans un monde par ailleurs obscurci. Pourquoi sonder les ténèbres environnantes alors qu'il était possible de contempler cette bienveillante flamme ? Pourquoi parler, manger, dormir, travailler, face à une telle radiance ? À quoi bon faire autre chose que la regarder le reste de sa misérable existence ? *Lumen de lumine*. Tout en sondant la sidérale irréalité de sa beauté qui tournoyait dans la pièce telle une galaxie en feu, il se disait que s'il avait pu donner corps à la femme idéale de ses rêves, s'il avait pu frotter une lampe magique, c'est là ce qu'il aurait souhaité voir apparaître. Et, dans le même temps, tout en remerciant intérieurement Rhinehart d'avoir renoncé aux nombreuses et blanches colombes, il s'imaginait également avec cette sombre Vénus et laissait s'ouvrir son cœur jusqu'ici cadenassé, et du coup se rappelait une fois de plus ce qu'il passait son temps à essayer d'oublier : la taille du cratère en lui, le trou laissé par sa rupture avec son passé récent et lointain, ce gouffre que seulement, peut-être, l'amour d'une telle femme pouvait combler. Une douleur ancienne et secrète enfla en lui, exigeant un remède.

« Ouais, désolé pour ça, mon pote, fit la voix traînante et émoustillée de Rhinehart, comme venue du fin fond de l'univers. Elle fait cet effet-là à la plupart des gens. Elle y peut rien. Elle sait pas comment le neutraliser. Neela, voici mon pote célibataire, Malik. Il a renoncé à jamais aux femmes, comme tu peux clairement le voir. »

Jack s'amusait bien, remarqua Solanka. Il fit un effort pour revenir sur terre.

« Il est heureux pour nous tous que ce soit le cas, dit-il finalement en esquissant un sourire. Sinon, je devrais me battre avec toi pour elle. Un combat à mort, sinon plus. »

Et revoilà l'euphonie, pensa-t-il : Neela, Mila. Le désir me rattrape et me lance des rimes en guise d'avertissement.

Elle était productrice pour une des meilleures sociétés de production indépendantes et s'occupait essentiellement de documentaires télévisés. En ce moment même, elle travaillait sur un projet qui touchait à ses propres racines. La situation à Lilliput-Blefuscu n'était pas terrible, expliqua Neela. En Occident, les gens considéraient cette île comme un paradis des mers du Sud, propice aux lunes de miel et aux escapades amoureuses, mais la situation était tendue. Les relations entre les Indo-Lilliputiens et la communauté indigène, ethnique — les Elbés, qui composaient encore la majorité de la population, mais à peine —, se détérioraient rapidement. Afin d'attirer l'attention sur ces problèmes, les représentants à New York des factions opposées avaient décidé d'organiser en même temps une manifestation le dimanche suivant. Ces manifestations devaient être restreintes mais ferventes. Et suivre deux itinéraires très éloignés, même s'il y avait de forts risques pour que surviennent des heurts violents. Neela elle-même avait décidé d'y prendre part. Alors qu'elle parlait des troubles politiques de plus en plus sérieux sur cette parcelle de terre située aux antipodes, le professeur Solanka s'aperçut qu'elle commençait à s'échauffer. Ce conflit n'avait rien d'un sujet anodin pour la belle Neela. Elle était toujours liée à ses origines, et Solanka l'envia presque pour cela. Jack Rhinehart déclara, en gamin qu'il était :

« Génial ! On ira tous ! ça oui ! Tu vas défiler pour ton peuple, Malik, hein ? En tout cas, tu vas défiler pour Neela. »

Le ton de Rhinehart était badin : une erreur de calcul. Solanka vit Neela se raidir et froncer les sourcils. Ce n'est pas un jeu.

« Oui, dit Solanka en la regardant dans les yeux. Je manifesterai. »

Ils s'installèrent pour retrouver le match. D'autres buts suivirent : six en tout pour les Pays-Bas, un tir tardif et incongru de consolation pour la Yougoslavie. Neela, elle aussi, était ravie que l'équipe hollandaise ait si bien joué. Elle voyait presque dans les joueurs noirs, sans esprit de compétition mais également sans fausse modestie, ses frères en splendeur.

« Les Surinamais, dit-elle, faisant écho sans le savoir aux réflexions du jeune Malik Solanka à Amsterdam il y a très longtemps, sont la preuve vivante du bien-fondé du mélange racial. Regardez-les. Edgar Davids, Kluivert, Rijkaard en touche, et autrefois, Ruud. Le grand Gullit. Des *métèques**, tous. Mélangez toutes les races et vous obtiendrez les plus belles personnes au monde. Je compte me rendre bientôt au Surinam », ajouta-t-elle sans s'adresser à personne en particulier.

Elle s'étendit sur le canapé et fit tomber le *Post* du jour en passant une longue jambe gainée de cuir sur l'accoudoir. Le gros titre du journal retint l'attention de Solanka. *Le Tueur au parpaing a encore frappé*. Et dessous, en caractères plus petits : *Qui donc est l'Homme au panama ?* Aussitôt, tout changea. Les ténèbres se ruèrent par la fenêtre ouverte et l'aveuglèrent. Son entrain, sa bonne humeur et son amorce d'excitation disparurent. Se sentant frissonner, il se leva promptement.

« Je dois y aller, dit-il.

— Quoi, le coup de sifflet final est donné et tu te casses ? Malik, mon ami, ce n'est vraiment pas poli. »

Mais Solanka se contenta de secouer la tête et se dirigea vers la porte. Derrière lui, il entendit Neela parler du gros titre du *Post* ; elle venait juste de ramasser le journal.

« *Le fumier*. Cette histoire était censée être finie, il ne devait plus y avoir de risques, disait-elle. Merde, ce n'est jamais fini. Voilà que ça recommence. »

6

« L'Islam purifiera les rues de ces chiens de chauffards impies ! hurla le chauffeur du taxi à un automobiliste rival. L'Islam purifiera toute cette ville des chiens de souteneurs juifs dans ton genre et de ta putain d'épouse juive ! »

Les jurons durèrent ainsi tout le long de la Dixième Avenue.

« Violeur infidèle de ta sœur en bas âge, l'enfer d'Allah t'attend toi et ton impie d'épave roulante !... Impur rejeton d'un porc mangeur de merde, recommence pour voir et le victorieux Djihad t'écrasera les couilles dans son implacable poigne ! »

Malik Solanka, en entendant les violents accents urdus, fut brièvement arraché à son trouble intérieur par les invectives du chauffeur. Sa licence indiquait ALI MAJNU. Majnu signifiait *bien-aimé*. Le Bien-Aimé en question, sûrement un clandestin, était un beau jeune homme grand et mince âgé au plus de vingt-cinq ans, avec une banane sexy à la Travolta, et qui vivait ici, à New

York, où il bénéficiait d'un emploi stable. Pourquoi donc avait-il à ce point pété les plombs ?

Solanka trouva tout seul la réponse à cette question. Quand on est trop jeune pour avoir accumulé les bleus de l'expérience, on peut choisir d'endosser, tel un cilice, les souffrances de son monde. Dans le cas précis, alors que le processus de paix au Moyen-Orient s'éternisait laborieusement et que le président américain sortant, avide de faire une percée pour redorer sa légitimité ternie, pressait Barak et Arafat de participer à une conférence au sommet à Camp David, la Dixième Avenue était peut-être tenue pour responsable des souffrances interminables de la Palestine. Le bien-aimé Ali était indien ou pakistanais, mais, animé assurément d'un esprit collectif dévoyé de solidarité paranoïaque panislamique, il reprochait à tous les automobilistes new-yorkais les malheurs du monde musulman. Entre deux jurons, il parlait par radio au frère de sa mère — « Oui, oncle. Oui, avec prudence, bien sûr. Oui, la voiture coûte de l'argent. Non, oncle. Oui, toujours poli, oncle, fais-moi confiance. Oui, c'est la meilleure politique. Je sais » — et demandait également à Solanka, d'un air penaud, quelles rues prendre. C'était son premier jour de travail dans les rues chaudes, et il était complètement paniqué. Solanka, lui-même très perturbé, se montra affable avec Bien-Aimé, mais en descendant à Sherman Square lui dit quand même :

« Un peu moins d'obscénités, peut-être, d'accord, Ali Majnu ? Mets la sourdine. Cela pourrait offusquer certains clients. Même ceux qui ne comprennent pas. »

Le jeune le regarda d'un air ahuri.

« Moi, monsieur ? Des insultes, monsieur ? Quand ça ? »

Bizarre.

« Tout le long du chemin, expliqua Solanka. Sur tout ce qui passait à portée de voix. "Enfoiré", "juif", le répertoire habituel. *Urdu*, ajouta-t-il en urdu pour mettre les choses au clair, *meri madri zaban hai*. L'urdu est ma langue maternelle. »

Le visage et jusqu'au cou de Bien-Aimé s'empourprèrent et il posa sur Solanka un regard effrayé et naïf.

« Sahib, si vous le dites, c'est que c'est vrai. Mais, monsieur, vous savez, je ne m'en rends pas compte. »

Solanka perdit patience et déclara en réglant la course :

« Ce n'est pas grave. L'énervement de la conduite. Tu t'es laissé aller. Ce n'est pas important. »

Comme il s'éloignait dans Broadway, Ali le Bien-Aimé lui lança du ton inquiet de celui qui veut être compris :

« Ça ne veut rien dire, sahib. Moi, je ne vais même pas à la mosquée. Dieu bénisse l'Amérique, okay ? Ce ne sont que des mots. »

Oui, les mots ne sont pas des actes, reconnut Solanka, énervé. Même si les mots peuvent devenir des actes. Prononcés au bon endroit et au bon moment, ils peuvent déplacer des montagnes et changer le monde. Mais bon, hum, ne pas savoir ce qu'on fait — séparer les actes des mots qui les définissent — était apparemment devenu une excuse acceptable. Dire « Je ne le pensais pas », c'était retirer tout sens à vos méfaits, du moins selon les Bien-Aimés Ali de ce monde. La chose était-elle possible ? Manifestement, non. Non, c'était tout simplement impossible. Nombreux étaient ceux qui pensaient que même un repentir sincère ne pouvait racheter un crime, encore moins cette stupéfaction ahurie — une excuse à peine recevable, la pure et simple affirmation d'une ignorance qui ne figurerait même pas sur l'échelle graduée du regret. Choqué, Solanka se reconnut dans ce jeune sot d'Ali Majnu : dans sa véhémence aussi bien que dans ses lacunes. Mais lui ne cherchait pas d'excuses. Dans l'appartement de Jack Rhinehart, avant que l'arrivée magnétique de Neela Mahendra ne les fasse changer de sujet, il avait tenté, tout en dissimulant l'étendue de son trouble, de parler à Rhinehart de cette effrayante colère terroriste qui n'arrêtait pas de le prendre en otage. Jack, absorbé par le match de foot, avait hoché la tête d'un air absent.

« Tu sais bien que tu as toujours été irascible, lui dit-il. Enfin quoi, tu en as bien conscience, non ? Tu te rappelles le nombre de fois où tu as appelé des gens pour présenter des excuses — le nombre de fois où tu m'as téléphoné — le matin, suite à une de tes petites explosions dues à l'alcool ? Les Excuses Complètes de Malik Solanka. J'ai toujours pensé que ça ferait un excellent roman. Avec des répétitions, peut-être, mais d'un comique achevé. »

Quelques années plus tôt, les Solanka avaient séjourné dans la villa de Springs avec Rhinehart et sa « serveuse » du moment, une jolie fille du Sud — originaire de Lookout Mountain, dans le Tennessee, où s'était déroulée la fameuse « Bataille au-dessus des nuages » pendant la guerre de Sécession — qui était le sosie de la sexy Betty Boop, et que Rhinehart appelait tendrement « Roscoe », d'après l'unique célébrité de Lookout Mountain, le joueur de tennis au service musclé Roscoe Tanner, même s'il était clair qu'elle détestait ce surnom. La villa n'était pas grande et il était nécessaire d'y passer le moins de temps possible. Un soir, après une beuverie prolongée entre hommes dans un bar d'East Hampton, Solanka avait insisté pour prendre le volant sous une forte averse. Ils avaient été tétanisés de peur. Puis Rhinehart avait déclaré, aussi gentiment que possible :

« Malik, en Amérique on roule sur l'autre voie. »

Solanka avait explosé. Excédé par l'irrespect que rencontraient ses talents de conducteur, il s'était arrêté et avait obligé Rhinehart à rentrer à pied sous la pluie battante.

« Tu as trouvé ce jour-là une de tes meilleures excuses, lui rappela Jack, vu que le lendemain tu étais incapable de te rappeler quoi que ce soit.

— Oui, murmura Solanka, mais maintenant j'ai des trous noirs sans picoler. Et les accès de colère sont à une tout autre échelle. »

Les cris du public retentirent dans la télé, attirant l'attention de Rhinehart, et l'aveu ne fut pas entendu.

« Et puis, reprit Rhinehart quelques instants plus tard, tu te rends bien compte des efforts que font tes amis pour éviter certains sujets en ta présence. La politique des États-Unis en Amérique centrale, par exemple. La politique des États-Unis en Asie du Sud-Est. En fait, les États-Unis en général sont un sujet tabou depuis des années, alors ne va pas croire que je n'ai pas tiqué quand t'as décidé de venir carrer ton cul dans le sein du Grand Satan en personne. »

Mordant à l'hameçon, Solanka voulut répondre : Oui, mais ce qui est injuste est injuste, et à cause de cette immense putain de *puissance* américaine, cette immense putain de *séduction* américaine, tous ces fumiers de politiciens s'en sortent la...

« Et voilà, tu remets ça ! lui fit remarquer Rhinehart en rigolant. Tu enfles au point d'exploser. Rouge foncé, puis violet, puis presque noir. La crise cardiaque imminente. Tu sais comment on appelle ça entre nous ? Se solankifier. Le syndrome chinois de Malik. C'est une putain de fusion nucléaire, mec, que tu nous fais là. Enfin quoi, mon pote, c'est moi qui suis allé dans tous ces endroits pour en ramener des mauvaises nouvelles, mais ça t'empêche pas de m'engueuler à cause de ma nationalité, qui à tes yeux de taré fait de moi le responsable de toutes les saloperies qui sont commises en mon nom, merde alors. »

Rien de pire qu'un vieil idiot. Ali le Bien-Aimé

et lui-même étaient vraiment pareils, pensa humblement Solanka. Juste quelques légères différences superficielles dans le vocabulaire et l'éducation. Non, il était pire, car Ali n'était qu'un gosse qui débutait dans le métier, alors que lui, Solanka, se changeait en quelque chose d'épouvantable et, qui sait, d'incontrôlable. Ironie amère, ses vieux réflexes pugnaces, ses éclats de toute évidence comiques aveuglaient jusqu'à ses amis sur le grand changement, la hideuse détérioration en train de se produire. Cette fois-ci, le loup était vraiment là, et personne, pas même Jack, ne voulait entendre ses cris.

« Dis donc, chantonna gaiement Rhinehart, tu te rappelles la fois où tu as viré Machin-Chose de chez toi parce qu'il avait *cité Philip Larkin de travers* ? Merde alors ! Tu dis que t'as pas été poli avec tes voisins ? Ya-hou. Tu parles d'une nouvelle. »

Comment Malik Solanka pouvait-il parler à son jovial compagnon de la renonciation de soi ? Comment lui dire, l'Amérique est le grand carnassier, et je suis venu en Amérique pour me jeter dans sa gueule ? Comment pouvait-il dire : Je suis le couteau dans le noir ; je suis une menace pour ceux que j'aime ?

Les mains de Solanka le démangeaient. Même sa peau le trahissait. Lui, dont la peau aussi douce que des fesses de bébé avait toujours émerveillé les femmes qui le taquinaient gentiment sur son existence si choyée, s'était mis à souffrir de désagréables démangeaisons au sommet du crâne et, ce qui était plus gênant, aux deux mains. Sa peau devenait rouge, plissait, craquelait. Il n'était pas encore allé consulter un dermatologue. Avant de quitter Eleanor, qui faisait de l'eczéma depuis toujours, il lui avait raflé deux gros tubes de pommade à l'hydrocortisone. À la pharmacie du coin, il avait acheté un énorme flacon de crème hydratante industrielle et s'était résigné à s'en servir plusieurs fois par jour. Le professeur Solanka n'avait pas une haute opinion des médecins. En conséquence de quoi il s'automédicamentait, et avait des démangeaisons.

On était à l'ère de la science, mais la médecine était encore entre les mains de primitifs et de rustres. Ce que les médecins vous apprenaient essentiellement, c'était l'étendue de leur ignorance. Dans le journal de la veille, on parlait d'un docteur qui avait pratiqué l'ablation du sein chez une femme bien portante. Il avait été « tancé ». L'incident était tellement banal qu'il n'occupait qu'un entrefilet dans les pages société. Les médecins en étaient là : le mauvais rein, le mauvais poumon, le mauvais œil, le mauvais bébé. Ils se trompaient. Pas de quoi faire la une.

La presse : il l'avait justement sous la main. Après être descendu du taxi d'Ali le Bien-Aimé, il avait acheté le *Post* et le *Daily News*, puis s'était dirigé vers chez lui en prenant un itinéraire erratique et en allongeant le pas, comme s'il voulait fuir quelque chose... Ellen DeGeneres, annonçaient les affiches, passerait bientôt au Beacon Theater. Solanka fit la grimace. Elle chanterait bien sûr son tube *Les hormones, ça me rend morne*. Et la salle serait pleine de femmes en train de hurler « Ellen on t'aime », et au beau milieu de son pitoyable numéro la star s'interromprait, baisserait la tête, poserait une main sur son cœur et dirait à quel point elle est touchée d'être devenue le symbole de leur douleur. Louez-moi, merci, merci, louez-moi encore un peu, hé, regarde, Anne, on est une icône ! wow, ça rend tellement humbles... La science faisait des découvertes extraordinaires, se dit le professeur Solanka. À Londres, des savants croyaient avoir démontré que le *medial insula*, une région du cerveau associée aux « pressentiments », ainsi que la partie du *cingulate* antérieur qui était lié à l'euphorie, étaient les sièges de l'amour. Des savants allemands et britanniques prétendaient également que le cortex latéral frontal était responsable de l'intelligence. Le sang affluait dans cette région quand on demandait à des cobayes volontaires de résoudre des énigmes complexes. *Dites-moi où naît l'ardeur ? / Est-ce dans la tête ou dans le cœur ?* Une fois de plus, Shakespeare... Et à quel endroit du cerveau, se demanda presque pour la forme le farouche professeur Solanka, se trouve le siège de la stupidité ? Eh, vous autres, les savants ? Dans quelle insula ou quel cortex augmente l'afflux sanguin quand quelqu'un crie « Je t'aime » à une parfaite inconnue ? Et que dire de l'hypocrisie ? Passons aux choses sérieuses !

Il secoua la tête. Tu tournes autour du pot, professeur, tu fais des cabrioles alors qu'il te suffit de fixer le sujet droit dans les yeux. Venons-en à la colère, d'accord ? Passons à cette saloperie de fureur qui tue pour de bon. Dis-moi où naît le meurtre. La main crispée sur les journaux, Malik Solanka filait dans la 72e Rue en bousculant les piétons. À Columbus, il tourna à gauche et comme un dératé courut à moitié sur plusieurs centaines de mètres avant de s'arrêter enfin. Même ici les boutiques avaient des noms indiens : Bombay, Pondichéry. Tout concourait à lui rappeler ce qu'il essayait d'oublier — c'est-à-dire son foyer, l'idée de foyer en général et son propre foyer en particulier. Pas à Pondichéry, certes, mais, indéniablement, à Bombay. Il se rendit dans un bar à thème mexicain hautement recommandé, commanda un verre de tequila, puis un autre, et, finalement, ce fut l'heure des mortes.

La morte de la nuit précédente, et les deux d'avant. Elles avaient pour nom : Saskia « Ciel » Schuyler, qui faisait la une aujourd'hui, et celles qui l'avaient précédée, Lauren Muybridge Klein et Belinda « Bindy » Booken Candell. Elles étaient âgées de : dix-neuf, vingt, dix-neuf ans. On avait leurs photos. Regardez leur sourire : c'était le sourire du pouvoir. Un morceau de parpaing avait éteint ces lumières. Ces filles étaient loin d'être pauvres, mais désormais elles étaient sans le sou.

Pas de doute, Ciel valait le détour. Un mètre soixante-quinze, du monde au balcon, parlait six langues, faisait penser systématiquement à Christie Brinkley dans le rôle de la Fille des beaux quartiers, raffolait des grands chapeaux et de la haute couture, aurait pu défiler pour n'importe qui — Jean-Paul, Donatella, Dries l'avaient tous *suppliée*, Tom Ford s'était mis à genoux, mais elle était trop « naturellement timide » — ce qui voulait dire trop naturellement friquée, trop membre de cette ancestrale élite qui prenait les couturiers pour des tailleurs et considérait les mannequins comme des putains en tout juste un peu mieux — et en outre elle avait fait ses études à la Juilliard School. Le week-end dernier, elle était pressée de se rendre à Southampton, elle avait besoin de se mettre quelque chose, pas le temps de choisir, du coup elle avait appelé sa copine la styliste de choc Imelda Poushine, lui avait demandé de simplement lui envoyer toute sa collection et fait parvenir en retour un chèque à son nom de quatre cent mille dollars.

« Oui, déclara Imelda dans *Rush & Molloy*, le chèque est arrivé avant-hier. C'était une fille géniale, une vraie poupée, mais les affaires c'est les affaires, je suppose. Elle nous manquera à tous *terriblement*. Oui, elle sera enterrée dans le caveau de famille, dans la partie la plus chic du cimetière juste en face de James Stewart. Tout le monde sera là. Une énorme opération de sécurité. J'ai entendu dire qu'ils voulaient l'enterrer dans sa robe de mariée. Quel honneur. Elle sera superbe avec, mais cette fille aurait été superbe en haillons, croyez-moi. Oui, c'est moi qui vais l'habiller. Vous voulez rire ? Une chance pareille. Ça va se passer à cercueil ouvert. Ils ont fait appel aux meilleurs : Sally H. pour la coiffure, Rafael pour le maquillage, Herb pour les photographies. Ciel nous appartient, sans vouloir faire de jeu de mots. C'est sa mère qui s'occupe de tout. Cette femme est un roc. Pas une larme. Elle a tout juste la cinquantaine, et belle à tomber raide morte, euh, pardon, n'imprimez pas ça, d'accord. Y avait pas malice. »

Les héritières déshéritées, les maîtres devenus victimes : voilà où on en était. Toute cette éducation pour rien ! Car à dix-neuf ans Saskia n'était pas seulement une linguiste, une pianiste, et une stakhanoviste des défilés ; c'était également une cavalière chevronnée, un archer voué à intégrer l'équipe olympique à Sydney, une nageuse de fond, une danseuse fabuleuse, un cordon-bleu, douée pour la peinture, une chanteuse de bel canto, une hôtesse accomplie dans la lignée de sa mère et, à en juger par la sensualité ouvertement étudiée de son sourire de magazine, également rompue à d'autres domaines auxquels s'intéressaient de près les journaux à scandale, mais qu'ils n'osèrent pas commenter dans un tel contexte. Ils se contentèrent de publier des photographies du galant de Saskia, le joueur de polo Bradley Marsalis III, dont le lectorat fidèle savait au moins une chose : ses coéquipiers le surnommaient « Le Maillet » à cause de sa constitution intime.

Une pierre lancée par la fronde d'un Garçon perdu avait eu raison du petit oiseau Wendy. Or ce qui était valable pour Ciel Schuyler s'appliquait également à Bindy Candell et Ren Klein. Toutes les trois étaient superbes, toutes les trois grandes, minces et blondes et exceptionnellement douées. L'avenir financier de leurs familles reposait entre les mains de leurs frères bouffis d'assurance, et ces jeunes femmes avaient été dressées pour soigner l'image de leur clan — son style, sa classe. À en juger d'après la mine déconfite des mâles, il était facile d'estimer l'étendue de leur perte. Nous autres les hommes savons gérer la fortune, disaient les visages silencieux et endeuillés de leurs familles, mais ce sont nos filles qui font de nous ce que nous sommes. Nous sommes le bateau et elles sont l'océan. Nous sommes le véhicule et elles sont le mouvement. Qui, désormais, nous dira ce qu'il faut être ? Et puis il y avait cette angoisse : qui sera la suivante ? De toutes les filles mûres qu'il nous est donné de cueillir à même la branche telles les pommes d'or des Hespérides, laquelle sera la prochaine à connaître le ver fatal ?

Une vraie poupée. Ces jeunes femmes étaient destinées à devenir des trophées, des Oscar-Barbie livrées avec tous les accessoires, pour reprendre l'expression d'Eleanor Masters Solanka. Il était évident que les jeunes gens de leur classe réagissaient à ce triple décès comme si des médaillons convoités, des coupes en or ou en argent avaient disparu des socles de leur club privé. On prétendit qu'une société secrète de jeunes nantis répondant au nom de S&M — les Solitaires Masqués — envisageait de tenir une réunion à minuit pour pleurer la perte de leurs grandes et adorées copines. « Maillet » Marsalis, Anders « Étalon » Andriessen — l'euromâle de la môme Candell qui était restaurateur — et Keith Medford (« Disco »), le copain noceur de Lauren Klein, seraient à la tête des pleureurs. Comme les S&M étaient une société secrète, tous ses membres niaient platement son existence et refusaient de confirmer les rumeurs selon lesquelles les cérémonies de deuil culmineraient par des danses mixtes où les participants, couverts de peintures de guerre, se baigneraient à poil sur une plage privée de Martha's Vineyard, après quoi les candidates à la couche des bellâtres passeraient une audition intime.

Les trois mortes, et leurs sœurs vivantes, répondaient ainsi à la définition que donnait Eleanor de Desdémone. Elles étaient des biens, des objets. Et désormais un Othello meurtrier courait les rues — détruisant, dans le cas précis, ce qu'il ne pouvait posséder, car cette non-possession même était une insulte à son honneur. Dans cette version millénariste de la célèbre pièce, il les tuait non pour leur infidélité mais pour leur inintérêt. Ou peut-être les brisait-il simplement pour mettre à jour leur manque d'humanité, leur fragilité. Leur être-poupée. Car c'étaient des androïdes, des poupées modernes, mécanisées, informatisées, non les simples effigies d'une ère révolue, mais les avatars accomplis d'êtres humains.

À l'origine, la poupée n'était pas une chose en soi, mais une représentation. Bien avant de confectionner les toutes premières poupées de chiffons, les êtres humains fabriquaient également des poupées représentant des adultes et des enfants. Il était dangereux de laisser votre propre poupée tomber entre les mains de quelqu'un d'autre ; celui qui la possédait détenait un élément crucial de votre personne. L'expression ultime de cette idée était bien sûr la poupée vaudou, la poupée qu'on pouvait transpercer d'épingles pour faire du mal à la personne qu'elle représentait, la poupée à qui on pouvait tordre le cou pour tuer un être vivant, à distance, aussi efficacement qu'un cuisinier musulman s'occupe d'un poulet. Puis vint la fabrication en série, et le lien entre homme et poupée fut rompu ; les poupées devinrent elles-mêmes et des clones d'elles-mêmes. Elles devinrent des reproductions, des versions en chaîne, sans personnalité, uniformes. Aujourd'hui, tout cela changeait à nouveau. Le solde bancaire de Solanka reflétait parfaitement le désir de l'homme moderne de posséder des poupées dotées non seulement de personnalité, mais aussi d'individualité. Ses poupées avaient des choses à dire.

Mais voilà que les vraies femmes voulaient être des poupées, franchir la frontière et ressembler à des jouets. Désormais, la poupée était l'original et la femme la représentation. Ces poupées animées, ces marionnettes sans fil, n'étaient pas seulement pomponnées à l'extérieur. Derrière leurs façades ultra-chic, sous cette peau parfaitement diaphane, elles étaient tellement rembourrées de puces comportementales, tellement préprogrammées, si judicieusement apprêtées et costumées, qu'il ne restait plus de place en elle pour la brouillonne humanité. Ciel, Bindy et Ren représentaient ainsi la dernière étape dans la transformation de l'histoire culturelle des poupées. Ayant conspiré à leur propre déshumanisation, elles avaient fini en simples totems de leur classe, cette classe qui dirigeait l'Amérique, laquelle, à son tour, dirigeait le monde, si bien que s'en prendre à elles c'était également, pour ceux que ça intéressait, s'en prendre au grand Empire américain, à la *pax americana* elle-même... Un cadavre dans la rue, pensa Malik Solanka en revenant sur terre, ressemble fort à une poupée brisée.

... Oh, qui d'autre que lui avait encore aujourd'hui ce genre de pensées ? Restait-il quelqu'un en Amérique avec des notions aussi laides et erronées en tête ? Si vous aviez interrogé ces jeunes femmes, ces beautés grandes et sûres d'elles qui accumulaient les diplômes avec mention très honorable et les week-ends de rêve en yacht, ces princesses de l'Instant avec leur limousine attitrée, leurs œuvres de bienfaisance et leur vie trépidante, leurs super-héros énamourés et apprivoisés qui se battaient pour gagner leurs faveurs, elles vous auraient répondu qu'elles étaient libres, plus libres que toute autre femme dans n'importe quel pays à n'importe quelle époque, et qu'elles n'appartenaient à aucun homme, père, amant ou patron. Elles n'étaient les poupées de personne, mais des femmes indépendantes, qui jouaient de leur apparence, de leur sexualité, de leurs secrets : la première génération de jeunes femmes à tenir vraiment les rênes, ni esclaves du vieux patriarcat ni inféodées au féminisme pur et dur qui avait ébranlé les grilles de Barbe-Bleue. Elles pouvaient être femmes d'affaires et filles de l'air, profondes et superficielles, sérieuses et légères, et l'être à leur guise. Elles avaient tout — l'émancipation, le magnétisme sexuel, le fric — et elles adoraient ça. Puis quelqu'un était venu et leur avait tout pris en les frappant violemment à la nuque, le premier coup pour les assommer et les autres pour les tuer. Qui donc les avait tuées ? Si la déshumanisation vous intéressait, alors l'assassin était le monstre qu'il vous fallait traquer. Le responsable de cette déshumanisation, c'était lui, le meurtrier au parpaing, et non elles. Avachi au bar devant un verre de tequila, le professeur Solanka enfouit son visage baigné de larmes dans ses mains.

Saskia « Ciel » Schuyler avait vécu dans un immense appartement bas de plafond, dans ce qu'elle appelait « l'immeuble le plus laid de Madison Avenue », une horreur de briques bleues située en face du magasin Armani, et dont « le seul avantage », selon Ciel, était qu'il lui suffisait de passer un coup de fil pour qu'on lui présente en vitrine des robes qu'elle pouvait alors examiner au moyen de jumelles. Elle détestait cet appartement, ancien pied-à-terre à Manhattan de ses parents. Les Schuyler vivaient essentiellement hors-les-murs, dans un domaine protégé par des grilles en plein paysage de rêve près de Chappaqua, dans l'État de New York, et passaient leur temps à se plaindre de ce que les Clinton venaient d'acheter une maison dans leur village. Ciel, déclara Bradley Marsalis, aimait rassurer ses parents : Hillary ne resterait pas longtemps. « Si elle l'emporte, elle ira s'installer à D.C. et au Sénat, et si elle perd, elle déguerpira encore plus vite. » En attendant, Ciel voulait liquider l'appartement de Madison Avenue et emménager dans le quartier branché de Tribeca, mais le conseil syndical avait refusé trois fois de suite les acheteurs qu'elle leur proposait. Ciel ne cessait de vitupérer le conseil : « C'est plein de vieilles dames laquées engoncées dans des tissus luisants, comme des canapés rembourrés. Pour en faire partie, vous devez vous aussi vous déguiser en meuble. » Cela dit, l'immeuble bénéficiait vingt-quatre heures sur vingt-quatre de la présence d'un gardien, et le portier de nuit, le vieux Abe Green, signala que, le jour en question, Miss Schuyler, « sapée comme une princesse » après une soirée de remise de prix musicaux (« Le Maillet » avait ses entrées dans ce monde-là), était rentrée vers les une heure et demie. Elle quitta un Marsalis visiblement contrarié devant chez elle — « Il avait pas l'air content, ça oui », remarqua Green — et se dirigea tristement vers l'ascenseur. Green monta avec elle.

« Dommage que vous habitiez qu'au quatrième, que je lui ai dit pour la faire sourire, parce que j'aurais plaisir à vous regarder plus longtemps. »

Un quart d'heure plus tard, elle rappela l'ascenseur.

« Tout va bien, mademoiselle ? lui demanda Abe.

— Oh, oui, je crois. Ouais, bien sûr, Abe, dit-elle, bien sûr. »

Puis elle sortit seule, toujours dans sa robe de gala, et ne revint jamais. On retrouva son cadavre loin de chez elle, près de l'entrée du Midtown Tunnel. Un examen des dernières heures de Lauren Klein et Bindy Candell montra qu'elles aussi étaient rentrées tard, n'avaient pas laissé monter leur galant et étaient ressorties peu de temps après. Comme si ces filles avaient renoncé à la Vie puis s'étaient rendues à leur rendez-vous avec la Mort.

On n'avait rien volé à Saskia, Lauren et Belinda. Ni leurs bagues, ni leurs boucles d'oreilles, ni leurs colliers, ni leurs bracelets. On n'avait pas pu trouver de mobile aux meurtres, mais les trois petits amis parlèrent d'un éventuel rôdeur. Les jours précédant leur mort, les défuntes avaient signalé la présence d'un inconnu portant un panama qui « se cachait bizarrement ».

« On dirait que Ciel a été exécutée, déclara un Brad Marsalis morne en fumant le cigare lors d'une rencontre avec la presse dans une suite de Vineyard Haven. On dirait que quelqu'un l'a condamnée à mort et l'a exécutée de sang-froid. »

7

La nouvelle du départ précipité de Solanka avait créé comme une onde de choc dans le cercle de leurs relations. Tout mariage qui se brise interroge ceux qui tiennent bon. Malik Solanka était conscient d'avoir déclenché dans cette ville une réaction en chaîne de questions secrètes et explicites à l'heure des petits déjeuners, dans les chambres à coucher, dans d'autres villes également : Est-ce qu'on s'en sort ? Oui, mais comment ? Est-ce qu'il y a des choses que tu ne me dis pas ? Est-ce que je vais me réveiller un jour pour t'entendre me dire un truc qui me fera prendre conscience que j'ai partagé ma couche avec un inconnu ? Comment demain réécrira-t-il hier, comment la semaine prochaine défera-t-elle les cinq, dix, quinze dernières années ? Est-ce que tu t'ennuies ? Est-ce ma faute ? Es-tu plus faible que je ne le croyais ? Est-ce lui ? Est-ce elle ? Est-ce le sexe ? Les enfants ? Tu veux qu'on essaie de rafistoler tout ça ? Y a-t-il quelque chose à rafistoler ? Tu m'aimes ? Tu m'aimes encore ?

Et moi, hein, bon sang, est-ce que je t'aime encore ?

Ces angoisses, dont ses amis le tenaient inévitablement pour responsable à un certain degré, lui revenaient sous forme d'échos. Malgré l'énergique embargo de Solanka, Eleanor donnait son numéro à Manhattan à quiconque le demandait. Les hommes, plus que les femmes, se sentaient comme obligés de l'appeler pour le critiquer. Morgen Franz, l'éditeur bouddhiste post-hippie dont Eleanor avait été autrefois l'assistante, fut le premier à appeler. Morgen était californien, et avait fui la réalité américaine en s'installant à Bloomsbury, mais sans jamais parvenir à se débarrasser de son accent traînant d'Haight-Ashbury.

« Ça ne me plaît pas du tout, avait-il déclaré au téléphone à Malik en étirant encore plus ses voyelles pour souligner son mal-être, et en outre je ne connais personne à qui ça plaise. J'ignore pourquoi t'as fait ça, mon pote, et vu que t'es ni un crétin ni un salaud je suppose que t'as tes raisons, non ? et ce sont sûrement de bonnes raisons, j'en doute pas, enfin quoi qu'est-ce que tu veux que je te dise, je t'aime, tu le sais ? je vous aime tous les deux, mais pour le moment je dois dire que je ressens beaucoup de colère à ton égard. »

Solanka imaginait très bien le visage empourpré de son ami barbu, ses petits yeux enfoncés clignant d'indignation. Franz était d'une décontraction légendaire — « y a pas plus cool que le Morg », c'était sa ritournelle —, aussi cet emportement était-il surprenant. Mais Solanka garda son calme et n'hésita pas à lui exposer de façon sincère et irrévocable ses propres sentiments :

« Il y a six, sept, huit ans, lui dit-il, Lin passait son temps à appeler Eleanor en larmes parce que tu refusais de lui faire un enfant, et tu sais quoi ? Tu avais tes raisons, tu devais vivre chaque jour avec ta profonde désillusion du genre humain, et, concernant les enfants, tu as opté pour la solution abstentionniste. Et, Morgen, moi aussi à cette époque j'ai "ressenti beaucoup de colère à ton égard". Je voyais Lin se rabattre sur les chats à défaut d'enfant et ça ne me plaisait pas et tu sais quoi ? Je ne t'ai jamais appelé pour t'engueuler ou te demander ce qu'avait à dire la doctrine bouddhiste sur le sujet parce que je me disais que ce qui se passait entre ta femme et toi n'était pas mes oignons. Que c'était ta vie privée, tant que tu ne la battais pas, ou en tout cas tant que c'était seulement son moral que tu brisais, pas ses os. Alors fais-moi plaisir, va te faire voir. Ça ne te regarde pas. Ce sont mes affaires. »

Et ce fut la fin de leur vieille amitié, huit ou peut-être neuf Noëls passés tour à tour chez l'un ou chez l'autre, les parties de Trivial Pursuit, les charades, l'affection. Lin Franz l'appela le lendemain matin pour lui dire que ses propos étaient impardonnables.

« Sache, je te prie, ajouta-t-elle de sa voix ténue et archi-guindée de Vietnamo-Américaine, qu'en abandonnant Eleanor tu n'as fait que nous rapprocher, Morgen et moi. Eleanor est forte, et elle reprendra vite le contrôle de sa vie, quand elle aura fait son deuil. Nous allons tous continuer sans toi, Malik, et c'est toi qui regretteras de nous avoir exclus de ta vie. Je suis désolée pour toi. »

Il est impossible de confier, et encore moins d'expliquer, à qui que ce soit que l'on a brandi un couteau au-dessus de sa femme et de son fils endormis. Un tel couteau représente un crime pire encore que celui consistant à substituer un félin à poils longs à un bébé piaillant. Et Solanka ne pouvait expliquer le comment et le pourquoi de cet énigmatique et épouvantable geste. *Est-ce là un couteau que je vois, son manche tourné vers ma main ?* Il s'était simplement trouvé là, telle la coupable Lady Macbeth, et l'arme elle aussi se trouvait là, impossible de l'ignorer, ou de la supprimer par la suite au montage. Le fait qu'il n'ait pas plongé la lame dans leurs cœurs endormis ne faisait pas de lui un innocent. Brandir de la sorte le couteau, et se tenir ainsi, c'était plus que suffisant. Coupable, coupable ! Tout en prononçant ces sévères paroles de rupture au téléphone avec son vieil ami, Malik Solanka avait eu nettement conscience de leur hypocrisie, et il accepta sans broncher les remontrances de Lin. Il avait renoncé à tous ses droits à protester le jour où il avait passé le pouce le long de la lame pour en tester le tranchant, dans l'obscurité. Le couteau était désormais son histoire, et il était venu en Amérique pour l'écrire.

Non ! Par désespoir, pour la *désécrire*. Pas pour être, mais pour ne plus être. Il s'était envolé pour le pays de la création spontanée, la patrie de Mark

Skywalker le publicitaire Jedi à bretelles rouges, le pays dont le roman moderne et paradigmatique était celui d'un homme qui se réinventait — lui, son passé, ses chemises, et même son nom — par amour ; et ici, dans cet endroit dont il ne maîtrisait guère les mythes, il avait l'intention de passer à la première phase de cette restructuration, à savoir — il appliquait désormais à lui-même la même sorte d'imagerie mécaniciste dont il avait usé si durement avec les femmes mortes — le complet effacement, ou « suppression définitive », du vieux programme. Quelque part dans le logiciel actuel se cachait un bug, un vice potentiellement mortel. Il allait falloir procéder rien moins qu'au démantèlement du moi. S'il parvenait à nettoyer toute la machine, alors peut-être que le bug, lui aussi, finirait à la corbeille. Après ça, il pourrait envisager de bâtir un homme neuf. Il se rendait bien compte qu'il s'agissait là d'une ambition fantasque, irréalisable si on la prenait sérieusement, au pied de la lettre, et non de façon imagée. Néanmoins, il l'envisageait au pied de la lettre, aussi dingue que cela parût. Quelle autre solution avait-il, d'ailleurs ? Les aveux, la peur, la séparation, la police, les psys, l'asile, l'opprobre, le divorce, la prison ? L'escalier menant à cet enfer paraissait inexorable. Or le pire des enfers, il le laissait derrière lui : c'était la lame brûlante qui fouaillait à jamais l'esprit de son fils.

Il avait acquis, en cet instant tragique, une confiance quasi religieuse dans le pouvoir de la fuite. La fuite allait sauver les autres de lui, et lui de sa propre perte. Il irait où on ne le connaissait pas et se baignerait dans cet anonymat. Un souvenir de Bombay-la-tabou requit soudain son attention : le souvenir du jour de 1955 où Mr Venkat — le puissant banquier dont le fils Chandra était le meilleur ami de Malik, alors âgé de dix ans — devint un *sanyasi* pour son soixantième anniversaire et abandonna à tout jamais sa famille, vêtu seulement d'un pagne gandhien, muni d'un long bâton de bois et d'un bol de mendiant. Malik avait toujours apprécié Mr Venkat, qui le taquinait en lui demandant de prononcer, très rapidement, son nom polysyllabique et caracolant d'Indien du Sud : Balasubramanyam Venkataraghavan.

« Allez, mon garçon, plus vite, pressait-il gentiment Malik alors que sa langue de garçonnet trébuchait sur les syllabes. N'aimerais-tu pas porter un nom aussi magnifique que celui-ci ? »

Malik Solanka habitait au deuxième étage d'un immeuble appelé Noor Ville dans Methwold's Estate, pas loin de Warden Road. Les Venkat occupaient l'autre appartement au même étage, et affichaient tous les signes d'une famille heureuse : une situation que Malik enviait immensément. Ce jour-là les portes des deux appartements étaient restées ouvertes, et les enfants s'agglutinaient, les yeux grands ouverts et la mine grave, autour des adultes accablés tandis que Mr Venkat prenait congé pour toujours de son ancienne existence. Des profondeurs de l'appartement des Venkat monta le son d'un vieux 78 tours grésillant : une chanson des Ink Pots, le groupe préféré de

Mr Venkat. Le spectacle de Mrs Venkat sanglotant sur l'épaule de sa mère marqua profondément Malik. Comme le banquier s'éloignait, Malik lui cria soudain : « Balasubramanyam Venkataraghavan ! »

Puis il le répéta de plus en plus vite et de plus en plus fort jusqu'à ce qu'il ne soit plus qu'un bredouillement hurlé : « Balasubramanyamvenkataraghavanbalasubramanyamvenkataraghavan*balasubramanyamvenkataraghavan*BALASUBRAMANYAMVENKATARAGHAVAN ! »

L'air grave, le banquier s'arrêta. C'était un petit homme anguleux, au visage doux, aux yeux vifs.

« C'est fort bien dit, et la vitesse aussi est impressionnante, dit-il. Et parce que tu l'as répété cinq fois sans te tromper, je répondrai à cinq questions, si tu souhaites m'en poser. »

Où allez-vous ? « Je pars à la recherche de la connaissance et si possible de la paix. »

Pourquoi ne portez-vous pas votre costume ? « Parce que j'ai abandonné mon emploi. »

Pourquoi Mrs Venkat pleure-t-elle ? « C'est à elle qu'il faut poser cette question. »

Quand reviendrez-vous ? « Ce départ, Malik, est définitif. »

Et Chandra ? « Un jour, il comprendra. »

Vous ne vous intéressez plus à nous ? « C'est la sixième question. Tu as dépassé ton quota. Sois un gentil garçon, maintenant. Sois un bon camarade pour ton ami. »

Après que Mr Venkat eut descendu la colline, sa mère essaya de lui expliquer la philosophie du *sanyasi*, cette décision prise par un homme de renoncer à tous biens terrestres et toutes relations humaines, de se couper de la vie, pour se rapprocher du divin avant que sonne la dernière heure. Mr Venkat avait laissé ses affaires en bon ordre ; sa famille n'allait manquer de rien. Mais il ne reviendrait jamais. Malik ne comprit pas la plupart des choses qu'on lui expliqua, mais il vit très bien ce que Chandra voulait dire quand, plus tard le même jour, il brisa les vieux disques des Ink Pots qui appartenaient à son père en criant : « Je hais la connaissance ! Et la paix aussi. Je hais vraiment *beaucoup* la paix ! »

Quand un impie imitait les décisions des croyants, le résultat risquait fort d'être à la fois vulgaire et inepte. Le professeur Malik Solanka ne revêtit aucun pagne, ne prit aucun bol de mendiant. Au lieu de s'en remettre aux hasards de la rue et à la charité des inconnus, il se rendit à New York en classe affaires, séjourna brièvement au luxueux hôtel Lowell, contacta un agent immobilier et eut très vite de la chance, se dénichant cette vaste sous-location dans le West Side. Au lieu de partir pour Manaus, Alice Springs ou Vladivostok, il avait atterri dans une ville où il n'était pas tout à fait inconnu, qui ne lui était pas tout à fait inconnue, dont il connaissait la langue et où il savait s'orienter et comprendre, jusqu'à un certain point, les coutumes indigènes. Il avait agi sans réfléchir, s'était retrouvé attaché sur un siège dans un avion avant même de se poser la moindre question. Puis il avait accepté cette décision imparfaite, impulsive, s'engageant sans discuter sur la route improbable où l'avaient entraîné d'eux-mêmes ses pas. Un *sanyasi* à New York, un *sanyasi* avec un duplex et une carte de crédit, était une contradiction en soi. Fort bien. Il serait cette contradiction et, malgré la nature du paradoxe, poursuivrait son but. Lui aussi était en quête de quiétude, de paix. Aussi devait-il congédier son moi ancien, le remiser pour toujours. Ce moi ne devait pas resurgir de sa tombe tel un spectre pour le réclamer un de ces jours. Mais on ne pouvait contempler ce qui se situait au-delà de l'échec si l'on cherchait encore à réussir. Après tout, Jay Gatsby, phénix d'entre les phénix, avait lui aussi fini par échouer ; mais il avait vécu, avant de s'écraser, une vie américaine exemplaire, exceptionnelle, fragile et dorée.

Il se réveilla dans son lit — tout habillé, l'haleine chargée d'alcool — sans savoir comment ni quand il était arrivé jusque-là. La peur s'empara de lui. Encore une nuit inexpliquée. Des parasites sur l'enregistrement vidéo. Mais, comme les fois précédentes, il n'y avait pas de sang sur ses mains ou ses vêtements, nulle arme dissimulée sur lui, pas même un morceau de parpaing. Il se redressa en vacillant, s'empara de la télécommande et réussit à voir la fin du journal télévisé. On ne parlait ni du Tueur au parpaing, ni de l'Homme au panama, ni d'une belle héritière assassinée. Pas de poupée brisée. Il se laissa retomber en travers du lit, le souffle court et haletant. Puis il ôta ses chaussures de ville et rabattit les couvertures sur sa tête pleine d'élancements douloureux.

Il reconnut cette trouille. Il y a longtemps, dans un dortoir de Cambridge, il avait été incapable de se lever et d'affronter sa nouvelle vie d'étudiant. Une fois de plus, la panique et ses démons l'assaillaient de toutes parts. Il était vulnérable aux démons. Il entendait leurs ailes de chauve-souris claquer près de lui, sentait leurs griffes maléfiques se refermer sur ses chevilles pour l'entraîner au fond de cet enfer auquel il ne croyait pas mais qui ne cessait de surgir dans ses paroles, ses émotions, dans cette partie de lui qui échappait à son contrôle. Cette partie croissante de lui qui devenait folle, et glissait entre ses mains débiles... Où était Krysztof Waterford-Wajda quand on avait besoin de lui ? Allez viens, Gudule, frappe à la porte et entraîne-moi loin du bord de cet abîme béant. Mais Gudule ne descendit pas sur terre pour jouer les anges gardiens.

Pas ça, songea fébrilement Solanka. Il n'avait pas fait tout ce chemin pour en arriver à ça ! Pas ce mélodrame à la Dr Jekyll et Mr Hyde, cette minable saga. Il n'y avait pas d'influence gothique dans l'architecture de sa vie, pas de savant fou, pas de cornue bouillonnante, pas de philtre démoniaque vous métamorphosant. Mais la peur, la trouille bleue, ne le quittait pas. Il s'enfonça encore plus dans les couvertures. Il sentait l'odeur de la rue sur ses vêtements. Aucun indice ne le reliait au crime. Il ne faisait l'objet d'aucune enquête. Combien d'hommes, l'été, à Manhattan, portaient un panama ? Des centaines, au moins ? Pourquoi, alors, se torturait-il ainsi ? À cause du couteau. Le couteau rendait tout cela possible. Et puis il y avait les circonstances : trois nuits soustraites au souvenir, trois femmes assassinées. Cette coïncidence exigeait son silence aussi impérieusement que le couteau dans l'obscurité, mais il ne pouvait faire comme si elle n'existait pas. Il y avait également ce chapelet d'obscénités prononcées à son insu au Café Mozart. Ce n'était pas suffisant pour être inculpé par un tribunal, mais il était son propre juge, et le jury était en délibération.

Le regard voilé, il composa un numéro et attendit que la voix électronique en ait fini des interminables préliminaires pour pouvoir écouter ses messages. *Vous avez — un ! — nouveau message.* — *Nouveau message*. Résonna alors la voix d'Eleanor, cette voix dont il était tombé amoureux il y a si longtemps :

« Malik, tu dis que tu veux t'oublier. Je crois que c'est déjà fait. Tu dis que tu ne veux pas être l'esclave de ta colère. Je pense que la colère ne t'a jamais autant dominé. Je me souviens de toi même si tu m'as oubliée. Je me souviens de toi avant que cette poupée ne foute en l'air nos vies ; avant, tu t'intéressais à tout. J'adorais ça. Tu étais gai, tu chantais horriblement mal, tu prenais des voix rigolotes. Tu m'as appris à aimer le cricket. Maintenant je veux qu'Asmaan aussi l'aime. Je me rappelle ton désir de connaître, en chacun, la part la meilleure, mais également d'affronter sans illusions le pire. Je me rappelle ton amour de la vie, ton amour pour ton fils, et pour moi. Tu nous as abandonnés mais nous, nous ne t'avons pas abandonné. Rentre, chéri. Je t'en prie, rentre à la maison. »

Des paroles simples, courageuses, déchirantes. Mais là encore c'était le trou complet. Quand avait-il parlé à Eleanor de colère et d'oubli ? Peut-être était-il rentré ivre et avait-il voulu s'expliquer. Peut-être lui avait-il laissé un message, et c'était là sa réponse. Et elle, comme toujours, avait entendu bien plus qu'il n'avait dit. Elle avait entendu sa peur.

Non sans mal il se leva, se déshabilla et se doucha. Il était en train de se préparer du café quand il s'aperçut que l'appartement était vide. Pourtant c'était un des jours où Wislawa venait faire le ménage. Pourquoi n'était-elle pas là ? Solanka composa son numéro. « Oui ? » C'était bien sa voix.

« Wislawa ? fit-il. Ici le professeur Solanka. Vous ne deviez pas venir travailler aujourd'hui ? »

Il y eut un long silence.

« Professeur ? dit Wislawa d'une petite voix timide. Vous ne pas vous rappeler ? » Il sentit sa température chuter brusquement.

« Quoi ? Me rappeler quoi ? » Des larmes envahirent la voix de Wislawa.

« Professeur, vous m'avez virée. Vous m'avez virée, pourquoi ? Pour rien. Bien sûr, vous vous rappelez. Et vos paroles. Moi j'ai jamais entendu ces paroles chez une personne distinguée. Après ça, c'est fini pour moi. Même là quand vous m'appelez moi je peux pas revenir. »

Quelqu'un parla près d'elle, une autre voix

féminine, et Wislawa se ressaisit et ajouta avec une détermination accrue :

« Mais mon salaire est compris dans votre contrat. Comme vous m'avez virée injustement, moi je continue recevoir l'argent. Je parlé aux propriétaires et eux être d'accord. Eux sûrement bientôt parler à vous. Vous savez, je travaille depuis un long temps pour Mrs Jay. »

Malik Solanka reposa le combiné sans rien dire.

Vous êtes virée. Comme dans un film. Le cardinal en robe rouge descend les marches dorées pour transmettre le message d'adieu du pape. Le chauffeur, une femme, attend dans sa petite voiture, et quand le cruel messager se penche à sa fenêtre, il a le visage de Solanka.

La ville était aspergée de pesticide Anvil. Plusieurs oiseaux, venus essentiellement des marais de Staten Island, avaient succombé au virus dit du Nil ouest, une forme d'encéphalite, et le maire ne voulait pas prendre de risques. Tout le monde était sur le qui-vive : danger, moustiques ! restez chez vous le soir ! portez des manches longues ! Pendant l'arrosage, fermez toutes les fenêtres et éteignez les climatiseurs ! Quel radicalisme dans l'intervention, bien qu'aucun être humain n'ait contracté la maladie depuis le début du nouveau millénaire. (Plus tard, on signala quelques cas, mais aucun décès.) La pusillanimité des Américains face à l'inconnu, cette surcompensation, avait toujours fait rire les Européens. « Une voiture fait une pétarade à Paris, aimait à dire Eleanor Solanka — Eleanor, l'être humain le moins vachard qui soit —, et le lendemain des millions d'Américains annulent leurs vacances. »

Solanka avait oublié cette histoire de pesticide, et il avait marché pendant des heures sous l'invisible pluie empoisonnée. Un moment, il faillit mettre son amnésie passagère sur le compte du produit chimique. Les asthmatiques avaient des convulsions, on prétendait que les homards mouraient par milliers ; les écologistes s'époumonaient. Pourquoi pas lui ? Mais son honnêteté naturelle l'empêchait de rallier cette curée. La source de ses problèmes était sûrement d'origine existentielle, et non chimique.

Si c'est ce que vous avez entendu, chère Wislawa, alors ça doit être vrai. Mais vous savez, je ne me rendais pas compte... Des pans entiers de son comportement échappaient à son contrôle. S'il allait consulter un spécialiste, nul doute qu'on diagnostiquerait un genre de dépression. (S'il était Bronislawa Rhinehart, il repartirait joyeusement avec ce diagnostic puis trouverait quelqu'un à traîner en justice.) Il eut la brutale révélation qu'une dépression était précisément ce qu'il avait recherché tout ce temps. Tout ce délire sur le besoin de se « dé-faire » ! Maintenant que certaines zones chronologiques de son existence avaient cessé de communiquer entre elles — maintenant qu'il s'était littéralement désintégré dans le temps — pourquoi était-il choqué ? Fais attention à ce que tu désires, Malik. Rappelle-toi la nouvelle de W.W. Jacobs. L'histoire de la patte de singe.

Il était venu à New York comme l'Arpenteur

dans *Le Château* de Kafka : dans la chute, *in extremis*, en proie à un espoir irréaliste. Il s'était trouvé un cantonnement, bien plus confortable que celui du pauvre Arpenteur, et depuis lors avait écumé les rues, à la recherche d'une porte d'entrée, se disant que la grande Métropole pourrait le guérir, lui, l'enfant des villes, si seulement il parvenait à trouver son cœur magique, son cœur invisible et hybride. Cette proposition mystique avait clairement détérioré le continuum autour de lui. Les choses semblaient obéir à la logique, selon les lois de la vraisemblance psychologique et de la profonde cohérence interne de la vie citadine, alors qu'en fait tout n'était que mystère. Mais peut-être qu'il n'était pas le seul à voir son identité craquer aux coutures. Derrière la façade de cet âge d'or, de cette époque d'abondance, les contradictions et l'appauvrissement de l'Occidental, ou disons de la personne humaine en Amérique, s'accentuaient et s'aggravaient. Peut-être cette immense désintégration était-elle visible dans cette ville des riches parures et des cendres secrètes, en cette ère d'hédonisme public et de peur privée.

Un changement de direction était nécessaire. L'histoire à laquelle vous mettiez fin n'était peut-être jamais celle que vous aviez commencée. Oui ! Il allait reprendre sa vie de zéro, ressouder ses moi épars. Ces changements en lui qu'il recherchait, il les provoquerait lui-même. Fini, la dérive nauséabonde. Comment avait-il pu se persuader que ce havre mercantile le sauverait, cette Gotham où Jokers et Pingouins se déchaînaient sans un Batman (ou même un Robin) pour contrarier leurs plans, cette Métropolis bâtie en kryptonite où nul Superman n'osait mettre le pied, où la richesse était confondue avec ceux qui la possédaient et le plaisir de posséder avec le bonheur, où les gens vivaient des existences si policées que les grandes vérités rugueuses de la fruste existence avaient été poncées et lustrées, et où les âmes humaines avaient erré dans le plus grand isolement pendant si longtemps que c'est tout juste si elles savaient encore se frôler ; cette cité où la légendaire électricité alimentait les barrières électriques qu'on érigeait entre hommes, mais aussi entre hommes et femmes ? La chute de Rome n'était pas due à l'affaiblissement de ses armées, mais au fait que les Romains avaient oublié ce que signifiait être Romain. Se pouvait-il que cette nouvelle Rome fût en fait plus provinciale que ses provinces ; que ces nouveaux Romains aient oublié ce qu'il convenait d'estimer, et de quelle manière ? Mais l'avaient-ils jamais su ? Tous les empires étaient-ils aussi indignes, ou celui-ci était-il particulièrement mal dégrossi ? N'y avait-il plus personne, au sein de toute cette activité trépidante et de cette plénitude matérielle, qui fût intéressé par l'exploration du cœur et de l'esprit ? Ô Amérique du Rêve, la quête de la civilisation devait-elle s'achever dans l'obésité et les futilités, chez Roy Rogers et Planet Hollywood, avec *USA Today* et *E !* ; dans la cupidité des jeux télévisés, ou dans le voyeurisme à la petite semaine ; ou dans le confessionnal éternel de Ricki, Oprah et Jerry, dont les invités s'entretuaient après l'émission ; ou dans un regain d'ineptes comédies conçues pour des publics adolescents dont les rires gras et ignares rebondissaient sur l'écran argenté ; ou aux tables inaccessibles de Jean-Georges Vongerichten et d'Alain Ducasse ? Qu'était-il advenu de cette quête des clefs secrètes qui ouvraient les portes de l'exaltation ? Qui avait démoli le Capitole pour le remplacer par une rangée de chaises électriques, ces machines de mort démocratiques où tous, innocents, coupables, attardés mentaux, pouvaient venir expirer côte à côte ? Qui avait pavé le Paradis pour y construire un parking ? Qui avait voté pour George Bush-Trou et Al Gore-Tex ? Qui avait sorti Charlton Heston de sa cage puis s'était demandé pourquoi des gosses se faisaient descendre ? Et le Graal, Amérique ? Ô, vous, Galaad*s* yankees, vous Lancelot*s* sudistes, ô Parsifal*s* des abattoirs, qu'avez-vous fait de la Table ronde ? Il sentit une houle monter en lui et ne fit rien pour la refouler. Oui, l'Amérique l'avait ensorcelé ; oui, son éclat l'avait excité, ainsi que sa vaste puissance, et à présent il était en danger. Ce qu'il attaquait chez elle, il devait également le combattre en lui. Il en venait à désirer ce qu'elle promettait et ne donnait jamais. Tout le monde était américain, maintenant, ou du moins américanisé : les Indiens, les Iraniens, les Ouzbeks, les Japonais, les Lilliputiens, tous. L'Amérique était le terrain de jeu du monde, son règlement, son arbitre et sa balle. Même l'anti-américanisme était de l'américanisme déguisé, car il reconnaissait que l'Amérique était le seul match à l'affiche et la question américaine la seule affaire en cours. Et donc, comme tout un chacun, Malik Solanka arpentait ses vastes canyons en tendant sa casquette, tel un suppliant à genoux devant un festin. Mais ça ne voulait pas dire qu'il était incapable de la regarder dans les yeux. Arthur avait échoué, Excalibur était perdue, et le sinistre Mordred était roi. À ses côtés, sur le trône de Camelot, était assise sa reine, sa sœur, la fée-sorcière Morgane.

Le professeur Malik était fier de son sens pratique. Adroit de ses mains, il savait recoudre ses vêtements et repasser une chemise de soirée. Alors qu'il commençait tout juste à fabriquer ses poupées philosophiques, il avait travaillé quelque temps au service d'un tailleur de Cambridge afin de pouvoir confectionner lui-même les habits que porteraient ses pygmées cérébraux. Ainsi que la tenue branchée qu'il créa pour Cervelette. Avec ou sans Wislawa, il savait tenir une maison. Dorénavant, il appliquerait également ces principes domestiques à sa vie intérieure.

Il s'engagea dans la 70e Rue, le sac à linge violet de la blanchisserie chinoise sur son épaule gauche. En arrivant à Columbus Avenue, il surprit le monologue suivant : « Tu te souviens de mon ex-épouse Erin. La maman de Tess. Ouais, l'actrice. En ce moment elle tourne surtout des pubs. Tu sais quoi ? On se revoit. Plutôt bizarre, hein. Après l'avoir considérée pendant deux ans comme une ennemie puis eu avec elle pendant encore cinq ans des rapports moins durs mais tout de même coton ! J'ai commencé à lui demander de venir de temps en temps avec Tess chez moi. Tess aime bien que sa mère soit là, en fait. Et voilà qu'un soir... Ouais, c'était vraiment le plan "et voilà qu'un soir". À un moment je me suis levé et je suis allé m'asseoir à côté d'elle sur le canapé, au lieu de rester dans mon fauteuil habituel à l'autre bout de la pièce. Tu sais, mon désir pour elle n'a jamais disparu, il était juste enfoui sous un tas d'autres trucs, trois tonnes de ressentiment pour tout te dire, et soudain ce désir a débordé, boum ! un vrai raz de marée. Pour être franc, il s'en était accumulé un paquet au cours de ces sept années, je veux dire du désir, et peut-être même que le ressentiment l'aiguisait un peu, et du coup il était incroyablement plus fort qu'avant. Mais bon voilà le topo. Je la rejoins sur le canapé, et il arrive ce qu'il arrive, et après ça elle me dit : "Tu sais, quand tu t'es approché de moi, je ne savais pas si tu allais me frapper ou m'embrasser." Je crois que moi non plus je savais pas trop. Pour tout te dire. »

L'homme qui venait de s'exprimer aussi peu discrètement était un type dégingandé, aux cheveux frisés à la Garfunkel, la quarantaine, et qui promenait un chien moucheté. Solanka mit un moment à voir l'oreillette du téléphone à travers le halo de cheveux roux. Ces temps-ci, songea Solanka, nous ressemblons tous à ces poivrots ou ces cinglés qui confient leurs secrets aux quatre vents en déambulant. Il avait devant lui l'exemple frappant de cette réalité contemporaine désintégrée qui le préoccupait. Art-le-Promeneur, qui n'existait en cet instant que dans le continuum téléphonique — un néo-« sound of silence » —, ignorait complètement que dans l'autre continuum, celui de la 70e Rue, il révélait ses plus intimes secrets à des inconnus. Le professeur Solanka adorait cet aspect de New York : ce sentiment d'être bousculé par les histoires des autres, de marcher tel un fantôme dans une ville prise au cœur d'une histoire qui n'avait pas besoin de lui comme personnage. Et l'ambiguïté de l'homme vis-à-vis de son épouse, pensa Solanka : par épouse, entendez l'Amérique. Peut-être que moi aussi je me dirige encore vers le canapé.

Les quotidiens du jour lui apportèrent un réconfort inattendu. Il avait dû allumer la télé trop tard et rater les nouveaux développements dans l'enquête sur le triple meurtre Ciel-Ren-Bindy. Le cœur léger, il put lire que les inspecteurs — trois commissariats travaillaient de conserve — venaient d'interpeller les trois galants. Ils avaient été ensuite relâchés, et aucun chef d'accusation n'avait été retenu pour le moment, mais les policiers s'étaient montrés fermes et avaient conseillé aux jeunes hommes de ne pas filer sur la côte d'Azur ou sur les plages d'Asie du Sud-Est. Des sources anonymes et sûres rapportaient que la thèse « Monsieur Panama » était majoritairement écartée, ce qui laissait à penser que les trois jeunes suspects avaient inventé de toutes pièces le mystérieux rôdeur. Sur les photos, « Maillet », « Étalon » et « Disco » avaient l'air effrayés. Les commentateurs, sans perdre de temps, associèrent également le triple meurtre non résolu à celui de

Nicole Brown Simpson et à la mort du petit Jon-Benét Ramsey. « Dans de telles affaires, concluait un éditorial, il convient de mener l'enquête dans les cercles concernés. »

« Je peux vous parler ? »

Quand il revint chez lui, ivre de soulagement, Mila l'attendait sur les marches, seule, mais avec dans les bras une poupée Cervelette. Son changement d'attitude était surprenant. Fini le déhanchement de la baroudeuse des rues, la pose de la déesse du macadam. Il avait en face de lui une jeune femme timide et gauche avec des étoiles dans ses yeux verts.

« Ce que vous avez dit au cinoche. C'est bien vous, hein, n'est-ce pas ? Vous êtes *le* professeur Solanka ? "Cervelette, créée par le Prof. Malik Solanka ?" C'est vous qui l'avez inventée, qui lui avez donné la vie. Ben dites donc ! Même que j'ai toutes les cassettes des *Aventures*, et pour mes vingt et un ans mon papa est allé chez un collectionneur et m'a offert le scénario original de l'épisode Galilée, vous savez, avant qu'ils vous obligent à enlever tous les jurons ? C'est mon bien le plus précieux. Dites-moi que je me trompe pas, hein, sinon je me serai tellement ridiculisée que ma réputation sera fichue à jamais. Bon, de toute façon elle est foutue, vous pouvez pas imaginer la réaction d'Eddie et des autres en apprenant que je me pointais ici avec une poupée, non mais je te jure ! »

Les défenses naturelles de Solanka, déjà ébranlées par sa bonne humeur, achevèrent de céder devant une telle passion.

« Oui, concéda-t-il. Oui, c'est bien moi. »

Elle poussa un cri suraigu et bondit, le frôlant presque.

« Pas possible ! hurla-t-elle, incapable d'arrêter de sautiller. Pas possible ! Oh mon Dieu ! Faut que je vous dise, Professeur : vous êtes carrément trop. Et votre Cervelette, cette petite nana, c'est comme qui dirait mon obsession majeure depuis près de dix ans ! Je l'étudie sous toutes les coutures. Et comme vous avez pu le voir, elle n'est que la base et l'inspiration de mon style personnel. (Elle tendit une main.) Mila. Mila Milo. Ne riez pas. À l'origine c'était Milosevic, mais mon papa voulait un nom que tout le monde puisse répéter. Enfin quoi, on est en Amérique, non ? Faisons simple. Mee-la My-lo. (Étirant exagérément les syllabes, elle grimaça puis sourit.) On dirait, j'sais pas moi, une marque d'engrais. Ou peut-être de céréales. »

Il sentit l'ancienne colère enfler en lui tandis qu'elle parlait, l'ire inassouvie de Cervelette qui était restée inexprimée, inexprimable, toutes ces années. C'était la même colère qui l'avait conduit directement à l'épisode du couteau... Il fit un immense effort pour la maîtriser. On était au premier jour de sa nouvelle phase. Aujourd'hui, il n'y aurait ni brouillard rouge, ni tirade obscène, ni amnésie causée par la fureur. Aujourd'hui, il affronterait le démon et lui ferait mordre la poussière. Respire à fond, se dit-il. Respire.

Mila paraissait inquiète.

« Professeur ? Vous allez bien ? »

Il acquiesça rapidement, oui, oui. Et se hâta d'ajouter :

« Veuillez entrer, je vous prie. J'ai une histoire à vous raconter. »

DEUXIÈME PARTIE

8

Ses premières poupées, les petites figurines qu'il avait réalisées plus jeune afin de peupler les maisons de sa propre fabrication, étaient en bois blanc tendre, y compris les vêtements, puis peintes ensuite, les habits de couleurs vives et les visages riches en minuscules mais éloquents détails : ici la joue d'une femme enflée afin d'évoquer une rage de dents, là quelques rides d'expression au coin de l'œil d'un bon vivant pour suggérer le rire. Il avait perdu par la suite tout intérêt pour les maisons, tandis que les personnages qu'il créait gagnaient en stature et en complexité psychologique. Désormais, il utilisait l'argile. L'argile, avec laquelle Dieu, qui n'existait pas, avait fait l'homme, qui existait. Tel était le paradoxe de la vie humaine : son créateur était fictif, mais la vie, elle, était une réalité.

Il les considérait comme des personnes à part entière. Quand il leur donnait un visage, elles devenaient tout aussi réelles à ses yeux que les gens qu'il connaissait. Mais une fois qu'il les avait créées, quand il connaissait leur histoire, il les laissait volontiers vivre leur vie : d'autres mains pouvaient les manipuler devant les caméras de télévision, d'autres artisans pouvaient les mouler et les dupliquer. Il ne s'intéressait qu'à leur personnalité et à leur histoire. Jouer à la poupée n'était pas son truc.

La seule de ses créations dont il tomba amoureux — la seule qu'il refusait de confier à d'autres mains — devait lui briser le cœur. Il s'agissait, bien sûr, de Cervelette : au départ une poupée, puis une marionnette, puis un personnage de dessin animé, et ensuite une actrice, ou, parfois, une animatrice de débats, une gymnaste, une ballerine ou un super-mannequin, en tenue de Cervelette. Ses premières apparitions télévisées, en fin de soirée, dont personne n'attendait grand-chose, répondaient avec plus ou moins d'exactitude aux desiderata de Malik Solanka. Il s'agissait de voyages dans le temps, avec « Cervy » dans le rôle de la disciple et de vrais philosophes en guise de héros. Mais lorsque la série fut placée en première partie de soirée, les dirigeants de la chaîne mirent leur grain de sel. Le format original fut jugé trop intello. C'était Cervelette la star, et l'on décréta que la nouvelle émission devait être articulée autour d'elle. Au lieu de constamment voyager, elle devait avoir un foyer et des adversaires réguliers. Il lui fallait une histoire de cœur, ou, mieux encore, une cohorte de soupirants, ce qui permettait aux jeunes comédiens les plus en vue du moment de participer à la série sans pour autant l'accaparer. Surtout, il fallait que ce soit une comédie : une comédie intelligente, une comédie cérébrale, certes, mais où l'on devait entendre beaucoup de rires. Voire des rires en boîte. On ferait travailler Solanka avec des scénaristes pour adapter son idée au grand public auquel elle était désormais destinée. C'était bien ce qu'il voulait, non ? Toucher le maximum de gens. Si une idée ne se développait pas, elle mourait. Telle était la réalité de la vie télévisée.

C'est ainsi que Cervelette emménagea Rue des Méninges, à Neurone-City, avec toute une famille et une bande de potes intellos : elle avait un gros frère du nom de Ciboulot, il y avait au bout de la rue un laboratoire scientifique qui s'appelait l'Encéphale, et même une vedette de cinéma sexy et nunuche (Génie Ferlopez). Tout cela était laborieux, mais plus la comédie visait bas, plus l'indice d'écoute grimpait. *Rue des Méninges* éclipsa aussitôt *Les Aventures de Cervelette* et occupa longtemps le nouveau créneau juteux. Malik Solanka finit par s'incliner devant l'inévitable : il renonça à l'émission. Mais il continua d'être mentionné au générique, s'assura que son « droit moral » était protégé, et négocia un pourcentage confortable sur les produits dérivés. Il ne pouvait plus regarder l'émission. Mais Cervelette semblait ravie de le voir partir.

En grandissant, Cervelette s'était détachée de son créateur — littéralement : elle était désormais grandeur nature, et dépassait Solanka de plusieurs centimètres — et se débrouillait toute seule. Comme Robinson Crusoé, Sherlock Holmes ou Frankenstein, elle avait transcendé l'œuvre dont elle était issue et jouissait de la liberté relative de la fiction. À présent, elle vantait des produits à la télévision, inaugurait des supermarchés, faisait des discours en fin de banquet, animait des jeux télévisés. Quand *Rue des Méninges* toucha à sa fin, Cervelette était devenue une personnalité de la télé à part entière. Elle avait son propre talk-show, faisait des apparitions dans les comédies à succès, défilait pour Vivienne Westwood, et se voyait reprocher par Andrea Dworkin de rabaisser les femmes — « Les femmes intelligentes ne doivent pas jouer les poupées » — et par Karl Lagerfeld d'émasculer les hommes (« Quel homme véritable voudrait d'une femme dotée d'un plus grand, si j'ose dire, *vocabulaire* que le sien ? »). Les deux auteurs de ces attaques acceptèrent aussitôt, moyennant des honoraires juteux de consultant, de participer au groupe de réflexion sur « Cervy », groupe connu à la BBC sous le nom de Cellule Grise. Le premier film de série B mettant en scène Cervelette, *Cervy's Secret*, fut l'unique faux pas et fit un terrible bide, mais le premier volume de ses mémoires (!), à peine annoncé, déboula en tête des meilleures ventes d'Amazon, plusieurs mois avant même sa publication, atteignant plus d'un quart de million d'exemplaires vendus rien qu'en pré-achats, grâce à des fans hystériques qui voulaient être les premiers à l'avoir. Après sa publication, il battit tous les records ; il s'ensuivit un deuxième, puis un troisième et enfin un quatrième volume, au rythme de un par an, qui se vendirent, selon les estimations les plus prudentes, à plus de cinquante millions d'exemplaires dans le monde entier.

Elle était devenue la Scarlett O'Hara des poupées, et sa vie un modèle pour des millions de jeunes gens — ses humbles débuts, ses années difficiles, ses triomphales victoires ; et, ô, sa détermination face à la pauvreté et la cruauté ! Ô, sa joie quand le Destin fit d'elle une de ses Élues ! — au nombre desquelles la coolissime diva de la 70e Rue Ouest, Mila Milo, était fière d'être comptée. (Une vie imaginaire ! pensait Solanka. Une histoire fictive, mi-conte de fées dans le style Donjons et Dragons, mi-saga misérabiliste, entièrement racontée par des nègres au talent obscur ! Ce n'était pas la vie qu'il avait imaginée pour elle, cela n'avait rien à voir avec le passé qu'il avait rêvé pour elle avec tant de joie et de fierté. Cette nouvelle Cervelette était une usurpatrice. Tout en elle sentait l'imposture : le scénario, les dialogues, la personnalité, la garde-robe, même le cerveau. Quelque part au pays des médias se trouvait un Château d'If où la véritable Cervelette était retenue prisonnière. Quelque part se trouvait une Poupée au masque de fer.)

Ce qu'il y avait d'extraordinaire dans son succès, c'était son universalité : les garçons l'aimaient autant que les filles, les adultes autant que les enfants. Elle dépassait les clivages des langues, des races et des classes. Elle devenait, au choix, l'amante idéale, la confidente, ou le modèle de ses admirateurs. Le premier volume de ses mémoires fut tout d'abord classé par Amazon dans la catégorie *documents*. La décision de l'inscrire, ainsi que les suivants, dans la catégorie *fiction* rencontra une grande résistance à la fois chez les lecteurs et auprès du personnel d'Amazon. Cervelette, prétendaient-ils, n'était plus un simulacre. C'était un phénomène. La baguette magique l'avait touchée, et elle était réelle.

Malik Solanka suivait tout cela de loin avec une horreur croissante. Cette créature née de sa propre imagination, extraite du meilleur de lui-même, issue de son plus pur labeur, se changeait sous ses yeux en l'un de ces monstres à la célébrité tapageuse qu'il détestait profondément. La première et désormais défunte Cervelette était réellement intelligente et capable de tenir tête à Érasme ou Schopenhauer. Elle était belle et caustique, mais elle vivait dans le monde des idées, évoluait parmi les concepts. Cette version revue et corrigée, sur laquelle il avait depuis longtemps perdu tout contrôle, possédait l'intellect d'un chimpanzé légèrement au-dessus de la moyenne. Jour après jour, elle devenait une créature du micromonde du divertissement, ses clips musicaux — oui, elle enregistrait des disques à présent — dépassaient en sensualité torride ceux de Madonna, ses apparitions aux premières étaient plus liz-hurleyantes que celles d'une 90-60-90 habillée d'un bout de drap rouge retenu par des épingles à nourrice. Elle était un jeu vidéo et une cover-girl, or il s'agissait essentiellement, du moins dans son mode de présentation personnel, d'une femme dont la tête était entièrement dissimulée dans celle de l'iconique poupée. Néanmoins, de nombreuses aspirantes au vedettariat se battaient pour décrocher le rôle, même si la Cellule Grise — qui était devenue trop importante pour que la BBC la garde et avait monté sa propre société, laquelle n'allait pas tarder à franchir la barre du milliard de dollars — préconisait la plus grande confidentialité ; les noms des femmes incarnant Cervelette n'étaient jamais révélés, même si les rumeurs abondaient. Les paparazzi d'Europe et d'Amérique, forts de leur propre expérience, prétendaient pouvoir identifier telle actrice ou telle mannequin grâce aux attributs, autres que faciaux, que Cervelette arborait si fièrement.

Chose étonnante, ce nouveau visage de pin-up venu remplacer la tête en latex de Cervelette ne lui coûta aucun fan, mais lui valut plutôt une cohorte accrue d'admirateurs adultes. Plus rien ne l'arrêtait, elle donnait des conférences de presse où elle annonçait la création de sa propre société de production, le lancement d'une revue où les conseils de beauté, les pages « tendance » et la culture contemporaine de pointe seraient traités dans le style Cervelette, et elle passait même sur les chaînes câblées américaines. Il allait y avoir un spectacle à Broadway — elle était en pourparlers avec tous les principaux acteurs de l'industrie musicale, ce cher Tim, ce cher Elton, cette chère Cameron et, bien sûr, ce cher, ce très cher Andrew — et un nouveau film à gros budget était à l'étude. Il éviterait les écueils rose bonbon et pré-ados du précédent pour jaillir « organiquement » des mémoires best-sellers.

« Cervelette n'est pas une Barbie Spice plastico-fantasque », déclara-t-elle au monde — elle s'était mise à parler d'elle à la troisième personne — « et le nouveau film sera très humain, et d'une haute tenue. Marty, Bobby, Brad, Gwynnie, Meg, Julia, Tom et Nicole sont tous intéressés ; ainsi que Jenny, Puffy, Maddy, Robbie, Mick. Je crois que ces temps-ci tout le monde a besoin d'une Cervelette. »

Le triomphe démesuré de Cervelette déclencha inévitablement toutes sortes de commentaires et d'analyses. On railla ses admirateurs pour la vulgarité de leur obsession, mais d'éminents dramaturges vinrent rappeler aussitôt la tradition ancienne de la mascarade, ses origines grecques et japonaises. « L'acteur masqué est affranchi de la normalité, de la quotidienneté. Son corps découvre des libertés nouvelles et remarquables. Le masque impose tout cela. Le masque agit. » Le professeur Solanka gardait ses distances, refusant de venir discourir sur sa créature émancipée chaque fois qu'on le lui demandait. Mais il ne pouvait refuser les rentrées d'argent. Les royalties ne cessaient d'enfler son compte en banque. L'avidité le compromettait, et la compromission l'empêchait de s'exprimer. N'ayant pas le droit, par contrat, de critiquer la poule aux œufs d'or, il devait ravaler ses pensées et, en s'abstenant de toute opinion, il goûtait la bile amère de ses nombreux griefs. À chaque nouvelle initiative médiatique pilotée par ce personnage créé autrefois avec tant de soin et de vitalité, sa fureur impuissante grandissait.

Dans le magazine *Hello !*, Cervelette — prétendument en échange d'une dizaine de millions de dollars — accepta d'ouvrir à ses lecteurs les portes de sa magnifique maison de campagne, apparemment une vieille bâtisse datant de la reine Anne et sise non loin du prince de Galles dans le Gloucestershire. Malik Solanka, qui tirait son inspiration originelle des maisons de poupée du Rijksmuseum, fut estomaqué par l'effronterie de cette dernière manipulation. Les belles demeures allaient donc être l'apanage de ces arrogantes poupées, tandis que le reste de l'humanité continuerait de vivre dans des logements exigus ? L'injustice — et selon lui la faillite morale — de ce nouveau phénomène l'inquiétait profondément ; mais, étant loin d'être lui-même insolvable, il retenait sa langue et acceptait l'argent sale. Pendant dix ans, comme aurait pu le claironner « Art Garfunkel » dans son microphone, il avait accumulé une montagne de dégoût de soi et de rage. La fureur le surplombait telle une déferlante d'Hokusai. Cervelette, sa fille délinquante, était devenue une géante déchaînée qui représentait désormais tout ce qu'il méprisait, et qui foulait sous ses pieds gigantesques tous les grands principes qu'elle était censée vanter ; y compris, cela va de soi, ceux de Solanka.

Le phénomène Cervelette avait survécu aux années quatre-vingt-dix et ne semblait pas près de s'épuiser en ce nouveau millénaire. Malik Solanka fut obligé d'admettre la terrible vérité. Il détestait Cervelette.

Pendant ce temps, rien de ce qu'il créait ne

semblait réussir. Il continuait de démarcher les heureux producteurs britanniques de films d'animation avec d'autres personnages et d'autres scénarios, mais pour s'entendre dire, avec ou sans pincettes, que ses concepts n'étaient pas dans l'air du temps. Aux yeux de l'industrie « jeune », il était devenu pire que simplement « vieux » : il était démodé. Lors d'une réunion où l'on examinait sa proposition d'un long métrage d'animation sur la vie de Machiavel, il fit de son mieux pour parler le nouveau langage des affaires. Le film utiliserait, bien sûr, des animaux anthropomorphiques pour incarner les modèles humains originaux.

« Il y a vraiment de la matière ! s'enflamma-t-il maladroitement. L'âge d'or de Florence ! Les Médicis dans toute leur splendeur — des Aristochats hyper-modelables ! Minetta Vespucci, la plus belle minette du monde, immortalisée par le jeune Dogue de Venise, Canichelli. La Naissance de Vénus féline. Le Sacre à puces du Printemps ! Pendant ce temps, Ameriguane Vespucci, ce vieux lézard des mers, son oncle, prend la mer pour aller découvrir l'Amérique ! Savona-Roland, le rat d'église, embrase le Bûcher aux vanités ! Et au cœur de tout cela, une souris. Mais pas une banale souris à la Disney : il s'agit de la souris qui a inventé la *realpolitik*, la brillante souris dramaturge, le distingué rongeur rat-publicain qui a survécu aux tortures du cruel prince Chat et rêve dans son exil d'un glorieux retour... »

Il fut brusquement interrompu par un cadre du

service financier, un jeune dodu qui ne devait pas avoir plus de vingt-trois ans.

« Florence, c'est super, dit-il. Vraiment. J'adore. Et, comment dites-vous, Mickeylo Machiavel, ça peut coller. Mais ce que vous nous proposez — ce traitement —, laissez-moi vous le dire tout net. Il ne mérite tout simplement pas Florence. Peut-être que ce n'est pas le bon moment pour la Renaissance en pâte à modeler. »

Il aurait pu se remettre à écrire, mais s'aperçut vite qu'il n'avait plus le cœur à ça. Le caractère inexorable du hasard, la façon qu'avaient les événements de vous faire dévier de votre chemin, l'avaient miné, et il n'était plus bon à rien. Son ancienne vie l'avait quitté à jamais, et le nouveau monde qu'il avait créé lui avait également glissé entre les doigts. Il était James Mason, l'étoile déchue, qui forçait sur la boisson et allait d'échec en échec, tandis que cette foutue poupée remportait la vedette dans le rôle de Judy Garland. Avec Pinocchio, les ennuis de Gepetto prenaient fin quand le satané pantin devenait un vrai petit garçon ; avec Cervelette, comme avec Galatée, c'était à ce moment qu'ils commençaient. Le professeur Solanka, ivre et en colère, lançait des anathèmes contre son ingrate Frankengirl : Hors de ma vue, qu'elle s'en aille ! Du vent, fille dénaturée. Las, je ne te connais point. Mon nom tu ne porteras pas. Ne demande jamais à me voir, et jamais ne recherche ma bénédiction. Et plus jamais ne m'appelle père.

Elle l'avait quitté sous toutes ses formes, esquisses, maquettes, tableaux, dans son infinie prolifération, dans ses myriades de versions : papier, chiffon, bois, plastique, cellulo, cassette, film ; et avec elle, inévitablement, avait disparu une précieuse expression de lui-même. Il n'avait pas voulu procéder personnellement à l'expulsion. C'était Eleanor qui s'en était chargée. Eleanor, qui voyait la crise se profiler — les yeux injectés de sang de l'homme qu'elle aimait, l'alcool, les errances —, lui annonça d'une voix douce : « Absente-toi aujourd'hui, je m'en occupe. » Sa carrière d'éditrice était en suspens, Asmaan étant la seule carrière dont elle eût besoin pour l'instant, mais elle était très ambitieuse et ne comptait pas s'arrêter là. Elle le lui cachait également, même s'il n'était pas idiot, et savait ce que ça signifiait quand Morgen Franz et d'autres lui téléphonaient et lui parlaient pendant une bonne demi-heure. Elle était demandée, il s'en rendait bien compte, tout le monde était demandé sauf lui, mais au moins il aurait sa piètre revanche, lui aussi avait quelque chose à répudier, même s'il ne s'agissait que de cette créature hypocrite, cette traîtresse, cette, cette, poupée.

Il quitta donc la maison le jour convenu et fila à toute allure à Hampstead Heath — ils habitaient une spacieuse maison à deux entrées dans Willow Road, et se réjouissaient tous deux d'avoir le Heath, ce trésor du nord de Londres, son poumon, juste devant leur porte. En son absence, Eleanor avait soigneusement emballé maisons et poupées et entreposé le tout dans un garde-meubles. Il aurait préféré que ce bazar finisse à la décharge de Highbury, mais sur ce point-là également il transigea. Eleanor avait insisté. Elle avait un goût prononcé pour l'archivage et, comme il tenait à ce qu'elle s'occupe de tout ça, il accueillit ses critiques en agitant la main, comme s'il chassait un moustique, et ne discuta pas. Il marcha pendant des heures, laissant la musique du Heath apaiser sa fureur, s'abandonnant à la paisible palpitation de ses allées et de ses arbres et, en fin de journée, aux doux accords d'un concert estival sur l'esplanade de l'Iveagh Bequest. Quand il rentra, Cervelette n'était plus là. Enfin, presque. Car, à l'insu d'Eleanor, une poupée avait été enfermée à double tour dans un placard du bureau de Solanka. Et elle y demeura.

La maison paraissait vide quand il rentra, voire déserte comme après la mort d'un enfant. Solanka eut l'impression d'avoir vieilli de vingt ou trente ans. Coupé des œuvres de sa jeunesse enthousiaste, il se retrouvait seul face au Temps impitoyable. Des années auparavant, à Addenbrooke, Waterford-Wajda lui avait parlé d'un tel sentiment :

« La vie devient très — comment dire — finie. Tu t'aperçois que tu ne possèdes rien, que tu n'as pas trouvé ta place, que tu ne fais qu'utiliser les choses un temps. Le monde inanimé se moque de toi : tu partiras un jour mais lui restera là. Ce n'est pas très profond ce que je te dis là, Solly, c'est de la philosophie à la Winnie l'Ourson, je sais, mais c'est quand même quelque chose de déchirant. »

Il ne s'agit pas seulement de la mort d'un enfant, pensa Solanka, plutôt de son meurtre. Cronos dévorant sa fille. Il était l'assassin de son rejeton fictif : pas la chair de sa chair, mais le rêve de son rêve. Pourtant, un enfant bien réel était présent, surexcité par les événements de la journée : l'arrivée du camion de déménagement, les déménageurs, les allées et venues régulières des cartons.

« J'ai aidé, papa, dit Asmaan en accueillant son père. J'ai aidé à emballer Cerbelette. »

Il avait du mal avec certaines consonnes et disait b pour v : Cerbelette. C'est tout à fait ça, pensa Solanka. Elle me bouffait la vie.

« Oui, répondit-il d'un air absent. Bravo. »

Mais Asmaan avait autre chose à dire :

« Pourquoi elle devait partir, papa ? Maman a dit que tu voulais qu'elle parte. »

Oh, maman a dit ça, hein. Merci, maman. Il fusilla Eleanor du regard. Elle haussa les épaules.

« Franchement, je ne savais pas quoi lui dire. C'est à toi de lui expliquer. »

Dans les émissions pour enfants, les bandes dessinées, les versions audio de ses mémoires légendaires, la personnalité protéenne de Cervelette s'était emparée du cœur d'enfants encore plus jeunes qu'Asmaan Solanka. À trois ans, on n'était pas trop jeune pour tomber amoureux de l'icône contemporaine la plus séduisante. « Cervy » pouvait être expulsée de la maison de Willow Road, mais pouvait-on l'extraire de l'imagination du fils de son créateur ?

« Je veux qu'elle revienne », déclara Asmaan avec aplomb. Revienne devenait *rebienne*. « Je veux Cerbelette. »

La symphonie pastorale d'Hampstead Heath cédait la place aux discordantes querelles de la vie de famille. Solanka sentit les nuages s'amonceler une fois de plus au-dessus de lui.

« L'heure était venue pour elle de partir », dit-il en prenant Asmaan dans ses bras.

L'enfant se débattit contre lui, réagissant inconsciemment, comme le font les enfants, à la mauvaise humeur de son père.

« Non ! Repose-moi ! Repose-moi ! »

Il était épuisé et grognon, tout comme Solanka.

« Je veux regarder une vidéo », demanda-t-il. *Bidéo.* « Je veux regarder une bidéo de Cerbelette. »

Malik Solanka, déstabilisé par la disparition des archives Cervelette, par son exil sur une île d'Elbe des poupées, une ville de la mer Noire, telle la désolée Tomis d'Ovide, réservée aux vieux jouets dont on ne veut plus, se retrouva plongé contre toute attente dans un état proche du deuil, et ressentit l'irritabilité de son fils comme une provocation inacceptable.

« Il est trop tard. Sois sage », lâcha-t-il, et Asmaan, en retour, se laissa tomber sur le tapis du salon et recourut à sa nouvelle ruse : un torrent de larmes de crocodile, très convaincant. Solanka, encore plus puéril que son fils, et sans l'excuse de ses trois ans, s'en prit à Eleanor.

« Je suppose que c'est ta façon de me punir, dit-il. Si tu ne voulais pas te débarrasser de tout ça, tu n'avais qu'à le dire. Pourquoi te servir de lui ? J'aurais dû me douter que les ennuis m'attendaient. Que tu te livrerais à ce genre de manipulation dégueulasse.

— Je t'en prie, ne me parle pas comme ça devant lui, dit-elle en prenant Asmaan dans ses bras. Il comprend tout. »

Solanka remarqua que l'enfant ne se débattit pas quand sa mère l'emmena se coucher. Bien au contraire, il enfouit son visage contre son long cou.

« Le fait est, continua-t-elle d'une voix posée, qu'après avoir travaillé toute la journée pour toi, je m'étais dit, bêtement il semblerait, que nous pourrions profiter de ce moment pour repartir de zéro. J'ai sorti un gigot d'agneau du congélo et l'ai frotté au cumin, j'ai appelé le fleuriste, oh mon Dieu quelle idiote je suis, pour qu'il me fasse livrer des capucines. Et tu trouveras trois bouteilles de tignanello sur la table de la cuisine. Une pour le plaisir, deux pour l'excès, trois pour le lit. Ça te rappelle peut-être quelque chose. C'est ce que tu disais. Mais je suppose qu'il est trop tard pour t'imposer un dîner romantique aux chandelles avec ta femme vieillissante et sans attrait. »

Ils s'étaient éloignés l'un de l'autre, elle se laissant absorber par l'expérience de la maternité et y trouvant une telle plénitude qu'elle désirait la connaître à nouveau, lui s'enfonçant dans les brumes de l'échec et le dégoût de soi qu'épaississait chaque jour un peu plus la boisson. Mais le mariage tenait bon, grâce essentiellement à la mansuétude d'Eleanor et à Asmaan. Asmaan qui adorait les livres et à qui on pouvait faire la lecture pendant des heures ; Asmaan sur la balançoire du jardin, demandant à Malik de le faire tourner pour qu'il puisse tournoyer en sens inverse comme un fou ; Asmaan perché sur les épaules de son père, baissant la tête quand il passait d'une pièce à l'autre (« Je fais très attention, papa ! ») ; Asmaan jouant à chat, se cachant sous ses draps et ses oreillers ; Asmaan essayant de chanter *Rock around the clock — rot around the tot* — et surtout, surtout, Asmaan sautant sur place. Il adorait rebondir sur le lit de ses parents, entouré de ses peluches.

« Regarde-moi ! » s'écriait-il — *égade-moi* —, « je saute super bien ! Je saute de plus en plus haut ! »

Il était l'incarnation juvénile de leur ancien amour trépidant. Quand leur enfant faisait de leurs vies un enchantement, Eleanor et Malik Solanka pouvaient se réfugier dans la chimère d'un bonheur familial intact. Mais parfois les fêlures étaient manifestes. Les récriminations perpétuelles de Malik, qui voyait des affronts partout, insupportaient Eleanor plus qu'elle ne voulait bien le montrer, même dans sa cruauté : et lui, piégé dans sa spirale descendante, l'accusait d'indifférence.

Une fois couchés, elle se plaignit à voix basse, afin de ne pas réveiller Asmaan qui dormait sur un matelas à côté d'eux, que Malik ne prenait jamais les devants ; il lui rétorqua qu'elle se désintéressait complètement du sexe sauf pendant la période où elle ovulait. Et c'était dans ces moments-là qu'ils se disputaient : oui, non, s'il te plaît, je ne peux pas, pourquoi, parce que je n'en ai pas envie, mais j'en ai tellement besoin, eh bien moi pas du tout, mais je ne veux pas que ce charmant petit garçon reste un enfant unique comme moi, et moi je ne veux pas être encore père à mon âge, j'aurai déjà soixante-dix ans passés quand Asmaan aura vingt ans. Puis c'étaient des larmes, des reproches, et Solanka finissait souvent la nuit dans la chambre d'amis. Avis aux époux, pensa-t-il amèrement : assurez-vous que la chambre d'amis est confortable, parce que, tôt ou tard, mes cocos, ça sera votre chambre.

Tendue, Eleanor attendait près de l'escalier qu'il réponde à sa proposition d'une soirée paisible entre amoureux. Le temps s'écoulait lentement, et l'heure de la décision approchait. Il pouvait, s'il en avait l'envie et l'intelligence, accepter son invitation, et alors, oui, la soirée serait agréable : un repas succulent et, si, à son âge, trois bouteilles de tignanello ne l'endormaient pas trop vite, eh bien ils feraient l'amour comme au bon vieux temps. Mais le ver était désormais dans le fruit, et il fut recalé.

« Tu dois ovuler, je suppose », dit-il, et elle détourna le visage comme s'il l'avait giflée.

« Non », mentit-elle, puis, acceptant l'inévitable : « Eh bien oui, c'est le cas. Mais est-ce qu'on ne pourrait pas, oh, si au moins tu te rendais compte à quel point j'ai envie de, oh, eh puis zut, à quoi bon. »

Elle s'éloigna avec Asmaan, incapable de retenir ses larmes.

« J'irai me coucher une fois que je l'aurai

bordé, d'accord ? dit-elle avec des larmes de colère. Fais ce que tu veux. Mais ne laisse pas le gigot dans le four. Sors-le et fous-le à la poubelle. »

Comme elle montait les marches avec Asmaan dans les bras, Solanka entendit la petite voix inquiète et lasse de l'enfant.

« Papa est pas fâché », dit Asmaan pour se rassurer lui-même, pour qu'on le rassure. — Fâché devenait *Vaché*. « Papa il veut pas que je m'en aille. »

Seul dans la cuisine, le professeur Malik Solanka se mit à boire. Le vin était toujours aussi bon et grisant, mais il ne buvait pas pour le plaisir. Il descendit patiemment les trois bouteilles, et ce faisant les démons sortirent en rampant des divers orifices de son corps, dégoulinant de son nez et suintant par ses oreilles, profitant de la moindre ouverture pour s'échapper et se répandre. Après la première bouteille, ils dansaient sur ses prunelles, ses ongles, enroulaient leurs langues avides et rêches autour de sa gorge, donnaient des coups de lance à ses parties génitales, et Solanka n'entendait plus que leur chant écarlate empreint d'une haine horrible et stridente. Il avait cessé de s'apitoyer sur lui-même pour éprouver une colère terrible et ravageuse, et quand il eut réglé son sort à la deuxième bouteille, et que sa tête se mit à osciller mollement, les démons l'embrassèrent de leur langue bifide et enroulèrent leur queue autour de son pénis, qu'elles caressèrent et étreignirent, et tout en écoutant leurs obscénités il sentit sa hargne nouvelle se tourner inexorablement vers la femme qui dormait à l'étage, non loin de lui, cette traîtresse qui avait refusé de détruire son ennemie, sa Némésis, la poupée, et qui avait inoculé le poison de Cervelette dans le cerveau de son fils, dressant le fils contre le père, cette femme qui avait mis un terme à son existence paisible en préférant l'obsession d'un enfant incréé à son mari bel et bien réel, son épouse, cette félonne, l'Adversaire par excellence. La troisième bouteille roula, à demi vide, sur la table de la cuisine qu'elle avait si joliment dressée pour deux, n'hésitant pas à mettre la vieille nappe en dentelle de sa mère, leur plus belle argenterie et deux verres à vin en cristal de Bohême. Le liquide rouge se répandit sur la précieuse dentelle et il se rappela ce maudit gigot. Quand il ouvrit la porte du four, la fumée envahit aussitôt la pièce, déclencha le détecteur de fumée installé au plafond, et le hurlement de l'alarme devint le rire des démons. Pour y mettre fin POUR Y METTRE FIN il dut prendre l'escabeau et monter dessus en titubant afin d'ôter les piles de cette saleté d'appareil, c'est bon, c'est bon, mais même après avoir réussi à le désactiver sans se casser la figure les démons continuèrent d'y aller de leurs hurlements hilares, la cuisine était toujours enfumée, quelle salope, elle aurait pu au moins s'en occuper, comment faire taire ce cri dans sa tête, ce cri pareil à un couteau, un couteau dans son cerveau dans son oreille dans son œil dans son ventre dans son cœur dans son âme, cette salope n'aurait pas pu sortir le gigot et le poser juste là, sur la planche à découper à côté du fusil, de la longue fourchette et du grand couteau, le couteau à découper, le couteau.

C'était une grande maison et l'alarme-incendie n'avait pas réveillé ni Eleanor ni Asmaan, qui l'avait déjà rejointe dans son lit, qui était aussi le lit de Malik. Tu parles d'une alarme utile, non mais je te jure. Et maintenant il se tenait là devant eux dans l'obscurité et dans sa main brandissait le couteau à découper, il n'y avait aucun système d'alarme pour les prévenir du danger qui les menaçait, aucun, Eleanor dormait sur le dos, la bouche légèrement ouverte, un infime ronflement sourdant de ses narines, Asmaan recroquevillé en cuiller tout contre elle, dormant du sommeil pur de l'innocence et de la confiance. Asmaan marmonnait des syllabes incompréhensibles, et le son ténu de sa voix se fraya un chemin parmi les hurlements des démons, ramenant son père à la raison. Devant lui gisait son fils unique, le seul être humain sous son toit à croire encore que le monde était un pays des merveilles, que la vie était agréable, que l'instant présent était tout, que le futur était infini et qu'on n'avait pas besoin d'y penser, tandis que le passé était inutile et avait fort heureusement disparu pour de bon, et que lui, l'enfant emmitouflé dans la cape de gentil magicien de l'enfance, était aimé indiciblement, et en sécurité. Malik Solanka paniqua. Que faisait-il ici, devant ces deux dormeurs, avec un, avec un couteau, il n'était pas le genre de personne qui ferait une chose pareille, on entendait parler de ces personnes-là dans la presse à sensation, des types frustes et des femmes sournoises qui massacraient leurs bébés et mangeaient leurs grands-mères, des tueurs en série froids, des pédophiles tourmentés, des pervers éhontés, des beaux-pères vicieux, de stupides et violents singes néandertaliens, rien que des brutes incultes et barbares, c'étaient là des personnes complètement différentes, on n'en trouvait aucune de cette nature dans cette maison, par conséquent, lui, Malik Solanka, ancien professeur du King's College à l'université de Cambridge, ne pouvait en aucune manière se trouver là, avec dans sa poigne ivre un sauvage instrument de mort. C.Q.F.D. Et de toute façon, je n'ai jamais su découper la viande, Eleanor. C'est toujours toi qui t'en es chargée.

La poupée, pensa-t-il, secoué par un rot aviné. Bien sûr ! C'était la faute de cette poupée satanique. Il avait chassé tous les avatars de cette diablesse mais il en restait un. Il avait commis une erreur. Elle s'était évadée de son placard, faufilée par son nez, lui avait donné le couteau à découper et l'avait envoyé faire sa sanglante besogne. Mais il savait où elle se cachait. Elle ne pouvait pas lui échapper. Le professeur Solanka tourna les talons et quitta la chambre, le couteau à la main, en marmonnant, et si Eleanor ouvrit les yeux après son départ, il n'en sut rien ; si elle le vit s'éloigner et le jugea, elle seule le sut.

Dehors, la 70e Rue était plongée dans l'obscurité. Cervelette gisait sur ses genoux quand il eut fini de parler. Ses vêtements étaient lacérés et déchirés, et on distinguait les endroits où le couteau avait pratiqué de profondes incisions dans son corps.

« Même après l'avoir poignardée, n'est-ce pas, j'étais incapable de l'abandonner. Je l'ai serrée contre moi pendant tout le voyage jusqu'en Amérique. »

La poupée de Mila examinait en silence sa jumelle malmenée.

« Voilà, je vous ai tout dit, et vous n'en demandiez pas tant, conclut Solanka. Vous savez comment cette chose a fichu ma vie en l'air. »

Les yeux verts de Mila Milo étaient brûlants. Elle s'approcha et prit ses mains dans les siennes.

« Je n'en crois rien, dit-elle. Votre vie n'est pas fichue. Allons, Professeur, ce ne sont que des poupées. »

9

« Vous avez parfois une expression qui me rappelle mon père avant qu'il meure, dit Mila Milo qui, dans son insouciance, ne se rendait pas compte de l'effet que cette phrase pouvait produire sur Solanka. C'est assez vague, comme sur une photo, quand la main du photographe a légèrement tremblé. Comme Robin Williams dans ce film où il est toujours flou. Un jour, j'ai demandé à papa ce que ça signifiait et il m'a dit que c'était l'expression d'une personne qui a passé trop de temps avec d'autres êtres humains. Nous sommes condamnés à vivre avec les autres, disait-il, c'est une pénible détention, et parfois nous avons besoin de nous évader de prison. Il était écrivain, essentiellement poète mais également romancier, vous n'avez pas pu entendre parler de lui, mais en serbo-croate il est considéré comme très bon. Plus que très bon, en fait, vraiment excellent, un des meilleurs. *Nobélisable**, comme disent les Français, même s'il n'a jamais reçu le prix. Il n'a pas vécu assez longtemps, je crois. Mais bon. Croyez-moi. Il était bon. Son rapport intense avec la nature, ses sentiments à l'égard des anciens, du folklore : il était unique en son genre. Des diablotins qui jaillissent des fleurs ! le taquinais-je. Je préfère la fleur dans le cœur du diablotin, répondait-il. Le souvenir d'un fleuve scintillant qui s'attarde dans le cœur de Satan. Vous devez comprendre que la religion était importante pour lui. Il vivait la plupart du temps en ville mais son âme était dans les collines. Une vieille âme, c'est ainsi que les gens l'appelaient. Mais il était jeune de cœur, aussi, vous savez ? Vraiment. Un vrai galopin. La plupart du temps. Je ne sais pas comment il faisait. Ils ne lui lâchaient jamais la bride, ils lui prenaient toujours la tête. On a habité Paris pendant des années après qu'il a pris ses distances avec Tito, j'ai fréquenté l'École américaine jusqu'à huit ans, presque neuf, ma mère est morte malheureusement quand j'avais trois ans, trois ans et demi, cancer du sein, c'est comme ça, on n'y peut rien, ça l'a tuée très vite et très douloureusement, paix à son âme. Bref, il recevait des lettres du pays et je les ouvrais pour lui, et tamponné sur la première page d'une lettre de je ne sais plus qui, sa sœur ou quelqu'un d'autre, il y avait ce gros cachet qui disait *Cette lettre n'a pas été censurée*. Ah ! Au milieu des années quatre-vingt, je l'ai accompagné à New York pour assister à cette fameuse conférence du PEN Club, celle où il y a eu toutes ces fêtes, une dans le temple de Dendur au Metropolitan et une autre dans l'appartement de Saul et Gayfryd Steinberg, personne n'arrivait à dire laquelle était la plus prestigieuse, Norman Mailer avait invité George

Schutz à parler à la Public Library et du coup les Sud-Africains ont boycotté l'événement parce qu'il était pro-apartheid, et les personnes chargées de la sécurité de Schutz n'ont pas voulu laisser entrer Saul Bellow parce qu'il avait oublié son invitation, ce qui faisait de lui un terroriste potentiel, et finalement Mailer est intervenu, Bellow a dû *adorer* ça ! Les femmes écrivains ont protesté parce que les participants étaient presque tous des hommes, Susan Sontag ou bien Nadine Gordimer a rouspété, elle a dit, Nadine ou Susan, j'ai oublié, la littérature n'est pas un employeur favorable à l'égalité des sexes. Et Cynthia Ozick, je crois, a accusé Bruno Kreisky d'être antisémite alors qu'il était, petit a, juif, et petit b, l'homme politique européen qui avait accueilli le plus de réfugiés juifs russes, tout ça parce qu'il avait rencontré Arafat, une seule fois, alors ça veut dire qu'Ehud Barak et Clinton sont eux aussi de sacrés antisémites, hein ? je veux dire à Camp David ça va être l'Internationale des Antisémites. Et bon bref papa a parlé aussi, la conférence avait un titre ronflant dans le genre *L'imagination de l'écrivain contre l'imagination de l'État*, et après ça quelqu'un, j'ai oublié qui, Breytenbach, ou Oz, quelqu'un comme ça, a dit que l'État n'avait pas d'imagination, papa a dit le contraire, non seulement il avait de l'imagination, il avait aussi le sens de l'humour, il allait donner un exemple d'une blague faite par l'État, alors il a raconté l'histoire de la lettre qui n'avait pas été censurée, moi j'étais là dans le public, super fière parce que tout le monde riait, après tout c'est moi qui avais ouvert la lettre. J'ai assisté avec lui à toutes les sessions, évidemment, j'étais dingue des écrivains, j'avais été fille d'écrivain toute ma vie et pour moi y avait pas mieux que les livres, c'était génial parce qu'on me laissait assister à tout même si je n'étais pas une adulte. C'était vraiment super de voir enfin mon père avec ses pairs, aussi respecté, en plus y avait tous ces grands noms qui se baladaient, en chair et en os, Donald Barthelme, Günter Grass, Czeslaw Milosz, Grace Paley, John Updike, tout le monde. Mais à la fin mon père avait cette drôle d'expression, comme celle que vous avez, il m'a laissée avec tante Kitty, de Chelsea, pas ma vraie tante, papa et elle avaient eu une aventure, genre cinq minutes — vous auriez dû le voir avec les femmes, c'était un grand type sexy avec d'énormes mains et une épaisse moustache comme Staline je crois, il regardait les femmes dans les yeux et commençait à leur parler d'animaux en chaleur, de louves, par exemple, le tour était joué, elles étaient sous le charme. Je vous jure que les femmes faisaient vraiment la queue, il allait à son hôtel et une file d'attente se formait devant sa chambre, une vraie file comme au cinéma, les plus belles femmes qu'on puisse imaginer, les genoux tremblants de désir ; j'avais de la chance d'aimer la lecture, et puis aussi il y avait une télé américaine pour une fois, alors j'étais peinarde dans l'autre chambre, c'était parfait, même si très souvent j'avais envie de sortir de ma chambre et d'aller demander à toutes ces femmes qui faisaient le pied de grue en attendant leur tour, vous n'avez rien de mieux à faire ? il s'agit juste de sa bite, nom d'un chien, ne perdez pas votre temps. Ouais, je choquais pas mal de gens, j'ai grandi vite je crois parce que c'était toujours mon papa et moi, toujours lui et moi contre le monde. Et donc bref je crois qu'il aimait bien tante Kitty, elle avait dû réussir l'audition, parce que en récompense elle a dû s'occuper de moi pendant deux semaines pendant que papa allait faire de la randonnée dans les Appalaches je crois avec deux profs ; il aimait faire de la randonnée pour se purger de ses overdoses sociales, et il revenait toujours avec une autre expression, genre plus nette, vous voyez ? J'appelais ça son air Moïse. Quand il descend de la Montagne, vous savez, avec les Dix Commandements. Sauf que dans le cas de papa, c'était plutôt des poèmes. Et donc, pour abréger, environ cinq minutes après qu'il a eu fini de crapahuter dans les montagnes on lui a proposé un poste à l'université de Columbia et on a emménagé définitivement à New York. Ce qui m'a beaucoup plu, bien sûr, mais comme je l'ai dit c'était quelqu'un de la campagne et un Européen bon teint, aussi, alors ç'a été plus dur pour lui. Mais il avait l'habitude de travailler dans n'importe quelles conditions, de prendre ce que la vie lui donnait. Bon, d'accord, il buvait comme un vrai Yougoslave et fumait une centaine de clopes par jour et il avait des problèmes cardiaques, il savait qu'il ne ferait pas de vieux os, mais il a fait un choix dans sa vie. Vous savez, comme dans *Le Nègre du Narcisse*. Je dois vivre jusqu'à ce que je meure. Et c'est ce qu'il a fait, il a écrit des choses superbes, baisé comme un dieu, fumé comme un pompier, bu les meilleurs alcools, puis il y a eu cette foutue guerre et sans prévenir il est devenu ce type que je ne connaissais pas, ce... ce Serbe. Vous savez, il méprisait ce type qu'il appelait l'autre Milosevic, il détestait porter le même nom que lui, et c'est pour ça qu'il en a changé. Pour séparer Milo le poète de Milosevic le porc fasciste. Mais après ça a été la folie là-bas dans la future ex-Yougo, il n'a pas supporté la diabolisation des Serbes, même s'il était d'accord dans l'ensemble sur l'analyse qui était faite des agissements de Milosevic, d'abord en Croatie puis bientôt en Bosnie, son cœur s'est laissé enflammer par tout le discours antiserbe, dans un coup de folie il a décidé que son devoir était de rentrer pour incarner la conscience morale du pays, vous voyez, genre Stephen Dedalus, dans la forge de son âme patati patata, ou un Soljenitsyne serbe, je lui ai dit d'arrêter ce cirque, c'était qui de toute façon Soljenitsyne sinon un vieux timbré du Vermont qui rêvait d'être prophète dans sa mère patrie la Russie, mais quand il est rentré au pays personne n'a voulu écouter ses vieilles rengaines, il ne faut vraiment pas que tu fasses ça, papa, ton truc à toi c'est les femmes, les cigarettes, l'alcool, les montagnes, et le boulot le boulot le boulot, l'idée c'était de laisser toutes ces choses te tuer, d'accord, d'éviter Milosevic et ses tueurs, sans parler des bombes. Mais il ne m'a pas écouté, et au lieu de s'en tenir aux règles du jeu définies il a sauté dans un avion et s'est retrouvé là-bas, en pleine furie. C'est ce que j'avais commencé à vous dire, Professeur, ne me parlez pas de la furie, je sais ce dont elle est capable. L'Amérique, à cause de sa toute-puissance, croule sous la peur ; elle a peur de la furie du monde et la rebaptise jalousie, enfin c'est ce que disait mon père. Ils croient qu'on veut être eux, disait-il après quelques verres bien tassés, mais franchement on est juste hors de nous et on n'en peut plus. Vous voyez, il savait ce que c'était, la furie. Mais il a mis de côté ce qu'il savait et s'est comporté comme un parfait crétin. Parce que cinq minutes environ après avoir atterri à Belgrade — ou c'était peut-être cinq heures, cinq jours, ou cinq semaines, mais bon, on s'en fout — la furie l'a déchiqueté en mille morceaux et on n'a pu retrouver assez de morceaux de son corps pour les mettre dans une boîte. Alors franchement, hein, Professeur, vos histoires de poupée, laissez-moi rigoler. »

Le temps avait changé. La canicule qui avait marqué le début de l'été n'avait pas duré. Il y avait beaucoup de nuages et bien trop de pluie, des journées qui débutaient par de grosses chaleurs fraîchissaient soudain passé midi, faisant frissonner les filles en robes d'été et les types torse nu qui sillonnaient Central Park en rollers, avec ces mystérieuses ceintures en cuir qui leur barraient la poitrine, tels des cilices volontaires, juste en dessous de leurs pectoraux. Sur les visages de ses concitoyens, le professeur Solanka discernait de nouveaux effrois ; les choses sur lesquelles ils se reposaient, les étés estivaux, l'essence pas chère, le lancer de David Cone et même celui d'Orlando Hernández, tout cela avait commencé à les laisser tomber. Un Concorde s'écrasa en France, et les gens crurent voir une partie de leurs propres rêves d'avenir, cet avenir dans lequel eux aussi briseraient les barrières qui les retenaient, cet avenir imaginaire où ils seraient affranchis de toute limite, partir horriblement en flammes.

L'âge d'or, lui aussi, doit s'achever, pensa Solanka, comme se sont achevées toutes les époques semblables dans la chronique humaine. Peut-être la vérité commençait-elle à peine à se frayer un chemin dans la conscience des gens, telle la bruine qui gouttait sous les cols relevés de leurs imperméables, telle une dague s'immiscant entre les cottes de maille de leur confiance. En cette année d'élection présidentielle, la confiance américaine était la monnaie d'échange. Son existence ne pouvait être sujette à caution ; les dirigeants s'en attribuaient le mérite, leurs opposants leur refusaient ce mérite, qualifiant la prospérité d'acte de Dieu ou d'Alan Greenspan, le directeur de la Banque centrale. Mais notre nature étant ce qu'elle est, l'incertitude gît au cœur de ce que nous sommes, l'incertitude *per se*, le sentiment que rien n'est gravé dans la pierre, que tout s'effrite. Comme le répétait sans doute encore Marx là-bas dans la grande décharge des idées, cette Sainte-Hélène intellectuelle où on l'avait exilé, tout ce qui est solide s'évapore dans l'air. Dans ce climat généralisé de confiance fanfaronne, où donc allaient se nicher nos peurs ? De quoi se nourrissaient-elles ? De nous-mêmes, peut-être, pensa Solanka. Tandis que le dollar régnait en maître et que l'Amérique domptait le monde, les troubles psychologiques et les aberrations de toutes sortes s'en donnaient à cœur joie. Sous la rhétorique suffisante de cette Amérique redorée, homogénéisée, cette Amérique avec ses vingt-deux millions de nouveaux emplois et le plus fort taux de propriétaires fonciers de tous les temps, cette Grande Surface américaine du budget équilibré, du moindre déficit et des valeurs boursières montantes, les gens étaient stressés, ils craquaient, et ne parlaient que de ça toute la journée à grand renfort de clichés débilitants. Chez les jeunes, héritiers de la prospérité, le problème était plus grave. Mila, nantie de son éducation parisienne ultra-précoce, évoquait souvent avec dédain le désarroi de ses contemporains. Tout le monde avait peur, disait-elle, tous ceux qu'elle connaissait avaient beau faire bonne figure, ils tremblaient à l'intérieur, et peu importait que tous fussent riches. Entre les sexes, la confusion était pire encore. « Les garçons ne savent plus comment ni quand et où toucher les filles, et les filles savent à peine faire la différence entre désir et agression, flirt et brutalité, amour et viol. » Quand tout ce qu'on touchait, chose ou être humain, se changeait aussitôt en or, comme l'avait appris le roi Midas dans cet autre conte où il fallait faire attention aux souhaits qu'on formulait, alors on finissait par ne plus être capable de toucher quoi que ce soit, ou qui que ce soit.

Mila elle aussi avait changé ces derniers temps, mais dans son cas la transformation représentait, de l'avis du professeur Solanka, une considérable amélioration par rapport à la gamine irresponsable qui jouait les mini-divas postadolescentes. Afin de rester avec son bel Eddie, le sportif adulé du lycée — qu'elle décrivait à Solanka comme n'étant pas « une lumière, mais très gentil » et pour qui une femme intelligente et cultivée ne pouvait qu'être une menace et un repoussoir —, elle s'était mise en veilleuse. Pas complètement, cela dit : après tout, elle avait réussi à traîner son petit ami et le reste de la bande à une rétrospective Kieslowski, ce qui signifiait qu'ils n'étaient pas aussi stupides qu'ils le paraissaient ou alors qu'elle possédait des pouvoirs de persuasion encore plus forts que ne l'avait soupçonné Solanka.

Jour après jour, elle se métamorphosait sous le regard étonné de Solanka en une jeune femme avisée et spirituelle. Elle se mit à lui rendre visite à n'importe quelle heure ; soit tôt le matin pour le forcer à prendre le petit déjeuner — il avait pour coutume de ne rien manger avant le soir, une habitude qu'elle qualifiait de « totalement barbare, et *tellement* mauvaise », aussi se mit-il, sous sa tutelle, à apprendre les mystères du porridge et du bran, et à consommer, avec son café, au moins un fruit tous les matins —, soit pendant les heures torrides de l'après-midi, d'ordinaire réservées aux liaisons illicites. Mais elle ne semblait pas songer à l'amour. Elle l'initiait aux plaisirs simples : thé vert avec du miel, balades dans Central Park, lèche-vitrines — « Professeur, la situation est grave ; nous devons prendre immédiatement des mesures *draconiennes* pour vous vêtir convenablement » — et même visite au Planétarium. Comme il se tenait avec elle au centre du Big Bang, tête nue, en tenue décontractée, chaussé de sa première paire de baskets depuis trente ans, avec l'impression d'avoir l'âge d'Asmaan — enfin, un peu plus, peut-être — et d'être accompagné de sa mère, elle se tourna vers lui, se pencha légèrement, car avec ses talons elle le dépassait d'au moins quinze centimètres, et prit son visage dans ses mains. « Ça y est, Professeur, vous revoilà sur la ligne de départ. Et bien habillé, en plus. Courage, que diable ! C'est agréable de remettre le compteur à zéro. » Tout autour d'eux, un nouveau cycle du Temps se mettait en branle. C'est ainsi que tout avait commencé : boum ! Les choses volaient en éclats. Le centre ne résistait pas. Mais la naissance de l'Univers était une métaphore illusoire. Ce qui s'ensuivait n'était pas la simple anarchie décrite par Yeats. La matière s'agglutinait avec la matière, la soupe primitive s'épaississait. Puis surgissaient les étoiles, les planètes, les organismes unicellulaires, les poissons, les journalistes, les dinosaures, les avocats, les mammifères. La vie, la vie. Réveille-toi, Finnegan ! pensa Malik Solanka. Dresse-toi, Finn MacCool ! T'es tout ramolli, Bloom !

Elle venait également pour parler, comme animée d'un profond besoin de réciprocité. Elle s'exprimait alors avec une franchise et une précipitation quasi effrayantes, sans jamais se ménager ; mais ses soliloques n'avaient rien d'un pugilat, ils ne visaient que l'amitié. Solanka, qui entendait parfaitement son propos, en tira un immense apaisement. Il sortait souvent édifié de ces conversations, ayant cueilli au vol, si l'on peut dire, des bribes de sagesse. Des pépites de plaisir gisaient un peu partout, tels des jouets délaissés, dans les coins de son discours. Celle-ci, par exemple, alors qu'elle expliquait pourquoi un de ses anciens petits amis l'avait larguée, chose qu'elle trouvait complètement invraisemblable, tout comme Solanka, d'ailleurs :

« Il était bourré de fric, et pas moi, dit-elle en haussant les épaules. Ça lui posait un problème. Enfin quoi, à mon âge, n'avoir toujours pas d'unité ! »

Unité ? Quelqu'un — Jack Rhinehart — avait expliqué à Solanka que le mot désignait dans certains cercles machistes américains les parties génitales de l'homme, mais ce n'était apparemment pas l'absence de ces choses-là qui avait valu à Mila de se faire larguer. Mila lui expliqua le terme comme si elle s'adressait à un enfant lent mais sympathique, en recourant à ce ton attentionné de guide pour idiots que Solanka lui avait entendu adopter de temps à autre quand elle parlait à Eddie.

« Une unité, Professeur, correspond à cent millions de dollars. »

Solanka fut ahuri par la beauté révélatrice de ce fait. Un siècle à une brique l'an : le prix actuel pour être admis aux champs Élysées des États-Unis. Telle était la vie des jeunes dans l'Amérique du troisième millénaire naissant. Qu'une fille d'une beauté exceptionnelle et d'une grande intelligence puisse être jugée inapte pour une raison aussi fiscalement précise, déclara gravement Solanka à Mila, montrait seulement à quel point les critères américains en matière amoureuse, ou à tout le moins sexuelle, avaient dépassé de loin les prix de l'immobilier. « Bien dit, Professeur », répondit Mila. Puis tous deux éclatèrent d'un rire que Solanka n'avait pas entendu jaillir d'entre ses lèvres depuis une éternité. Le rire débridé de la jeunesse.

Il comprit qu'elle avait fait de lui un de ses projets. La spécialité de Mila, c'était de collectionner et de réparer les personnes endommagées. Quand il l'interrogea là-dessus, elle se montra très franche :

« C'est ce que je sais faire. Je répare les gens. Certaines personnes retapent des maisons. Moi je rénove les gens. »

Il était donc à ses yeux pareil à une vieille demeure, ou du moins pareil à ce vieil appartement dans l'Upper West Side qu'il sous-louait, ce bel espace qui n'avait pas été remis à neuf depuis au moins les années soixante, et qui commençait à faire peine à voir. Elle annonça que l'heure était venue de tout refaire, la façade comme l'intérieur.

« D'accord, du moment qu'on ne suspend pas d'échafaudage plein de peintres penjabis bruyants et grossiers qui fument des beedis », lâcha-t-il.

(Les ouvriers du bâtiment avaient fort heureusement achevé leur travail ; il ne restait que le vacarme inhérent aux rues d'une grande ville. Mais même ce raffut semblait désormais comme assourdi.)

Mila leva également le voile sur ses amis, les vampires de la 70e Rue, qui devinrent aux yeux de Solanka autre chose que de simples poseurs. Elle avait aussi travaillé sur eux, et elle était fière de sa réussite — qui était aussi la leur.

« Ça a pris du temps — ils aimaient vraiment leurs binocles d'écolier et leurs immondes pantalons de velours. Mais maintenant j'ai l'honneur de diriger la bande de tordus la plus branchée de New York, et quand je dis tordus, Professeur, je veux dire géniaux. Ces gosses sont hyper-cool, et quand je dis cool, je veux dire d'enfer. Le Philippin qui a propagé le virus I Love You ? Laissez-moi rire. C'était du bas de gamme ; moi je vous parle de la cour des grands. Si ces gamins balançaient un virus à Bill Gates, vous pouvez être sûr qu'il passerait le restant de ses jours à éternuer. Vous avez devant vous le genre de surfeurs qui foutent la trouille à l'Empereur du Mal, déguisés en branleurs standard pour leur propre sécurité, afin d'échapper à la vigilance des Darth de l'Empire, Vador le Noir et Maul le Rouge. Ah oui, c'est vrai, vous n'aimez pas *La Guerre des Étoiles*, alors disons qu'ils sont comme des hobbits que je protège de Sauron le Seigneur Noir et de ses Spectres de l'Anneau. Frodon, Bilbon, Sam Gamegie, toute la confrérie de l'Anneau. Jusqu'au jour où nous le renverserons et brûlerons son quartier général des Monts de l'Ombre. N'allez pas croire que je plaisante. Pourquoi Gates aurait-il peur de ses concurrents, il les a déjà tous écrasés : ce ne sont que des serfs. Il les a liquidés. Ce qui lui file des cauchemars, c'est qu'un môme débarque un jour de sa zone avec une trouvaille d'enfer, le genre de truc qui enverra l'ami Bill aux oubliettes. Voilà pourquoi il continue de racheter des gens comme nous, il est prêt à perdre quelques millions aujourd'hui plutôt que de perdre des milliards demain. Ouais, je suis d'accord avec les tribunaux, faut démolir l'empire Microsoft, le casser en deux, et le plus tôt sera le mieux. Mais entre-temps, nous on a de grands projets. Moi ? Appelez-moi Yoda. À l'envers je parle. À l'envers je pense. Sens dessus dessous je peux retourner vous. Vous croire la Force avec vous être ? Plus forte en moi elle est. Sérieusement, conclut-elle en cessant de contrefaire puérilement sa voix, mon domaine c'est la gestion. Et aussi les ventes, le marketing et la publicité. Des résultats, pas d'états d'âme, d'accord ? Comment vous appelez mes vampires ? Ce sont des artistes, des créatifs. Les Araignautes du Net. Nous sommes en train de créer des sites en ce moment même pour Steve Martin, Al Pacino, Melissa Etheridge, Warren Beatty, Christina Ricci et Will Smith. Et puis Dennis Rodman. Et Marion Jones, Christina Aguilera, Jennifer Lopez, Todd Solondz et 'NSYNC. Du sérieux, hein ? On est à fond dedans. Con-Ed, Verizon, British Telecom, Nokia, Canal Plus, dès qu'il s'agit de médias, c'est immédiat, on est là. C'est des intellos qu'il vous faut ? Mes types n'arrêtent pas de recevoir des appels de Bob Wilson, du Théâtre Thalia de Hambourg et de Robert LePage. Je vous le dis : ils sont lâchés. C'est la loi de l'Ouest, aujourd'hui, Professeur, eux c'est la Bande à Jesse J'aime. Butch, Sundance, tous les kids dévoyés. Moi, je suis Ma Dalton. Et c'est moi qui fais tourner la baraque. »

Il s'était donc trompé sur leur compte, c'étaient de jeunes prodiges — sauf Eddie. C'étaient les troupes d'assaut de la technologie du futur, ce futur à propos duquel il nourrissait les plus grands doutes. Sauf, une fois de plus, Eddie. Mais Eddie Ford avait été le projet le plus ambitieux de Mila « avant que vous n'arriviez ».

« Et puis, dit-elle, Eddie et vous avez plus de points communs que vous ne le pensez. »

Eddie possédait une puissance de lancer qui lui avait permis de prendre pas mal de distance avec son bled natal et d'arriver jusqu'à l'université Columbia, plus précisément jusque dans le lit de Mila Milo, un des lieux les plus recherchés sur le marché immobilier de Manhattan. Mais finalement peu importe à quelle distance vous parvenez à lancer le ballon. Vous ne pouvez pas expédier le passé. Or par le passé, à Plouc-City, dans l'État de Nullité, Eddie avait connu une enfance on ne peut plus tragique. Mila fit à Solanka un portrait des principaux protagonistes, que leur solennité rendait assez proches de statues grecques. Il y avait Raymond, l'oncle d'Eddie, le héros du Vietnam qui était resté planqué pendant des années dans une cabane à la

Unabomber au milieu des montagnes surplombant la ville, et qui s'estimait inapte à la vie sociale du fait de son âme meurtrie. Ray Ford était enclin à de violents accès de colère, qui, même dans ce coin reculé, pouvaient être déclenchés par la pétarade d'un camion au fond de la vallée, un arbre qui tombait, ou le chant d'un oiseau. Et il y avait sa « fouine de putois de serpent » de frère, Tobe, mécanicien et père d'Eddie, un joueur de cartes lamentable et un buveur encore plus lamentable, un enfoiré de première dont la trahison allait bousiller leurs vies. Et enfin il y avait Judy Carver, la mère d'Eddie, qui à cette époque ne fréquentait pas encore le Père Noël et le petit Jésus, et qui, poussée par sa profonde générosité, s'était rendue dans les montagnes chaque semaine depuis le début des années soixante-dix, jusqu'à ce que quinze ans plus tard, alors qu'Eddie n'avait que dix ans, elle parvienne à ramener l'ermite au logis.

Eddie redoutait et respectait à la fois son oncle hirsute et malodorant. Les trajets jusqu'à la cabane de Ray figuraient parmi les grandes expériences et les souvenirs les plus marquants de son enfance, « encore mieux qu'au cinéma », disait-il. (Judy avait commencé à l'emmener après son cinquième anniversaire, dans l'espoir de récupérer Ray en lui montrant l'avenir, et en comptant sur la gentillesse d'Eddie pour conquérir le cœur de l'ermite.) Quand ils gravissaient les collines, Judy chantait de vieilles chansons d'Arlo Guthrie et le petit Eddie l'accompagnait : *L'autre matin je me réveille. Je me dis je vais aller voir Ray, Alors je me lève et je vais voir Ray, Mais tout ce que Ray trouve à me dire, c'est, Je veux pas d'embrouilles, je veux juste faire un tour à moto...* Mais il ne s'agissait pas du même Ray. Le Ray en question n'avait pas de Harley et il n'y avait pas d'Alice, avec ou sans restaurant. Il se nourrissait de fayots et de racines et sûrement aussi d'insectes et de microbes, supposait Eddie, et de serpents saisis à mains nues et d'aigles attrapés en plein vol. Ce Ray-là était zinzin et avait des dents comme du bois pourri et une haleine capable de vous renverser à douze pas de distance. Et cependant c'était le Ray en lequel Judy Carver Ford voyait encore le gentil garçon parti à la guerre, le garçon qui savait plier le rectangle de papier argenté qu'on trouve dans les paquets de cigarettes pour en faire de petites figurines qui tenaient debout toutes seules, et taillait dans le pin des portraits de filles qu'il échangeait contre un baiser. (Des poupées, s'émerveilla Solanka. Impossible d'échapper au bon vieux vaudou. Bon sang, encore une histoire qui parle d'un créateur de poupées ! Un autre *sanyasi*, également. C'était cela qu'avait voulu dire Mila. Un *sanyasi* plus authentique que moi, et qui s'était retiré de la société d'une façon vraiment ascétique. Mais semblable à moi, parce qu'il voulait se perdre, terrifié par ce qui gisait sous la surface, et qui risquait de déborder à tout moment et de ravager le monde indigne.) Judy avait elle aussi embrassé Ray, autrefois, avant de commettre l'erreur fatale de lui préférer Tobe, qui par suite de problèmes au dos échappa à l'enrôlement mais qu'elle avait en permanence sur le sien (de dos), sans que personne n'y pût rien ; sauf, se dit-elle, Ray. Si Ray descendait de son repaire, ce serait peut-être un signe, des choses changeraient, les frères iraient pêcher et joueraient au bowling ensemble, Tobe arrêterait de se comporter en sagouin, et alors peut-être qu'elle aurait la paix, qui sait. Finalement, Ray Ford sortit de sa retraite, récuré et rasé, vêtu d'une chemise propre et tiré à quatre épingles au point qu'Eddie ne le reconnut pas quand il arriva chez eux. Judy avait préparé son fameux repas de fête, ce même festin à base de pâté et de thon qu'elle offrit par la suite au Père Noël et à Jésus, et au début tout se passa bien ; personne ne parlait beaucoup, mais tout ce petit monde s'habituait à vivre dans la même maison.

Quand on servit la glace, Oncle Ray prit la parole. Judy n'avait pas été le seul être humain à lui rendre visite dans ses bois.

« Quelqu'un d'autre est venu, dit-il avec difficulté. Une femme du nom de Hatty, Carole Hatty, elle sait qu'on est quelques-uns à vivre dans ces bois, et vu qu'elle a bon cœur elle vient nous voir, elle nous apporte des vêtements, des tourtes, tout ça, même s'il y a là-haut des barjots qui sont prêts à accueillir avec une hache quiconque s'approche d'eux à moins de dix pas, homme, femme, enfant ou chien enragé. »

Tout en leur parlant de cette femme, Oncle Ray se mit à rougir et s'agiter sur sa chaise.

« Elle compte pour toi, Raymond ? lui demanda Judy. Tu veux qu'on l'invite ? »

Là-dessus, la fouine de putois de serpent à l'autre bout de la table se mit à se donner des claques sur les cuisses et à glousser, du rire gras et aviné d'une fouine de putois de serpent de traître, il se marra à en pleurer puis se leva d'un bond en renversant sa chaise et dit :

« Ho-ho, Carole Hatty. Carole Couche-toi-là du Big Dipper Diner, dans Hopper Street ? Cette Carole Hatty ? Piou ! Ben dis donc, j'pensais pas qu'elle viendrait te demander du rabiot. Mince, Ray, t'es plus dans le coup. Nous autres, la Carole, on la culbute depuis qu'elle a quinze ans et qu'elle en veut. »

Ray se tourna alors vers le petit Eddie et le dévisagea d'un air hagard, et même à dix ans Eddie comprit que son oncle Ray venait de se faire poignarder dans le dos, car Raymond Ford avait avoué, à sa façon, qu'il était descendu de sa forteresse non seulement par amour pour sa famille — pour Eddie, disait son regard — mais également pour celui d'une femme qu'il croyait bonne ; après toutes ces années passées sans décolérer, il était revenu, dans l'espoir que toutes ces choses allaient mettre du baume sur son cœur, mais Tobe Ford venait de faire éclater tous ces jolis ballons, lui transperçant par deux fois le cœur d'un seul coup.

Quand Tobe eut fini de parler, Ray se leva, et Judy se mit à leur crier dessus à tous les deux, tout en s'efforçant de garder Eddie derrière elle parce que cette fouine de putois de serpent de traître qu'était son mari tenait un petit pistolet dans la main et le pointait sur le cœur de son frère.

« Allons, allons, Raymond, dit Tobe en souriant, n'oublions pas ce que dit la Bible sur l'amour fraternel. »

Ray Ford quitta la maison et Judy eut si peur qu'elle se mit à chanter : *Il était tard hier soir quand j'ai entendu claquer la porte d'entrée*, et là-dessus Tobe s'en alla lui aussi, en déclarant qu'il ne supportait pas ce genre d'attitude à la con, et qu'elle pouvait se la mettre où il pensait, et si tu n'apprécies pas les remarques de ton mari t'as qu'à aller pomper le dard de ce vieux cinglé de Raymond. Tobe alla faire une partie de cartes au garage Corrigan où il travaillait, et peu avant l'aube on retrouva le corps de Carole Hatty dans une ruelle, la nuque brisée, et celui de Raymond Ford dans le cimetière d'autos rouillées derrière le garage, une balle en plein cœur ; l'arme resta introuvable. Le même jour, la fouine de putois de serpent s'éclipsa et ne revint jamais de sa partie de cartes, et bien que des avis de recherche concernant Tobias Ford, armé et dangereux, fussent placardés dans cinq États, personne ne retrouva jamais sa trace. La mère d'Eddie pensait quant à elle que ce fumier était bel et bien un serpent déguisé en homme, et qu'après son forfait il lui avait suffi de se dépouiller de sa peau humaine, laquelle peau s'était aussitôt changée en poussière, et ce n'était pas un serpent de plus qui allait attirer l'attention à Plouc-City, où les maisons du Seigneur étaient pleines de crotales, et qui prêchaient par-dessus le marché. Qu'il disparaisse, disait-elle, si j'avais su que j'avais épousé un serpent j'aurais bu du poison avant de prononcer mes vœux.

Judy se consola en accumulant les bouteilles de Jack Daniels et de Jim Beam, mais après ce qui s'était passé Eddie Ford s'enferma dans le silence et ne prononça jamais plus de vingt mots par jour. Comme son oncle, mais sans quitter la ville, il s'était isolé du monde, séquestré à double tour dans son propre corps, et au fil des ans il mit toute son énergie au service du football, lançant le ballon plus fort et plus loin que jamais ballon n'avait jamais été lancé à Plouc-City, comme si en l'expédiant au-delà de l'horizon il pouvait échapper à la malédiction de sa lignée, comme si la liberté était un essai transformé. Sa trajectoire finit par le conduire jusqu'à Mila, qui le sauva de ses démons, l'arracha à son exil intérieur et tira jouissance de ce corps magnifique dont il avait fait une prison, lui donnant en retour son amitié, une communauté, le monde.

Partout, se disait le professeur Malik Solanka, régnait la fureur. Il suffisait de prêter l'oreille pour entendre à tout moment les battements d'ailes des sombres divinités. Tisiphone, Alecton, Mégère : les anciens Grecs avaient tellement peur d'elles qu'ils n'osaient même pas les appeler par leur vrai nom. Prononcer ce nom, Érinyes, c'était prendre le risque d'attirer sur soi l'ire fatale de ces dames. Voilà pourquoi ils qualifièrent ironiquement le trio infernal de « bienveillantes » : les

Euménides. Mais l'euphémisme, hélas, n'adoucit en rien leur sale caractère.

Au début, il refusa de considérer Mila comme une réincarnation de Cervelette : non pas la Cervelette creuse bidouillée par les médias, l'infidèle Cervelette, la poupée lobotomisée de *Rue des Méninges*, mais son original oublié, la « Cervy » des débuts, la vedette des *Aventures de Cervelette*. Tout d'abord, il se dit qu'il avait tort de faire ça à Mila, de la poupifier ainsi, mais ensuite il se rétorqua à lui-même : n'avait-elle pas, de son propre aveu, pris pour modèle et inspiration la Cervelette première mouture ? N'endossait-elle pas pour lui, très clairement, le rôle de l'Authentique, celle qu'il avait perdue ? Il savait à présent que Mila était une jeune femme très intelligente. Elle devait se douter de l'accueil que recevrait son numéro. Oui ! Délibérément, pour le sauver, elle lui offrait ce mystère qui, elle le pressentait, répondait à ses besoins les plus profonds, et les plus indicibles. Non sans timidité, Solanka accepta donc peu à peu de la considérer comme sa création, incarnée à la suite d'un miracle inattendu, et qui veillait désormais sur lui comme l'aurait fait la fille qu'il n'avait jamais eue. Un jour, il fit un lapsus qui le trahit, mais Mila ne parut aucunement contrariée. Elle lui sourit même, d'un petit sourire de connivence qui, Solanka dut le reconnaître, vibrait d'un étrange plaisir érotique, où se reflétait un peu de la satisfaction du pêcheur obstiné quand le poisson mord enfin à l'appât, et également un peu de la joie secrète du souffleur lorsqu'une réplique cent fois répétée est enfin retenue — et, au lieu de le reprendre, elle répondit comme s'il avait prononcé son nom à elle et non celui de la poupée. Malik Solanka rougit considérablement, envahi d'une honte quasi incestueuse, et bafouilla des excuses. Elle se rapprocha de lui, ses seins frôlèrent sa chemise, il sentit son souffle tout contre ses lèvres, et elle murmura : « Professeur, appelez-moi comme vous voudrez. Si cela vous fait plaisir, sachez que ça ne me dérange pas. » Aussi s'enfoncèrent-ils chaque jour davantage dans le fantasme. Seuls dans son appartement, chaque après-midi de cet été pluvieux, ils jouaient au-papa-et-à-sa-petite-fille. Mila Milo endossa délibérément le rôle de poupée, elle s'habilla de plus en plus comme l'élégante icône des origines, incarnant des scénarios tirés des premières émissions devant un Solanka très excité. Lui jouait le rôle de Machiavel, de Marx, ou, le plus souvent, de Galilée, tandis qu'elle, eh bien, se conformait exactement à l'image désirée. Elle s'asseyait près de sa chaise et lui massait les pieds pendant qu'il maïeutiquait à l'envi, lui exposant la philosophie des grands esprits du monde ; puis, après être restée un temps à ses pieds, elle se hissait sur son intimité endolorie, même s'ils prenaient soin de toujours placer un coussin douillet entre le corps de Mila et le sien, de sorte que s'il arrivait qu'il réagisse à sa présence, lui qui avait juré de ne coucher avec aucune femme, ainsi que l'aurait fait un autre homme moins parjure, elle n'en savait rien, ils n'en parlaient pas, et il n'était jamais dans l'obligation de reconnaître les faiblesses parfois humides de sa chair. Tel Gandhi confronté aux expériences *brahmacharya* de la vérité, quand les épouses de ses amis s'allongeaient près de lui la nuit afin qu'il puisse éprouver la toute-puissance de l'esprit sur le corps, il préservait les apparences de la bienséance. Et elle aussi, oui, elle aussi.

10

Asmaan le taraudait comme une lame : Asmaan au matin, fier d'accomplir correctement ses fonctions naturelles sous les applaudissements d'un public restreint mais averti. Asmaan qui s'incarnait le jour en motard, en campeur, en empereur de bac à sable, en bon mangeur, en mauvais mangeur, en vedette de la chanson, en star capricieuse, en pompier, en cosmonaute, en Batman. Asmaan après le dîner, quand on lui accordait une heure devant la télé, et qu'il regardait en boucle des vidéos de Walt Disney. *Robin des Bois* était très demandé, avec son absurde « Notting Ham » et son coq country-western, ses pâles copies des Balou et Kâ du *Livre de la Jungle*, son impeccable accent américain en pleine forêt de Sherwood, et ce cri jusqu'ici assez obscur en vieil anglo-disney : « Oode-lally ! » Mais *Toy Story* était interdit. « Y a un enfant qui fait beurre dedans ». *Beurre* voulait dire « peur », et de fait le gamin en question était effrayant car il rejetait cruellement ses vieux jouets. L'amour trahi terrifiait Asmaan. Il s'identifiait aux jouets, et non à leur propriétaire. Les jouets étaient les enfants du gamin, et le fait qu'il s'en soit lassé était, dans l'univers moral d'Asmaan à trois ans, un crime hideux et tout à fait insupportable. (Comme la mort. Dans la lecture révisionniste que faisait Asmaan de *Peter Pan*, le Capitaine Crochet échappait systématiquement au crocodile.) Et après Asmaan-vidéo venait Asmaan-vespéral, Asmaan dans son bain acceptant stoïquement qu'Eleanor lui brosse les dents mais annonçant préventivement : « On lave pas mes cheveux aujourd'hui. » Et enfin, Asmaan s'endormant en tenant la main de son père.

L'enfant avait pris l'habitude de téléphoner à son père sans se préoccuper des cinq heures de décalage horaire. Eleanor avait mis en mémoire son numéro new-yorkais dans le poste de la cuisine de Willow Road. Tout ce qu'Asmaan avait à faire, c'était d'appuyer sur un bouton. Allô, papa, lui parvint la voix transatlantique (le premier appel avait eu lieu à 5 h 00 du matin). Je me suis bien amusé au parte, papa. *Au parc, Asmaan*, corrigea un Solanka endormi. *Dis : au parc*. Parte. Tu es où papa, tu es à la maison ? Tu ne rentres pas ? J'aurais dû te mettre dans la voiture, papa, j'aurais dû t'emmener aux balanchoires. *Balançoires. Dis : balançoires*. J'aurais dû t'emmener aux ba-lanch-çoires, papa. Morgen m'a poussé très très haut. Est-ce que tu vas m'approter un cadeau, papa ? *Apporter, Asmaan. Je sais que tu peux le dire*. Est-ce que tu vas m'apporeuter un cadeau, papa ? Est-ce que ça va me plaire beaucoup ? Papa, tu ne vas plus partir.

Je veux pas. J'ai mangé un gâteau en forme de crocrodile dans le parte. C'est Morgen qui me l'a acheté. Il était très bon. *Crocodile, Asmaan. Dis : crocodile*. Cro-co-ro-dile.

Eleanor intervint alors.

« Je suis désolée, il est descendu et a appuyé tout seul sur le bouton. Je n'ai rien entendu.

— Oh, ce n'est pas grave », répondit Solanka, et il s'ensuivit un long silence.

Puis Eleanor déclara d'une voix mal assurée :

« Malik, je ne comprends rien à ce qui se passe. Je suis en train de m'effondrer, ici. On ne peut pas... Si tu ne veux pas venir à Londres je pourrais prendre un... je pourrais laisser Asmaan à sa grand-mère et on pourrait se voir et essayer de démêler tout ça, je ne sais pas quoi, oh bon sang je ne sais même pas de quoi il s'agit, on ne pourrait pas trouver une solution ? Ou est-ce que tu me détestes à présent, est-ce que tout d'un coup je te dégoûte pour une raison qui m'échappe ? Il y a quelqu'un d'autre ? Il doit bien avoir quelqu'un, non ? C'est qui ? Je t'en prie, dis-moi qui c'est, au moins je comprendrai, et je pourrai alors être furieuse, merde, au lieu de perdre lentement la boule. »

La vérité, c'était qu'il n'y avait toujours pas dans sa voix la moindre trace de colère. Pourtant, il l'avait abandonnée sans une explication, et sa peine finirait bien, tôt ou tard, par se changer en courroux. Elle laisserait peut-être son avocat l'exprimer à sa place, et déchaînerait sur Solanka la rage froide de la justice. Mais il n'arrivait pas à voir en elle une autre Bronislawa Rhinehart. Elle n'était tout simplement pas d'un caractère vindicatif. Mais qu'il y eût si peu de colère, voilà qui était inhumain, voire effrayant. À moins que cela ne confirmât ce que tout le monde pensait et ce que Morgen puis Lin Franz avaient déclaré, à savoir qu'elle était la plus méritante des deux, qu'elle était trop bien pour lui, et qu'une fois qu'elle aurait surmonté sa douleur elle irait mieux sans lui. Mais ce n'était en rien un réconfort, ni pour elle ni pour l'enfant dans les bras duquel il n'osait pas revenir, par égard pour la sécurité du gamin.

Car il savait qu'il ne s'était pas débarrassé des Furies. Une colère contenue mais frémissante continuait de bouillonner et de monter en lui, menaçant de déborder sans prévenir et de se changer en une violente éruption volcanique, comme si elle était dotée d'une vie propre, comme s'il n'en était que le réceptacle, l'hôte, et que la fureur était un despote aguerri. En dépit des avancées apparemment nécromanciennes de la science, l'époque était prosaïque, et tout semblait pouvoir être expliqué et compris. Or tout au long de son existence le professeur Solanka, le Malik Solanka qui avait récemment pris conscience de l'inexplicable en lui, avait appartenu à ce parti prosaïque, le parti de la raison et de la science au sens originel le plus large, *scientia*, la connaissance. Mais pourtant, même en ces temps observés au microscope et interminablement expliqués, ce qui bouillonnait en lui défiait toute explication. Il y a en nous cette chose, était-il contraint d'admettre, qui est capricieuse, et dont ne peut rendre compte le langage articulé. Nous sommes faits d'ombre aussi bien que de lumière, de chaleur autant que de poussière. Le naturalisme, la philosophie du visible, ne peut nous contenir, car nous débordons. Nous avons peur de ce moi obscur et enfoui qui outrepasse, enfreint, mue, transgresse, s'immisce. C'est lui le véritable fantôme dans la machine. Ce n'est ni dans les limbes ni dans quelque sphère prétendument immortelle, mais ici, sur terre, que l'esprit s'affranchit des chaînes de notre conscience. Il peut se changer en courroux, exacerbé par sa captivité, et dévaster le monde de la raison.

Ce qui était vrai pour lui pouvait l'être également, à un certain degré, pour tout le monde. La planète entière était assise sur de la dynamite. Chaque estomac connaissait la torture d'un couteau, chaque dos la morsure d'un fouet. Nous étions tous cruellement tiraillés. Des explosions retentissaient de toutes parts. La vie se déroulait désormais dans l'instant qui précédait la fureur, quand la colère montait, ou pendant la fureur, quand la bête fauve était lâchée, ou tout de suite après l'immense déchaînement, quand la fureur refluait, que le chaos se tassait, avant le retour de la marée. Les cratères — dans les villes, les déserts, les nations, le cœur — étaient devenus des lieux communs à tous. Les gens se bousculaient et se recroquevillaient dans les décombres de leurs propres méfaits.

Malgré tous les soins prodigués par Mila Milo (ou, souvent, à cause d'eux), le professeur Solanka avait toujours besoin, lors de ses fréquentes insomnies, d'apaiser ses turbulentes pensées en arpentant les rues de la ville pendant des heures, même sous la pluie. Tout près de chez lui, Amsterdam Avenue était complètement éventrée, trottoir comme chaussée (certains jours on avait l'impression que toute la ville était en chantier), et un soir, alors qu'il marchait sous une pluie tantôt légère tantôt battante et évitait la tranchée grossièrement clôturée, il se cogna violemment le pied contre quelque chose et lâcha un chapelet d'invectives qui dura trois minutes, suite à quoi il entendit une voix admirative monter de sous une toile cirée, dans l'embrasure d'une porte : « Ben dis donc, je crois que je viens d'enrichir mon vocabulaire. » Solanka se baissa pour voir ce qui venait de lui meurtrir le pied, et là, à même le trottoir, il découvrit un morceau de parpaing. Il s'éloigna aussitôt en claudiquant de façon disgracieuse, fuyant ce bout de béton comme un coupable fuit les lieux de son crime.

Depuis que l'enquête sur les trois crimes mondains s'était concentrée sur les trois jeunes nantis, il respirait de nouveau, même si en son for intérieur il ne s'était pas encore complètement innocenté. Il suivait les progrès de l'enquête avec attention. Il n'y avait encore eu ni arrestations ni aveux, et les médias commençaient à s'énerver. L'hypothèse d'un tueur en série de la haute était plus qu'alléchante, et le fait que la police de New York n'ait pas réussi à éclaircir cette affaire rendait la situation encore plus frustrante. Mais passez donc à tabac ces petits merdeux de snobs ! L'un d'eux finira bien par craquer ! Ce type de commentaire, qui courait les rues, créa très vite un climat peu ragoûtant de lynchage. L'attention de Solanka fut attirée par la seule nouvelle piste possible. L'Homme au panama avait été remplacé, comme *dramatis persona* de ce mystère, par un groupe d'individus encore plus étranges. On avait aperçu chaque fois près des lieux du crime des individus costumés en personnages de Walt Disney : un Dingo près du cadavre de Lauren Klein, un Buzz l'Éclair près de celui de Belinda Booken Candell, et non loin du corps de Saskia Schuyler un passant avait repéré un renard roux vêtu de vert olive : Robin des Bois lui-même, persécuteur de ce satané shérif de Notting Ham, et qui défiait à présent les shérifs de Manhattan. Oo-de-lally ! Les inspecteurs reconnaissaient qu'il était impossible d'établir avec certitude un lien significatif entre les trois suspects, même si la coïncidence était assurément frappante — Halloween étant passé depuis de nombreux mois — et ils n'écartaient pas cette piste.

Dans l'esprit des enfants, songea Solanka, les créatures du monde imaginaire — les personnages issus des livres, des vidéos ou des chansons — paraissaient bien plus réelles que la plupart des gens, à l'exception de leurs parents. Avec l'âge, la proportion s'inversait, et la fiction était reléguée dans cette réalité distincte, ce monde à part auquel, nous expliquait-on, elle appartenait. Or on tenait là une preuve macabre de la capacité transgressive de la fiction à franchir cette frontière prétendument imperméable. Le monde d'Asmaan

— Disney World — empiétait sur New York et éliminait de jeunes citadines. Et un ou plusieurs garnements très effrayants se cachaient quelque part dans cette vidéo.

Au moins, cela faisait un moment que le Tueur au parpaing n'avait pas frappé. Et Solanka savait gré à Mila d'avoir réussi à le faire boire beaucoup moins, avec pour résultat la cessation de ses hébétudes amnésiques : il ne se réveillait plus tout habillé avec de terribles questions en suspens dans sa tête endolorie. Il y avait même des moments où, alors qu'il succombait au charme de Mila, il se sentait proche, pour la première fois depuis des mois, d'une espèce de bonheur. Mais les sombres divinités continuaient de planer au-dessus de lui, distillant leur malveillance dans son cœur. Tant que Mila était près de lui, dans cet endroit lambrissé où, même quand les orages assombrissaient le ciel, ils ne prenaient plus la peine d'allumer les lampes, il était protégé par le cercle magique de son charme ; mais à peine était-elle partie que les bruits dans sa tête résonnaient de nouveau. Les murmures, les battements d'ailes noires. Après sa première conversation téléphonique à l'aube avec Asmaan et Eleanor, alors que le couteau le tourmentait, les murmures s'en prirent pour la première fois à Mila, son ange de miséricorde, sa poupée animée.

C'était son visage dans la pénombre, ses angles affûtés se déplaçant agréablement contre sa chemise à moitié déboutonnée, ses cheveux drus et rouge-or lui caressant le dessous du menton. Les reconstitutions de vieilles émissions télé avaient cessé, le simulacre avait accompli son œuvre. Ces temps-ci, lors des longs après-midi passés dans la pénombre, ils parlaient à peine, et quand ils parlaient, ce n'était plus de philosophie. Parfois, furtivement, la langue de Mila lui léchait la poitrine. Tout le monde a envie de jouer à la poupée, murmurait-elle. Professeur, pauvre homme en colère, vous en avez été privé si longtemps. Allons, rien ne presse, prenez votre temps, je ne vais nulle part, personne ne va nous déranger, je suis à votre disposition. Laissez-vous aller. Vous n'avez plus besoin de toute cette rage. Vous avez juste besoin de vous rappeler comment on joue. Ses longs doigts aux ongles rouge sang s'immisçaient, par d'infimes progressions quotidiennes, plus avant sous sa chemise.

Sa mémoire physique était extraordinaire. Chaque fois qu'elle venait le voir, elle reprenait exactement, sur son entrejambe capitonné, la position qui était la sienne lors de sa précédente visite. La disposition de la tête et des mains, la tension de son corps replié sur lui-même, sa pression identique sur lui : l'extrême précision du souvenir et l'agencement méticuleux de ces variables étaient en soi un acte sexuel prodigieusement excitant. Car leur jeu s'épurait chaque fois davantage, ainsi que le prouvait Mila au professeur Solanka à chaque attouchement. Les caresses tonifiantes que prodiguait Mila au professeur Solanka avaient un effet hautement électrique, et il n'avait pas pensé qu'une telle bénédiction fût encore possible à son âge et dans sa situation. Oui, elle lui avait tourné la tête, comme si de rien n'était, et à présent il était pris dans ses rets. La reine du réseau, la meneuse de la meute du Net, le retenait dans sa toile d'Araignaute.

Un autre changement s'était produit. De même qu'un nom de poupée lui avait un jour échappé, fortuitement ou sous la pression d'un désir à peine conscient, de même, un après-midi, elle aussi laissa échapper un mot interdit. Aussitôt, une lumière crue et éloquente avait chassé la pénombre du salon, comme par magie, et Mila Milo avait dévoilé au professeur Solanka son passé. C'était toujours papa et moi contre le reste du monde, avait-elle déclaré un jour. Le secret gisait là, dans ces paroles nues. Elle l'avait déposé aux pieds de Solanka, et lui n'avait rien vu (ou rien voulu voir) de ce qu'elle avait exposé aussi ouvertement et impudiquement. Mais comme Solanka la dévisageait après ce « lapsus » — qui, il en était déjà plus qu'à moitié convaincu, n'en était pas un, car cette femme était dotée d'une maîtrise de soi extraordinaire, et peu encline à de tels accidents —, les traits anguleux et cryptés, les yeux obliques, bref, ce visage qui n'était jamais autant fermé que lorsqu'il paraissait ouvert, révéla enfin son secret.

Papi, avait-elle dit. Ce terme affectueux, ce diminutif trompeur prétendument réservé à un homme défunt, avait joué le rôle de sésame et ouvert la grotte obscure de son enfance. Là, se trouvaient le poète veuf et sa fille précoce. Un coussin était posé sur les genoux de son père, et elle s'y était frottée et recroquevillée au fil des ans afin de sécher les larmes de honte qui coulaient de ses yeux. Elle était devenue la fille qui cherche à compenser la perte de la femme aimée chez son père, afin d'atténuer en partie sa propre perte en se cramponnant au seul parent qui lui restait, mais également pour supplanter cette femme dans le cœur de son père, et combler l'espace maternel et vacant plus qu'il n'avait été comblé par sa défunte mère, car son père se devait de la désirer, elle vivante, plus qu'il n'avait jamais désiré sa femme ; elle allait lui montrer une nouvelle étendue du désir, jusqu'à ce qu'il la désire plus qu'il n'aurait jamais cru pouvoir désirer le contact d'une femme. Ce père — après avoir fait l'expérience des pouvoirs de Mila, Solanka ne doutait pas de ce qui s'était passé — avait été lentement séduit par son enfant, attiré millimètre par millimètre en pays inconnu, vers un crime à jamais tenu secret. Et le grand écrivain, *l'écrivain nobélisable**, la conscience de son peuple, avait accepté que ces petites mains effroyablement expertes tripotent les boutons de sa chemise, accepté enfin l'inacceptable, franchissant la frontière d'où l'on ne revient pas, et entrepris, dans les affres mais avec délectation, de répondre à ses avances. Cet homme éminemment religieux avait sombré corps et âme dans le péché mortel, contraint par le désir de renoncer à son Dieu et de signer un pacte avec le Diable, tandis que son petit démon de fille s'épanouissait, que le lutin au cœur de la fleur prononçait à voix basse de perfides et vertigineuses paroles qui l'engloutissaient : il ne se passe rien tant que nous n'en parlons pas, or nous n'en parlons pas, Papi, alors il ne se passe rien. Et parce qu'il ne se passait rien, ce n'était pas mal. Le poète défunt avait pénétré dans ce monde chimérique d'où tout péril est banni, où le crocodile n'attrape jamais le Capitaine Crochet, et dans lequel un petit garçon ne se lasse jamais de ses jouets. Malik Solanka entrevit donc le moi secret de sa maîtresse et dit :

« C'est un écho, n'est-ce pas, Mila, une reprise. Tu as déjà joué une fois à ce jeu. »

Il se reprit aussitôt intérieurement : non, ne te fais pas d'illusions, elle a joué plusieurs fois à ce jeu. Tu n'es en rien le premier.

« Chut, dit-elle en posant un doigt en travers de ses lèvres. Chut, Papi, non. Il ne s'est rien passé à l'époque, et il ne se passe rien à présent. »

Il y avait, dans ce deuxième emploi du coupable surnom, une nuance de supplication. Elle en avait besoin, elle avait besoin qu'il l'accepte. L'araignée était prise dans sa propre toile nécrophile, et dépendait d'hommes comme Solanka pour arracher lentement, très lentement, son amant au royaume des morts. Je remercie le Dieu qui n'existe pas de ne pas m'avoir donné de fille, pensa Malik Solanka. Puis le chagrin l'étouffa. Pas de fille, à moi qui ai également perdu mon fils. L'icône Elián est rentrée à Cárdenas, à Cuba, avec son papa, mais moi je ne peux pas rentrer chez mon fils. Les lèvres de Mila couraient à présent sur son cou, caressaient sa pomme d'Adam. Il sentit une tendre succion. La douleur reflua ; et autre chose, également, disparut. On le dépouillait de ses mots. Elle les extirpait et les avalait, et jamais plus il ne pourrait les prononcer, ces mots qui décrivaient ce qui n'était pas, ce que sa sorcière-araignée, en sa sombre majesté, ne laisserait jamais se produire.

Et si c'était de sa fureur qu'elle se nourrissait ? se demanda Solanka, paniqué. Et si sa faim avait pour objet premier ce qu'il redoutait le plus : cette rage elfique et secrète ? Car elle aussi obéissait à la fureur, il le savait, à la fauve et impérieuse fureur de son désir caché. En cet instant de révélation, Solanka n'était pas loin de croire que cette belle et jeune femme maudite, qui remuait avec une langueur si éloquente sur ses genoux, dont les doigts frôlaient les poils de sa poitrine avec la légèreté d'une brise d'été et dont les lèvres entreprenaient tendrement sa gorge, était en fait l'incarnation même d'une Furie, d'une des trois sœurs fatales, fléaux de l'humanité. La fureur était dans leur nature divine, et l'ire bouillonnante des humains leur nourriture préférée. Il n'était pas loin de croire que derrière ses murmures sourds, sous ses intonations inlassablement égales, c'étaient les cris aigus des Érinyes qu'il entendait.

Une autre page de son passé secret lui fut dévoilée. Celle où l'on voyait le poète Milo et son cœur fragile. Cet homme doué et habité avait ignoré tous les avis médicaux et continué, avec une démesure quasi ridicule, de boire, fumer et courir les femmes. Sa fille avait vu dans ce comportement la superbe illustration du credo conradien : la vie doit être vécue jusqu'à ce qu'elle ne puisse plus l'être. Mais devant les yeux dessillés de Solanka se dressait un tout autre portrait du poète, le portrait d'un artiste se réfugiant dans l'excès suite à un péché atroce, fuyant ce qu'il avait dû considérer chaque jour comme la mort de son âme, sa damnation éternelle dans les cercles les plus épouvantables des Enfers. Puis venait le dernier voyage, la fuite suicidaire de Papi Milo vers son homonyme meurtrier. Là aussi, Malik Solanka percevait autre chose que ce que Mila avait voulu dire. Fuyant un démon, Milo s'était jeté dans les bras de ce qu'il estimait être un moindre péril. Fuyant la vorace Furie qu'était sa fille, il s'était précipité vers son nom intact, entier, et vers lui-même. Mila, pensa Solanka, tu as dû rendre fou ton père et le pousser au suicide. Que me réserves-tu à présent ?

À cela, il connaissait une réponse effrayante. Un voile n'avait pas encore été levé, cette fois-ci sur son histoire à lui. Dès le premier instant de cette liaison illicite, il avait su qu'il jouait avec le feu, que tout ce qu'il avait enfoui en son tréfonds était remué, que les sceaux étaient brisés l'un après l'autre, et que le passé, qui l'avait presque détruit autrefois, allait se voir accorder une nouvelle chance de finir le travail. Entre ce récit inédit et involontaire, et cette vieille histoire étouffée, des résonances inexprimées se faisaient écho. La question de la poupéification et de sa... De se laisser faire par... De n'avoir d'autre choix que de... De l'esclavage de l'enfance quand... Du désir : celui-ci, celui-là, le plus inexorable qui soit. Du pouvoir des médecins de... De l'impuissance des enfants face à... De l'innocence des enfants face à... De la culpabilité des enfants, de sa faute à lui, de sa très épouvantable faute. Et surtout la question des phrases qu'on ne doit jamais achever, car les achever ce serait libérer la fureur, et alors le cratère de cette explosion détruirait tout ce qui est dans les parages.

Ô, faiblesse, faiblesse ! Il ne parvenait pas à repousser Mila. Même la connaissant comme il la connaissait à présent, même en comprenant ce dont elle était capable et en devinant le danger qui le menaçait, lui, il ne pouvait lui dire de partir. Un mortel qui fait l'amour à une divinité est condamné, mais une fois élu il ne peut éviter son destin. Elle continua à venir le voir, toute pomponnée, exactement comme il voulait qu'elle soit, et chaque jour amenait un progrès. La calotte glaciaire fondait. Bientôt le niveau de l'océan serait trop haut et ils se noieraient sûrement.

Désormais, quand il quittait l'appartement, il se sentait comme quelqu'un qui a trop dormi et se lève enfin. Dehors, en Amérique, tout était trop lumineux, trop bruyant, trop étrange. La ville s'était changée en une basse-cour d'un ridicule achevé. Au Lincoln Center, Solanka tomba sur Coq Hudson et Hérisson Ford. Devant le Beacon Theater, un trio de divas à cornes et mamelles avait élu domicile : Whitney Mouton, Mariah Canette et Bête Midler (la bovine Miss M.). Effrayé par le pullulement de ce bétail paronomastiquant, le professeur Solanka eut soudain l'impression d'être tombé de la lune ou de Lilliput-Blefuscu, ou, pour être franc, de Londres. Il se sentait également angoissé face aux timbres-poste, aux factures de gaz, d'électricité et de téléphone qui survenaient tous les mois plutôt que tous les trimestres, aux marques inconnues des sucreries dans les magasins (Twinkies, Ho-Ho's, Ring Pops), aux policiers armés dans les rues, aux visages anonymes dans les magazines, des visages que tous les Américains reconnaissaient aussitôt, aux paroles indéchiffrables des chansons populaires que les oreilles américaines parvenaient apparemment à comprendre sans effort, à la dernière syllabe lourdement accentuée de noms comme Far*rar*, Har*rell*, Can*dell*, aux *e* écrasés en *a* qui changeaient « expression » en *axpression* ; bref, par l'immensité de son ignorance quant au brassage omnivore du quotidien américain. Les mémoires de Cervelette remplissaient les vitrines des librairies comme en Angleterre, mais il n'en tirait aucune satisfaction. D'autres écrivains à succès du moment lui étaient inconnus. Eggers, Pilcher : on aurait dit des marques d'eau gazeuse, non des auteurs de best-sellers.

Quand le professeur Solanka rentrait chez lui, il lui arrivait souvent d'apercevoir Eddie Ford, le centurion blond, assis seul devant l'entrée voisine — les Araignautes étaient sûrement occupés par leur réseau — et, dans le feu couvert de son regard attisé, il devinait les tardives prémices du soupçon. Toutefois, ils ne se parlaient pas. Ils se saluaient brièvement et en restaient là. Puis Malik rentrait dans sa retraite lambrissée et attendait l'arrivée de sa déesse. Il reprenait sa position dans le grand fauteuil de cuir qui était devenu leur havre d'élection, et posait sur ses genoux le coussin de velours rouge avec lequel, jusqu'ici, il avait protégé ce qui restait de sa pudeur fort compromise. Il fermait les yeux et écoutait le tic-tac de l'antique horloge de voyage sur le manteau de la cheminée. Et à un moment donné, Mila entrait sans faire de bruit — il lui avait donné un jeu de clés — et ce qui devait être fait, ce qu'elle disait qui n'arrivait jamais, était fait tranquillement.

Dans cet espace ensorcelé, lors des visites de Mila, un silence quasi absolu était de rigueur. On entendait des murmures, des chuchotements, mais c'est tout. Toutefois, dans le quart d'heure qui précédait son départ, une fois qu'elle avait sauté à bas de ses genoux, s'était lissé la jupe et leur avait servi à tous deux un verre de jus de canneberge ou une tasse de thé vert, pendant qu'elle rajustait sa tenue pour le monde extérieur, Solanka pouvait lui faire part, s'il le voulait, de ses hypothèses concernant ce pays dont il s'efforçait de déchiffrer les codes.

Par exemple, la théorie encore inédite du professeur Solanka sur les différentes attitudes vis-à-vis de la fellation aux États-Unis et en Angleterre (cette antienne étant provoquée par la décision absurde du Président de présenter des excuses pour avoir commis un acte qui — c'est ce qu'il aurait dû déclarer sèchement — ne regardait que lui) reçut toute l'attention de la jeune femme.

« En Angleterre, expliqua-t-il dans un style très collet monté, la fellation entre partenaires hétérosexuels n'est jamais pratiquée avant que la pénétration coïtale ait eu lieu, ou même jamais. Elle est considérée comme un témoignage de profonde intimité. Et aussi comme une récompense sexuelle suite à un bon comportement. C'est *rare*. Alors qu'en Amérique, avec votre tradition bien établie de, euh, "tripotage" adolescent sur la banquette arrière de diverses automobiles iconiques, "faire une pipe", pour employer le terme technique, précède le rapport sexuel en position du missionnaire la plupart du temps ; de fait, c'est le moyen le plus courant chez les jeunes femmes de préserver leur virginité tout en satisfaisant leurs galants.

« Bref, c'est une alternative acceptable à la baise. Ainsi, quand Clinton affirme qu'il n'a jamais couché avec cette bécasse *in*, Monica, la bovine Miss L., tout le monde en Angleterre pense qu'il ment comme un arracheur de dents, alors que toute la population ado (et aussi pré- et post-ado) américaine comprend qu'il dit la vérité, telle que la définissent culturellement les États-Unis. Paradoxalement, la fellation n'a rien à voir avec le sexe. C'est ce qui permet aux jeunes filles de rentrer chez elles et d'affirmer à leurs parents, le cœur sur la main — et bon sang, c'est ce qui t'a sûrement permis de le dire toi aussi à ton père — qu'il ne s'est rien passé. Voilà pourquoi Bite Clinton ne fait que répéter ce que n'importe quel ado viril américain aurait dit. Immaturité ? Ouais, sûrement, mais c'est pour ça que la mise en accusation du Président a échoué.

— Je vois ce que tu veux dire », opina Mila Milo quand il eut terminé.

Elle revint près de lui et, dans une accélération inattendue et irrésistible de leur train-train de fin d'après-midi, ôta le coussin de velours rouge qui protégeait sa vulnérabilité.

Ce soir-là, encouragé par les murmures de Mila, il renoua avec son ancienne passion.

« Il y a tant de choses en toi qui attendent de sortir, avait-elle dit. Je le sens, tu trépignes intérieurement. Ici, là. Il faut que ça passe dans ton travail, Papi. La *furia*. D'accord ? Fabrique des poupées tristes si tu es triste, des poupées furieuses si tu es furieux. Les poupées mal embouchées du professeur Solanka. Nous avons besoin d'une tribu de poupées de ce genre. Des poupées qui disent quelque chose. Tu en es capable. Je sais que tu en es capable, parce que tu as créé Cervelette. Fais des poupées qui viennent de là-bas — de cet endroit sauvage dans ton cœur. Cet endroit qui n'a rien à voir avec un type de cinquante ans sous une couche de vieux vêtements. Cet endroit-là. Qui m'attend. Sidère-moi, Papi. Que je l'oublie, elle ! Fabrique des poupées adultes, interdites au moins de dix-huit ans. Je ne suis plus une gamine, tu sais. Fabrique des poupées avec lesquelles je puisse jouer aujourd'hui. »

Il comprit enfin que ce que Mila faisait pour ses Araignautes, c'était de les saper comme ils en étaient incapables. Le terme de « muse » était tôt ou tard attribué à presque toutes les belles femmes vues en compagnie d'hommes talentueux, et tout créateur de mode qui se respectait, éventail chinois à la main, se devait d'en posséder une, mais la plupart de ces femmes-là relevaient davantage de l'amuse-gueule que de la muse éternelle. La véritable muse était un trésor hors de prix, or Mila, ainsi que le découvrit Solanka, savait être une authentique inspiratrice. À la suite de ses sollicitations pressantes, les idées de Solanka, si longtemps figées et bannies, se mirent à bouillonner et déborder. Il alla faire des courses et revint chez lui avec des crayons, du papier, de l'argile, du bois, des couteaux. Désormais, ses journées étaient remplies, ainsi que la plupart de ses soirées. Désormais, quand il se réveillait tout habillé, ses vêtements ne sentaient plus la rue, ni son haleine l'alcool fort. Il se réveillait à son établi avec ses outils à la main. De nouvelles figurines le fixaient de leurs yeux scintillants et malicieux. Un monde nouveau prenait forme en lui, et il devait rendre grâces à Mila de cette divine inspiration : le souffle de la vie.

La joie et le soulagement déclenchaient en lui d'immenses frissons incontrôlables. Semblable à cet autre frisson qu'il avait ressenti lors de la dernière visite de Mila, quand elle avait retiré le coussin avant de partir. Un dénouement qu'il avait attendu, au paroxysme d'une nouvelle dépendance. Mais l'inspiration chassait également une autre ombre en lui. Il s'était mis à redouter Mila, à soupçonner chez elle un immense et dangereux égoïsme, une ambition démesurée qui lui faisaient voir les autres, Solanka inclus, comme de simples tremplins vers les étoiles qu'elle rêvait d'atteindre. Solanka commençait à se demander si ces jeunes hommes brillants avaient vraiment besoin d'elle (et faillit se poser la question à son propre sujet). Il avait entr'aperçu une possible et nouvelle incarnation de sa poupée fétiche — dans laquelle Mila était Circé, avec à ses pieds son porc soumis — mais il repoussait à présent cette sombre vision, ainsi que celle, autrement plus féroce, de Mila devenue Furie, Tisiphone, Alecto ou Mégère descendue sur terre dans un habit de chair somptueuse. Mila s'était justifiée. Elle avait fourni l'impulsion qui l'avait renvoyé à son établi.

Sur la couverture d'un carnet relié cuir, il inscrivit les mots : « Les Incroyables Rois Pantins Sans Fil du Professeur Kronos. » Puis il ajouta : « Ou, la Révolte des Poupées de Chair. » Et aussi, « Ou, Vies des Pantins Césars ». Puis il barra tout hormis les deux mots « Rois Pantins », ouvrit le carnet et commença avec fièvre de retracer l'histoire du génie dément qui serait son anti-héros :

« Akasz Kronos, le grand et amoral cybernéticien du Rijk, créa les Rois Pantins en réaction à la crise fatale de la civilisation rijk, mais, du fait d'un défaut grave et incurable de son caractère qui l'empêchait d'envisager la question de l'intérêt général, les destina à assurer la survie et la fortune de nul autre que lui-même. »

Jack Rhinehart lui téléphona le lendemain après-midi, visiblement à cran. « Alors, Malik, tu vis toujours comme un gourou dans sa tanière ? Ou un laissé-pour-compte de *Big Brother Is Not Watching You* ? Ou est-ce que les nouvelles du monde extérieur te parviennent quand même de temps à autre ? Tu connais l'histoire du moine bouddhiste qui se rend dans un bar ? Il s'approche du clone de Tom Cruise avec un shaker et, désignant les bouteilles alignées, lui dit : “Vous savoir faire un avec le tout ?” Au fait, tu connais une nana qui s'appelle Lear ? Elle prétend avoir été ton épouse. Franchement, je ne souhaiterais même pas à mon pire ennemi de se retrouver marié avec cette créature. On lui donnerait facilement cent dix ans, et elle est aussi vicieuse qu'un serpent blessé. Oh, puisqu'on parle d'épouses, je suis divorcé. Finalement c'était facile. Je lui ai tout laissé. »

Et quand il disait tout, c'était vraiment tout, expliqua-t-il : la demeure de Springs, le cellier, et plusieurs centaines de milliers de dollars.

« Et ça te convient ? demanda Solanka, étonné.

— Ouais, ouais, bafouilla Rhinehart. T'aurais dû voir Bronnie. Sur le cul qu'elle était. Elle a saisi mon offre si vite que j'ai cru qu'elle allait se faire une hernie. Non mais tu te rends compte, elle a capitulé. Dégagé. C'est Neela, Malik. Je sais pas comment l'expliquer, mais elle a débloqué un truc en moi. Elle a tout aplani. (Il avait pris le ton d'un conspirateur en culottes courtes.) T'as déjà vu quelqu'un arrêter tout net la circulation ? Je veux dire, arrêter mais alors à cent pour cent le mouvement des véhicules motorisés par sa seule présence ? Elle a ce pouvoir. Elle descend d'un taxi et paf, t'as cinq voitures et deux camions de pompiers qui pilent net. Et les piétons se prennent des lampadaires. Je pensais que ça n'arrivait que dans les vieilles comédies de Mack Sennett. J'ai vu des types s'en prendre tous les jours. Parfois, au restaurant, confia Rhinehart, tout frétillant d'hilarité, je lui demandais d'aller jusqu'aux toilettes puis de revenir tout de suite, rien que pour voir les types des tables à côté se tordre les cervicales. Tu te rends compte, Malik, pauvre célibataire, ce que c'était que d'être avec un truc pareil ? Je veux dire, tous les soirs ?

— Il faut toujours que tu t'exprimes de façon inconvenante, dit Solanka en grimaçant. (Il changea de sujet.) Et Sara, alors ? Tu parles d'une revenante ! Dans quel cimetière tu l'as trouvée ?

— Oh, toujours le même, répliqua sèchement Rhinehart. Southampton. »

Son ex-femme avait épousé à cinquante ans un des hommes les plus riches d'Amérique, le magnat du fourrage Lester Schofield III, aujourd'hui âgé de quatre-vingt-douze ans, et, le jour de ses cinquante-sept ans, elle avait entamé une procédure de divorce en arguant de la relation adultérine entre Schofield et Ondine, une mannequin brésilienne de vingt-trois ans.

« Schofield a amassé des millions en découvrant que ce qui reste d'une grappe de raisins une fois qu'on en a tiré du jus peut constituer un délicieux dîner pour une vache, expliqua Rhinehart en prenant une voix d'Oncle Tom à qui il manque une case. Et maintenant ton ex a eu la même idée. Elle lui met la pression, et pas pour rigoler, je te dis. C'est pas de la vache enragée qu'elle veut au menu. »

Sur toute la côte Est, apparemment, les minettes se perchaient sur les genoux des vieux, offrant aux moribonds le calice empoisonné de leur chair et semant le chaos à tout-va. Mariages et fortunes échouaient quotidiennement sur ces récifs nubiles.

« Mam'zelle Sara a donné une interview, raconta Rhinehart à Solanka un peu trop gaiement, dans laquelle elle a fait part de son intention de découper son mari en trois parties égales, et d'en planter une dans chacune de ses principales propriétés, puis de passer un tiers de l'année avec chacune, en signe de gratitude. T'as eu du bol d'échapper à la Sara quand t'étais sans le sou, mec. Et l'autre, la fiancée de Wildenstein ? Ou encore la Patricia Duff ? C'est des amateurs dans le championnat du divorce. Cette nana, elle a décroché la médaille d'or, tranquille. Professeur, elle connaît son Shakespeare. »

La rumeur courait que toute cette histoire n'était qu'une arnaque on ne peut plus cynique — à savoir que Sara Lear Schofield avait manipulé en coulisses la poule brésilienne — mais personne n'avait jamais pu prouver qu'il y avait eu conspiration.

C'était quoi, le problème de Rhinehart ? S'il était aussi satisfait qu'il le prétendait, à la fois par son divorce et par l'affaire Neela, pourquoi oscillait-il comme une toupie folle entre la grivoiserie — qui d'ailleurs n'était en rien dans ses habitudes — et ces ragots sur Sara Lear ?

« Jack, fit Solanka, tu es sûr que ça va ? Parce que si...

— Je vais très bien, l'interrompit Rhinehart de sa voix la plus stridente. Hé, Malik ? C'est à ton pote Jack que tu causes, alors décrispe ! »

Neela Mahendra l'appela une heure plus tard.

…lez ? On s'est rencontrés …t. Quand les Hollandais

…ougoslavie dans le …cause du Monté- …ne rappelle. On …it. »

… le compliment, esti- …ne était le minimum : son

…voir ? C'est au sujet de Jack. Il …rle à quelqu'un. C'est important. »

…it l'habitude que les hommes, sur un … signal de sa part, plantent là leurs projets …moment et rappliquent dare-dare.

« J'habite juste de l'autre côté du parc, dit-elle. On peut se retrouver devant le Metropolitan Museum, disons dans une demi-heure ? »

Solanka, qui s'inquiétait déjà pour son ami et que le coup de fil avait encore plus inquiété, accepta illico, bien incapable de résister à la convocation de la superbe Neela. C'était pourtant le moment le plus précieux de la journée pour lui : celui où venait Mila. Il enfila un léger pardessus — il ne pleuvait pas, mais le temps était chargé et inhabituellement frais pour la saison — et ouvrit la porte de chez lui. Mila se tenait sur le seuil, un double des clés à la main. « Oh, dit-elle en voyant son manteau. Oh. Tant pis. » Elle venait de se laisser surprendre et n'avait pas eu le temps de se ressaisir : du coup, Malik eut l'occasion, pour ainsi dire, de lire sur son visage à traits ouverts. Et ce qu'il lut n'était autre qu'une

faim déçue. La faim d'un prédat
— il s'efforça de ne pas penser le
ci s'imposa néanmoins — sa proie.

« Je ne serai pas long », dit-il pla
elle s'était reprise et haussa les épau
pas grave. » Ils quittèrent l'immeuble
et il s'éloigna rapidement en direction d
bus Avenue sans regarder autour de lui,
qu'elle irait retrouver Eddie devant la por
sine, sachant qu'elle allait fourrer rageuse
une langue avide dans la bouche déconcertée
ravie de ce dernier. On voyait partout des affic
du dernier film de Jennifer Lopez, *La Cellul*
dans lequel la star était miniaturisée puis injectée à l'intérieur du cerveau d'un tueur en série. On aurait dit un remake du *Voyage fantastique* avec Raquel Welch, mais bon... Tout le monde avait oublié l'original. Il n'y avait plus que des copies, des échos du passé, pensa le professeur Solanka. Une chanson pour Jennifer : On vit dans un monde rétro et je suis une fille rétrograde.

11

« Dans le futur, c'est sûr, plus personne écoutera ce genre d'émission de radio. Vous savez ce que je pense ? Je pense que c'est p't-être la radio qui nous écoutera. On sera genre le spectacle et les machines elles seront le public, elles tireront les ficelles et nous on bossera tous pour elles.

— Non, écoute-moi. J'sais pas trop quel genre de conneries S.-F. l'autre Speedy Gonzalez vient de nous sortir, là. J'ai comme l'impression qu'il a un peu trop regardé *Matrix*. Moi je te dis que le futur il est pas encore arrivé. Tout est comme avant. C'est le même bordel partout. Tout le monde est dans le même panier, reçoit la même éducation, a les mêmes distractions, veut la même situation. T'as qu'à regarder. On reçoit les mêmes factures, on sort avec les mêmes nanas, on va dans les mêmes prisons ; on gagne que dalle, on baise super mal et on tourne mal, pas vrai ? Hein, c'est pas vrai de chez vrai ? Si señor ! Et ma radio à moi ? On me l'a vendue avec un bouton marche-arrêt, Toto, alors moi je lui coupe le sifflet quand je veux.

— Putain, mec, mais il pige rien, l'autre. Il pige tellement pas qu'il verra rien venir tant qu'il l'aura pas sur la gueule. Tu devrais te rencarder, hermano. Ils ont des machines maintenant qui marchent à la bouffe, t'entends ça. Plus besoin d'essence. Elles bouffent la même chose que nous. Pizza, hot dog, tortilla au thon, tout ça. Bientôt les machines elles iront bouffer au restau. Et ça sera le genre, donnez-moi la meilleure table. Alors dis-moi c'est quoi la différence ? Si ça mange, c'est que c'est vivant, moi je dis. Le futur il est déjà là, mec, alors gare à tes miches. Bientôt la machine elle va venir te prendre ton boulot et peut-être aussi ta petite copine.

— Hé, hé, parano latino, Ricky Ricardo, j'sais plus ton nom, calme-toi, d'ac ? Ici on est plus dans ton Cuba communiste d'où tu t'es échappé en bateau gonflable pour trouver refuge au pays de la liberté...

— M'insulte pas, s'il te plaît. Et je dis s'il te plaît, parce qu'on m'a appris la politesse, d'accord ? Le frère, là, comme il s'appelle, Señor Cliff Hoxtaboo ou Mister Loser, peut-être que sa mère lui a jamais appris les bonnes manières, mais ici on est en direct, on parle à toute la zone urbaine, alors restons correct.

— Je peux intervenir ? S'il vous plaît ? Je vous écoute, là, et je me dis, ils ont créé électroniquement des présentateurs télé, non ? et y a des acteurs morts qui vendent des bagnoles ? Steve McQueen dans cette caisse ? alors moi je suis plus du côté de notre ami cubain. La technologie elle me fait peur hein ? et dans le futur vous croyez qu'on s'occupera de nos petits besoins ? je suis actrice, d'accord, je bosse surtout dans des pubs, d'accord, et voilà qu'y a une grève du SAG, et pendant des mois je gagne plus une thune ? et ça empêche pas une seule pub de passer sur les ondes ? parce qu'ils peuvent se payer Lara Croft ? Jar Jar Binks ? ils peuvent se payer Gable, Bogart, Marilyn, Max Headroom ou le HAL de *2001* ?

— Je vais devoir vous interrompre, madame, parce que l'émission touche à sa fin et je sais que c'est un truc qui énerve beaucoup les gens. On peut pas reprocher à la technologie de pointe le pétrin dans lequel vous a mis votre syndicat. Vous voulez le socialisme, les syndicats vous ont fait votre lit, maintenant vous couchez dedans. Ma vision personnelle du futur ? On peut pas remonter le temps, alors faut suivre le mouvement et choper la vague. Soyez à la page. Profitez. À fond les manettes. »

Assis sur les marches du célèbre musée, pris dans une soudaine flaque de lumière oblique et dorée, le professeur Solanka feuilletait le *New York Times* en attendant Neela. Il avait plus que jamais l'impression d'être un réfugié dans une frêle embarcation en butte à des marées contraires : la raison et la déraison, la guerre et la paix, le futur et le passé. Ou d'être un gamin avec sa bouée gonflable qui voit sa mère sombrer dans l'eau noire et se noyer. Et après la terreur, la soif et le soleil brûlant, il y avait le bruit, le bourdonnement incessant et belliqueux des voix dans la radio du chauffeur de taxi, étouffant sa propre voix intérieure, rendant impossibles la pensée, le choix, le calme. Comment vaincre les démons du passé quand les démons du futur l'entouraient de toutes parts de leur vacarme ? Le passé se soulevait, c'était indéniable. En plus de Sara Lear, en feuilletant les programmes télé, voici que la petite Miss Pince-Cul de Krysztof Waterford-Wajda revenait d'entre les morts. Perry Pincus — elle devait bien avoir la quarantaine, à présent — venait d'écrire un livre de souvenirs sur ses années de groupie numéro un des intellos, Hommes à plumes, et Charlie Rose l'interrogeait là-dessus le soir même à la télé. Oh ! pauvre Gudule ! pensa Malik Solanka. C'est la fille avec laquelle tu voulais faire ta vie, et voilà qu'à présent elle s'apprête à danser sur ta tombe. Si ce soir c'est Charlie — « Dites-moi quelles sortes d'angoisses ce projet a réveillées chez vous, Perry ; vous êtes vous-même une intellectuelle, vous avez dû avoir de sérieux doutes. Dites-nous comment vous avez surmonté ces scrupules » — alors demain ce sera le tour d'Howard Stern : « Les nanas adorent les écrivains. Mais il faut dire que pas mal d'écrivains adorent cette nana. » Halloween, la Nuit de Walpurgis, le calendrier avançait cette année. Les sorcières se rassemblaient pour leur sabbat.

Mais voilà qu'un autre récit parvint à ses oreilles sans défense, un autre conte de la ville, prononcé par une inconnue derrière lui.

« Ouais, ça s'est super bien passé, mon chaton. Non, aucun problème, je me rends à une réunion du conseil d'administration, c'est pour ça que j'appelle de mon portable. Consciente tout le temps, mais dans les vapes, ça oui. À demi consciente, si tu veux. Ouais, la lame attaque direct ton globe, mais avec les drogues qu'on te file tu crois voir une plume. Non, aucune séquelle, et tu sais quoi ? c'est dingue ce que ma vision a changé. Comment ? S'ils ont été *opticiens* avec moi ? Oui, très drôle. Je t'assure. Toutes ces choses qu'il y a à voir. J'ai raté tellement de trucs. Ouais, penses-y. C'est vraiment le roi du laser. J'ai demandé un peu partout et c'était toujours le même nom qu'on me sortait. Ça pique un peu, c'est tout, mais il a dit que ça disparaissait en quelques semaines. Ouais, j't'aime. Je rentrerai tard. C'est comme ça. M'attends pas. »

Et bien sûr il se retourna, et bien sûr il vit que la jeune femme n'était pas seule, un type se frottait contre elle tandis qu'elle éteignait son portable. Elle, ravie qu'on se frotte contre elle, croisa le regard de Solanka ; et, se voyant prise en flagrant délit de mensonge, lui décocha un sourire coupable et eut un haussement d'épaules. C'est comme ça, avait-elle dit au téléphone. Le cœur a ses raisons que la trahison ne connaît pas.

Dix heures moins vingt à Londres. Asmaan devait être en train de dormir. Cinq heures et demie de plus en Inde. Retournez votre montre à Londres et vous aurez l'heure dans la ville natale de Malik Solanka, la Cité interdite au bord de la mer d'Arabie. Encore une chose qui refaisait surface. La pensée le remplit d'effroi : que risquait-il de devenir, sous l'effet de sa fureur trop longtemps contenue ? Même après toutes ces années, elle continuait de le définir et d'exercer son pouvoir sur lui. Et s'il achevait cet indicible récit ?... Il devrait y songer un autre jour. Le professeur Solanka secoua la tête. Neela avait du retard. Il posa son journal, sortit un bout de bois et un couteau suisse de la poche de son pardessus, et entreprit de le tailler avec la plus grande concentration.

« C'est qui ? »

L'ombre de Neela Mahendra le recouvrit. Le soleil était derrière elle, et à contre-jour elle semblait encore plus grande que dans son souvenir.

« C'est un artiste, répondit Solanka. L'homme le plus dangereux au monde. »

Elle épousseta une marche du musée et s'assit à côté de lui.

« Je ne vous crois pas, dit-elle. Je connais pas mal de types dangereux, et aucun n'a jamais créé une œuvre d'art convaincante. Et puis, faites-moi confiance, aucun d'eux n'a jamais été de bois. »

Ils restèrent sans rien dire quelques instants, lui à tailler, elle sans bouger et se contentant d'offrir au monde le cadeau de sa présence. Plus tard, Malik Solanka, en se rappelant ces premiers instants d'intimité, insista sur le silence et la quiétude, et combien les choses avaient été faciles.

« Je suis tombé amoureux de toi quand tu ne disais rien, avoua-t-il. Comment pouvais-je savoir que tu étais la femme la plus bavarde de toute la planète ? Je connais pas mal de femmes bavardes et, fais-moi confiance, à côté de toi, elles étaient toutes de bois. »

Au bout de quelques minutes, il mit de côté

la figurine à demi terminée et s'excusa d'avoir été aussi absent.

« Vous n'avez pas à vous excuser, dit-elle. Le travail c'est sacré. »

Ils décidèrent de faire un tour dans le parc, et quand Neela se leva le type qui était assis derrière elle glissa et dévala pesamment une douzaine de marches, manquant renverser Neela dans sa chute et déclenchant les hurlements d'un groupe d'écolières. Le professeur Solanka le reconnut : c'était l'homme qui s'était frotté si généreusement contre la fille au portable. Il chercha Miss Portable du regard, et l'aperçut qui remontait l'avenue en hélant des taxis, mais tous avaient fini leur service et ignoraient ses gestes furieux.

Neela portait un sari en soie couleur moutarde qui lui descendait jusqu'au genou et laissait ses bras dénudés. Sa chevelure noire était ramassée en un étroit chignon. Un taxi jaune s'arrêta et expulsa son passager au cas où elle aurait voulu monter. Un vendeur de hot dogs lui demanda de choisir ce qu'elle voulait, sans rien payer : « Mais vous le mangez ici, pour que je puisse vous admirer. » Confronté pour la première fois à cet effet que Rhinehart avait décrit avec tant de volubilité, Solanka eut l'impression d'escorter un des biens les plus précieux du Metropolitan Museum dans une Cinquième Avenue subjuguée. Non : le chef-d'œuvre auquel il pensait se trouvait au Louvre. Avec la légère brise qui collait les plis de sa robe contre son corps, elle ressemblait à la Victoire ailée de Samothrace, la tête en plus.

« Nikê, dit-il tout haut, la laissant perplexe. Voilà ce que vous m'évoquez », expliqua-t-il.

Ayant mal entendu, elle fronça les sourcils.

« Nike ? Je vous fais penser au sport ? »

Le sport, lui, devait certainement penser à elle. Comme ils pénétraient dans le parc, un jeune homme en jogging s'approcha d'eux, incontestablement troublé par la décoiffante beauté de Neela. Incapable de s'adresser directement à elle, il préféra entreprendre Solanka :

« Monsieur, dit-il, n'allez pas croire que je drague votre fille, je ne cherche pas à sortir avec elle, c'est juste qu'elle est la plus, il fallait que je le lui dise — et il se tourna enfin vers Neela — que je vous dise, vous êtes la plus... »

Malik Solanka sentit la rage s'accumuler dans sa poitrine. Comme il serait agréable d'arracher la langue de ce jeune homme de son infâme bouche charnue. Comme il serait agréable de voir ces bras musclés se détacher de ce torse parfaitement entretenu. Tranchés ? Arrachés ? Et s'il le déchiquetait en mille morceaux sanglants ? *Et si je lui bouffais sa saleté de cœur ?*

Il sentit la main de Neela Mahendra se poser, légère, sur son bras. La fureur s'estompa aussi rapidement qu'elle était venue. Ce coup de sang, aussi imprévisible que fugace, avait laissé Malik Solanka tout étourdi et troublé. L'incident avait-il vraiment eu lieu ? Avait-il vraiment été à deux doigts de démembrer méthodiquement cet odieux athlète ? Et si c'était le cas, comment Neela avait-elle fait pour dissiper sa rage — cette rage qu'il lui fallait parfois combattre en restant allongé dans le noir pendant des heures, en faisant des exercices respiratoires et en visualisant des triangles rouges — en le touchant simplement ? Se pouvait-il qu'une main féminine possédât un tel pouvoir ? Et si oui (cette pensée le traversa et ne le quitta plus), ne convenait-il pas de garder auprès de soi une telle femme et de la chérir le restant de ses jours ?

Il secoua la tête comme pour en chasser de pareilles idées et reporta son attention sur la scène qui se déroulait. Neela était en train d'offrir au jeune jogger son sourire le plus éblouissant, un sourire qui vous donnait envie de mourir, tant la vie future s'annonçait fade.

« Ce n'est pas mon père, dit-elle au sportif à demi aveuglé. C'est l'homme avec qui je vis. »

Cette information fit au pauvre type l'effet d'un coup de marteau ; et pour enfoncer le clou, si l'on peut dire, Neela Mahendra planta sur les lèvres surprises mais reconnaissantes d'un Solanka encore hébété un long baiser plein d'éloquence.

« Et vous savez quoi ? dit-elle, haletante, en guise de coup de grâce. Il est absolument fantastique au lit.

— Mais qu'est-ce que... ? » s'exclama le professeur Solanka, flatté plus que réellement conquis, une fois que le jogger fut parti avec l'air de celui qui va se faire hara-kiri avec un morceau de bambou émoussé.

Elle éclata d'un gros rire caquetant à côté duquel même le rire rauque de Mila paraissait raffiné.

« J'ai bien vu que vous alliez exploser ! dit-elle. Or j'ai besoin de vous en ce moment, j'ai besoin de toute votre attention, pas d'aller vous rendre visite en prison ou à l'hôpital. »

Ce qui expliquait environ quatre-vingts pour cent des choses, pensa Solanka en sentant le vertige l'abandonner, mais il ne comprenait pas entièrement le sens de tout ce qu'elle avait fait avec sa langue.

Jack ! Jack ! se gronda-t-il. Il était censé se préoccuper de Rhinehart, son ami, son meilleur pote, et non de la langue de la petite amie de son ami, aussi experte et longue fût-elle. Ils s'assirent sur un banc près de l'étang, et aussitôt, tout autour d'eux, les types qui promenaient leur chien se cognèrent aux arbres, ceux qui faisaient du taï-chi perdirent l'équilibre, ceux qui roulaient en rollers se percutèrent, et ceux qui tout simplement prenaient le frais trébuchèrent dans l'étang comme s'ils ne le voyaient pas. Neela Mahendra ne parut rien remarquer de tout cela. Un homme passa avec une crème glacée, laquelle, suite à un soudain mais compréhensible dérèglement psychomoteur, rata complètement sa bouche pour venir s'écraser contre son oreille. Un autre jeune homme, en proie à un émoi on ne peut plus sincère, fondit en larmes en passant devant eux au pas de course. Seule l'Afro-Américaine d'âge mûr assise sur le banc voisin (qui suis-je pour qualifier son âge de « mûr » ? elle est sûrement plus jeune que moi, pensa tristement Solanka) parut imperméable au charme de Neela, et continua de manger son énorme sandwich œuf-salade, en affichant sa délectation à chaque bouchée avec de sonores *mmm* et *uhuh.* Pendant ce temps, Neela n'avait d'yeux que pour le professeur Solanka.

« Étonnamment bon, ce baiser, dit-elle. Vraiment. Extra. »

Elle tourna son regard sur les eaux scintillantes.

« C'est fini entre Jack et moi, reprit-elle rapidement. Il vous l'a peut-être déjà dit. Ça fait un moment. Je sais que c'est votre ami, et vous devriez être proche de lui en ce moment, mais je ne peux pas rester avec un homme que j'ai cessé de respecter. »

Un silence. Solanka ne dit rien. Il se repassait mentalement le dernier appel de Rhinehart et entendait ce qui lui avait alors échappé : la note élégiaque derrière la vantardise sexuelle. L'usage de l'imparfait. La perte. Il n'interrogea pas Neela. Qu'elle raconte l'histoire d'elle-même, pensa-t-il. Cela viendra bien à temps.

« Que pensez-vous des élections ? demanda-t-elle, effectuant un de ces revirements radicaux dans la conversation auquel Solanka finirait vite par s'habituer. Je vais vous dire ce que je pense. Je pense que les électeurs américains ne doivent pas voter pour Bush, par respect pour le reste du monde. C'est leur devoir. Je vais vous dire ce que je déteste, ajouta-t-elle. Je déteste quand les gens disent qu'il n'y a pas de différence entre les candidats. Le refrain "Bush égale Gore" est tellement usé. Ça me met hors de moi ! »

Ce n'était pas le moment, pensa Solanka, de lui avouer ses coupables secrets. De toute façon, Neela n'attendait pas vraiment de réponse.

« Aucune différence ? s'exclama-t-elle. Et la *géographie*, alors ? Savoir, par exemple, où se trouve ma pauvre petite patrie sur cette maudite carte du monde ? »

Malik Solanka se rappelait que George W. Bush s'était fait piéger par la question roublarde d'un journaliste lors d'un entretien sur la politique étrangère, un mois avant la Convention républicaine : « Eu égard à l'instabilité croissante de la situation ethnique à Lilliput-Blefuscu, pourriez-vous juste nous situer ce pays sur la carte ? Comment s'appelle sa capitale, déjà ? » Deux balles coupées, deux strikes.

« Je vais vous dire ce que Jack pense des élections, s'obstina Neela, en élevant la voix, le visage empourpré. Jack-Truman-Capote-Rhinehart pense ce que les Césars dans leurs palais veulent qu'il pense. Saute, Jack ! et le voilà qui fait un bond de dix mètres. Danse pour nous, Jack, tu danses si bien, et il leur montrera tous ces pas ringards dont les vieux Blancs raffolent, il fera la locomotive, l'araignée et la toupie, yeah, il vous fera ça toute la nuit. Fais-nous rire, Jack ! et il leur sortira des vannes comme s'il était le bouffon du roi. Vous connaissez sûrement ses blagues préférées : "Le FBI envoie la robe de Monica au labo pour faire analyser la tache. Échec total. Pourquoi ? Dans l'Arkansas, tout le monde a le même ADN." Ouais, ça les fait marrer, les Césars. Vote Républicains, Jack, bats-toi contre l'avortement, excommunie les pédés, Jack, ce ne sont pas les armes qui tuent les gens, pas vrai, Jack, et lui de répondre, oui m'dame, ce sont les gens qui tuent les gens. Gentil toutou, Jack. Sur le dos. Va chercher. Assis. Tends la papatte. Tends la papatte, Jack, on te donnera rien mais on aime bien voir à genoux les petits Noirs. Gentil toutou, Jack, file à présent et va dormir dans la niche derrière la maison. Dis, chérie, tu veux bien jeter un os à Jack, s'il te plaît ? Il a été si gentil. Oui, elle fera l'affaire, elle vient du Sud. »

Oh-oh, alors comme ça Rhinehart a été volage, pensa Solanka, et il en déduisit que Neela n'avait pas l'habitude d'être trompée. Elle était habituée à son rôle de joueur de flûte, avec à sa suite une légion de bellâtres qui la suivaient partout où elle avait envie d'aller.

Elle se calma, se tassa sur le banc et ferma un instant les yeux. La femme sur le banc d'à côté termina son énorme sandwich, se pencha vers Neela et dit :

« Eh, ma belle, largue ce type. Jette-le et tire la chasse ! T'as rien à faire avec un caniche apprivoisé. »

Neela se tourna vers elle comme si elle accueillait une vieille amie.

« Madame, dit-elle d'un ton grave, vous avez dans votre frigo du lait moins périssable que notre relation. »

« Marchons un peu », décida-t-elle, et Solanka se leva. Quand elle fut sûre d'être hors de portée de voix, elle lui dit : « Écoutez, je suis furieuse contre Jack, d'accord, mais j'ai peur pour lui, aussi. Il a vraiment besoin d'un ami, Malik. Il est dans de sales draps. »

Comme l'avait deviné Solanka lors de leur

conversation téléphonique, Rhinehart était déprimé, et pas seulement à cause du lait tourné de sa liaison amoureuse. La rencontre avec Sara Lear, à l'origine une simple interview pour un article sur les grands divorces de l'époque, s'était méchamment retournée contre lui. Sara l'avait pris en grippe, et son rejet avait blessé Jack. Après avoir dû céder la maison de Springs à Bronislawa, il s'était retrouvé dans une cabane à lapins au milieu d'un terrain de golf près de Montauk Point.

« Vous savez combien il vénère Tiger Woods, dit Neela. Jack a la compétition dans le sang. Il ne sera heureux que lorsque Nike — je parle de l'autre Nike, dit-elle en jubilant ouvertement, le Nike qu'il n'a pas encore dégoûté — se mettra à sponsoriser son jeu, en lettres d'or sur sa casquette. »

Quand l'offre de Rhinehart pour la petite maison eut été acceptée par le propriétaire, il se passa deux choses, dans un intervalle de temps très réduit. Lors de la troisième visite de Jack, quand l'agent immobilier lui avait enfin donné les clefs, la police s'était pointée moins de dix minutes plus tard et lui avait demandé de justifier sa présence. Des voisins avaient signalé un intrus dans la propriété. Il avait fallu près d'une heure pour convaincre la police qu'il n'était pas un cambrioleur mais un acheteur tout ce qu'il y a de plus dans les règles. Une semaine plus tard, le club de golf rejetait sa demande d'adhésion. Sara avait le bras long. Rhinehart, pour qui « être noir n'est vraiment plus un problème d'actualité », venait de se voir prouver cruellement le contraire.

« Il y a un club là-bas qui vient de se créer pour les juifs qui veulent faire du golf, dit Neela d'un ton méprisant. Ces vieux Wasps ont la dent dure. Jack n'aurait pas dû oublier les règles. Enfin quoi, Tiger Woods a beau être métis, il sait que son cul est noir. Mais il y a pire. »

Ils étaient arrivés devant la fontaine Bethesda. Autour d'eux, les types continuaient de se tordre le cou et d'embrasser les arbres. Ils escaladèrent une butte verdoyante. « Asseyez-vous », dit Neela. Il obéit. Neela baissa le ton.

« Il s'est fourvoyé avec une bande de cinglés, Malik. Allez savoir pourquoi, il veut vraiment frayer avec eux, et ce sont les Blancs les plus bêtes et les plus déchaînés qu'on puisse imaginer. Vous avez entendu parler d'une société secrète, elle n'est même pas censée exister, qui s'appelle les S&M ? Rien que leur nom est une mauvaise blague. Les Solitaires Masqués. Ouais, c'est ça. Ces types sont vraiment jetés. Le genre "hissez le pavillon noir", comme à Yale, vous voyez, qui achètent la moustache de Hitler et la bite de Casanova... sauf que là ce n'est pas lié à une école, ils ne collectionnent pas les souvenirs. Ils collectionnent les filles, les jeunettes qui ont un certain talent. Vous seriez surpris de connaître leur nombre, surtout si vous connaissiez les jeux auxquels ils se livrent, et je vous parle pas de strip-poker. Eux, c'est mors, fouet, cravache. Au bout d'un moment, ils ressemblent à des attelages humains. Vous voyez le genre : attache-moi, entrave-moi, monte-moi, pour ne citer que le meilleur. Des filles pleines aux as. Je vous jure ! Votre famille possède une écurie, et vous, vous prenez votre pied à vous faire traiter comme une jument ? Allez savoir. Ces gamins ont tellement tout ce qu'ils veulent (Neela avait à peine cinq ans de plus que les victimes) que plus rien ne les excite. Pour prendre leur pied, il faut qu'ils aillent toujours plus loin, qu'ils s'éloignent du clapier, de leur cocon. Ils veulent connaître les contrées, les drogues et les expériences sexuelles les plus extrêmes. Voilà ma psy de quat'sous. Des gamines friquées s'ennuient et laissent des gamins friqués et tarés leur faire des trucs bizarres. Ces gamins n'en reviennent pas tellement ils ont de la chance. »

Solanka s'interrogeait sur l'usage que faisait Neela du mot « gamin » pour désigner des membres de sa propre génération. Le terme semblait sincère dans sa bouche. À côté de, disons, Mila — Mila, son sale petit secret —, Neela faisait figure d'adulte. Mila n'était pas dénuée de charmes, mais ceux-ci se nourrissaient d'une exubérance enfantine, d'une gourmandise capricieuse née de cette même crise du désir blasé, ce même besoin de jouer avec les extrêmes, de les dépasser pour découvrir ce qui pouvait encore l'exciter. Quand le fruit défendu avait été votre pain quotidien, si l'on peut dire, où trouver le grand frisson ? Mila avait de la chance, pensa Solanka. Son petit ami n'avait pas compris ce qu'il aurait pu faire avec elle, et il l'avait abandonnée. Si d'autres gosses de riches avaient entendu parler d'elle, et su jusqu'où elle était prête à aller, quels tabous elle désirait ignorer, elle aurait pu être leur déesse, la femme-enfant de leur culte secret. Elle aurait pu finir sous un tunnel, le crâne brisé.

« Le jeu de l'insensibilité, dit tout haut Solanka. La tragédie de la tour d'Ivoire. La vie sans épreuves de gens qui ont leur unité. »

Il dut expliquer à Neela ce dernier terme et fut ravi de l'entendre rire à nouveau.

« Pas étonnant que tous ces gorilles ithyphalliques — ces Maillet, Étalon et Disco — veuillent en être, non ? soupira Neela. La question est : pourquoi Jack, lui aussi ? »

Le professeur Malik Solanka sentit son estomac se nouer.

« Jack fait partie des S&M ? demanda-t-il. Mais ce sont les mêmes types qui...

— Il n'est pas encore membre, l'interrompit-elle, pressée de partager son terrible fardeau. Mais il les harcèle pour qu'ils l'acceptent, il les supplie, l'andouille. Et ça remonte à toutes ces saloperies dans les journaux. Dès que j'ai su ça, je n'ai pas pu rester avec lui. Je vais vous dire un truc dont on n'a pas parlé dans les journaux, ajouta-t-elle en baissant encore plus la voix. Ces trois filles assassinées. Elles n'ont pas été violées, on ne leur a rien pris, d'accord ? Mais on leur a fait quelque chose, et c'est ça le point commun entre ces trois meurtres, sauf que la police n'a pas voulu qu'on en parle, de peur que des tarés les imitent. »

Solanka commençait à avoir vraiment peur.

« Que leur est-il arrivé ? » demanda-t-il d'une voix faible.

— On les a scalpées », murmura-t-elle avant de fondre en larmes.

Être scalpée, c'était demeurer un trophée même dans la mort. Et parce que la rareté garantissait la valeur, le scalp d'une morte dans votre poche — ô mystère horrible entre tous ! — pouvait posséder un cachet supérieur à celui que conférerait la même fille, vivante, à votre bras lors d'un bal prestigieux, ou s'adonnant de plein gré à toutes les fantaisies sexuelles qui vous passeraient par la tête. Le scalp signifiait la domination, et l'ôter, y voir une relique désirable, c'était la victoire du signifiant sur le signifié. Les jeunes femmes, commença à comprendre Solanka en proie à une horreur révoltée, avaient eu plus de prix aux yeux de leurs assassins mortes que vivantes.

Neela était convaincue de la culpabilité des trois jeunes hommes ; convaincue, également, que Jack en savait plus que ce qu'il racontait à tout le monde, et même à elle.

« C'est comme l'héroïne, dit-elle en séchant ses larmes. Il est tellement dedans qu'il ne sait pas comment en sortir, il n'a même pas envie d'en sortir, même s'il sait qu'il se détruit. Qu'est-il prêt à faire, voilà ce qui m'inquiète, et au détriment de qui ? Ai-je été choisie pour le bon plaisir de ces salopards ou quoi ? Quant aux meurtres, allez savoir. Peut-être que leurs petits jeux pervers sont allés trop loin. Peut-être que ces gosses de riches ne marchent qu'au sexe et au pouvoir. Une espèce de connerie de fraternité genre frères de sang. On baise la fille et on la tue, et comme on est très malins on se fait pas prendre. Je ne sais pas. Peut-être que c'est juste du ressentiment de classe de ma part. Peut-être que j'ai regardé trop de films. *Le Génie du Mal. La Corde.* Vous vous rappelez ? "Pourquoi faire une telle chose ? — Parce qu'on en est capables." Parce qu'ils veulent prouver qu'ils sont eux aussi des petits Césars. Tellement au-dessus des autres et exaltés, pareils à des dieux. Hors d'atteinte de la justice. D'immondes assassins, oui, mais Toutou Rhinehart leur a juré fidélité. "Merde, Neela, tu les connais pas, ce sont des types tout ce qu'il y a de bien." Mon cul. Il est complètement aveugle et ne se rend pas compte qu'il tombera avec eux quand ils tomberont, ou pire peut-être, qu'il va devenir leur bouc émissaire. Il portera le chapeau et finira sur la chaise électrique en chantant leurs louanges. Jackuse Rhinehart ! Voilà un nom parfait pour ce sale petit con. C'est en gros mon état d'esprit en ce moment.

— D'où vous vient cette certitude ? lui demanda Solanka. Excusez-moi, mais il me semble que vous délirez un peu. Ces trois types ont été interrogés mais n'ont pas été arrêtés. Et d'après ce que j'ai compris, chacun d'eux avait un alibi solide à l'heure du crime. Des témoins, etc. L'un a été vu dans un bar, tout ça, je ne me rappelle plus bien. »

Le cœur de Solanka battait fort. Pendant ce qui lui avait paru une éternité, il s'était accusé de ces crimes. Il avait associé les désordres de sa personnalité à ceux de la ville et s'était presque déclaré coupable. Désormais, il allait pouvoir se disculper, mais le prix de son innocence risquait fort d'être la culpabilité de son meilleur ami. Son estomac en était tout chamboulé et la nausée le gagnait.

« Quant à cette histoire de scalp, se força-t-il à dire, où diable avez-vous entendu une chose pareille ?

— Bon sang, gémit-elle, lâchant enfin le morceau. J'étais en train de nettoyer sa putain de penderie. Dieu sait pourquoi. Je ne fais jamais ce genre de corvée pour un homme. Prends une femme de ménage, d'accord ? Je ne suis pas là pour ça. Je l'aimais vraiment, et je crois que c'est pour ça que, pendant cinq minutes, je me suis abaissée à... bon, bref, je faisais son ménage et j'ai trouvé, j'ai trouvé... »

De nouveau les larmes. Solanka posa une main sur son bras et elle se colla contre lui et l'étreignit en sanglotant.

« Dingo, dit-elle. J'ai trouvé les trois. Les trois déguisements de merde. Dingo, Robin des Bois et Buzz l'Éclair. »

Elle en avait parlé à Rhinehart, qui s'était emporté. Oui, pour rire, Marsalis, Andriessen et Medford enfilaient ces déguisements et épiaient leurs petites amies. D'accord, ce n'était peut-être pas une blague de très bon goût, mais ça ne faisait pas d'eux des assassins. Et ils n'avaient pas mis les déguisements le soir des meurtres : c'étaient des ragots déformés. Mais ils avaient peur, ça se comprenait, et ils avaient demandé l'aide de Jack.

« Il a continué à les défendre et à clamer leur innocence, il a nié que son précieux Club servait de façade aux pratiques obscènes de la classe privilégiée. (Neela avait refusé de changer de sujet.) J'ai sorti tout ce que je savais, supposais, devinais, soupçonnais, j'ai tout déballé en lui expliquant que je ne comptais pas lâcher prise tant qu'il ne m'aurait pas dit la vérité. »

Finalement, il avait paniqué :

« Tu crois que je suis le genre de type qui va en boîte la nuit pour scalper des nanas ? »

Quand elle lui avait demandé ce que ça signifiait, il avait eu l'air terrorisé et prétendu avoir lu cette histoire dans les journaux. Le sifflement du tomahawk. La prise victorieuse du guerrier. Mais elle avait consulté les archives en ligne de tous les journaux de Manhattan et des environs, et savait.

« Ils n'en ont jamais parlé. »

Neela s'était faite belle pour sortir, pas pour la saison, et l'après-midi avait perdu son éclat. Solanka ôta son manteau et le posa sur ses épaules tremblantes. Tout autour d'eux les couleurs du parc pâlissaient. Le noir et le gris gagnaient sur le monde. Les vêtements des femmes — chose rare à New York, la mode était aux couleurs vives — viraient au monochrome. Sous un ciel vert-de-gris, les branches des arbres se dépouillaient de leur verdure. Neela ressentit le besoin de fuir cet environnement soudainement spectral.

« Allons prendre un verre, proposa-t-elle en se levant, et elle s'éloigna aussitôt à longues enjambées. Il y a un bar très bien dans un hôtel de la 77e Rue. »

Solanka la rattrapa, sans remarquer les culbutes et catastrophes habituelles qu'elle laissait, tel un ouragan, dans son sillage.

Elle était née « au milieu des années soixante-dix » à Mildendo, la capitale de Lilliput-Blefuscu, où vivait encore sa famille. C'étaient des *girmityas*, des descendants de l'un des premiers émigrants — son arrière-grand-père —, lequel avait un signé un contrat d'apprentissage, un *girmit*, en 1834, l'année d'après l'abolition de l'esclavage. Biju Mahendra avait quitté le petit village indien de Titlipur et voyagé avec ses frères jusqu'à ces lointains îlots jumeaux dans le Pacifique Sud. Les Mahendra étaient allés travailler à Blefuscu, la plus fertile des deux îles et le centre de l'industrie sucrière. « En tant qu'Indo-Lillyenne, dit-elle en attaquant son deuxième cocktail, le croquemitaine de mon enfance était le Chifferon, qui était grand et blanc, et ne savait dire que des chiffres, il venait la nuit dévorer les fillettes qui ne faisaient pas le ménage et ne se lavaient pas entre les jambes. En grandissant, j'ai appris que ces "chifferons" étaient les contremaîtres des ouvriers qui travaillaient dans la canne à sucre. Celui dont on parlait dans ma famille était un Blanc répondant au nom de Monsieur Brute — Brutus, je suppose —, c'était un "diable de Tasmanie" pour lequel mon arrière-grand-père et ses frères n'étaient rien de plus que des chiffres sur la liste qu'il lisait à haute voix tous les matins. Mes ancêtres étaient des numéros, les enfants de numéros. Seuls les Elbés indigènes étaient appelés par leur vrai nom. Il nous a fallu trois générations pour reprendre nos noms de famille à cette tyrannie numérique. Mais entre-temps, manifestement, les rapports entre les Elbés et nous s'étaient sérieusement détériorés. "Nous mangeons des légumes, avait coutume de dire ma grand-mère, mais ces gros lards d'Elbés mangent de la viande humaine." Il est fait mention de cannibalisme dans l'histoire de Lilliput-Blefuscu. Les gens sont outrés quand vous le leur faites remarquer, mais c'est la vérité. Et pour nous, la seule présence de viande dans la cuisine était un avilissement. Le porc était le mets préféré du Diable. »

Les termes désignant des boissons alcoolisées jouaient un rôle tristement capital dans l'histoire de sa famille. En matière de grog, yaqona, kava, bière, les Indo-Lilliputiens et les Elbés se valaient ; les deux communautés étaient ravagées par l'alcoolisme et les problèmes qui l'accompagnent. Son propre père était un ivrogne, et elle était heureuse de lui avoir échappé. Il y avait fort peu de bourses d'études en Amérique disponibles à Lilliput-Blefuscu, mais elle en décrocha une et tomba aussitôt amoureuse de New York, comme c'était le cas pour tous ceux qui recherchaient un point de chute loin de chez eux parmi d'autres errants guettant exactement la même chose : un havre où déployer les ailes. Mais ses racines la tenaillaient, et elle souffrait grandement de ce qu'elle appelait « le soulagement coupable ». Elle avait échappé à son ivrogne de père, mais pas sa mère ni ses sœurs. Et elle demeurait passionnément attachée à la cause de sa communauté.

« Les manifs ont lieu dimanche, dit-elle en commandant un troisième cocktail. Vous viendrez ? »

Et Solanka — on était déjà jeudi — réitéra sa promesse.

« Les Elbés disent que nous sommes cupides et voulons tout, et que nous allons les chasser de leur propre pays. Nous, nous disons qu'ils sont paresseux et que, si nous n'étions pas là, ils resteraient là à se croiser les bras et mourir de faim. Ils disent que la seule partie d'un œuf à la coque qu'on doit casser, c'est le gros bout. Tandis que nous — ou du moins ceux d'entre nous qui mangent des œufs — sommes les Gros-Boutistes. C'est notre côté bombé. (Sa plaisanterie lui arracha un petit rire.) Les ennuis sont imminents. »

C'était une question, comme bien souvent, de territoire. Même si les Indo-Lilliputiens de Blefuscu s'occupaient à présent de l'agriculture, étaient responsables de la plupart des exportations et par conséquent récupéraient la plupart des devises étrangères, même s'ils s'étaient enrichis et avaient leurs maisons, écoles et hôpitaux, la terre sur laquelle tout cela s'élevait restait la propriété des Elbés indigènes.

« Indigène : je déteste ce mot ! s'exclama Neela. Je suis une Indo-Lillyenne de la quatrième génération. Cela fait donc de moi une indigène. »

Les Elbés redoutaient un coup d'État — une appropriation révolutionnaire de la terre par les Indo-Lillyens, auxquels la Constitution elbée refusait encore le droit de posséder des terres sur les deux îles ; les Gros-Boutistes, quant à eux, redoutaient l'inverse. Ils craignaient qu'à l'expiration de leur bail de cent ans, à savoir dans les dix années à venir, les Elbés reprennent tout simplement leurs terres désormais précieuses, laissant les Indiens, qui les avaient cultivées, complètement démunis.

Mais il y avait une complication que Neela, en dépit de sa loyauté ethnique et de trois cocktails bus d'affilée, eut l'honnêteté de reconnaître.

« Il ne s'agit pas seulement d'antagonisme ethnique, ni même de qui possède quoi, dit-elle. La culture elbée est vraiment différente, et je comprends qu'ils aient peur. Ce sont des collectivistes. La terre n'est pas aux mains des propriétaires terriens, mais administrée par les chefs au nom de tout le peuple elbé. Et nous autres Gros-Boutistes-Wallahs arrivons avec notre sens des affaires, notre esprit d'entreprise, notre mercantilisme libéral et notre mentalité du profit. Et voilà que le monde entier parle notre langue, et non la leur. Nous sommes à l'ère des numéros, n'est-ce pas ? Or nous sommes des numéros, et les Elbés sont des mots. Nous sommes les mathématiques et ils sont la poésie. Nous l'emportons et ils perdent. Et donc bien sûr ils ont peur de nous, c'est comme une lutte à l'intérieur même de la nature humaine, entre ce qui est mécanique et utilitariste en nous, et la part qui aime et rêve. Nous avons tous peur que la part froide et mécanique de la nature humaine détruise la magie et le chant. Aussi la lutte entre Indo-Lillyens et Elbés est-elle aussi la lutte de l'esprit humain et, bon sang, mon cœur me met sûrement dans l'autre camp. Mais mon peuple est mon peuple, et la loi est la loi, et quand on s'est cassé le cul pendant quatre générations pour se faire encore traiter comme un citoyen de second ordre, on a le droit d'être en colère. S'il le faut, je retournerai là-bas. Je me battrai à leurs côtés. Je ne plaisante pas. Je suis prête à le faire. »

Il la crut. Et se dit : comment se fait-il que je me sente aussi à l'aise en compagnie de cette femme passionnée que je connais à peine ?

La cicatrice était un souvenir d'un grave accident de voiture sur l'autoroute, près d'Albany ; elle avait failli y laisser un bras. De son propre aveu, Neela conduisait « comme une maharani ». À charge aux autres automobilistes de s'adapter à sa conduite autoritaire et au-dessus des lois. Dans les endroits où sa voiture était connue — Blefuscu, ou les environs de son université chic de Nouvelle-Angleterre —, les automobilistes, quand ils apercevaient Neela Mahendra, abandonnaient souvent leur véhicule et prenaient la fuite. Après une série d'accrochages divers et variés, elle connut l'Accident avec un grand A. Sa survie tint du miracle (et de la chance), et le fait que sa prodigieuse beauté ait été préservée n'en était que plus étonnant encore.

« J'aime ma cicatrice, disait-elle. J'ai de la

chance de l'avoir. Cela me rappelle ce que je ne dois pas oublier. »

À New York, heureusement, elle n'avait pas besoin de conduire. Son attitude régalienne — « Ma mère me disait toujours que j'étais une reine, et je la croyais » — faisait qu'elle préférait qu'un autre prenne le volant, même si elle était une passagère épouvantable : elle passait son temps à lâcher des exclamations ou des cris. Son rapide succès dans la production télévisée lui permit de s'offrir un service de voiturier, et les chauffeurs s'habituèrent rapidement à ses cris d'effroi. Elle n'avait aucun sens de l'orientation, et, chose étonnante pour quelqu'un habitant New York, ne savait jamais où se trouvaient les choses. Ses boutiques préférées, ses restaurants et ses boîtes de nuits favoris, les studios d'enregistrement et les salles de montage où elle se rendait régulièrement : tous ces lieux pouvaient se trouver n'importe où.

« Ils sont là où s'arrête la voiture, dit-elle à Solanka en entamant son quatrième cocktail, l'air complètement ingénu. C'est étonnant. Ils sont toujours là, juste devant la portière. »

Le plaisir est la plus douce des drogues. Neela Mahendra s'appuya contre lui et déclara :

« Je m'amuse tellement. Je ne me rendais pas compte à quel point ça serait facile de t'approcher, tu avais l'air tellement coincé chez Jack, à regarder ce match stupide. »

Sa tête s'inclina sur son épaule. Ses cheveux étaient à présent dénoués, et cachaient à Solanka la plus grande partie de son visage. Elle caressa du dos de sa main droite le dos de sa main gauche.

« Parfois, quand je bois trop, l'autre en moi sort et s'amuse, c'est comme ça, je n'y peux rien. Elle prend les commandes, c'est tout. »

Solanka était perdu. Elle lui prit la main et déposa un baiser au bout de ses doigts, scellant leur entente tacite.

« Toi aussi tu as des cicatrices, dit-elle, mais tu n'en parles jamais. Je te livre tous mes secrets, et toi tu ne dis rien du tout. Alors je me demande : pourquoi cet homme ne parle-t-il jamais de son enfant ? Oui, bien sûr, Jack m'a mise au courant, tu crois que je ne lui ai pas posé de questions ? Asmaan, Eleanor, je sais tout cela. Si j'avais un petit garçon, j'en parlerais tout le temps. Mais visiblement tu n'as même pas de photo de lui sur toi. Alors quoi, cet homme a quitté sa femme, la mère de son fils, et même ses amis ne savent pas pourquoi. Il a l'air bon, gentil, ce n'est pas une brute, il doit avoir de bonnes raisons, peut-être que si je m'ouvre à lui il me parlera, mais que dalle, tu restes muet comme une carpe. Et je me dis, c'est un Indien, un Indien d'Inde, pas un Indo-Lillyen comme moi, un fils de la mère patrie, mais apparemment ça aussi c'est un sujet tabou. Né à Bombay, mais il ne parle jamais de son lieu de naissance. Qu'en est-il de sa famille ? A-t-il des frères, des sœurs ? Ses parents sont-ils morts ou vivants ? Personne ne le sait. Retourne-t-il jamais au pays ? Il semblerait que non. Ça ne l'intéresse pas. Pourquoi ? La réponse doit être : les cicatrices. Malik, je pense que tu as eu plus d'accidents que moi, et que peut-être tu as été blessé plus gravement... Mais si tu ne parles pas, que puis-je faire ? Je n'ai rien à te dire, sinon que je suis là, et si un être humain ne peut te sauver, alors rien ne le pourra. C'est tout ce que je dis. Parle, ne parle pas, c'est toi qui décides. Je m'amuse bien et de toute façon l'autre est là, alors tais-toi, je ne sais pas pourquoi il faut que les hommes parlent autant alors qu'il est évident que ce n'est pas de paroles dont on a besoin. Pour l'instant du moins. »

12

QUE LES PLUS APTES SURVIVENT
L'AVÈNEMENT DES ROIS PANTINS

Akasz Kronos, le grand et amoral cybernéticien du Rijk, créa les Rois Pantins en réaction à la crise fatale de la civilisation rijk, mais, du fait d'un défaut grave et incurable de son caractère qui l'empêchait d'envisager la question de l'intérêt général, les destina à assurer la survie et la fortune de nul autre que lui-même. À cette époque, les calottes glaciaires de Galilée-1, la planète mère du Rijk, en étaient aux dernières phases de la fonte (une large étendue de mer avait été signalée au pôle Nord) et quelle que fût la hauteur des digues, le moment n'allait pas tarder où la gloire du Rijk, cette culture suprême sise dans les terres les plus basses, et qui goûtait alors l'âge d'or le plus riche et le plus long de son histoire, serait emportée par les eaux.

Le Rijk sombra dans le déclin. Leurs artistes *déposèrent leurs pinceaux, car comment créer de* l'art — lequel dépendait, comme le bon vin, du jugement de la postérité — alors que toute postérité était devenue impossible ? La science elle aussi ne pouvait relever le défi. Le système solaire de Galilée était situé dans un « quadrant noir » près des limites de notre propre galaxie, une zone mystérieuse où ne brûlaient que de rares soleils, et, en dépit de son haut niveau technologique, le Rijk n'avait jamais réussi à localiser une autre planète d'accueil. Un échantillon de la population rijk fut envoyé, après cryogénisation, dans le Max-H, un vaisseau spatial dirigé par ordinateur et programmé pour réveiller son précieux chargement si une planète appropriée parvenait à portée de ses capteurs. Quand ce vaisseau se dérégla et explosa après avoir parcouru seulement quelques milliers de kilomètres, les gens perdirent espoir. Dans cette société éminemment rationnelle et large d'esprit, on vit se dresser des prédicateurs exaltés qui expliquèrent la catastrophe imminente par l'impiété de la culture rijk. De nombreux citoyens furent envoûtés par ces nouveaux venus à l'esprit étroit. Pendant ce temps, le niveau des eaux continuait de monter. Quand une digue se fissurait, l'eau pénétrait avec une telle violence que des régions entières étaient parfois englouties avant qu'on ait pu la colmater. L'économie s'effondra. L'anarchie s'installa. Les gens restèrent chez eux et attendirent la fin.

Le seul portrait qu'il nous reste d'Akasz Kronos nous montre un homme à la longue chevelure argentée, aux traits doux et étonnamment enfantins, dominés par une bouche lie-de-vin en *forme de cœur. Il porte une tunique grise qui lui descend jusqu'aux pieds, avec des broderies dorées aux poignets et au col, sur une chemise blanche à col montant et à jabot : l'image même du génie digne. Mais son regard est furieux. Si l'on scrute la pénombre qui l'entoure, on devine de fins filaments blancs qui flottent au bout de ses doigts. Ce n'est qu'après un examen minutieux que l'on remarque la petite figurine couleur bronze d'une marionnette dans le coin inférieur gauche du tableau, et même alors il nous faut un certain temps avant de comprendre que cette marionnette s'est libérée des ficelles de son maître. L'homoncule tourne le dos au marionnettiste et s'en va forger son propre destin, tandis que Kronos, le créateur abandonné, prend congé non seulement de sa créature mais aussi de la vie.*

Le professeur Kronos n'était pas seulement un grand savant, c'était aussi un entrepreneur audacieux et habile. Comme les terres rijk disparaissaient sous les eaux, il déplaça calmement son lieu d'activité sur les deux petites îles montagneuses qui formaient la nation primitive mais indépendante de Baburie, *aux antipodes de la galaxie Galilée. Là, il négocia et signa un traité avantageux avec le dirigeant local, le* Mogol. *Les Baburiens resteraient propriétaires de leur territoire, mais Kronos se verrait accorder de longs baux sur les pâturages des hautes terres, pour lesquels il accepta de verser ce qui parut au Mogol un loyer très élevé : une paire annuelle de sabots de bois pour chaque Baburien, hommes, femmes et enfants. En outre, Kronos entreprit d'assurer la défense de Baburie contre l'assaut qui ne manquerait pas de survenir quand les terres du Rijk seraient submergées par la houle montante. Pour cela, il se vit accorder le titre de* « Sauveur national » *et un* droit de cuissage *sur toutes les nouvelles mariées des deux îles. Après cet accord, Kronos se lança dans la création des chefs-d'œuvre qui conduiraient à sa déchéance, la* Monstrueuse Dynastie des Césars Pantins, *connue également sous le nom des* Rois Pantins Sans Fil du Professeur Kronos.

Sa maîtresse, Zameen, *la légendaire beauté du Rijk et la seule scientifique que Kronos considérât comme son égale, refusa de l'accompagner dans ce nouveau monde des antipodes. Sa place était auprès de son peuple, déclara-t-elle, et elle mourrait avec les siens si tel était le décret du destin. Akasz Kronos l'abandonna sans hésiter, préférant sans doute la variété sexuelle disponible à l'autre bout du monde.*

Les fils rompus dans le portrait de Kronos sont purement métaphoriques. Les créatures artificielles du Professeur n'eurent jamais de ficelles. Elles marchaient et parlaient ; elles avaient un « estomac » : *un centre digestif sophistiqué capable de traiter aliments et boissons ordinaires, équipé d'un système de secours à énergie solaire qui leur permettait de rester en éveil et de travailler plus longtemps que n'importe quel être humain de chair et de sang. Elles étaient plus rapides, plus fortes, plus intelligentes — « meilleures », leur dit Kronos — que leurs hôtes humains des antipodes. « Vous êtes des rois et des reines, enseigna-t-il à ses créatures. Comportez-vous dignement. C'est vous les maîtres à présent. » Il leur donna même le pouvoir de se reproduire. Chaque cyborg se vit remettre les plans de sa propre configuration afin de pouvoir, en théorie, se recréer lui-même à sa propre image, et ce indéfiniment. Mais Kronos ajouta dans le programme central une Directive Première : quel que soit l'ordre qu'il donnait, les cyborgs et leurs répliques étaient obligés d'obéir, même s'il y allait de leur propre destruction, s'il la jugeait nécessaire. Il les para des plus beaux atours et leur donna l'illusion de la liberté, mais ils étaient ses esclaves. Il ne leur donna pas de noms. Des numéros à sept chiffres figuraient à leur poignet.*

Il n'existait pas deux créatures kronosiennes identiques. Chacune avait reçu des traits de personnalité fortement individualisés. Il y avait le Philosophe Aristocratique, la Femme-Enfant aux Mœurs Légères, la Première et Riche Ex-Épouse (une Salope), la Groupie Vieillissante, le Chauffeur du Pape, le Plombier Sous-Marin, le Quart-Arrière Traumatisé, le Golfeur Black-Boulé, les Trois Filles de la Haute, les Play-Boys, l'Enfant Sage et sa Mère Idéale, l'Éditeur Sournois, le Professeur Colérique, la Déesse de la Victoire *(une cyborg d'une beauté exceptionnelle façonnée d'après la maîtresse abandonnée de Kronos, Zameen de Rijk),* les Coureurs, la Femme au Portable, l'Homme au Portable, les Araignées Humaines, la Femme Qui Avait Des Visions, le

Publicitaire Astral, *et même un* Créateur de Poupées. *En plus d'une personnalité — forces, faiblesses, habitudes, souvenirs, allergies, désirs —, il leur attribua un système de valeurs selon lequel vivre. La grandeur d'Akasz Kronos, qui fut également sa perte, peut être jugée à ceci : que les vertus et les vices qu'il inculqua à ses créatures n'étaient ni entièrement ni uniquement de son fait. Intéressé, opportuniste, dénué de tout scrupule, il autorisait néanmoins chez ses créatures cybernétiques un degré d'indépendance éthique. L'idéalisme était chose possible.*

Légèreté, rapidité, exactitude, visibilité, multiplicité, constance : *telles étaient les six grandes valeurs kronosiennes, mais, au lieu de graver des définitions uniques de ces principes dans les programmes par défaut des cyborgs, il proposa à ses créatures une série d'options à choix multiples. Ainsi, la « légèreté » pouvait être définie comme « faire légèrement ce qui est en réalité une tâche pesante », autrement dit la grâce ; mais ce pouvait être également « traiter avec frivolité ce qui est sérieux », ou même « rendre léger ce qui est grave », à savoir l'amoralité. Et la « rapidité » pouvait être « faire prestement le nécessaire », en d'autres termes, l'efficacité ; toutefois, si l'accent devait être mis sur la seconde partie de cette définition, il pouvait en découler une sorte de dureté. L'« exactitude » pouvait tendre vers la « précision » ou la « tyrannie », la « visibilité » pouvait être « clarté d'action » ou « recherche de l'attention », la « multiplicité » était capable d'être à la fois « ouverture d'esprit » et « duplicité » ; et la « constance », la plus importante des six valeurs, pouvait signifier soit « fiabilité » soit « tendance obsessionnelle » — telle la constance de (nous recourons ici à un modèle de notre monde, dans l'intérêt de la comparaison) Bartleby l'écrivain, qui préférait ne pas, ou de Michael Kohlhaas, avec sa quête inexorable et dévastatrice de la réparation. Sancho Pança est constant au sens de « fiable », mais l'errant, l'obsédé, le fou de chevalerie Quichotte l'est aussi. On notera également la constance tragique de l'Arpenteur, qui désire éternellement ce qu'il ne peut jamais posséder, ou celle d'Achab dans sa poursuite de la baleine. C'est la constance qui détruit l'homme constant ; car les Achab périssent, tandis que les inconstants, les Ismaël, survivent. « La plénitude d'une personnalité est obscure, indicible, déclara Kronos à ses fictions mécaniques. Dans ce mystère repose la liberté, or je vous l'ai donnée. Dans cette obscurité se trouve la lumière. »*

Pourquoi avait-il doté les Rois Pantins d'une telle liberté psychologique et morale ? Peut-être parce que le scientifique et l'érudit en lui voulaient à tout prix savoir comment ces nouvelles formes de vie allaient résoudre la bataille faisant rage au sein de toute créature douée de sensation, entre la lumière et l'obscurité, le cœur et l'intelligence, l'esprit et la machine.

Au début, les Rois Pantins servirent fort bien Kronos. Ils fabriquaient les chaussures pour s'acquitter du bail des terres, s'occupaient du bétail et cultivaient le sol. Il les avait vêtus *comme des monarques, mais leurs longues jupes de brocart et leurs tuniques furent vite salies et déchirées, et ils se confectionnèrent de nouveaux habits mieux adaptés à leurs travaux. Tandis que les calottes glaciaires continuaient de fondre et le niveau des eaux de monter, ils se préparaient à défendre leur nouveau territoire de plus en plus réduit contre l'*agression du Rijk. *Ils avaient entre-temps appris à modifier leurs propres systèmes sans l'aide de Kronos, et acquéraient chaque jour de nouveaux talents et de nouvelles aptitudes. L'une de ces innovations consistait à utiliser la gnôle locale comme* carburant aérien. *Munie de bouteilles d'eau de feu en cas de panne sèche, l'armée aérienne des cyborgs décolla sans recourir au moindre avion, intercepta et détruisit les vaisseaux du Rijk dans des* cybernasses, *de gigantesques filets métalliques piégés qu'ils tendirent dans le ciel. Ils installèrent des rets similaires* sous l'eau *(ils avaient modifié leurs « poumons » à cet effet, et furent donc en mesure de saboter et saborder toute la flotte rijk par en dessous). La* « Bataille des Antipodes » *était gagnée, et le silence s'abattit sur les cieux comme sur les eaux. Aux confins de Galilée-1, les eaux diluviennes engloutirent le Rijk. Si Akasz Kronos éprouva la moindre compassion pour ses compatriotes noyés, il n'en laissa rien paraître.*

Après la victoire, toutefois, les choses changèrent. Les Rois Pantins revinrent de guerre avec un nouveau sens de la valeur individuelle, et même de leurs « droits ». Afin de les mettre au pas, Kronos annonça un programme urgent de maintenance et de réparation. De nombreux cyborgs ne se présentèrent pas à l'atelier, préférant —pour ceux qui avaient été endommagés au combat— vivre avec leurs infirmités : leurs servomécanismes détraqués et leurs circuits partiellement grillés. Des groupuscules de Rois Pantins commencèrent à se réunir en cachette. Kronos les soupçonna de comploter contre lui, et apprit par la rumeur que lors de ces réunions les cyborgs ne s'interpellaient pas par leur numéro mais par de nouveaux noms qu'ils s'étaient choisis. Il devint tyrannique, et le jour où l'une des Trois Filles de la Haute se montra insolente à son égard, il fit un exemple, et retourna contre elle son très redouté « master désintégrateur », lequel occasionna l'effacement instantané et irréversible de tous ses programmes : autrement dit, la mort cybernétique.

L'exécution alla à l'encontre du but recherché. La dissension se répandit encore davantage. De nombreux cyborgs passèrent à la clandestinité, érigeant, autour de leurs cachettes, des boucliers électroniques sophistiqués antisurveillance que même Kronos ne pouvait pénétrer facilement. Ils se déplaçaient fréquemment, de sorte que quand le Professeur parvenait à détruire une série de défenses, les révolutionnaires avaient déjà disparu. On ne saurait dire avec exactitude quand le Créateur de Poupées, qu'Akasz Kronos avait créé à sa propre image et doté de nombre de ses caractéristiques, apprit à neutraliser la Directive

Première. Mais peu de temps après cette découverte capitale, ce fut au tour du Professeur Akasz Kronos de disparaître. Redoutant désormais ses créations, il dut se cacher pendant que la révolution erpée *sortait triomphalement de l'ombre pour être acclamée par tous les cyborgs de Baburie.*

Les prétendus « derniers mots » de Kronos existent seulement sous forme d'un message électronique adressé à son usurpateur, le Créateur de Poupées cyborg. Il s'agit d'un texte délirant, incohérent, plein de reproches, de menaces et de jurons, visant à s'autodisculper. Toutefois, il y a fort à parier que ce texte est un faux, peut-être l'œuvre du Créateur de Poupées lui-même. La création d'un « Kronos fou » dont il était le reflet sain d'esprit convenait parfaitement aux desseins du cyborg ; et le goût de l'Histoire pour le sensationnel est tel que sa version fut largement acceptée. (Cet unique portrait de Kronos se distingue, comme nous l'avons fait remarquer, par le regard dément du savant.) Récemment, la découverte de fragments du journal tenu par le professeur Kronos jette une nouvelle lumière sur son état d'esprit. Un Kronos très différent émerge de ces fragments, dont l'authenticité semble incontestable ; il s'agit bel et bien de l'écriture du Professeur. « Les dieux, eux aussi, ont assassiné les Titans qui les ont créés, écrit Kronos. Ici, la vie artificielle reflète simplement la réalité. Car l'homme est né dans les chaînes mais partout il cherche à s'affranchir. Moi aussi, autrefois, j'avais des ficelles. J'aimais mes pan-

tins tout en sachant que, tels des enfants, ils finiraient un jour par s'éloigner de moi. Mais ils ne peuvent m'abandonner. Je les ai créés avec amour, et mon amour est en chacun d'eux, dans leurs circuits et leurs composants. Dans le bois dont ils sont faits. » Mais ce Kronos-là, si dénué d'amertume, semble trop beau pour être vrai. Le Professeur, en maître de la dissimulation, a fort bien pu ourdir sa vengeance derrière un écran de fatalisme.

Après la disparition de Kronos, une délégation RP menée par le Créateur de Poupées et sa maîtresse, la Déesse de la Victoire, prit la place du scientifique lors de la Journée de la Chaussure, *et informa le Mogol que le contrat du Professeur était frappé de nullité. Par conséquent, les Erpés et les Baburiens devaient vivre en égaux sur leurs îles jumelles. Avant de planter là le Mogol (au lieu de se retirer discrètement à reculons ainsi que l'exigeait le protocole coutume que même Kronos n'avait pas osé ignorer), la Déesse de la Victoire lança un défi qui secoue encore les deux communautés :* « Que le plus apte survive. »

Quelques jours plus tard, une flottille précaire et amphibie accosta à l'insu de tous sur un coin boisé de l'île septentrionale de Baburie. Zameen de Rijk avait fui la destruction de sa civilisation et était parvenue, contre vents et marées, jusqu'à l'île où s'était réfugié l'homme qui l'avait laissée à une mort certaine. Était-elle venue pour raviver leur passion ou pour se venger de l'affront ? Était-elle venue aimer ou tuer ? Son étrange ressemblance avec la maîtresse du Créateur de Poupées cyborg, la Déesse de la Victoire, fit que les Rois Pantins s'en remirent à elle sans hésiter, la prenant pour leur nouvelle reine. Qu'adviendrait-il quand les deux femmes se rencontreraient ? Comment le Créateur de Poupées réagirait-il devant l'« authentique » version de la femme qu'il aimait ? Comment elle, la vraie femme, réagirait-elle devant cet avatar mécanique de son ancien amant ? Que feraient d'elle les nouveaux ennemis des Rois Pantins, eux qui revendiquaient désormais ce territoire des antipodes ? Comment traiteraient-ils avec elle ? Et qu'était-il arrivé au Professeur Kronos ? S'il était mort, quelle avait été sa mort ? S'il vivait encore, quelle était l'étendue de ses pouvoirs ? Avait-il bel et bien été renversé, ou sa disparition était-elle une ruse diabolique ? Que de questions ! Et derrière elles, la suprême énigme. Les Rois Pantins s'étaient vu proposer par Kronos le choix entre leurs moi originaux, mécaniques, et certaines des ambiguïtés de la nature humaine. Quel serait leur choix : la sagesse, ou la fureur ? La paix, ou la fureur ? L'amour, ou la fureur ? La fureur du génie, de la création, ou celle de l'assassin ou du tyran, l'atroce et folle furie qu'on ne doit jamais nommer ?

La suite de l'histoire des Déesses jumelles et des deux Professeurs, de la quête qu'entreprit Zameen pour retrouver Akasz Kronos, et de la lutte pour le pouvoir entre les deux communautés de Baburie, sera diffusée sur ce site à intervalles réguliers. Cliquez sur les liens pour plus d'infos RP ou sur les icônes en bas pour la FAQ et ses 101 réponses, l'accès interactif et consulter la large gamme de produits RP *disponibles sur simple demande. Principales cartes de crédit acceptées.*

13

Au début des années soixante, alors qu'il était encore un jeune homme, Malik Solanka avait dévoré les romans d'anticipation de ce que l'on appela plus tard « l'âge d'or de la S.-F. ». Fuyant la laide réalité de son existence, il découvrit dans le fantastique — dans ses paraboles et ses allégories, mais également dans ses envolées de pure invention, ses concepts déments et tarabiscotés — un monde alternatif en perpétuelle métamorphose dans lequel il se trouvait instinctivement chez lui. Il s'abonna aux revues légendaires *Amazing* et *F&SF*, acheta tous les titres de la Série jaune publiée par l'éditeur Gollancz, et retint par cœur presque tous les romans de Ray Bradbury, Zenna Henderson, A.E. van Vogt, Clifford D. Simak, Isaac Asimov, Frederik Pohl et C.M. Kornbluth, Stanislaw Lem, James Blish, Philip K. Dick et L. Sprague de Camp. La science-fiction et la science fantasy étaient, aux yeux de Solanka, le meilleur véhicule populaire jamais conçu pour le roman métaphysique. À vingt ans, son roman préféré était un récit intitulé *Les Neuf Milliards de noms de Dieu*, dans lequel un monastère tibétain ayant décidé de dénombrer tous les noms du Tout-Puissant — pensant que c'est là l'unique raison à l'existence de l'univers — achète un ordinateur ultra-performant pour accélérer l'opération. Des experts endurcis se rendent au monastère pour aider les moines à programmer l'engin. Ils trouvent l'idée de répertorier les noms divins on ne peut plus ridicule, et s'inquiètent de ce que sera la réaction des moines quand l'opération sera achevée et que l'univers continuera d'exister ; et donc, quand ils ont fini leur boulot, ils s'éclipsent discrètement. Plus tard, dans l'avion qui les ramène chez eux, ils calculent que l'ordinateur doit avoir maintenant accompli sa tâche. Ils regardent par le hublot le ciel nocturne où — Solanka n'avait jamais oublié la phrase — « l'une après l'autre, sagement, les étoiles s'éteignaient ».

Pour un tel lecteur — et un admirateur, au cinéma, de films intellos comme *Fahrenheit 451* et *Solaris* —, George Lucas était une sorte d'Antéchrist, et le Spielberg de *Rencontres du troisième type* un gosse qui jouait dans la cour des grands, tandis que la série des *Terminator*, et surtout l'immense *Blade Runner*, eux, étaient porteurs de la flamme sacrée. Et maintenant c'était à son tour. Au cours de ces confuses journées d'été, le professeur Malik Solanka s'attela tel un possédé à l'univers des Rois Pantins. L'histoire du savant fou Akasz Kronos et de sa bien-aimée Zameen occupa son esprit tout entier. New York s'estompa en arrière-fond. Ou plutôt, tout ce qui lui arrivait en ville — chaque rencontre fortuite, chaque journal qu'il ouvrait, chaque pensée, chaque émotion, chaque rêve — alimentait son imagination, comme si tout avait été prémâché pour convenir à la structure qu'il avait mise au point. La vraie vie se pliait aux diktats de la fiction, fournissant les matériaux bruts qu'il avait besoin de transmuer dans l'alchimie de son art retrouvé.

Il créa Akasz à partir de *aakaash*, le mot hindi désignant le ciel. Le ciel, comme dans Asmaan (urdu), comme dans la pauvre Ciel Schuyler, comme dans les grandes divinités célestes : Ouranos-Varuna, Brahma, Yahweh, Manitou. Et Kronos était le Temps grec qui dévore ses enfants. Zameen était la Terre, l'opposé du ciel, qui embrasse le ciel à l'horizon. Il avait tout de suite trouvé Akasz, et conçu l'entière trajectoire de son existence. Mais Zameen l'avait surpris. Dans son récit d'un monde englouti, il n'avait pas prévu que le personnage central serait une divinité de la terre — même fondée sur Neela Mahendra. Mais elle l'était bel et bien, et son intervention avait considérablement enrichi l'intrigue. Sa présence semblait avoir été préfigurée. Neela / Zameen de Rijk / la Déesse de la Victoire : ces trois versions de la même femme occupaient toutes ses pensées, et il comprit qu'il avait enfin trouvé une remplaçante pour sa fameuse création de jeunesse. Bienvenue à Neela, se dit-il, et adieu donc, enfin, à Cervelette.

Cela revenait également à dire adieu à ses après-midi avec Mila Milo. Mila avait immédiatement senti en lui un changement, en le voyant partir à son rendez-vous avec Neela sur les marches du Metropolitan. Elle a su ce que je voulais avant même que je n'ose moi-même le formuler, songea Solanka. Notre liaison a dû s'achever à l'instant même. Même s'il n'y avait pas eu de miracle, même si Neela ne m'avait pas choisi de façon aussi imprévisible, Mila en avait assez vu. Elle a une beauté et une fierté qui lui sont propres, et elle n'est pas du genre à tenir la chandelle. Il revint à son appartement de la 70e Rue Ouest après une nuit incroyablement surprenante avec Neela dans une chambre d'hôtel donnant sur Central Park — le plus surprenant était que cela s'était produit — et trouva Mila enlacée de façon ostentatoire avec le beau et stupide Eddie Ford sur les marches voisines ; Eddie, garde du corps devant l'Éternel, l'air radieux d'avoir remis la main sur le seul corps qui comptât un tant soit peu pour lui. Le regard qu'Eddie décocha à Solanka par-dessus l'épaule de Mila fut d'une éloquence impressionnante. Il disait : mon pote, tu n'as plus tes petites entrées à cette adresse ; entre toi et cette dame, il y a désormais un cordon sanitaire en velours rouge, et ton passe-droit est tellement périmé, n'envisage même pas de faire un pas dans cette direction, à moins bien sûr que tu ne veuilles que je te nettoie les dents en me servant de ta colonne vertébrale comme d'une brosse.

Le lendemain après-midi, elle se présenta chez lui.

« Emmène-moi dans un endroit cher et chic.

J'ai besoin de me faire belle et de manger en quantité industrielle. »

Manger était la réaction normale de Mila au chagrin, et boire, sa réponse à la colère. Il valait sans doute mieux être triste que furieux, songea peu charitablement Solanka. Pour lui, en tout cas, afin de compenser cette pensée égoïste, il téléphona à un des nouveaux endroits à la mode du moment, un bar-restaurant à thème cubain dans Chelsea du nom de Gio, en l'honneur de doña Gioconda, une diva âgée dont l'étoile brillait de mille feux en cet été très Buena Vista, et dont la voix languide et évanescente ranimait l'ancienne Havane et ses charmes chaloupés. Solanka obtint si aisément une table qu'il le fit remarquer à la femme chargée des réservations.

« New York est une vraie ville fantôme en ce moment, reconnut-elle froidement. Y a pas un cha-cha-cha. À ce soir vingt et une heures. »

« Tu m'as quittée et voilà que je meurs, chantait Gioconda quand Solanka et Mila arrivèrent, mais dans trois jours je ressusciterai. Ne viens pas à mon enterrement, salaud, moi je danserai avec un homme, un vrai. Résurrection, résurrection, t'inquiète pas, tu seras le premier averti. »

Mila traduisit les paroles pour Solanka.

« C'est parfait, ajouta-t-elle. Tu écoutes, Malik ? Parce que si je pouvais demander à ce qu'on passe une chanson, ça serait celle-là. Comme on dit à la radio, le message est dans le texte. “Oh, tu croyais pouvoir me briser, et c'est vrai que je suis en morceaux maintenant, mais dans trois jours ils me réveilleront, et de loin tu me verras faire ma révérence. Résurrection, résurrection, je recommence à zéro." »

Au bar, elle siffla un mojito et en commanda tout de suite un autre. Solanka vit que la soirée s'annonçait plus agitée qu'il ne l'avait cru. Après avoir bu son deuxième verre, elle s'installa à la table qu'il avait réservée, commanda les plats les plus épicés au menu et lui laissa en goûter.

« Tu as de la chance, lui dit-elle en reprenant du guacamole, parce que de toute évidence tu es optimiste. Tu l'es forcément, parce que tu n'as aucun mal à jeter les choses à la poubelle. Ton fils, ta femme, moi, tout ça. Seul un optimiste déchaîné, un crétin acéphale à la Pollyanna ou Pangloss, jette ce qui a le plus de valeur, ce qui est rare et satisfait son plus profond désir, ce qu'il ne peut ni nommer ni regarder, tu le sais et je le sais, sans fermer d'abord les volets et éteindre les lumières, tu dois mettre un coussin sur tes genoux pour le cacher jusqu'à ce que quelqu'un vienne et soit assez malin pour faire le bon geste, quelqu'un dont le désir indicible se trouve comme par magie coïncider parfaitement avec le tien. Et maintenant, maintenant qu'on en est là, qu'on a baissé les armes et qu'on ne fait plus semblant et qu'on est tous les deux dans cette pièce dont on n'osait pas penser qu'elle puisse exister — la chambre invisible de notre plus grande peur —, au moment même où nous découvrons qu'il n'y a aucune raison d'avoir peur, que nous pouvons avoir tout ce que nous voulons à satiété, et peut-être quand nous serons comblés nous nous réveillerons et nous apercevrons que nous sommes des êtres humains véritables, pas les pantins de nos désirs mais juste cette femme, cet homme, et alors on peut arrêter de jouer, ouvrir les volets, éteindre la lumière et sortir dans les rues de la ville main dans la main... alors toi tu décides de ramasser une putain dans un parc et tu l'emmènes à l'hôtel, bordel de merde. Un optimiste est un homme qui renonce à un plaisir impossible parce qu'il est sûr qu'il le retrouvera au coin de la rue. Un optimiste croit que sa bite est plus futée que, oh et puis merde. J'allais dire, que sa nana, en pensant, bêtement, à moi. Moi, au fait, je suis pessimiste. Moi, je pense non seulement que la foudre ne tombe jamais deux fois, mais qu'elle ne tombe même pas une seule fois. Et donc pour moi, ce qui s'est passé entre nous, c'était vraiment ça, et toi, tu as juste... oh bon sang. J'aurais pu rester avec toi, t'as pas compris ça ? Oh, pas longtemps, juste trente ou quarante ans, plus qu'il ne t'en reste à vivre, sûrement. Au lieu de ça je vais épouser Eddie. Tu connais le dicton : charité bien ordonnée commence par soi-même. »

Le souffle court, elle s'interrompit et s'attela au festin qui trônait devant elle. Solanka attendit ; la suite n'allait pas tarder. Il pensa : tu ne peux pas l'épouser, tu ne dois pas, mais ce n'était plus à lui de donner pareil conseil.

« Tu te dis que ce que nous avons fait était mal, reprit-elle. Je te connais. Tu te sers de la culpabilité pour retrouver ta liberté. Et maintenant tu crois que tu peux me quitter, que c'est la chose convenable à faire. Mais nous ne faisions rien de mal (et là ses yeux s'emplirent de larmes). Rien de mal. Nous nous consolions juste entre nous de notre terrible sentiment de perte. Cette histoire de poupée, c'était juste une façon d'en arriver là. Quoi, tu penses vraiment que j'ai baisé avec mon père, tu t'imagines que j'ai tortillé du cul sur ses genoux et enfoncé mes ongles dans son téton et léché sa pauvre et tendre gorge ? C'est ce que tu te racontes pour faciliter ta sortie, à moins que ce ne soit aussi ta rentrée ? C'était ça qui t'excitait, être le fantôme de mon père ? Professeur, c'est toi qui ne vas pas bien. Je te le répète. Nous ne faisions rien de mal. C'était un jeu. Un jeu sérieux, un jeu dangereux, peut-être, mais seulement un jeu. Je croyais que tu le comprenais, je croyais que tu pourrais être cette créature impossible, un homme averti sexuellement qui me trouverait un refuge, un endroit où être libre et te libérer, aussi, un endroit où nous pourrions relâcher tout le poison, la colère et la douleur accumulés, nous en débarrasser et nous en libérer, mais il se trouve, Professeur, que tu n'es qu'un pauvre idiot. Au fait, on a parlé de toi à l'émission de Howard Stern aujourd'hui. »

C'était là un virage à gauche auquel il ne s'attendait pas, un coup de volant pour éviter l'embouteillage émotionnel qui se préparait.

« Perry Pincus, comprit-il avec un soudain abattement. Ainsi donc, elle a réussi. Qu'est-ce qu'elle a dit ?

— Oh, dit Mila, la bouche pleine d'agneau et de salsa verde, elle a parlé d'or. »

Mila avait une excellente mémoire et était souvent capable de rapporter mot pour mot des conversations entières. Sa Perry Pincus, qu'elle restitua avec la cruelle faconde d'une jeune Sarah Bernhardt, d'une Stockard Channing, risquait donc, reconnut Solanka le cœur en berne, d'être très proche de la vraie Perry.

« Ces soi-disant grands penseurs ne sont bien souvent que des exemples pathétiques d'évolution interrompue, avait déclaré Perry à Howard et son immense audience. Prenez le cas de ce type, Malik Solanka, pas un grand esprit, non, qui a abandonné la philosophie pour la télévision, et autant que je vous dise franco qu'il est un de ceux avec lequel je n'ai jamais, vous me comprenez. Pas sur mon CV. Bon, c'était quoi son problème ? Laissez-moi vous dire que sa chambre, et rappelez-vous que nous parlons ici d'un membre de King's College, Cambridge, Angleterre, était pleine de poupées, de vraies poupées. Dès que je m'en suis rendu compte, je me suis tirée en quatrième vitesse. Je n'avais pas envie qu'il me prenne pour une poupée et m'appuie sur le ventre pour que je dise ma-man. Ce n'est pas... excusez-moi, mais je n'ai jamais aimé les poupées même quand j'étais gosse, et je suis une fille. Quoi ? Non, non. Je n'ai rien contre les gays. Franchement. Je viens de Californie, Howard. Bien sûr. Ce n'était pas un truc de gay. C'était... gnian-gnian. C'était — comment dire ? niaiseux. Histoire de rire, j'envoie encore à ce type des peluches à Noël. L'ours polaire Coca-Cola. Ce genre de truc. Il ne me répond jamais mais vous savez quoi ? Il ne m'a jamais rien renvoyé non plus. Les hommes. Quand vous connaissez leurs secrets, c'est dur de ne pas rire. »

« Je me demandais si je devais t'en parler, confia Mila, mais je me suis dit alors, et merde, plus la peine de prendre des gants. »

Doña Gio chantait toujours, mais le hurlement des Furies étouffait sa voix. Les déesses avides se déchaînaient dans leurs têtes, se repaissaient de leur rage. L'interview accordée par Pincus rugissait en lui, et l'expression de Mila changea.

« Allons allons, dit-elle. Bon, je suis désolée, mais peux-tu arrêter de faire ce bruit ? On va nous jeter dehors et je n'ai même pas encore goûté au dessert. »

Il était clair que le grondement s'était répandu dans la salle. Des gens les regardaient. Le gérant-propriétaire, un sosie de Raul Julia, se dirigea vers eux. Un verre se brisa dans la main de Solanka. Vin et sang se mêlèrent. Il était temps de partir. On proposa des pansements, l'assistance d'un médecin fut refusée, l'addition promptement réglée. Une fois dehors, il s'était mis à pleuvoir. La fureur de Mila avait décru, balayée par celle de Solanka.

« Cette femme à l'émission de Howard ? fit-elle une fois dans le taxi. Elle donnait en gros l'impression d'une nympho sur le retour versée dans les potins. Tu as un certain âge, tu connais la vie. On a du fil à retordre, qui de temps en temps nous revient en plein visage et nous cingle. Laisse-la faire. Elle n'est rien pour toi, n'a presque jamais rien signifié, et vu tout le mauvais karma qu'elle est en train d'accumuler je ne la donne pas gagnante. Assez de jérémiades en public ! Bon sang. Parfois tu m'effraies. La plupart du temps, tu ne ferais pas de mal à une mouche et puis tout d'un coup tu deviens une espèce de Godzilla sorti de son lac noir prêt à éventrer le premier tyrannosaure venu. Il faut que tu apprennes à contrôler ça, Malik. J'ignore d'où ça vient, mais tu dois t'en débarrasser. »

« L'Islam purifiera votre âme de la mauvaise colère, intervint le chauffeur de taxi, et vous révélera la sainte colère qui déplace les montagnes. »

Puis il ajouta, en changeant de langue alors qu'une autre voiture s'approchait de son véhicule de façon inadmissible :

« Hé ! L'Américain ! Espèce d'homosexuel impie violeur du bouc de ta grand-mère. »

Solanka se mit à rire, du rire terrible et sans joie du soulagement : des sanglots pénibles, douloureux, déchirants.

« Rebonjour, Ali le Bien-Aimé, s'étrangla-t-il. Content de te voir dans une telle forme ! »

Une semaine plus tard, à sa grande surprise, Mila l'appela pour lui demander de passer chez elle, « pour parler d'autre chose ». Ses manières étaient amicales, professionnelles, excitées. Elle avait vite repris du poil de la bête, s'émerveilla Solanka en acceptant son invitation. C'était la première fois qu'il se rendait dans le petit appartement de Mila, quatrième étage sans ascenseur, un appartement qui s'efforçait d'être cent pour cent américain mais sans grand résultat : des posters de sportifs — Latrell Sprewell pour le basket et Serena Williams pour le tennis — encadraient tant bien que mal des étagères de livres allant du sol au plafond et pliant sous les volumes de littérature serbe et d'Europe de l'Est en langue originale, et en traductions française et anglaise — Kis, Andric, Pavic, quelques audacieux Kokotrizan et, pour la période classique, Obradovic et Vuk Stefanovic Karadzic ; mais aussi Klima, Kadaré, Nádas, Konrad, Herbert. Il n'y avait aucune photo de son père ; Solanka prit note de cette omission significative. Un monochrome sous verre d'une jeune femme en robe à motifs floraux souriait à Solanka : la mère de Mila, qui ressemblait à la sœur cadette de Mila.

« Regarde comme elle a l'air heureuse, dit Mila. C'est le dernier été avant qu'elle apprenne qu'elle était malade. J'ai à présent exactement le même âge qu'elle quand elle est morte, ça me fait donc un cauchemar de moins à redouter. J'ai franchi cet obstacle. J'ai cru pendant des années que je n'y arriverais pas. »

Elle voulait appartenir à cette ville, à ce pays, à cette époque, mais les vieux démons européens piaillaient à ses oreilles. Par un côté, toutefois, Mila était bel et bien de sa génération. La table de travail était le point central de la pièce : le Mac PowerBook, le vieux Macintosh relégué tout au bout, le scanner, le lecteur de CD, le système audio, le séquenceur de musique, le lecteur ZIP, les manuels, les étagères de CD-ROM, de DVD et d'autres choses que Solanka avait du mal à identifier. Même le lit semblait avoir été rajouté au dernier moment. Il n'en connaîtrait probablement jamais les plaisirs. Elle l'avait fait venir ici, comprit-il, pour reléguer tout cela derrière eux. C'était un autre exemple de son système de signes inversés. Son défunt père était la personne la plus importante de sa vie ; par conséquent, il n'y avait pas de photo de papa. Solanka ne serait plus maintenant que le professeur qui habite à côté ; *ergo*, l'inviter dans votre chambre pour boire un café.

Elle avait manifestement préparé son discours et était fin prête, toute bourdonnante de mots. Après lui avoir servi une tasse de café, elle lui proposa de faire la paix.

« Parce que je suis un genre supérieur d'être humain, dit Mila avec une trace de son fameux humour, parce que je peux m'élever au-dessus de la tragédie personnelle et fonctionner à un niveau supérieur, et également parce que je pense sincèrement que tu excelles dans ta partie, j'ai parlé aux autres de ton nouveau projet. Les personnages sympas de science-fiction que tu as inventés : le cybernéticien fou, l'idée de la planète engloutie, les cyborgs contre les lotophages de l'autre bout du monde, la lutte à mort entre le réel et l'artifice. Nous aimerions t'entretenir d'un site à créer. Nous avons mis au point toute une présentation, tu pourras te rendre compte de l'ensemble des possibilités. Pour te dire juste une chose, ils ont mis au point une façon de compresser les matériaux vidéo qui donne une qualité en ligne proche du DVD, et d'ici une génération ça sera au moins l'équivalent. C'est supérieur à tout ce que tu pourras trouver ailleurs.

Tu n'as aucune idée de la vitesse à laquelle vont les choses aujourd'hui, chaque année est l'Âge de pierre de l'année suivante. Rien que le potentiel créatif, ce qu'on peut faire à présent à partir d'une seule idée. Les meilleurs sites sont inépuisables, les gens y sont accros, c'est comme un monde que tu leur offres. Bien sûr, il faut avoir le système de vente et de livraison adéquat, il faut que ça soit facile d'acquérir une participation dans ce que tu proposes, et là-dessus aussi on a mis au point un pitch très cool. Mais l'important c'est que ça soit facile pour toi. Tu as déjà la trame et les personnages. Et on adore. Alors, pour garder le contrôle du concept, il faut que tu rédiges une bible qui définisse des paramètres pour le développement des personnages, qui établisse au niveau du script ce qui est possible et ce qui n'est pas possible, qui fixe les lois de ton univers imaginaire. À l'intérieur de cette structure, il y a des tas de mecs géniaux qui seraient ravis de créer toutes sortes de trucs, tu n'imagines pas, ils inventent de nouveaux médias tous les jours, et si ça marche bien sûr les vieux supports suivront, les livres, les disques, la télé, les films, les comédies musicales, tout ça.

« J'adore ces types. Ils en veulent tellement, ils te prennent une idée et se précipitent avec dans la cinquième dimension, et tout ce que tu as à faire c'est de les laisser s'en occuper à ta place, tu es le monarque absolu, il ne se passe rien si tu ne le veux pas ; tu te contentes de dire oui, non, oui, oui, non — ouais, ouais, dit-elle en faisant des gestes apaisants ou pressants avec les deux mains. Écoute-moi. Bon sang, tu peux bien m'écouter jusqu'au bout, tu me dois bien ça. Malik, je sais à quel point tu déplorais, déplores tout ce qui s'est passé autour de la saga de Cervelette. C'est de ma faute, tu te rappelles ? Malik, je le sais bien. C'est ce que je suis en train de dire. Cette fois-ci tu gardes le contrôle. Cette fois-ci, tu possèdes un véhicule qui n'existait même pas quand tu as inventé Cervelette, et tu le maîtrises, entièrement. Tu as une chance de réussir ce qui a échoué avant, et si ça marche, n'ayons pas peur de le dire, les avantages financiers sont énormes. Nous pensons tous qu'on peut frapper fort si on s'y prend correctement. En ce qui concerne Cervelette, au fait, je ne suis pas d'accord à cent pour cent avec toi, car comme tu le sais je la trouve géniale, et les choses changent, le concept entier de propriété intellectuelle est tellement différent aujourd'hui, tout est beaucoup plus communautaire. Il faut que tu sois un peu plus souple, rien qu'un tout petit plus, d'accord ? Laisse entrer d'autres gens dans ton cercle magique. Tu restes le magicien, mais laisse les autres s'amuser de temps en temps avec ta baguette. Cervelette ? Laisse-la vivre, Malik, laisse-la être ce qu'elle est. Elle a grandi maintenant. Laisse-la décoller. Tu peux continuer à l'aimer. Elle est toujours ton enfant. »

Elle était debout et pianotait sur l'ordinateur portable, dont elle sollicitait le renfort. La sueur perlait sur sa lèvre supérieure. Le septième voile est tombé, pensa Solanka. Bien qu'habillée sport de pied en cap, Mila était enfin nue devant lui.

Furia. C'était le moi qu'elle n'avait jamais complètement montré, Mila Furie l'avaleuse de sabres, son moi une pure énergie transformatrice. Dans cette nouvelle incarnation, elle était à la fois terrifiante et merveilleuse. Il était incapable de résister à une femme quand elle se livrait ainsi à lui, et le submergeait de son trop-plein fluvial. C'était ça qu'il recherchait auprès des femmes : être subjugué, dépassé. Cette inexorabilité gangétique, mississippienne, dont le tarissement, il le savait tristement, avait été la perte de son mariage. On n'était jamais submergé très longtemps. Le premier contact a beau être étonnant, à la fin la femme aimée nous étonne moins. Le déluge se change en simple crue, puis la crue en reflux. Mais renoncer à ce besoin d'excès, à son désir d'une chose immense, de cette chose qui lui donnait l'impression d'être un surfeur sur la neige, filant à la pointe d'une avalanche ! Dire adieu à ce besoin, ce serait également reconnaître qu'en ce qui concernait le désir il acceptait d'être mort. Et quand les vivants acceptent d'être morts, la fureur noire se déchaîne. La noire fureur de la vie, qui refuse de mourir avant l'échéance.

Il tendit une main vers Mila. Elle repoussa brutalement son bras. Ses yeux brillaient : elle était déjà guérie de lui et renaissait sous les traits d'une reine.

« Voilà ce que nous pouvons être désormais l'un pour l'autre, Malik. C'est à prendre ou à laisser. Si tu refuses, je ne veux plus jamais te parler. Mais si tu t'embarques, nous nous crèverons le cul pour toi et je ne t'en voudrai pas. Ce nouveau monde est ma vie, Malik, c'est mon époque, elle grandit comme moi, apprend comme moi, évolue comme moi. C'est là que je me sens vraiment vivante. Là, dans l'électricité. Je te l'ai dit : il faut apprendre à jouer. À jouer sérieusement. C'est ça mon truc. C'est ça qui compte en ce moment, et je sais y faire, alors si tu me donnes les matériaux dont j'ai besoin pour travailler, eh bien mon chéri, pour moi c'est mieux que ce qui m'attendait sous le coussin que tu te mettais sur les genoux. Même si c'était agréable, ne te méprends pas. C'était très agréable. Bon, j'ai fini. Ne réponds rien. Rentre chez toi. Réfléchis à tout ça. Laisse-nous te faire une démonstration complète. C'est une décision importante. Prends ton temps. Attends d'être vraiment prêt. Mais ne tarde pas trop. »

L'écran de l'ordinateur entra soudain en activité. Des images fusèrent vers lui tels des vendeurs dans un bazar. C'était de la technologie-racolage, de la vente forcée, pensa Solanka. Une boîte de nuit obscure, avec une fille qui se déhanche pour vous. La nouvelle PAO : provocation assistée par ordinateur. Les enceintes auxiliaires déversaient sur lui un bruit haute définition, telle une pluie d'or.

« Je n'ai pas besoin d'y réfléchir, lui dit-il. On y va. On y va à fond. »

14

Eleanor l'appela, et le niveau émotionnel de Solanka monta encore d'un cran.

« Tu sais susciter l'amour, Malik, lui dit sa femme. Mais tu ne sais pas quoi en faire une fois qu'il est là. (Cependant, aucune colère dans sa voix melliflue.) Je me disais que c'était merveilleux d'être aimée par toi. Tu me manquais, je suppose, et je suis contente d'avoir pu te joindre. Je nous vois partout où je vais, c'est stupide, hein, je nous vois passer de si bons moments ensemble. Ton fils est si spécial. Tous ceux qui le voient pensent de même. Morgen trouve qu'il est super, et tu sais ce que Morgen pense des enfants. Mais il adore Asmaan. Tout le monde l'adore. Et tu sais quoi, il demande sans cesse : "Que dirait papa ? que penserait papa ?" Tu occupes beaucoup ses pensées. Et les miennes. Et donc je voulais te dire que nous t'envoyions tous deux tout notre amour. »

Asmaan prit le téléphone.

« Je veux parler à papa. Allô, papa. J'avais le

nez bouché. C'est pour ça que je pleurais. C'est pour ça qu'Olive est pas là. »

C'est pour ça signifiait parce que. *Parce que Olive n'est pas là.* Olive était la femme de ménage de sa mère, qu'Asmaan adorait.

« J'ai fait un dessin pour toi, papa. C'est pour maman et toi. Je te le montrerai. Il y a du rouge, du jaune et du blanc. J'ai fait un dessin pour grand-papa. Grand-papa est mort. C'est pour ça qu'il était malade très longtemps. Grand-maman est pas encore morte. Elle va bien. Peut-être elle va mourir demain. Je vais faire des colliers. C'est pour ça que je vais bientôt à l'école. Je vais faire des colliers. J'y vais pas demain ! Non. Un autre jour. C'est une crèche. Pas l'école pour les grands. C'est pour ça que je dois être grand, pour aller à la grande. J'y vais pas aujourd'hui ! Hmm. T'as un cadeau, papa ? Peut-être dedans y a un crocodile. Hein ? C'est peut-être un crocodile. Bon, au revoir ! »

Il fut réveillé à l'aube par l'atroce grincement du plancher au-dessus de lui. Son voisin devait être un sacré lève-tôt. Tous les sens de Solanka furent aussitôt comme en alerte rouge. Son ouïe était devenue si anormalement fine qu'il entendait les bips du répondeur à l'étage supérieur, l'eau qui coulait de l'arrosoir de sa voisine dans les jardinières des fenêtres. Une mouche se posa sur son pied découvert et il bondit hors du lit comme si un fantôme l'avait touché. Il resta au milieu de la pièce, nu, ridicule, terrorisé. Dormir était impossible. Le vacarme avait déjà envahi la rue. Il prit une longue douche brûlante et se rappela à l'ordre. Mila avait raison. Il devait apprendre à se maîtriser. Un médecin, il fallait qu'il consulte un médecin et se fasse prescrire les médicaments adéquats. Comment Rhinehart l'avait-il appelé pour rire, déjà ? Une crise cardiaque imminente. Biffez le mot *cardiaque* : il était devenu une crise imminente. Sa mauvaise humeur avait pu être comique autrefois mais désormais elle ne prêtait plus à rire. Il n'était pas encore passé à l'acte, mais ça ne tenait plus à grand-chose. La fureur n'allait pas tarder à l'entraîner au pays de l'irrémédiable. Déjà, il se faisait peur, et bientôt il ferait peur à tout le monde. Il n'aurait pas besoin de larguer les amarres pour quitter ce monde : ce dernier allait le fuir comme la peste. Solanka allait devenir celui qui vous fait changer de trottoir à son approche. Et si Neela soudain l'énervait ? Et si, dans un élan passionné, elle lui touchait le sommet du crâne ?

En ce début de troisième millénaire, on trouvait facilement des médicaments pour traiter l'irruption dans le moi adulte de la violence et de la confusion. Jadis, si on l'avait surpris en train de brailler en public comme un sorcier, on l'aurait voué aux flammes du bûcher ou lesté de pierres pour voir s'il flottait dans l'East River. Ou bien, à tout le moins, on l'aurait mis au pilori et bombardé de fruits pourris. Aujourd'hui il suffisait de régler rapidement l'addition et de déguerpir. Et tout Américain qui se respectait connaissait les noms d'une demi-douzaine d'antidépresseurs efficaces. Dans ce pays, réciter chaque jour les noms de marques pharmaceutiques — Prozac, Halcion, Seroquil, Numscul, Lobotomine — était comme un koan zen, ou l'affirmation d'une espèce de patriotisme zinzin : *Je fais serment d'allégeance aux médicaments américains*. Aussi ce qui lui arrivait était-il éminemment remédiable. Par conséquent, de l'avis quasi général, il était de son devoir d'y remédier, afin de ne plus avoir peur de lui-même ; de cesser d'être un danger pour les autres, et de reprendre le cours d'une vie normale. Une vie auprès d'Asmaan, l'Enfant d'Or. Asmaan le ciel, qui avait besoin de l'amour et de la protection de son père.

Certes, mais les médicaments étaient un brouillard qu'on avalait et qui vous enveloppait l'esprit. Le médicament était une plate-forme, on s'asseyait dessus et pendant ce temps le monde continuait de tourner autour de vous. C'était un rideau de douche transparent comme dans *Psychose*. Les choses devenaient opaques — non, ce n'était pas ça. C'était vous qui deveniez opaque. Le mépris qu'éprouvait Solanka pour ce règne des médecins refaisait surface. Vous vouliez être plus grand ? Il vous suffisait d'aller voir le spécialiste idoine et il vous installait des extensions métalliques dans les jambes. Plus mince ? Moins moche ? À chaque exigence son praticien correspondant. Ainsi c'était donc ça ? Nous n'étions plus désormais que des voitures, des voitures capables d'aller toutes seules au garage pour se faire customiser au gré de leurs caprices ? Se faire installer des sièges léopard et une stéréo performante ? Tout en lui résistait à cette mécanisation de l'humain. N'était-ce point pour lutter précisément contre ça qu'il créait son monde imaginaire ? Qu'est-ce qu'un psy pouvait lui apprendre sur lui qu'il ne sût déjà ? Les médecins étaient des ignorants. Tout ce qu'ils voulaient, c'était vous piloter, vous dresser comme un chien ou vous encapuchonner comme un faucon. Les médecins voulaient vous briser les rotules puis vous refiler des béquilles chimiques, afin que vous ne puissiez plus jamais marcher normalement sur vos deux jambes.

Autour de lui, le moi américain était redéfini en termes mécaniques, tout en devenant partout incontrôlable. Ce moi parlait constamment de lui-même, presque incapable d'aborder d'autres sujets. Une armée de contrôleurs — de sorciers dont le rôle était de parachever l'œuvre des médecins classiques — s'était levée pour « gérer » les problèmes de « performances ». Et cette armée procédait essentiellement par redéfinition. Le malheur était considéré comme une inaptitude physique, le désespoir comme un problème d'alignement vertébral. Le bonheur c'était une meilleure alimentation, des meubles orientés judicieusement, une technique respiratoire plus approfondie. Le bonheur c'était l'égocentrisme. On demandait au moi à la dérive de devenir son propre gouvernail, au moi déraciné de s'enraciner en lui-même tout en continuant de payer pour les services de ces nouveaux gourous, ces cartographes des États désunis d'Amérique. Bien sûr, les vieilles industries du contrôle étaient toujours en activité et roulaient leur bosse habituelle. Le candidat à la vice-présidence du Parti démocrate reprochait au cinéma le malaise national et louait Dieu par contraste. Dieu devait se rapprocher du centre de la vie nationale. (Se rapprocher ? pensa Solanka. Si le Tout-Puissant se rapprochait encore plus de la présidence, il allait finir par s'installer à la Maison-Blanche et faire lui-même le sale boulot.) On exhumait George Washington pour en faire un soldat du Christ. Il n'y a pas de morale sans religion, tonnait George en se dressant dans sa tombe, tout pâle et poussiéreux, une hachette à la main. Au pays de Washington, la population, bien que jugée insuffisamment pieuse, était prête à voter à plus de quatre-vingt-dix pour cent pour un candidat juif ou homosexuel, mais seulement à quarante-neuf pour cent pour un athée. Loué soit le Seigneur !

Malgré tout le bavardage, tous les diagnostics, toute cette nouvelle conscience, les déclarations les plus percutantes faites par ce nouveau moi national manquaient d'éloquence. Car le vrai problème, ce n'était pas les avaries que subissait la machine, mais celles du cœur désirant, or le langage du cœur se perdait. Il s'agissait d'un sérieux dérèglement du cœur, et non de tonicité musculaire, d'alimentation, de feng shui ou de karma, d'impiété ou de Dieu. Cette danse de Saint-Guy rendait les gens fous : un excès non de biens de consommation, mais d'espoirs jetés et foulés. Ici, dans l'Amérique de l'Abondance, dans cette incarnation des royaumes fabuleux de l'or chantés par Keats, dans cette malle aux trésors sise à l'extrémité de l'arc-en-ciel, les attentes humaines atteignaient leur apogée, entraînant de fait une déception tout aussi grande. Quand des incendiaires mettaient le feu à l'Ouest, quand un homme s'emparait d'une arme et se mettait à tuer des inconnus, quand un enfant s'emparait d'une arme et se mettait à tuer ses amis, quand des morceaux de béton fracassaient les crânes de riches jeunes femmes, c'était cette déception — et le terme « déception » restait en deçà de la vérité — qui dirigeait le bras des assassins interdits d'expression. Il s'agissait de cela et de rien d'autre : le laminage des rêves dans un pays où le droit de rêver était le fondement idéologique et national, l'annihilation brutale du potentiel de chacun à une époque où l'avenir se déployait et offrait des perspectives de trésors inimaginables et scintillants tels qu'aucun homme ou aucune femme n'en avait jamais rêvé auparavant. Dans les flammes tourmentées et les coups de fusil anxieux, Malik Solanka percevait une question cruciale, ignorée, peut-être sans réponse — la même question, aussi perçante et bouleversante que le cri de Munch, qu'il venait juste de se poser à lui-même : C'est tout ? Ce n'est donc que ça ? Des gens se réveillaient comme Krysztof Waterford-Wajda et s'apercevaient que leur vie ne leur appartenait pas. Leur corps ne leur appartenait pas, comme c'était le cas pour n'importe qui d'autre. Ils ne voyaient plus aucune raison de ne pas tirer dans le tas.

Ceux que les dieux veulent détruire, ceux-là, ils les rendent d'abord fous. Les Furies planaient au-dessus de Malik Solanka, au-dessus de New York et de l'Amérique, et hurlaient. Dans les rues, la circulation, des hommes comme des biens, leur répondait par un cri rageur et consentant.

Douché, quelque peu calmé, Solanka se rappela qu'il n'avait toujours pas appelé Jack. Et s'aperçut qu'il n'en avait pas envie. Le Jack mis au jour par Neela l'avait déçu et agacé, ce qui en soi n'aurait pas dû être très grave. Solanka avait dû lui aussi décevoir Jack plus d'une fois, le dégoûter avec son humeur « solankiquineuse ». C'étaient là des obstacles qu'un ami pouvait franchir. Pourtant Solanka ne décrocha pas le téléphone. Ainsi donc lui aussi n'était pas un bon ami — il fallait ajouter cela au procès-verbal en cours. Neela se dressait entre eux à présent. Et peu importait qu'elle eût rompu toute relation avec Jack avant qu'il se soit passé quoi que ce soit entre elle et Solanka. Ce qui importait, c'était comment Jack prendrait la chose, or il y verrait une trahison. Et, s'il voulait être honnête avec lui-même (admit en silence Solanka), lui aussi voyait ça comme une trahison.

En outre, Neela faisait également obstacle entre Eleanor et lui. Il avait quitté le domicile conjugal pour une raison apparente et pour une raison sous-jacente : l'atroce réalité du couteau dans l'obscurité et, sous la surface du mariage, l'érosion de ce qui autrefois recouvrait tout. Il était difficile de renoncer au désir rageur récemment embrasé pour revenir à cette ancienne et tranquille flamme. « Il doit y avoir quelqu'un d'autre », avait dit Eleanor. Maintenant c'était le cas. Neela Mahendra, le dernier grand pari amoureux de sa vie. Après elle, s'il la perdait comme il le ferait probablement, il entrevoyait un désert, ses douces dunes blanches s'affaissant vers une fosse ensablée. Les dangers de l'entreprise, accentués par les différences d'âge et de milieu, par les dégâts en lui et la versatilité en elle, étaient considérables. Comment une femme que tous les hommes désirent décide-t-elle qu'un seul lui suffit ? À la fin de leur première nuit ensemble, elle avait déclaré :

« Je n'ai pas voulu cela. Je ne suis pas sûre d'être prête. »

Elle voulait dire que c'était si profond et si rapide que ça l'effrayait.

« Le risque est peut-être trop important. »

Il avait eu une moue un peu trop amère.

« Je me demande lequel de nous deux prend le risque émotionnel le plus grand », avait-il dit.

La question n'avait pas pris Neela au dépourvu :

« Oh, toi, bien sûr. »

Wislawa reprit son travail. Simon Jay avait appelé Solanka depuis sa ferme pour lui annoncer d'une voix douce que sa femme et lui avaient réussi à apaiser l'irascible femme de ménage, mais qu'un coup de fil contrit de Solanka serait le bienvenu. Bien qu'affable, Mr Jay ne manqua pas de rappeler que la location exigeait que l'appartement soit maintenu en parfait état. Solanka prit sur lui et décrocha son téléphone.

« Okay, je viens, pourquoi pas, avait dit Wislawa. Vous avez chance que je sois cœur grand. »

Elle s'activa avec encore moins d'efficacité qu'avant, mais Solanka ne fit aucune remarque. Les rapports de force, au sein de l'appartement, étaient déséquilibrés. Wislawa arriva en reine — pareille à une Déesse de la Victoire qui aurait rompu ses ficelles — et après avoir erré quelques heures dans le duplex telle une Elizabeth II en balade, en agitant son plumeau comme s'il s'agissait d'un foulard royal, s'en alla avec une expression méprisante sur son visage émacié. Les anciens serviteurs étaient désormais les maîtres, se dit Solanka. New York emboîtait le pas à Galilée-1.

Son monde imaginaire l'absorbait de plus en plus. Il dessinait fiévreusement, modelait l'argile, taillait des bois tendres ; surtout, avec acharnement, il écrivait. La troupe de Mila Milo s'était mise à le traiter avec une sorte de vénération étonnée. Qui aurait pu croire, semblaient dire leurs manières, qu'un vieux bonhomme puisse accoucher de trucs aussi branchés ? Même le lourdaud et rancunier Eddie avait adopté cette attitude. Solanka, méprisé par sa propre femme de ménage, se laissa attendrir par le respect du jeune homme et décida de s'en montrer digne. Neela accaparait ses nuits, mais il travaillait d'arrache-pied toute la journée. Trois ou quatre heures de sommeil lui suffisaient. Le sang paraissait couler plus énergiquement dans ses veines. S'interrogeant sur cette aubaine imméritée, il y vit une renaissance. Sans prévenir, la vie venait de lui prêter main-forte, et il comptait en tirer le meilleur parti. Il était temps de laisser jaillir longuement et avec précision ce que Mila appelait les choses sérieuses.

Le réseau d'événements survenus sur Galilée-1 s'était animé d'une vie propre. Jamais par le passé Solanka n'avait eu besoin — ni désiré — d'entrer à ce point dans le détail. La fiction le tenait dans sa poigne, et les figurines elles-mêmes commencèrent à lui paraître secondaires : non pas une fin en soi, mais un ensemble de moyens. Lui, qui s'était montré si sceptique quant à la venue du meilleur des mondes électronique, se voyait déstabilisé par les possibilités qu'offrait la nouvelle technologie, avec sa préférence formelle pour les sauts latéraux et son désintérêt relatif pour la progression linéaire, un penchant qui avait déjà alimenté chez ses utilisateurs un intérêt plus grand pour la variation que pour la chronologie. Cette émancipation par rapport au temps, à la tyrannie de la continuité, était grisante, et lui permettait de développer ses idées en parallèle sans se soucier de continuité ni de causalité séquentielle. Désormais, les liens étaient électroniques et non narratifs. Tout existait simultanément. Il s'agissait là du reflet exact de l'expérience divine du temps. Avant l'avènement des hyperliens, seul Dieu était capable de voir simultanément dans le passé, le présent et le futur ; les êtres humains étaient emprisonnés dans le calendrier de leurs jours. Mais maintenant, pareille omniscience était accessible à tous, d'un simple clic de souris.

Sur le site Web, tel qu'il allait se développer,

les visiteurs seraient capables de se déplacer à l'envi d'un thème et d'une intrigue à l'autre du projet : La quête entreprise par Zameen de Rijk pour retrouver Akasz Kronos, Zameen contre la Déesse de la Victoire, Le Conte des Deux Créateurs, Mogol le Baburien, La Révolte des Poupées Vivantes I : la Chute de Kronos, La Révolte des Poupées Vivantes II (Cette fois C'est La Guerre), L'Humanisation des Machines contre la Mécanisation des Humains, La Bataille des Doubles, Mogol capture Kronos (Ou Est-Ce Le Créateur ?), La Rétractation du Créateur (Ou Était-ce Kronos ?), et le grand final, La Révolte des Poupées Vivantes III : la Chute de l'Empire Mogol. Chacun des épisodes conduisait à de nouvelles pages, plongeant toujours plus profondément dans le monde multidimensionnel des Rois Pantins, proposant des parties à jouer, des séquences vidéo, des salons de discussion et, naturellement, des produits à acheter.

Le professeur Solanka s'enivrait des heures durant avec les dilemmes éthiques des Rois Pantins ; il était à la fois fasciné et révolté par la personnalité montante de Mogol le Baburien, qui se révéla être un poète décent, un astronome compétent, un jardinier passionné, mais également un soldat assoiffé de sang à la manière d'un Coriolan, et le prince le plus cruel qui soit ; et fut ravi jusqu'au délire par les possibilités en ombres chinoises (intellectuelles, symboliques, conflictuelles, mystificatrices, voire sexuelles) des deux séries de doubles, les rencontres entre « vrai » et « vrai », « vrai » et « double », « double » et

« double », qui prouvaient à merveille la dissolution des frontières entre catégories. Il se retrouva vivant au sein d'un monde qu'il préférait grandement à celui qui se trouvait derrière sa fenêtre, et en vint ainsi à comprendre ce qu'avait voulu dire Mila Milo quand elle avait déclaré que c'était là qu'elle se sentait vraiment vivante. Ici, dans l'électricité, Malik Solanka s'arrachait à la morne existence de son exil américain, se rendait quotidiennement sur Galilée-1 et recommençait à vivre.

Depuis les remarques faites par Cervelette à Galilée — et censurées —, la question du savoir et du pouvoir, de la reddition et du défi, rongeait Solanka. Les « moments galiléens », ces occasions dramatiques où la vie demandait aux êtres vivants s'ils prendraient le risque de défendre la vérité ou se dédiraient prudemment, semblaient de plus en plus liés pour lui au cœur de l'humain. *Putain, j'aurais pas accepté ces trucs sans broncher. J'aurais déclenché une putain de révolution.* Quand le détenteur de la vérité était faible et le défenseur du mensonge était fort, valait-il mieux s'incliner devant la force supérieure ? Ou, en lui opposant une ferme résistance, ne pouvait-on découvrir en soi une force plus profonde capable de renverser le despote ? Quand les soldats de la vérité lançaient un millier de vaisseaux et incendiaient les tours du mensonge, devait-on les considérer comme des libérateurs, ou étaient-ils devenus, en retournant les armes de leur ennemi contre lui, les barbares honnis (voire les Baburiens) dont ils avaient incendié les demeures ?

Quelles étaient les limites de la tolérance ? Jusqu'où pouvait-on aller dans la quête de la justice avant de franchir la frontière et de parvenir aux antipodes de soi, à l'injustice ?

Alors que l'histoire de Galilée-1 touchait à sa fin, Solanka enchâssa un épisode décisif. Akasz Kronos, fuyant ses propres créations, était capturé dans son vieil âge par les soldats du Mogol et conduit, enchaîné, à la cour baburienne. Depuis près de deux décennies, les Rois Pantins et les Baburiens n'avaient cessé de se battre, enferrés dans une impasse aussi débilitante que la guerre de Troie, et le vieux Kronos, en sa qualité de créateur des cyborgs, fut tenu pour responsable de tous leurs méfaits. Son explication sur l'accession à l'autonomie de ses créatures fut rejetée par un Mogol sceptique et méprisant. Il s'ensuivit, dans les pages qu'écrivit Solanka, une longue querelle entre les deux hommes sur la nature de la vie elle-même — la vie telle que la fonde l'acte biologique, et la vie créée par l'imagination et le talent des vivants. La vie était-elle « naturelle » ; pouvait-on dire du « non-naturel » qu'il était vivant ? Le monde imaginaire était-il nécessairement inférieur au monde organique ? Kronos était resté un génie inventif en dépit de son déclin et d'une longue réclusion dans l'indigence, et il défendit fièrement ses cyborgs : selon toutes les définitions de l'existence consciente, ils avaient accédé pleinement au statut d'êtres accomplis. Comme l'*Homo faber*, ils se servaient d'outils ; comme l'*Homo sapiens*, ils raisonnaient et s'adonnaient aux discussions éthiques. Ils pouvaient remédier à leurs maux et se reproduire, et en se débarrassant de Kronos, leur créateur, ils s'étaient affranchis. Le Mogol rejeta immédiatement ces arguments. Un lave-vaisselle défectueux ne devenait pas une femme de ménage, expliqua-t-il. De même, un pantin dévoyé demeurait un pantin, et un robot renégat un robot. Leurs échanges de vues ne menaient nulle part. Non, il fallait que Kronos abjure ses théories puis fournisse aux autorités baburiennes les informations technologiques requises pour maîtriser les machines erpées. S'il refusait, ajouta le Mogol, changeant la teneur de la conversation, il serait bien sûr torturé et, si nécessaire, démembré méthodiquement.

La « rétractation de Kronos » — il déclara que les machines étaient exemptes d'âme, alors que l'homme était immortel — fut accueillie par la population profondément religieuse de Baburie comme une grande victoire. Munie des données fournies par le savant déchu, l'armée antipodienne créa de nouvelles armes qui paralysèrent les neurosystèmes des cyborgs les rendant inopérants. (Le terme « tué » fut interdit ; ce qui n'était pas vivant ne pouvait être mort.) Déroutées, les forces erpées prirent la fuite, et une victoire baburienne parut certaine. Le Créateur cyborg lui-même comptait au nombre des victimes. Trop égotiste — trop « cohérent » — pour avoir créé la moindre réplique de lui-même, le Créateur était unique en son genre ; ainsi son personnage disparut-il avec sa mise hors tension. La seule personne qui aurait pu le recréer était Akasz Kronos, dont le sort demeurait obscur. Peut-être fut-il tué par le Mogol, même après sa honteuse reddition ; ou peut-être eut-il les yeux crevés comme Tirésias et fut-il autorisé, en une ultime humiliation, à errer de par le monde, un bol de mendiant à la main, « disant telle vérité que nul ne peut croire », alors que de partout lui parvenaient les récits de l'effondrement de ses grandes entreprises, de la réduction des grands Rois Pantins kronosiens — les cyborgs animés de Rijk, premières machines à avoir jamais franchi la frontière séparant entités mécaniques et être humains — à l'état de débris inutilisables. Et bien que personne ne voulût croire la vérité qu'il avait lui-même niée, il n'eut d'autre choix que de constater la réalité de la catastrophe que sa propre lâcheté, son manque de rigueur morale, avait entraînée.

À la onzième heure, toutefois, la chance tourna. Les Rois Pantins se regroupèrent sous un nouveau commandement bicéphale. Zameen de Rijk et son homologue cyborg, la Déesse de la Victoire, unirent leurs forces, tels les jumeaux Ranis se rebellant contre l'oppression impérialiste, ou comme Cervelette, dans une nouvelle et conflictuelle incarnation, se lançant enfin dans la révolution. Ils réunirent leurs génies scientifiques respectifs pour construire des boucliers électroniques contre les nouvelles armes baburiennes. Puis, avec Zameen et la Déesse à sa tête, l'armée erpée lança une grande offensive et prit d'assaut la citadelle du Mogol. Alors débuta le siège de Baburie, qui allait durer plus d'une génération...

Dans le monde de l'imagination, dans ce cosmos créatif qui avait commencé par la simple fabrication de poupées avant de s'épanouir en une bête polypode et multimédia, il n'était pas nécessaire de répondre aux questions ; il valait mieux trouver des façons intéressantes de les reformuler. Il n'était pas non plus nécessaire de trouver une fin à l'histoire — au contraire, les perspectives à long terme du projet exigeaient que le récit se prêtât à des développements quasi infinis, sur lesquels se grefferaient à intervalles réguliers de nouvelles aventures et de nouveaux thèmes, avec de nouveaux personnages commercialisables sous forme de poupée, de jouet ou de robot. L'intrigue de base était un squelette qui se voyait régulièrement ajouter de nouveaux os, structure indispensable pour une créature littéraire sujette à de constantes métamorphoses, qui se nourrissait de tous les morceaux qu'elle pouvait trouver : histoire personnelle de son créateur, lambeaux de rumeurs, connaissances approfondies, questions d'actualité, culture d'élite et de masse, et le mets le plus nourrissant qui fût : le passé. Il était parfaitement légitime de mettre à sac le stock d'histoires anciennes du monde. Rares étaient les usagers du Web à bien connaître les mythes ou même les faits du passé ; il suffisait de donner une nouvelle patine, contemporaine, aux vieux matériaux. La transmutation : tel était le secret. Le site des Rois Pantins fut mis en ligne, et bénéficia aussitôt d'un nombre élevé de visiteurs. Les commentaires ne cessaient d'affluer, et le fleuve de l'imagination de Solanka s'alimenta à un millier de ruisseaux. Il se mit à croître et enfler.

Parce que l'œuvre ne connaissait aucun répit, ne cessait de se renouveler et connaissait une perpétuelle révolution, un certain désordre était inévitable. Les personnages et les lieux, leurs noms, même, changeaient parfois tandis que la vision qu'avait Solanka de son univers fictionnel se clarifiait et s'aiguisait. Certains scénarios se révélèrent plus consistants qu'il ne l'avait cru au départ, et furent amplement développés. Le fil conducteur Zameen/Déesse de la Victoire était le plus déterminant. Au départ, Zameen était une belle femme, et nullement une scientifique. Plus tard, toutefois, quand Solanka — sur l'insistance de Mila Milo — comprit l'importance qu'allait prendre Zameen dans la phase culminante de l'histoire, il revint en arrière et ajouta quantité d'éléments aux premières années de sa vie, faisant d'elle une scientifique digne de Kronos ainsi que sa supérieure sur les plans sexuel et moral. D'autres pistes se révélèrent des impasses, et furent écartées. Par exemple, dans une première version de l'intrigue de base, Solanka imagina que la figure « galiléenne » capturée par le Mogol était le Créateur cyborg, et non Akasz Kronos. Dans cette version, le refus par le Créateur d'être qualifié d'« organisme vivant », l'aveu de son infériorité, devenait un crime contre lui-même et sa propre race. Puis le Créateur échappait à ses geôliers baburiens et, quand la nouvelle de sa « rétractation » était diffusée par la propagande du Mogol dans le but d'ébranler son autorité, le cyborg niait vigoureusement les accusations et annonçait qu'il n'avait rien à voir avec le prisonnier en question ; c'était son avatar humain, Kronos, qui était en fait le véritable traître. Bien qu'il écartât cette version, Solanka ne cessa d'avoir un faible pour elle, et se demanda souvent s'il ne s'était pas trompé. Finalement, bénéficiant du penchant du Web pour les variantes, il ajouta cette version au site, comme une alternative possible.

Les noms de « Baburie » et de « Mogol » étaient eux aussi des ajouts tardifs. Mogol venait bien entendu de « Moghol », et Babur avait été un des premiers empereurs moghols. Mais le Babur auquel avait pensé Malik Solanka n'avait rien d'un vieux roi mort. C'était le chef de la manifestation indo-lillyenne avortée de New York, auquel, de l'avis de Solanka, Neela Mahendra avait prêté une trop grande attention. La manifestation avait débuté assez médiocrement et s'était achevée en rixe. À l'angle nord-ouest de Washington Square, sous le regard vaguement intéressé de divers vendeurs de boissons ambulants, magiciens de rue, unicyclistes et pickpockets, une centaine d'hommes et quelques femmes d'origine indo-lilliputienne se rassemblèrent, aussitôt rejoints par des amis américains, des amants, des conjoints, des membres des habituels groupuscules de gauche, des « représentants solidaires » symboliques venus d'autres communautés d'émigrés indiens de Brooklyn et du Queens, ainsi que les inévitables amateurs de manifestations. Au total, selon les organisateurs, plus d'un millier de personnes. Dans les deux cent cinquante, à en croire la police. Le mot d'ordre des Elbés « indigènes » avait été encore moins suivi, et leur manifestation s'était honteusement dispersée avant même de s'ébranler. Toutefois, des groupes d'Elbés mécontents et pas mal torchés s'étaient rendus à Washington Square pour railler les Indo-Lillyens et lancer des insultes salaces aux femmes. La police de New York, apparemment stupéfaite de voir qu'un événement aussi mineur dégénérait en une telle pagaille, intervint un peu trop tard. Comme la foule fuyait devant les forces de police, il y eut des échanges de coups de couteau, mais sans gravité. En quelques instants, les manifestants eurent déserté la place, à l'exception de Neela Mahendra, Malik Solanka, et d'un géant chauve dénudé jusqu'à la taille, un mégaphone dans une main et dans l'autre la nouvelle bannière jaune safran et verte de la « République du Filbistan » — venant de FILB, acronyme de Fraction Indienne de Lilliput-Blefuscu, la désinence en *-stan* étant censée connoter la « patrie ». C'était Babur, le jeune chef politique qui avait quitté ses îles lointaines pour s'adresser au « meeting ». Il paraissait à présent si seul, si désemparé et si glabre que Neela Mahendra se hâta de le rejoindre, plantant là Solanka. Quand il vit Neela s'approcher, le jeune géant lâcha sa bannière, laquelle lui heurta le crâne dans sa chute. Il tituba, mais réussit non sans mérite à rester debout.

Neela fit preuve à son égard d'une grande sollicitude, persuadée de toute évidence qu'en offrant à Babur le spectacle de sa beauté elle compenserait son long et inutile déplacement. Et le fait est que Babur retrouva le sourire. Quelques instants plus tard, il s'adressa à Neela comme si elle était l'importante assemblée politique dont il avait rêvé. Il parla d'un Rubicon franchi, de compromis et de reddition impossible. Maintenant que la Constitution, cher payée, avait été abrogée et que la participation indo-lillyenne au gouvernement de Lilliput-Blefuscu avait été aussi honteusement annulée, des mesures extrêmes étaient indispensables.

« Les droits ne sont jamais accordés par ceux qui les détiennent, déclara-t-il. Ceux qui sont dans le besoin s'en saisissent. »

Les yeux de Neela s'illuminèrent. Elle lui parla de son projet télévisé et Babur opina gravement, comprenant qu'il y avait peut-être quelque chose à tirer des décombres du jour.

« Viens, dit-il en la prenant par le bras. (Solanka remarqua l'aisance avec laquelle elle glissa son bras sous celui de son concitoyen.) Viens. Nous devons parler de longues heures de toutes ces choses. Il y a beaucoup à faire, et de toute urgence. »

Neela s'en alla avec Babur sans même se retourner.

Solanka était encore dans Washington Square à l'heure de la fermeture ce soir-là, seul sur un banc, le cœur en berne. Une voiture de police lui demanda de partir à l'instant même où son portable sonnait.

« Je suis vraiment navrée, chéri, lui dit Neela.

Il était si malheureux, et c'est mon métier, on avait vraiment besoin de parler. Mais bon, je n'ai pas à me justifier. Tu es quelqu'un d'intelligent. Je suis sûre que tu comprends. Il faut que tu rencontres Babur. Il est si passionné que c'en est effrayant, et après la révolution peut-être qu'il sera même président. Oh, attends, ne quitte pas, j'ai un autre appel. »

Elle avait parlé de la révolution comme de quelque chose d'inévitable. En proie à une sourde inquiétude, Solanka, qui attendait au bout du fil, se rappela la déclaration de guerre proférée par Neela. *Je me battrai avec eux s'il le faut, côte à côte. Je ne plaisante pas, je le ferai vraiment.* Allait-il devoir bientôt la perdre ? Ou devrait-il la suivre jusqu'aux confins de la planète à cause d'un putsch insignifiant ? Il contempla les taches de sang qui séchaient sur la place sombre, preuve, ici à New York, que la fureur grondait à l'autre bout du monde : une fureur collective, née d'une longue injustice, à côté de laquelle sa propre humeur imprévisible était d'une pathétique insignifiance, le privilège, sans doute, d'un individu gâté et un peu trop préoccupé de lui-même. Et disposant de beaucoup trop de temps personnel. Il ne pouvait abandonner Neela à cette rage supérieure et antipodique. Reviens, voulait-il dire. Reviens-moi, ma chérie, je t'en prie, ne t'en va pas. Mais elle était de nouveau au bout du fil, et sa voix avait changé.

« C'est Jack, dit-elle. Il est mort, il s'est tiré une balle dans la tête et il a laissé des aveux écrits. »

Tu as vu la Déesse de la Victoire décapitée, pensa tristement Solanka. Tu as entendu parler du Cavalier sans tête. C'est à présent le tour de mon ami acéphale Jack Rhinehart, la Défaite Sans Ailes et Sans Monture.

TROISIÈME PARTIE

15

C'était absurde. On avait retrouvé le corps de Jack dans le Spassky Grain Building, un immeuble en construction de Tribeca, à l'angle de Greenwich et de North Moore, dont les promoteurs venaient de se faire épingler par les syndicats pour avoir embauché des non-syndiqués. L'endroit était situé à un quart d'heure à pied de l'appartement d'Hudson Street où habitait Jack, et il s'y était apparemment rendu d'un pas tranquille, un fusil chargé à la main, il avait traversé Canal Street — encore très fréquentée malgré l'heure tardive — sans attirer l'attention, puis il était entré par effraction dans l'immeuble, avait pris l'ascenseur jusqu'au quatrième étage, s'était posté devant une fenêtre exposée à l'ouest avec une superbe vue sur le fleuve baigné de lune, avait mis l'embout du canon dans sa bouche, pressé la détente, puis s'était écroulé sur le sol de béton, lâchant l'arme mais non le message qu'il tenait à la main. Il avait beaucoup bu : du Jack Daniels avec du Coca, un cocktail absurde pour un œnophile comme Rhinehart. Quand on le découvrit, son complet et sa chemise étaient soigneusement pliés sur le sol, et il ne portait que ses chaussettes et son caleçon, lequel, pour une raison inconnue, l'inadvertance sans doute, avait été enfilé dans le mauvais sens. Il s'était lavé les dents peu de temps auparavant.

Neela décida de lâcher le morceau. Elle dit tout ce qu'elle savait aux inspecteurs : les étranges déguisements dans la penderie de Jack, ses soupçons, tout. Elle aurait pu s'attirer des ennuis, la rétention d'information étant un délit grave, mais la police avait d'autres chats plus importants à fouetter, et en outre les deux inspecteurs qui se rendirent à son appartement de Bedford Street pour l'interroger, elle et Malik Solanka, firent preuve d'une grande maladresse. Ils n'arrêtèrent pas de casser leur crayon ou de se marcher sur les pieds, de renverser des objets ou de prendre brutalement la parole au même moment, avant de se taire soudain en rougissant, toutes choses auxquelles Neela ne prêta pas la moindre attention.

« Le fait est, conclut-elle alors que les deux policiers se cognaient la tête en opinant de concert, que ce prétendu suicide sent le pâté. »

Malik et Neela savaient que Jack possédait une arme, même s'ils ne l'avaient jamais vue. Ça remontait à sa période « chasseur noir à la Hemingway » qui avait précédé sa phase Tiger Woods. À présent, tel le pauvre Ernest, le plus féminin des grands écrivains américains, que son incapacité à endosser l'habit de Papa macho bidon avait détruit, Jack s'était choisi lui-même pour proie, était devenu le gibier ultime. C'était là en tout cas ce qu'on aurait voulu qu'ils croient. Mais un examen plus poussé rendait moins convaincante cette version des événements. L'immeuble de Jack avait un portier, qui l'avait vu partir seul vers les dix-neuf heures, sans le moindre bagage et vêtu pour une soirée en ville. Un deuxième témoin, une jeune femme bien en chair avec un béret qui attendait un taxi sur le trottoir, se présenta à la suite d'un appel à témoins lancé par la police et raconta qu'elle avait vu un homme répondant à la description de Jack dans un gros 4 × 4 noir aux vitres fumées ; par la portière ouverte, elle avait brièvement aperçu au moins deux autres hommes, lesquels, et là-dessus elle n'avait aucun doute, fumaient de gros cigares. Un véhicule identique avait été aperçu dans Greenwich Street peu après l'heure de la mort. Deux jours plus tard, l'analyse des données prélevées sur ce qu'on appelait déjà provisoirement le lieu du crime révéla que la porte de service du Spassky Grain Building n'avait pas été forcée avec le fusil de Jack. On ne retrouva près du corps aucun autre outil susceptible d'avoir ébranlé la solide porte en bois et son armature métallique. En outre, la thèse dominante était que la personne qui avait forcé la porte possédait en réalité une clef.

Quant au mot laissé par Rhinehart, il disculpait si l'on peut dire le défunt. Jack était connu pour la précision de sa prose. Il faisait rarement de fautes syntaxiques et jamais, jamais de fautes d'orthographe. Or ses dernières phrases comportaient les pires solécismes qui soient.

« Depuis que j'avais été correspondant de guerre, j'ai eu des accès de violence. Dès fois en pleine nuit je casse le téléphone. Étalon, Disco et Maillet sont innocents. J'ai tuer leurs nanas parce qu'elles voulaient pas couchér avec moi, sûrement parce que je suis black. »

Puis ce final, déchirant :

« Dites à Nila que je l'aime. Je sais que j'ai déconné mais je l'aime pour de vrai. »

Quand la police l'interrogea, Malik Solanka déclara avec emphase que, bien que le mot fût indiscutablement de la main de Jack, il ne pouvait que s'agir d'un message écrit sous la contrainte.

« Soit il lui a été dicté par quelqu'un nettement moins doué sur le plan littéraire, soit Jack a délibérément abaissé le niveau de son style pour nous signifier quelque chose. Vous ne voyez donc pas ? Il nous a même donné les noms de ses trois meurtriers. »

Quand il fut établi que Keith « Disco » Medford, dernier amant en date de Lauren Klein, était le fils du riche promoteur et bête noire des ouvriers syndiqués, Michael Medford, dont l'une des sociétés gérait la reconversion du Spassky Grain Building en un mélange de lofts et de résidence de luxe, et que Keith, à qui on avait confié l'organisation d'une soirée pour lancer le projet, possédait un jeu de clefs, il apparut que les assassins avaient commis une grave erreur. La plupart des meurtriers étaient stupides, et une vie de privilèges ne protégeait pas de la bêtise. Même les écoles les plus coûteuses produisaient des lourdauds illettrés, et Marsalis, Andriessen et Medford étaient de jeunes sots arrogants. Ainsi que des assassins. Disco, confronté aux faits accablants, fut le premier à passer aux aveux. Les alibis de ses camarades ne résistèrent pas longtemps.

Jack Rhinehart fut enterré dans les profondeurs du Queens, à trente-cinq minutes en voiture du bungalow qu'il avait offert à sa mère et à sa sœur encore célibataire de Douglaston.

« Une maison avec vue, avait-il plaisanté. Si vous allez au bout de la cour et que vous vous penchez sur la gauche vous pouvez entendre, disons, un murmure qui monte du Sound. »

Désormais la seule vue qui serait la sienne serait celle des lumières de la ville. Neela et Solanka s'y rendirent en voiture. Le cimetière était exigu, sans arbre, triste, humide. Des photographes erraient parmi le petit groupe de proches du défunt tels des débris à la périphérie d'une sombre mare. Quand les aveux furent rendus publics et que l'histoire du Club S&M devint le scandale de l'été, le professeur Solanka cessa de s'intéresser à la dimension publique de l'événement. Il pleurait son ami, le grand Jack Rhinehart, le courageux journaliste qui avait été englouti par le luxe et la richesse. Être séduit par ce qu'on abhorrait, quel sort cruel ! Se voir ravir la femme qu'on aimait par son meilleur ami, c'était sans doute encore plus dur. Solanka n'avait pas su être un ami fidèle, mais la trahison était inscrite dans le destin de Jack. Ses penchants sexuels secrets, qu'il n'avait jamais imposés à Neela Mahendra dont la beauté ne lui aurait jamais suffi, lui avaient valu de mauvaises fréquentations. Il avait été fidèle à des hommes qui ne méritaient pas sa fidélité, il s'était persuadé de leur innocence — et quel effort cela avait dû être pour un fouineur de sa trempe, quels trésors de tromperie il avait dû déployer ! —, et par conséquent il les avait aidés à échapper à la justice. En récompense, ils l'avaient assassiné et tenté maladroitement de lui faire porter le chapeau : ils l'avaient sacrifié sur l'autel de leur orgueil invincible et égocentrique.

Un chanteur de gospel avait été engagé pour chanter un pot-pourri de spirituals et de tubes plus récents : *Fix Me Jesus* fut suivi par l'hommage de Puff Daddy à Notorious B.I.G., *Every Breath You Take (I'll Be Missing You)* ; puis ce fut *Rock My Soul (In the Bosom of Abraham).* La pluie menaçait de tomber, mais semblait se retenir. L'air était moite, comme plein de larmes. Il y avait la mère et la sœur de Jack ; Bronislawa Rhinehart, l'ex-épouse, à la fois anéantie et sexy dans sa courte robe noire et son voile haute couture. Solanka adressa un salut à Bronnie, à qui il n'avait jamais rien eu à dire, et glissa quelques paroles creuses aux proches du défunt. Les femmes de la famille Rhinehart n'avaient pas l'air triste ; elles avaient l'air en colère.

« Le Jack que je connais, déclara sa mère, ne se serait pas laissé abuser une seule seconde par ces petits Blancs. »

« Le Jack que je connais, ajouta sa sœur, n'avait pas besoin de fouets ou de chaînes pour s'éclater. »

Elles en voulaient à l'homme qu'elles aimaient d'être à l'origine d'un tel scandale, mais lui en voulaient encore plus de s'être attiré ces ennuis, comme s'il l'avait fait pour leur nuire, pour les laisser leur vie durant avec ce deuil.

« Le Jack que je connais, dit Solanka, était un type très bien, et s'il est quelque part en ce moment je dirais qu'il est heureux d'être libéré de ses erreurs. »

Jack était là tout près d'eux, bien sûr. *Jack a dit* : je ne me lèverais plus le matin. Solanka sentit une poigne se refermer sur son cœur.

En son chagrin intérieur, Solanka imaginait Jack allongé dans un loft luxueux tandis que le monde entier déblatérait au-dessus de son cadavre et que les photographes moussaient autour. À côté de Jack étaient allongées les trois filles mortes. Soulagé de n'être pour rien dans leur mort, Solanka les pleurait elles aussi. Il y avait Lauren, qui avait eu peur de ses instincts et de ceux de ses complices. Bindy et Ciel avaient tenté sans résultat de la retenir dans le cercle enchanté du plaisir et de la douleur, mais elle avait scellé son destin en menaçant les membres du club d'une publicité humiliante. Il y avait Bindy, la première à avoir compris que la mort de son amie n'était pas due au hasard, qu'il s'agissait d'une exécution de sang-froid — une intuition qui signifiait sa propre condamnation à mort. Et il y avait Ciel, l'athlète en chambre prête à tout, la plus endiablée des trois condamnées et la plus affranchie sexuellement, dont les excès masochistes — désormais méticuleusement détaillés dans la presse ravie — alarmaient parfois jusqu'à son amant sadique, Brad l'Étalon. Ciel qui se croyait immortelle, qui n'avait jamais pensé qu'ils s'en prendraient à elle parce qu'elle était la reine de leur monde, qu'ils la suivaient partout où elle les conduisait et n'avaient jamais connu chez une fille un tel niveau de tolérance, un seuil aussi élevé. Elle était au courant pour les meurtres et ça l'excitait terriblement, elle déclara à l'oreille de Marsalis qu'elle n'avait aucune intention de lâcher le morceau, et confia tour à tour à Maillet et Disco qu'elle serait heureuse de remplacer ses copines mortes de la façon qu'il leur plairait, je vous laisse le choix, les gars. Elle expliqua également aux trois hommes, à tour de rôle, que les meurtres les liaient pour la vie ; ils franchirent le point de non-retour et signèrent le contrat de leur amour dans le sang de ses amies. Ciel, la reine vampire. Elle était morte parce que ses assassins avaient trop peur de sa fureur sexuelle pour la laisser vivre.

Trois filles scalpées. On parlait de vaudou et de fétichisme, et surtout de la cruauté glaciale de ces meurtres, mais Solanka préférait méditer sur la mort des sentiments. Ces jeunes femmes, si désespérément avides de désir, n'avaient su le trouver qu'aux extrêmes confins de la dépravation sexuelle. Et ces trois jeunes hommes, pour lesquels l'amour était devenu affaire de violence et de possession, se résumant à infliger et subir, s'étaient approchés de la frontière séparant l'amour de la mort, et leur fureur l'avait fait éclater, la fureur qu'ils étaient incapables d'exprimer correctement, née de ce qu'ils n'avaient jamais pu acquérir, eux qui avaient tout : la banalité, le peu de chose. La vraie vie.

En mille, dix mille, cent mille conversations horrifiées bourdonnant au-dessus du mort telles des mouches attirées par la puanteur, la ville discutait des détails les plus infimes des meurtres. *Ils ont tué leurs propres copines !* Medford avait entraîné Lauren Klein dans une ultime et somptueuse soirée en ville. Elle l'avait renvoyé à ses quartiers, comme il l'avait prévu, à cause d'une dispute qu'il avait délibérément provoquée en fin de soirée. Quelques instants plus tard, il lui téléphonait, sous prétexte d'avoir eu un accident de voiture à deux pas de chez elle. Elle avait accouru pour l'aider, trouvé sa Bentley vintage banalisée qui l'attendait, portière ouverte. *Pauvre chérie. Elle croyait qu'il voulait s'excuser.* Mécontente d'avoir été abusée, mais nullement inquiète, elle était montée dans la voiture et s'était fait tabasser par Andriessen et Marsalis, tandis que Medford sirotait des margaritas dans un bar du quartier, annonçant à qui voulait l'entendre qu'il noyait son chagrin parce que sa salope de copine ne voulait plus de lui, obligeant le barman à lui demander de se taire ou de partir, et faisant en sorte qu'on remarque sa présence. *Puis ils l'ont scalpée. Ils ont dû étaler des bâches en plastique pour que la voiture ne soit pas tachée. Et ont jeté le corps dans la rue comme une simple ordure.* La même technique avait été utilisée avec Belinda Candell.

Mais Ciel était différente. Comme à son habitude, c'est elle qui prit l'initiative, soufflant son projet pour la soirée à Bradley Marsalis lors de leur dernier souper. Pas ce soir, dit-il, mais elle haussa les épaules.

« Okay. Je vais appeler Maillet ou Disco et voir s'ils ont envie de s'amuser. »

Furieux, insulté, mais contraint de respecter les règles de la curée, Brad la raccompagna jusque dans l'entrée de son immeuble puis l'appela quelques minutes plus tard :

« Entendu, t'as gagné, mais pas ici. Retrouve-moi à la chambre. »

(La chambre était la suite insonorisée d'un hôtel cinq étoiles qu'avait louée à l'année le Club S&M à l'intention de ses bruyants membres. Bradley Marsalis, découvrit-on, avait fait la réservation plusieurs jours à l'avance, ce qui impliquait la préméditation.) Ciel n'arriva jamais jusqu'à l'hôtel. Un gros 4 × 4 noir se rangea à ses côtés et une voix qu'elle connaissait lui dit :

« Salut, princesse. Monte à bord. Étalon nous a demandé de t'emmener en balade. »

Vingt, dix-neuf, dix-neuf, compta Solanka. À elles trois, elles étaient plus vieilles que lui de trois ans.

Et que penser de Jack Rhinehart, qui avait connu une dizaine de guerres pour finir misérablement dans le quartier de Tribeca, Jack qui écrivait si bien sur tant de choses importantes et si élégamment sur tant de choses insignifiantes, et dont les derniers mots avaient été, délibérément ou par nécessité, à la fois poignants et ineptes ? L'histoire de Jack était désormais de notoriété publique. Le vol du fusil par Étalon Marsalis. L'invitation de Jack à la cérémonie d'initiation au Club S&M. *T'as réussi, mec. T'es des nôtres.* Même en arrivant devant le Spassky Grain Building, Rhinehart ignorait totalement qu'il allait mourir. Il devait sans doute penser à la scène d'orgie dans *Eyes Wide Shut*, et imaginer des filles nues et masquées sur des estrades, prêtes à recevoir la morsure de son délicieux fouet. Solanka s'était mis à pleurer. Il croyait entendre les assassins expliquer que le rituel exigeait que Rhinehart boive une carafe pleine à ras bord de whisky-Coca, le cocktail des enfants gâtés, presque d'une traite. Il les entendait ordonner à Jack de se déshabiller et de retourner son caleçon, au nom de la tradition du club. Comme si on le nouait autour de ses propres yeux, il sentit le bandeau dont ils s'étaient servis avec Jack (qu'ils avaient plus tard ôté). Ses larmes trempèrent la soie imaginaire. *Très bien, Jack, tu es prêt, tu vas t'éclater. — Qu'est-ce qui se passe, les gars, c'est quoi le truc ? — Ouvre la bouche, Jack. Tu t'es bien brossé les dents comme on avait dit ? Parfait. Fais aaah, Jack. Ça va te flinguer, Toto.* Comme il avait été facile de mettre à mort cet homme bon et faible. Avec quel entrain il était monté dans son propre corbillard — la tête haute mais les pieds devant — pour un dernier tour de piste. *Lord, rock my Soul. Seigneur, berce mon âme*, résonna le gospel. Adieu, Jack, dit en silence Solanka à son ami. Rentre chez toi. *I'll be calling you.* Je t'appellerai.

Neela emmena Malik à Bedford Street, déboucha une bouteille de vin rouge, tira les rideaux, alluma des bougies parfumées, et choisit irrespectueusement un CD de tubes indiens des années cinquante et début soixante — la musique du passé tabou de Solanka. C'était là un aspect de la profonde sagesse émotionnelle de Neela. Dès qu'il s'agissait de sentiments, Neela Mahendra savait s'y prendre. *Kabhi méri gali aaya karó.* La chanson aux accents malicieusement romantiques flotta dans la pièce sombre. *Passe me voir un de ces quatre.* Ils n'avaient pas échangé un mot depuis leur départ du cimetière. Elle le fit s'allonger sur un tapis jonché de coussins et installa la tête de Solanka entre ses seins, lui rappelant en silence la persistance du bonheur, même au sein du chagrin.

Elle parla de sa propre beauté comme d'une chose presque distincte d'elle-même. Sa beauté avait simplement « surgi ». Ce n'était pas le résultat d'un quelconque acte de sa part. Elle ne s'en attribuait pas le mérite, acceptait avec reconnaissance ce cadeau qu'on lui avait fait, en prenait grand soin, mais se considérait avant tout comme une entité désincarnée habitant derrière les yeux de cet extraordinaire inconnu : son corps. Elle regardait par la lucarne de ses grands yeux, manipulait ses longs membres, sans jamais vraiment bien avoir conscience de la chance qu'elle avait. L'effet qu'elle produisait sur autrui — les laveurs de carreaux qu'on retrouvait étalés sur le trottoir, un seau sur la tête, les voitures qui pilaient, les bouchers qui se coupaient quand elle entrait pour acheter de la viande — était un phénomène dont les conséquences, en dépit de son indifférence affichée, la préoccupaient au plus haut point. Elle pouvait contrôler « l'effet » à un certain degré. « Elle sait pas comment le désactiver », avait dit Jack, et c'était vrai, mais elle parvenait à le réduire en mettant des vêtements trop amples (qu'elle détestait) et des chapeaux à larges bords (qu'elle adorait, redoutant le soleil). Chose plus impressionnante, elle pouvait intensifier la réaction du monde à sa présence en procédant à de subtils réglages dans sa foulée, l'inclinaison de son menton, sa bouche, sa voix. Au maximum de sa puissance, elle menaçait de changer des quartiers entiers en zones sinistrées, et Solanka devait lui demander d'arrêter, inquiet surtout des effets qu'elle produisait sur son corps à lui, ainsi que sur son esprit. Elle aimait les compliments, se décrivait comme quelqu'un de « coûteux à entretenir », et était d'accord de temps en temps pour reconnaître que cette séparation d'elle-même en « forme » et « contenu » était une fiction utile. La description qu'elle faisait de son être sexuel comme d'une « autre » qui partait régulièrement à la chasse était une ruse ingénieuse, le recours d'une personne timide jouant les extravertis. Ça lui permettait de récolter les bénéfices de son exceptionnelle présence érotique sans être embêtée par cette maladresse en société qui l'avait paralysée dans son adolescence. Bien trop futée pour faire état de la forte conscience morale qui présidait subtilement à tous ses actes, elle préférait citer Jessica Rabbit, la bombe sexuelle du fameux dessin animé :

« Je ne suis pas mauvaise, aimait-elle susurrer innocemment. C'est comme ça qu'on m'a dessinée. »

Elle le serra dans ses bras. La différence avec Mila était frappante. Avec cette dernière, Solanka s'était laissé glisser vers les charmes maladifs de l'indicible, de l'interdit ; mais quand Neela s'enroulait autour de lui, c'était l'inverse, tout devenait exprimable, tout était permis. Ce n'était pas une femme-enfant, et ce qu'il découvrait avec elle, c'était la joie adulte de l'amour licite. Il voyait dans son accoutumance à Mila une faiblesse ; ce nouveau lien, lui, avait tout d'une force. Mila l'avait accusé d'optimisme, et elle avait raison. Neela était la justification de l'optimisme. Et, oui, il remerciait intérieurement Mila d'avoir trouvé la clef ouvrant les portes de son imagination. Mais si Mila Milo avait déverrouillé les portes de l'écluse, Neela Mahendra, elle, était l'eau qui s'engouffrait.

Dans les bras de Neela, Solanka se sentait changer, sentait les démons intérieurs qu'il redoutait faiblir chaque jour davantage, sentait l'imprévisible rage céder la place à la miraculeuse prévisibilité de ce nouvel amour. Faites vos bagages, Furies, pensait-il, vous n'habitez plus à cette adresse. S'il avait raison, si l'origine de sa fureur résidait dans les déceptions accumulées de son existence, alors il avait trouvé l'antidote qui transformait le poison en son contraire. Car la *furia* pouvait être extase, également, et l'amour de Neela était la pierre philosophale qui rendait possible la transmutation alchimique. La rage naissait du désespoir : mais Neela était l'espoir comblé.

La porte donnant sur son passé demeurait close, et Neela avait la décence de ne pas essayer de la forcer, du moins pour l'instant. Elle avait besoin d'une grande indépendance. Après leur première nuit dans une chambre d'hôtel, elle avait insisté pour que leurs ébats aient lieu dans son lit à elle, mais fait clairement comprendre qu'il ne devait pas rester jusqu'au matin. Son sommeil était rempli de cauchemars, mais elle ne voulait pas du réconfort de sa présence. Elle préférait affronter ses cauchemars seule et, au terme de chaque bataille nocturne, se réveiller lentement, sans personne à ses côtés. N'ayant pas le choix, Solanka accepta ses conditions et prit l'habitude de repousser les vagues somnolentes qui déferlaient d'ordinaire sur lui après avoir fait l'amour. Il se disait que c'était tout aussi bien comme ça. Il était, après tout, devenu un homme très occupé.

Il apprenait chaque jour à mieux la connaître, l'explorant comme si elle était une ville inconnue où il aurait loué un appartement qu'il espérait un jour pouvoir acheter. Cette idée mettait Neela mal à l'aise. Comme lui, c'était une créature d'humeurs, et il était en train de devenir son météorologue attitré, prédisant les intempéries, étudiant la durée de ses bourrasques intérieures et de leurs effets secondaires, sous forme de tempêtes dévastatrices, sur les plages dorées de leur amour. Parfois, elle aimait être examinée de façon microscopique, être comprise sans parler, et que ses besoins soient assouvis sans qu'elle ait à les exprimer. À d'autres moments, ça l'irritait. Il voyait un nuage traverser son beau front et demandait : « Qu'y a-t-il ? » Pour seule réponse, elle prenait une expression exaspérée et disait :

« Oh, rien. Nom d'un chien ! Tu crois que tu peux lire dans mes pensées, mais tu te trompes si souvent... Si j'ai quelque chose à dire, je le dirai. Ne cherche pas les ennuis. »

Elle avait investi beaucoup d'énergie pour se construire une image forte, et ne voulait pas que l'homme qu'elle aimait décelât ses faiblesses.

Il découvrit très vite que Neela elle aussi cherchait à se guérir de quelque chose, et c'était là un autre de leurs points communs : ils étaient résolus à vaincre leurs démons sans pénétrer dans la Vallée des poupées. Aussi, quand elle ne se sentait pas en forme, quand elle avait besoin de lutter contre elle-même, elle prenait ses distances, refusait de le voir ou de lui donner des explications, et il était censé comprendre, être assez mûr pour lui donner cette latitude. Bref, pour la première fois de sa vie, on lui demandait d'agir en conformité avec son âge. C'était une femme très nerveuse, et il lui arrivait de reconnaître que vivre avec elle devait parfois être un enfer, ce à quoi il répondait :

« Oui, mais il y a des compensations.

— J'espère qu'elles sont importantes, disait-elle, l'air sincèrement inquiète.

— Si ce n'était pas le cas, je serais franchement stupide de rester, non ? disait-il en souriant, et elle se détendait, se rapprochait.

— C'est exact, disait-elle. Or tu n'es pas stupide. »

Elle était extrêmement à l'aise avec son corps, plus heureuse nue qu'habillée. Il dut lui rappeler plus d'une fois de se vêtir quand on frappait à sa porte. Mais elle tenait à garder quelques secrets, à protéger son mystère. Ses fréquentes retraites en elle-même, l'habitude qu'elle avait de se dérober aux regards insistants, étaient liées à cette valorisation très non américaine — et fortement anglaise — de la « réserve ». Elle prétendait que ça n'avait rien à voir avec le fait qu'elle l'aimait.

« Écoute, c'est évident, répliquait-elle quand il lui demandait pourquoi. Tu es peut-être très créatif avec tes poupées, tes sites Web et tout ça, mais en ce qui me concerne ta seule fonction est de venir dans mon lit quand je te le demande, et de satisfaire toutes mes exigences. »

Ce *dictum* impérieux ravissait absurdement le professeur Malik Solanka qui rêvait depuis toujours d'être un objet sexuel.

Après l'amour, elle allumait une cigarette et allait s'asseoir, nue, près de la fenêtre pour la fumer, sachant qu'il détestait la fumée de cigarette. Heureux voisins, pensait-il, mais elle repoussait pareilles considérations, qu'elle jugeait bourgeoises et indignes d'elle. Puis elle revenait, le visage impassible, pour répondre à sa question.

« Il faut reconnaître que tu es généreux. C'est une qualité rare chez tes contemporains. Regarde

Babur : c'est un type étonnant, brillant, vraiment, mais complètement obsédé par la révolution. Les gens ne sont que des pions dans son jeu. Avec la plupart des autres types, ce qui compte, c'est le prestige, l'argent, le pouvoir, le golf, l'ego. Jack, par exemple. »

Solanka prit mal l'allusion louangeuse au géant svelte et glabre qui brandissait son drapeau à Washington Square et sentit un tiraillement de culpabilité en s'entendant comparé favorablement à son défunt ami. Il le fit savoir.

« Tu vois ! s'émerveilla-t-elle, tu ne te contentes pas de ressentir les choses, tu sais vraiment les exprimer. Extra ! Enfin un homme qui vaut le coup. »

Solanka avait l'impression qu'elle se moquait secrètement de lui, mais la plaisanterie lui échappait. Se sentant idiot, il s'en remit à l'affection dans sa voix. *Love Potion Number 9*. C'était le baume apaisant.

L'Inde était présente partout dans l'appartement de Bedford Street, à la manière insistante de la diaspora : la musique *filmi*, les bougies et l'encens, le calendrier montrant Krishna et les laitières, les durries au sol, le tableau de la Company School, la pipe hookah enroulée sur une étagère tel un serpent vert empaillé. L'alter ego made in Bombay de Neela, songea Malik en s'habillant, aurait sans doute préféré une simplicité occidentalisée, dans le style minimaliste californien... mais peu importe Bombay. Neela était elle aussi en train de s'habiller : elle enfilait sa tenue de sport noire la plus moulante et la plus « aérodynamique », une tenue faite dans une matière inconnue digne de l'ère spatiale. Elle avait besoin de passer au bureau malgré l'heure tardive. La préproduction du documentaire sur Lilliput touchait à sa fin, et elle devait bientôt se rendre aux antipodes. Il y avait encore beaucoup à faire. Autant s'habituer, se dit Solanka. Le besoin qu'elle a de s'absenter est professionnel autant que personnel. Être avec cette femme, c'est aussi apprendre à vivre sans elle. Elle noua les lacets de ses chaussures de sport — des baskets avec roulettes intégrées dans la semelle — et s'éloigna à grande vitesse, sa longue queue-de-cheval noire volant derrière elle. Solanka la regarda partir depuis le trottoir. L'« effet », remarqua-t-il alors que débutaient les habituelles catastrophes, opérait presque aussi bien la nuit.

Il se rendit au magasin FAO Schwarz et acheta un crocodile en peluche pour Asmaan. Bientôt, les derniers vestiges de l'ancienne fureur seraient estompés par son nouveau bonheur, et il aurait assez d'assurance pour se rapprocher de son fils. Mais pour ce faire, il lui faudrait affronter Eleanor et lui faire admettre l'inadmissible. Il lui faudrait l'enfouir comme un couteau dans son cœur aimant et généreux.

Il appela Asmaan pour lui annoncer qu'il allait recevoir une surprise. Grande excitation.

« Y a quoi dedans ? Ça dit quoi ? Que va dire Morgen ? »

Eleanor et Asmaan avaient passé des vacances à Florence chez les Franz.

« Y a pas de plage là-bas. Non. Y a un fleuve, mais j'ai pas pu nager dedans. Peut-être quand je serai plus grand je reviendrai et je m'y baignerai. J'avais pas pleur, papa. C'est pour ça que Morgen et Lin criaient. »

Peur.

« Mais pas maman. Maman elle criait pas. Elle a dit n'aie pas pleur, Morgen. Lin est très gentille. Maman aussi est très gentille. Enfin, c'est ce que je pense. Il avait un peu pleur, Morgen. Un tout petit peu. Est-ce qu'il essayait de me faire rire ? Je crois que oui. Tu sais papa ? Qu'est-ce qu'il disait ? On est allés voir des statues, mais Lin elle pouvait pas venir. C'est pour ça qu'elle peurait. Elle restait à la maison. Pas notre maison, mais. Chéplutro. »

Solanka comprit au bout d'un moment qu'il voulait dire : *je ne sais plus trop.*

« On est restés là-bas. Oui. C'était super bien. J'avais ma chambre qu'à moi. Ça me plaît. J'ai un arc et des flèches. Je t'aime, papa, tu viens à la maison aujourd'hui ? Samedi dimanche ? J'aimerais bien. Au revoir. »

Eleanor reprit le combiné.

« Oui, c'était pénible. Mais Florence est une très belle ville. Comment tu vas ? »

Il réfléchit une minute.

« Bien, dit-il. Je vais bien. »

Elle réfléchit une minute.

« Tu ne devrais pas lui promettre de rentrer, si

tu ne le fais pas, dit-elle, cherchant à en savoir plus.

— C'est quoi le problème ? demanda-t-il, changeant de sujet.

— C'est quoi ton problème ? » répliqua-t-elle.

Cela suffit. Il avait déjà senti le malaise révélateur dans sa voix et elle dans la sienne. Troublé par ce qu'il venait de comprendre, Solanka commit l'erreur de s'exprimer comme Neela.

« Oh, nom d'un chien ! Tu crois que tu peux lire dans mes pensées, mais tu te trompes si souvent... Si j'ai quelque chose à dire, je le dirai. Ne cherche pas les ennuis. »

Venant de Neela, la réplique semblait sincère, mais dans sa bouche, ce n'était plus que de la fanfaronnade. Eleanor réagit avec un amusement dédaigneux.

« "Nom d'un chien" ? fit-elle. Pourquoi pas "Nom d'un petit bonhomme" ou "Sacré bon sang de bonsoir" tant que tu y es ? »

Le ton était cassant, irrité, nullement conciliant. Morgen et Lin, songea Solanka. Morgen, qui avait pris la peine de lui téléphoner pour lui reprocher d'avoir abandonné sa femme, laquelle, à son tour, avait informé Solanka que son comportement l'avait rapprochée de son mari. Mm-hmm. Morgen et Eleanor et Lin à Florence. *C'est pour ça qu'elle pleurait.* Les propos d'Asmaan ne laissaient aucun doute. *Parce qu'elle pleurait.* Pourquoi est-ce qu'elle pleurait, Morgen ? Eleanor ? Ça vous embêterait de me répondre ? Ça t'embêterait de m'expliquer, Eleanor, pourquoi ton nouvel amant et sa femme se disputaient en présence de mon fils ?

La fureur l'abandonnait mais tout le monde autour de lui semblait d'une humeur plutôt massacrante. Mila déménageait. Eddie avait loué une camionnette à une compagnie du nom de Van Go et transbahutait sans se plaindre ses affaires du quatrième étage pendant qu'elle attendait dans la rue, en fumant une cigarette et en buvant du whisky irlandais directement à la bouteille, et en pestant. Elle avait désormais les cheveux roux, plus hérissés que jamais ; même sa tête paraissait furieuse.

« Qu'est-ce que tu regardes, toi ? lança-t-elle à Solanka quand elle vit qu'il l'observait depuis la fenêtre de son atelier du deuxième étage. Je sais pas ce que tu attends de moi, Professeur, mais tu l'auras pas. Pigé ? Je vais me marier et crois-moi t'as pas envie d'énerver mon fiancé. »

Bien qu'elle ait pratiquement bu toute la bouteille de Jameson, il descendit dans la rue pour lui parler. Elle allait emménager à Brooklyn avec Eddie dans un petit appartement de Park Slope. Les Araignautes avaient ouvert un bureau là-bas. Le site des Rois Pantins n'allait pas tarder à être lancé et les choses s'annonçaient bien.

« T'inquiète pas, Professeur, dit Mila d'une voix pâteuse. Ça marche du tonnerre. C'est juste toi que j'supporte pas. »

Eddie Ford apparut au bas des marches, un moniteur dans les bras. Quand il vit Solanka, il prit un air menaçant préparé de longue date, car il attendait ce moment depuis longtemps.

« Elle n'a pas envie de te parler, dit-il en posant l'écran. Est-ce que je me fais bien comprendre ? Mademoiselle Milo n'a aucune envie de faire la conversation. Toi comprendre ? Tu veux la voir, tu l'appelles à son bureau et tu demandes un rendez-vous. T'envoies un e-mail. Tu te pointes à son domicile et c'est à moi que t'auras affaire. La petite dame et toi, vous n'avez plus aucun rapport. T'es un inconnu. Si tu veux mon avis, faut qu'elle soit une vraie sainte pour vouloir traiter avec toi. Moi, j'ai rien d'un saint. Moi, j'ai juste besoin de cinq minutes. Trois cents secondes seul avec toi ça me suffirait largement. Oui. Tu me suis, professeur ? Tu me captes ? Tu me reçois ? »

Solanka acquiesça en silence et tourna les talons.

« Elle m'a dit ce que t'as essayé de lui faire, lui lança Eddie. T'es qu'un pauvre vieux pervers ! »

Et qu'est-ce qu'elle t'a dit, Eddie, sur ce qu'elle a voulu faire avec moi ? Oh, laisse tomber.

« Ah, Professeur. »

Dans le couloir à son étage, il tomba sur le plombier, Schlink ; ou plutôt, Schlink l'attendait en agitant un document, prêt à éclater.

« Tout fa bien dans l'appartement ? Pas de problème de toilettes ? So, so. Ce que Schlink répare reste répariert. (Il secoua la tête en souriant comme un dément.) Peut-être fous ne fous rappelez pas, continua-t-il. Ch'ai été franc afec fous, ne ? ch'ai raconté l'histoire de ma fie afec vous, gratis. Et fous en afez fait une blague cruelle. Fous afez dit, peut-être un film à partir de mon histoire triste. Fous ne le pensiez pas fraiment. Vous afez dit ça, j'en suis sûr, pour plaisanter. Généreux professeur, condescendant professeur, pauvre sale merde ! (Solanka fut pris de court.) Oui, insista Schlink. Che dis ce que che pense. Che suis fenu ici exprès pour fous dire ça. Fous foyez, professeur, j'ai suifi fotre gonseil, ce gonseil qui pour fous était chuste une blague stupide, et grâce à Dieu, le succès a récompensé meine efforts. Un gontrat ! Regardez, c'est là en noir sur blanc. Là, ici, le nom du studio. Et ici, les clauses financières. Ja, une gomédie, fous imaginez. Après toute une vie sans *humor*, je vais faire rire. Billy Crystal dans le rôle principal, il a décha di oui, il adore le scénar. Un énorme succès ! Bientôt sur les écrans. Au printemps prochain. On en parle partout. C'est la folie. Gros lancement. Fous allez foir. Bien, au refoir, professeur Trouduc, et merci pour le titre. *Judaïk Park*. AH, ah, ah, AH. »

16

L'été inconvenant s'acheva en une nuit, tel un flop à Broadway. La température chuta comme le couperet d'une guillotine ; le dollar, lui, grimpa en flèche. Partout, dans les salles de gym, les boîtes de nuit, les galeries, les bureaux, dans la rue et dans l'enceinte de la Bourse, dans les grands stades de la ville et les cinémas, les gens se préparaient à la nouvelle saison, s'échauffaient avant la course, assouplissaient leur corps, leur esprit et leur garde-robe, prenaient leurs marques. Pleins feux sur l'Olympe ! Le navire allait voguer. Inutile pour les rats d'envahir les cales. C'était un match de pros, dont les vainqueurs seraient des dieux. Il n'y aurait pas de second : le perdant prend la porte. On ne frapperait pas de médaille d'argent ou de bronze, ce serait l'or ou rien.

Les athlètes accaparaient les ondes en cet automne olympique : des buveurs de sang de tortue chinois tombés en disgrâce, la bouche de Marion Jones murmurant dans un micro, le mari de Marion Jones déclaré positif à la nandrolone,

Michael Johnson courant avec un téléphone et battant les records. Ce que Jack Rhinehart avait appelé les Olympiques du divorce battait également son plein. Lester, le cacochyme et second mari de l'ex-épouse de Solanka, Sara Lear Schofield, était mort dans son sommeil avant leur dernière audience au tribunal, mais non sans l'avoir au préalable évincée de son testament. Les échanges acides entre Sara, la super-mannequin brésilienne Ondine Marx et les enfants adultes que Schofield avait eus de mariages précédents remplacèrent en première page des journaux les meurtres du Tueur au parpaing. Sara sortit la tête haute de ces hostilités verbales préliminaires. Elle fournit des extraits photocopiés du journal intime de Schofield afin de prouver que le défunt avait cordialement détesté tous ses enfants et fait le serment de ne leur laisser pas même le prix du péage pour la traversée du pont de Triborough. Elle engagea également des détectives privés pour se renseigner sur Ondine, l'unique bénéficiaire du dernier et fortement contesté testament de Schofield. Des détails sur les mœurs légères et bisexuelles de la top-model, ainsi que sur son goût du ravalement esthétique, envahirent la presse. « Ce n'est pas mon genre, mais il paraît que c'est un super-coup », commenta caustiquement Sara. Le passé de toxicomane d'Ondine, ancienne actrice de pornos minables, fit également la une. Et surtout, les zélés Pinkertons déterrèrent sa liaison secrète avec le beau descendant paraguayen d'un criminel de guerre nazi. Ces révélations eurent pour effet d'attirer l'attention de l'Immigration et l'on commença à parler de lui retirer immédiatement sa carte verte. Je ne suis encore qu'un fantassin, mais l'amie Sara dirige des bataillons, pensa Malik Solanka non sans admiration. Je ne suis qu'un visage dans la foule, mais elle c'est la reine du lynchage.

PlanetGalileo.com, le projet des Rois Pantins, sa dernière entreprise ambitieuse, s'était trouvé de puissants alliés. Les Araignautes avaient bien tendu leur toile. Bailleurs et sponsors étaient impatients de participer à ce nouveau projet du créateur de la légendaire Cervelette. D'importants accords de production, de distribution et de commercialisation avec les acteurs clés — Mattel, Amazon, Sony, Columbia, Banana Republic — étaient déjà passés. Un univers de jouets était à l'étude, depuis les peluches jusqu'aux robots grandeur nature avec voix et lumières, sans parler des déguisements spéciaux pour Halloween. Il y avait des jeux de société, des puzzles et neuf sortes de vaisseaux et de neutraliseurs cyborgs, des maquettes de la planète Galilée-1, et, pour les vrais fêlés, du système solaire entier. Les préachats sur Amazon pour l'ouvrage fondateur *La Révolte des Poupées Vivantes* atteignirent presque le niveau historique des ventes du phénomène Cervelette. Un jeu pour Playstation était sur le point d'être lancé et déjà largement annoncé. Une nouvelle ligne de produits avec le logo Galilée devait être présentée lors de la Semaine de la mode. Et, dopé par la peur de l'imminente grève des acteurs et scénaristes au printemps prochain, un film à gros budget était sur le point d'obtenir le feu vert. Le plus important consortium de la Chine communiste avait demandé à être de la partie. Mila, en sa qualité de représentante des Araignautes, travaillait vingt-quatre heures sur vingt-quatre, avec des résultats extraordinaires. Mais les relations qu'entretenait Solanka avec elle demeuraient très froides. Manifestement, elle avait moins bien digéré leur rupture qu'elle ne l'avait laissé paraître. Elle tenait Solanka au courant des moindres progrès du site et lui demanda de se préparer à un raz de marée médiatique, mais sur le plan des rapports humains il aurait tout aussi bien pu y avoir des barbelés au milieu du Manhattan Bridge et du Brooklyn Bridge avec des versions dupliquées et tricéphales d'Eddie Ford montant la garde. Dans le monde électronique, Solanka et les Araignautes travaillaient de concert toute la journée. Mais pour le reste, ils demeuraient des étrangers. C'était apparemment inévitable.

Heureusement, Neela était toujours en ville, même si la raison de sa présence était perturbante, et la troublait grandement. Il y avait eu un coup d'État à Lilliput-Blefuscu, perpétré par un certain Skyresh Bolgolam, un marchand elbé indigène dont les galions de commerce avaient tous périclité et qui en conséquence détestait les prospères négociants indo-lillyens avec une véhémence qu'on aurait pu qualifier de raciste si elle n'avait été autant ancrée dans la jalousie professionnelle et le ressentiment personnel. Le coup d'État semblait particulièrement inutile ; sous la pression des Bolgolamites, le président libéral du pays, Golbasto Gue, qui avait réussi à faire passer un programme de réforme constitutionnelle destiné à donner aux Indo-Lilliputiens des droits électoraux et immobiliers égaux, avait déjà été contraint de faire machine arrière et de renoncer à la nouvelle Constitution à peine quelques semaines après son entrée en vigueur. Bolgolam, toutefois, soupçonnait une ruse, et au début du mois de septembre il entra dans le Parlement lilliputien de la capitale, Mildendo, accompagné de deux cents voyous armés, et prit en otages environ cinquante parlementaires indo-lillyens et membres du personnel politique, ainsi que le président Gue lui-même. Au même moment, des milices bolgolamites attaquaient et faisaient prisonniers les principaux dirigeants indo-lillyens. Les chaînes de télévision, les stations de radio et le réseau téléphonique du pays étaient réquisitionnés. À l'aérodrome international de Blefuscu, les pistes d'envol étaient soumises à un blocus ; le port maritime de Mildendo était également verrouillé. Le principal serveur informatique des deux îles, Lillicon, fut neutralisé par la bande bolgolamite. Toutefois, le réseau continuait de fonctionner partiellement.

On ignorait où vivait l'ami de Neela qui avait participé à la manifestation new-yorkaise. Mais, alors que les nouvelles parvenaient lentement de Lilliput malgré le bâillon bolgolamite, on apprit que Babur ne faisait pas partie des otages retenus au Parlement, et qu'il n'était pas en prison. S'il n'avait pas été tué, alors il était passé à la clandestinité. Neela décida que c'était l'hypothèse la plus probable. « S'il était mort, cet escroc de

Bolgolam l'aurait fait savoir, j'en suis sûre. Juste histoire de démoraliser encore plus l'opposition. » Solanka la vit fort peu dans les jours qui suivirent le coup d'État. Elle s'efforçait, souvent en pleine nuit à cause des treize heures de décalage horaire, d'entrer en contact via l'Internet et le téléphone par satellite avec ce qui était à présent le mouvement de résistance filbistani, le NRV, ou Nation Rebelle et Vindicative (surnommés les « Énervés »). Elle recherchait aussi activement le moyen d'entrer illégalement sur le territoire de Lilliput-Blefuscu depuis l'Australie ou Bornéo, accompagnée d'une équipe de tournage réduite. Solanka commença à s'inquiéter pour la sécurité de Neela et, malgré l'importance historique des événements qui réclamaient actuellement son attention, pour le bonheur qu'il venait de découvrir. Soudain jaloux du travail de la jeune femme, il couvait des griefs imaginaires, et se disait qu'il était relégué au second plan. Au moins, sa fictive Zameen de Rijk, débarquant en secret sur le sol de Baburie, s'était mise en quête de son homme, elle (même si ses intentions, il l'admettait, n'étaient pas claires). Une autre et terrible éventualité se présenta. Peut-être Neela recherchait-elle à Lilliput un homme autant qu'un sujet. Maintenant que le manteau de l'Histoire était tombé sur les épaules inconvenantes du patriote chauve au torse glabre qu'elle admirait tant, n'était-il pas possible que Neela ait commencé à voir dans ce Babur musculeux une proposition nettement plus alléchante qu'un conteur et créateur de jouets sédentaire et vieillissant ? Pour quelle autre raison irait-elle risquer sa vie en s'introduisant à Lilliput-Blefuscu ? Pour un simple film documentaire ? Ah ! Ça sonnait faux. C'était un prétexte. Et ce Babur, ce désir naissant pour Babur, était le texte.

Un soir, tard, et uniquement sur l'insistance de Solanka, Neela passa le voir dans son appartement de la 70e Rue Ouest. « J'ai cru que tu ne m'inviterais jamais », dit-elle en riant, avec un air faussement enjoué, soucieuse de dissiper le noir nuage de tension qui planait. Solanka ne pouvait lui dire la vérité : à savoir que, par le passé, la présence de Mila dans l'immeuble l'avait inhibé. Tous deux étaient trop tendus et harassés pour faire l'amour. Elle poursuivait son enquête, et lui avait passé la journée à entretenir les journalistes de la vie sur Galilée-1, une tâche agaçante et épuisante dont il s'acquittait artificiellement, sachant qu'une seconde couche de fausseté serait ajoutée par les réactions des journalistes à ses paroles. Solanka et Neela regardèrent le talk-show de David Letterman sans parler. Peu rompus à des difficultés dans leur relation, ils n'avaient mis au point aucun langage pour gérer la crise. Plus le silence s'éternisait entre eux, plus il empirait. Puis, comme si le malaise avait jailli de leur tête et s'était matérialisé, ils entendirent un hurlement déchirant. Puis un bruit de verre brisé. Puis un autre cri, plus perçant encore. Et enfin rien pendant un long moment.

Ils descendirent dans la rue pour voir ce qui se passait. Le hall d'entrée de l'immeuble de Solanka avait une porte intérieure qu'on ne pouvait d'ordinaire ouvrir qu'avec une clef, mais son cadre métallique était à présent faussé et la serrure refusait de fonctionner. La porte extérieure, celle donnant sur la rue, n'était jamais fermée à clef. C'était inquiétant, même dans le nouveau Manhattan sécurisé. S'il y avait un danger dehors, il pouvait théoriquement se glisser à l'intérieur. Mais la rue était calme et déserte, à croire que personne d'autre n'avait entendu. Malgré l'énorme fracas, il n'y avait absolument rien sur le trottoir, ni pot de fleurs ni vase brisé. Neela et Solanka inspectèrent la rue, déconcertés. C'était comme s'ils avaient surpris une dispute entre fantômes. La fenêtre à guillotine de l'ancien appartement de Mila était grande ouverte et, comme ils levaient les yeux, la silhouette d'un homme s'y dessina puis la fenêtre fut refermée. Les lumières furent éteintes.

« Ce doit être lui, dit Neela. C'est comme s'il l'avait ratée la première fois, mais pas la seconde. »

« Et le bruit ? » demanda Solanka. Elle se contenta de secouer la tête, rentra et voulut appeler la police.

« Si on m'assassinait et que mes voisins ne faisaient rien, je serais plutôt déçue, pas toi ? »

Deux agents vinrent les voir dans l'heure qui suivit, recueillirent leur déposition, puis partirent enquêter et ne revinrent pas.

« Je pensais qu'ils allaient revenir pour nous dire ce qui s'était passé, se plaignit Neela. Ils doivent se douter que nous sommes malades d'inquiétude à cette heure de la nuit. »

Solanka laissa libre cours à son ressentiment :

« Je crois qu'ils n'ont tout simplement pas compris qu'il était de leur devoir de te remettre personnellement leur rapport », dit-il sans chercher à atténuer le ton cassant de sa voix.

Elle lui tomba dessus aussitôt, avec une égale agressivité.

« C'est quoi ton problème ? demanda-t-elle. J'en ai marre de faire comme si je n'avais pas en face de moi un vieux râleur. »

Et c'était reparti, la triste spirale humaine de la récrimination et de la réplique, le jeu ancien des accusations mortelles : tu as dit non, non c'est toi, laisse-moi te dire je ne suis pas seulement lasse j'en ai vraiment marre de tout ça parce que tu en demandes tellement et tu donnes si peu, ah c'est comme ça eh bien laisse-moi te dire que je pourrais te donner tout le contenu de Fort Knox que ça ne suffirait pas, et ça veut dire quoi, on peut savoir, tu sais parfaitement ce que ça veut dire. Oh, très bien. Oh, d'accord, je crois que c'est clair. Entendu, si c'est ce que tu veux. Et qu'est-ce que je veux ? C'est ce que tu me forces à dire. Non, c'est ce que tu meurs d'envie de dire. Bon sang arrête de parler à ma place. J'aurais dû m'en douter. Non, c'est moi qui aurais dû me méfier. Bon, ben maintenant on le sait tous les deux. Entendu, alors. Très bien.

Au même instant, alors qu'ils se faisaient face tels deux gladiateurs sanguinolents, donnant et recevant les coups qui enverraient bientôt leur amour mordre la poussière de ce Colisée sentimental, le professeur Malik Solanka eut une vision qui arrêta le fouet cinglant de sa repartie.

Un énorme oiseau noir s'était posé sur le toit de l'immeuble, et ses ailes jetaient une ombre intense dans la rue. La Furie est là, pensa-t-il. Une des trois sœurs est venue me chercher. Ce ne sont pas des cris de terreur que nous avons entendus : c'est l'appel de la Furie. Le bruit qu'on a entendu dans la rue — cette explosion, comme si un morceau de béton avait été jeté de très haut avec une force inimaginable — n'était pas celui d'un vase qui tombe. C'était le bruit d'une vie qui se brise.

Et qui sait ce qui aurait pu se passer, ou de quoi il aurait pu être capable, si Neela ne s'était pas dressée devant lui, le dépassant d'une tête avec ses talons hauts et son maintien de reine, de déesse, toisant sa longue crinière argentée. Ou si elle n'avait pas eu l'intelligence de voir la terreur s'emparer de son visage doux et rond de gamin, la peur trembler aux commissures de sa bouche en cœur. Si, au dernier moment, elle n'avait pas trouvé l'audace inspiratrice, la pure intelligence émotionnelle de briser le dernier tabou qui se dressait encore entre eux, d'avancer en territoire inconnu avec tout le courage de son amour, de prouver sans le moindre doute que leur amour était plus puissant que la fureur en tendant un long bras plein de cicatrices et en commençant, avec une suprême détermination, et pour la première fois de sa vie, à ébouriffer ses cheveux, cette longue crinière d'argent qui coulait du sommet de son crâne.

Le charme était rompu. Il éclata de rire. Un grand corbeau noir étendit ses ailes et survola la ville, pour tomber mort quelques minutes plus tard près de la statue de Booth dans Gramercy Park. Solanka comprit qu'il était libre, qu'il avait enfin guéri de son étrange état. Les divinités de la colère s'étaient envolées. L'emprise qu'elles avaient sur lui était enfin rompue. On l'avait purgé d'une grande partie du poison qui coulait dans ses veines. On avait libéré ce qui jusqu'à présent demeurait emprisonné.

« Je vais te raconter une histoire », dit-il.

Neela lui prit la main et le fit asseoir sur le canapé.

« Parle, je t'en prie, mais je crois que je la connais déjà. »

À la fin du film de Tarkovski *Solaris*, l'histoire d'une planète recouverte par les eaux qui fonctionne comme un cerveau géant pouvant lire dans les pensées des hommes et réaliser leurs rêves, le héros-cosmonaute retourne enfin chez lui ; le voilà dans la véranda de sa datcha russe, avec ses enfants qui courent gaiement autour de lui et sa belle épouse défunte de nouveau à ses côtés. Comme la caméra recule, infiniment, nous voyons que la datcha se trouve sur une île minuscule au beau milieu du vaste océan de Solaris : c'est une illusion, ou peut-être une vérité plus profonde que la vérité. La datcha rapetisse, rapetisse, puis disparaît, et nous nous retrouvons face à l'image du puissant et attirant océan du souvenir, de l'imagination et du rêve, où rien ne meurt, où ce qu'on désire vous attend toujours dans une véranda, ou court à votre rencontre à travers une prairie éclatante avec des cris d'enfant et les bras grands ouverts.

Parle. Je sais déjà. Neela, avec la sagesse du cœur, avait deviné pourquoi, pour le professeur Solanka, le passé n'était pas source de joie. Quand il vit *Solaris*, il trouva la scène finale horrible. Il avait connu un homme dans ce genre, un homme qui vivait dans l'illusion de la paternité, englué dans une cruelle aberration quant à la nature de cet amour. Il connaissait également un enfant semblable, qui courait vers l'homme qui avait le rôle du père, mais ce rôle était un mensonge, un mensonge. Il n'y avait pas de père. Ce foyer n'avait rien de joyeux. L'enfant n'était pas. Tout était tromperie.

Oui, Bombay lui revenait en force, et Solanka y vivait une fois de plus, du moins dans la seule partie de la ville qui eût vraiment une emprise sur lui, la petite parcelle du passé d'où pouvaient surgir des enfers entiers, son maudit Yoknapatawpha, son exécrable Malgudi, qui avait façonné son destin et dont il avait oblitéré le souvenir depuis des années. Le quartier de Methwold's Estate : cela suffisait amplement à ses besoins. Et, en particulier, un appartement dans un immeuble appelé Noor Ville, où pendant longtemps on l'avait élevé comme une fille.

Il ne put affronter de face son histoire, ne put l'aborder qu'obliquement, en parlant des bougainvillées qui escaladaient la véranda tel un cambrioleur dessiné par Arcimboldo, ou tel un beau-père à votre chevet la nuit. Il décrivit les corbeaux qui se posaient en croassant, pareils à de mauvais augures, sur le rebord de sa fenêtre, sa certitude de pouvoir comprendre leurs avertissements si seulement il n'était pas si bête, si seulement il pouvait se concentrer davantage, alors, oui, il aurait pu s'enfuir de chez lui avant qu'il n'arrive quoi que ce soit, ainsi donc c'était sa faute, sa faute à lui qui avait échoué à faire cette chose si simple, comprendre le langage des oiseaux. Il parla de son meilleur ami Chandra Venkataraghavan dont le père avait quitté le domicile quand il avait dix ans. Malik allait dans la chambre de Chandra et interrogeait le gamin désespéré. Dis-moi combien tu souffres, le suppliait Malik. J'ai besoin de savoir. C'est comme ça que je devrais souffrir moi aussi. Le propre père de Malik avait disparu quand il avait moins d'un an ; sa jeune et jolie mère, Mallika, avait brûlé toutes les photos et s'était remariée dans l'année, prenant avec soulagement le nom de son second mari et le transmettant également à Malik, trompant Malik sur son passé comme sur ses sentiments. Son père était parti et il ignorait jusqu'à son nom, qui était également le sien. Si sa mère avait été la seule à décider, Malik aurait pu ne jamais apprendre l'existence de son père, mais son beau-père lui en parla quand il fut en âge de comprendre. Son beau-père qui avait besoin de se disculper de l'accusation d'inceste. De cela, entre autres choses.

Quel métier exerçait son père ? Malik ne le sut jamais. Était-il gros ou mince, grand ou petit ? Ses cheveux étaient-ils ondulés ou raides ? Il ne pouvait que fixer son reflet dans le miroir. Le mystère se dissiperait quand il grandirait, et le visage qui apparaîtrait dans la glace répondrait à ses longues attentes.

« Nous sommes à présent des Solanka, le réprimanda sa mère. Peu importe cette personne qui n'a jamais existé et qui certainement n'existe plus aujourd'hui. Ton vrai père est celui qui remplit ton assiette et t'habille. Baise ses pieds et obéis-lui. »

Le Dr Solanka, le second mari, était consultant au Breach Candy Hospital et un compositeur doué à ses heures perdues, et le fait est qu'il subvenait largement aux besoins de sa famille. Toutefois, comme le découvrit Malik, son beau-père attendait qu'on lui baise bien plus que les pieds. Quand Malik eut six ans, Madame Mallika Solanka — qui n'avait jamais eu d'autre enfant, comme si son premier mari avait emporté avec lui dans sa fuite le secret de la fertilité — fut déclaré inapte à la procréation et les tourments de l'enfant commencèrent. *Mets-lui des robes, laisse pousser ses cheveux, et il sera notre fille autant que notre fils. — Mais mon mari, comment est-ce possible, je veux dire, n'est-ce pas mal ? — Bien sûr que non ! Pourquoi ? Dans le secret du foyer tout ce qui est décrété par le pater familias est approuvé par Dieu.* Oh ma faible mère tu m'as mis des rubans et des robes. Et quand ce salaud t'expliqua que de l'exercice quotidien serait bénéfique à ta fragile constitution, tout en asthme et coups de froid, quand il t'envoya faire de longues promenades dans les Jardins suspendus ou l'hippodrome de Mahalaxmi, tu ne t'es pas demandé pourquoi il ne t'accompagnait pas ; pourquoi, renvoyant l'ayah, il insistait pour s'occuper seul de sa « petite fille » ? Oh ma pauvre et défunte mère qui trahit son unique enfant. Au bout d'un an de la sorte, Malik rassembla enfin assez de courage pour poser l'impossable question. *Maman pourquoi le Docteur Sahib appuie sur ma tête ? Qu'est-ce que ça veut dire ? Maman quand il est devant moi et appuie sur ma tête pour que je m'agenouille, maman, quand il défait son pyjama, maman, quand il le laisse tomber.* Elle l'avait alors frappé, violemment et plusieurs fois de suite. *Que je ne t'entende plus dire ces horribles mensonges ou je te frapperai jusqu'à ce que tu sois sourd et muet. Pour une raison que j'ignore tu en veux à cet homme qui est le seul père que tu aies jamais connu. Pour une raison que j'ignore tu ne veux pas que ta mère soit heureuse, alors tu racontes ces mensonges, ne croie pas que je ne la connais pas, cette méchanceté dans ton cœur ; qu'est-ce que tu crois que je ressens quand toutes les mères disent, votre Malik, quelle imagination, posez-lui une question et allez savoir ce qu'il vous répondra ? Oh, je sais ce que ça veut dire : ça veut dire que tu racontes de gros mensonges dans toute la ville, et que mon fils est un sale menteur.*

Après ça, il devint sourd et muet. Après ça, quand les petites pressions sur sa tête enrubannée recommençaient, il tombait servilement à genoux, fermait les yeux et ouvrait la bouche. Mais de longs mois plus tard les choses changèrent. Un jour, le Dr Solanka reçut la visite du père de Chandra, Monsieur Balasubramanyam Venkataraghavan, le banquier important, et ils restèrent enfermés pendant plus d'une heure. Il y eut des éclats de voix, puis des murmures. Mallika fut convoquée, puis congédiée. Malik resta à l'autre bout du couloir, les yeux écarquillés, muet, en serrant une poupée dans ses bras. Finalement, Monsieur Venkat s'en alla, la tempête personnifiée, ne s'arrêtant que pour prendre Malik dans ses bras (l'enfant avait dû mettre une chemise blanche et un short pour la visite de Monsieur Venkat) et lui glisser à l'oreille, le visage empourpré :

« Ne t'en fais pas, mon garçon. "*Et le corbeau répondit : jamais plus.*" »

Le même après-midi, les robes et les rubans furent emportés et brûlés. Mais Malik demanda à conserver ses poupées. Le Dr Solanka ne posa plus jamais un doigt sur lui. Quelle qu'ait été la menace proférée par Monsieur Venkat, elle avait été efficace. (Quand Balasubramanyam Venkataraghavan quitta son foyer pour devenir *sanyasi*, Malik Solanka, alors âgé de dix ans, eut très peur que son beau-père ne reprenne ses vieilles habitudes. Mais apparemment le Dr Solanka avait retenu la leçon. Malik Solanka, toutefois, n'adressa plus jamais la parole à son beau-père.)

À dater de ce jour, la mère de Malik se comporta différemment, présentant d'interminables excuses à son fils et pleurant sans retenue. Il pouvait à peine lui parler sans provoquer aussitôt un horrible cri de chagrin coupable. Cela éloigna

Malik. Il avait besoin d'une mère, pas d'une fontaine.

« Je t'en prie, Ammi, la grondait-il quand elle s'abandonnait à l'une de ses fréquentes crises d'étreintes larmoyantes. Si je peux me contrôler, alors toi aussi tu le peux. »

Blessée, elle le délaissa, et après ça ne pleura plus qu'en privé, la tête dans l'oreiller. Et la vie reprit son apparence de normalité ; le Dr Solanka exerça son métier, Mallika s'occupa de la maison, et Malik garda ses pensées pour lui, ne se confiant qu'à voix basse, en pleine nuit, aux poupées rassemblées autour de lui dans son lit, tels des anges gardiens, des sœurs de sang : la seule famille à laquelle il pût faire confiance.

« La suite importe peu, dit-il, une fois sa confession achevée. La suite est ordinaire — vivre avec, grandir avec, m'éloigner d'eux, vivre ma vie. »

Il venait de se débarrasser d'un lourd fardeau.

« Je n'ai plus à les trimballer partout », ajouta-t-il, lui-même étonné.

Neela passa ses bras autour de lui.

« Maintenant c'est moi qui te tiens prisonnier, dit-elle. C'est moi qui te demande d'aller ici, de faire ceci. Mais cette fois c'est ce que nous voulons tous les deux. Dans cette prison tu es enfin libre. »

Il se détendit contre elle, même s'il savait qu'il lui restait une dernière grille à franchir : celle du dévoilement absolu, de la vérité entière, brutale, au-delà de laquelle se trouvaient les étranges rapports qu'il avait eus avec Mila Milo. Mais ça, se persuada-t-il de façon catastrophique, c'était pour un autre jour.

Partout sur terre — en Angleterre, en Inde, dans la lointaine Lilliput — les gens étaient obsédés par l'idée du succès en Amérique. Neela était une vedette chez elle uniquement parce qu'elle avait trouvé un poste intéressant — avait « réussi » — dans les médias américains. En Inde, on tirait beaucoup de fierté des succès remportés par des Indiens vivant aux États-Unis dans la musique, l'édition (mais pas la littérature), Silicon Valley et Hollywood. Les niveaux anglais d'hystérie étaient encore plus élevés. Des journalistes britanniques trouvent du travail aux États-Unis ! Incroyable ! Un acteur anglais joue le second rôle dans un film américain ! Mince, quelle superstar ! Le comique anglais travesti remporte deux Emmy Awards ! Stupéfiant ! On a toujours su que le travestisme anglais était le meilleur ! Le succès en Amérique était devenu la seule preuve de votre valeur. Ah, génuflexion, pensa Malik Solanka. Plus personne ne savait résister à l'argent de nos jours, et tout l'argent se trouvait ici, en Terre promise.

De telles réflexions étaient devenues pertinentes, car à cinquante ans passés il faisait l'expérience du prestige inégalé d'un vrai succès américain, une puissance qui faisait voler en éclats toutes les portes de la ville, déverrouillait ses secrets et vous invitait à festoyer jusqu'à la satiété et au-delà. Le lancement de Galilée, une aventure interdisciplinaire sans précédent, avait pris des dimensions intergalactiques, et ce dès le premier jour. Il était devenu cet heureux accident : un mythe nécessaire. Des tee-shirts avec l'inscription *Que les plus aptes survivent* ornaient quelques-unes des plus belles poitrines de la ville, slogan triomphaliste de cette génération en baskets qui était devenue légion en une nuit. On l'arborait également avec fierté sur les ventres les plus distendus, comme une preuve du suprême sens de l'ironie et de l'humour de ceux qui le portaient. Les commandes du jeu vidéo pour Playstation grimpèrent en flèche, défiant toutes les prévisions, laissant même Lara Croft patauger dans son sillage. Au plus fort du phénomène *Guerre des Étoiles*, les produits dérivés de cette série avaient été responsables d'un quart du chiffre d'affaires mondial de l'industrie du jouet. Seul le phénomène Cervelette s'approcha par la suite de ces résultats. À présent, la saga Galilée-1 battait de nouveaux records ; et cette fois la folie mondiale n'était pas alimentée par des films ou la télévision, mais par un site Web. Le nouveau média se révélait finalement rentable. Après un été de scepticisme quant au potentiel de nombreux sites Internet franchement peu rentables, voilà qu'enfin s'imposait le meilleur des mondes prophétisé. Le monstre attrayant du professeur Solanka, dont l'heure était enfin venue, se traînait vers Bethléem pour naître. (Certes, il y eut des problèmes : les premiers jours, le site satura souvent suite à sa fréquentation, laquelle semblait augmenter plus vite que la capacité des Araignautes à accroître son accès par la reproduction, la duplication et le tressage de nouveaux fils du luisant réseau.)

Une fois de plus, les personnages imaginaires de Solanka sortirent de leur cage et descendirent dans la rue. Du monde entier parvenaient des nouvelles de leurs représentations, devenues gigantesques, occupant plusieurs étages sur les murs des villes. Ils faisaient des apparitions en public, chantaient l'hymne national dans les stades, publiaient des livres de recettes, passaient à l'émission de David Letterman. Les jeunes actrices en vue de l'époque se battaient publiquement pour décrocher le rôle de Zameen de Rijk et de son double, la Déesse cyborg de la Victoire. Et cette fois-ci Solanka ne ressentait rien de la vieille frustration de Cervelette, car, comme le lui avait promis Mila Milo, c'était vraiment son show. Il s'émerveillait de sa propre excitation. Des réunions de travail occupaient ses journées. Le bras de fer par e-mail avec les Araignautes était fini. De vraies rencontres étaient devenues essentielles. La colère continue, voire croissante, d'une Mila sexuellement éconduite et obsédée par son père était l'unique mouche dans cette riche confiture digne de Crésus. Mila et Eddie se présentaient aux réunions importantes le visage fermé et repartaient sans un mot aimable pour Solanka. Mais les cheveux et les yeux de Mila en disaient long. Ils changeaient fréquemment de couleur, brûlaient telle une flamme un jour et étaient noirs comme la nuit le lendemain. Souvent, les lentilles de contact juraient méchamment avec les cheveux, laissant supposer que Mila était d'une humeur particulièrement massacrante ce jour-là.

Solanka n'avait pas de temps à perdre avec le problème Mila. Les partenaires du projet Galilée débordaient d'idées sur la diversification : une chaîne de restaurants ! Un parc à thème ! Un hôtel gigantesque à Las Vegas, un centre de loisirs et un casino de la forme des deux îles de Baburie, qu'on placerait dans un océan créé artificiellement en plein désert ! Le nombre des propositions qui les assiégeaient était aussi difficile à établir que l'expression décimale complète de π. Les Araignautes créaient et recevaient de nouveaux projets presque tous les jours, et Malik Solanka s'abîmait dans l'extase, la *furia*, du travail.

L'intervention des Poupées Vivantes venues de la planète imaginaire Galilée-1 dans les affaires publiques de la vraie planète Terre n'avait cependant pas été prévue. Ce fut Neela qui en informa Solanka. Elle débarqua dans son appartement de la 70e Rue Ouest dans un état de grande excitation. Les yeux brillants, elle lui annonça qu'il y avait eu un contre-coup d'État à Lilliput. Cela avait commencé comme un cambriolage : des hommes masqués avaient fait une descente dans le plus grand magasin de jouets de Mildendo et raflé la totalité des masques et costumes des cyborgs kronosiens récemment importés. Chose intéressante — vu le nom de son copain porte-drapeau et glabre —, aucun déguisement baburien n'avait été emporté. Les radicaux du NRV, les « Énervés » révolutionnaires indo-lillyens qui avaient orchestré le raid, comme cela fut ensuite révélé, s'identifiaient fortement avec les Rois Pantins, dont le droit inaliénable à être traités en égaux — en êtres moraux et conscients — avait été dénié par Mogol le Baburien, leur ennemi mortel, dont on accusait Skyresh Bolgolam d'être un avatar.

Jusqu'ici, la nouvelle semblait plutôt pittoresque, une aberration exotique sans importance, reléguée au Pacifique Sud et de fait aisément écartée. Mais ce qui se passa ensuite ne fut pas aussi facilement ignoré. Des milliers de révolutionnaires filbistaniens bien disciplinés venaient de lancer des attaques armées et conjointes sur les installations clés de Lilliput-Blefuscu, prenant la modeste armée elbée par surprise et engageant avec les Bolgolamites qui occupaient le Parlement, les chaînes de télévision, les stations de radio, les compagnies de téléphone et les bureaux du serveur Internet Lillicon, sans oublier l'aérodrome et le port maritime, un combat violent et prolongé. Les fantassins portaient les chapeaux, visières et foulards habituels pour cacher leur visage, mais certains officiers étaient vêtus de façon plus grandiose. Les cyborgs d'Akasz Kronos dirigeaient ce qui, comprit Malik Solanka, n'était rien de moins qu'une « troisième révolte des Poupées Vivantes ». On vit de nombreux « Créateurs » et « Zameens » dirigeant les opérations avec assurance. « Que les plus aptes survivent ! » lancèrent les Énervés en chargeant les positions bolgolamites. À la fin de la sanglante journée, le NRV avait remporté la victoire, mais le prix était élevé : des centaines de morts, des centaines de blessés graves ou du moins étiquetés « blessés valides ». Les équipes médicales de Lilliput-Blefuscu rencontrèrent d'énormes difficultés à soigner les blessés avec la rapidité que leurs blessures exigeaient. Certains moururent en attendant qu'on les soigne. Des cris de douleur et de peur résonnèrent toute la nuit dans les couloirs des hôpitaux de la petite nation.

Alors que Lilliput-Blefuscu rétablissait le contact avec le monde extérieur, il apparut que le président Golbasto Gue ainsi que le chef déchu du coup d'État originel, Skyresh Bolgolam, avaient été faits prisonniers. Le chef du soulèvement NRV, qui avait revêtu le costume de Kronos/Créateur et se faisait appeler « Commandant Akasz », fit une brève apparition sur LBTV pour annoncer le succès de l'opération, louer les martyrs et annoncer, les poings serrés, que « les plus aptes avaient survécu ! ». Puis il exposa ses exigences : le rétablissement de la Constitution brocardée par Golbasto et le procès du gang Bolgolam pour haute trahison, laquelle, selon la loi elbée, était punissable de mort, même si aucune exécution n'avait jamais eu lieu de mémoire d'homme, et si aucune ne serait demandée dans ce cas. Il affirma ensuite que lui, « Commandant Akasz des Énervés », exigeait le droit d'être consulté sur le nouveau gouvernement de Lilliput-Blefuscu, et présenta ses propres candidats à cette administration. Il ne demanda aucun poste pour lui-même, fausse modestie qui n'abusa personne. Bal Thackeray à Bombay et Jörg Haider en Autriche avaient largement prouvé qu'un homme n'a pas besoin d'occuper une fonction publique pour diriger le pays. Un authentique leader s'était manifesté. Jusqu'à ce que ses exigences soient exaucées, conclut le « Commandant Akasz », il allait « inviter l'estimé Président et le traître Bolgolam à demeurer dans le bâtiment du Parlement en qualité d'invités personnels ».

Solanka était troublé ; c'était, une fois de plus, le vieux problème de la fin et des moyens. Le « Commandant Akasz » ne lui faisait guère l'effet du serviteur d'une juste cause, et même si Mandela et Gandhi n'étaient pas les seuls modèles offerts à la réflexion des révolutionnaires, les stratégies brutales se devaient d'être dénoncées. Mais Neela se montra enthousiaste.

« Ce qui est incroyable, c'est que ça ne ressemble pas du tout au caractère indo-lillyen : des gens militarisés, disciplinés, cherchant à se défendre au lieu de pleurnicher et de se tordre les mains. Tu ne trouves pas qu'il a accompli un vrai miracle ? »

Elle partait pour Mildendo le lendemain matin, annonça-t-elle.

« Réjouis-toi pour moi. Ce coup d'État rend mon film terriblement sexy. Le téléphone n'a pas arrêté de sonner toute la journée. »

Malik Solanka, qui se sentait à l'un des sommets de son existence, et, tel Gulliver ou Alice, avait l'impression d'être un géant parmi les pygmées, invincible, invulnérable, sentit soudain de minuscules doigts invisibles tirer sur ses vêtements, comme si une horde de petits lutins tentaient de l'entraîner dans les enfers.

« C'est lui, tu sais, ajouta Neela. Le "Commandant Akasz", je veux dire. J'ai visionné la cassette et ça ne fait aucun doute. Ce corps : je le reconnaîtrais entre mille. C'est vraiment quelqu'un. »

La vitesse de la vie contemporaine, pensa Malik Solanka, devançait la capacité du cœur à réagir. La mort de Jack, l'amour de Neela, la défaite des Furies, le crocodile d'Asmaan, le chagrin d'Eleanor, la douleur de Mila, le triomphalisme méprisant du plombier Schlink, la fin de l'été, le coup d'État bolgolamite à Lilliput-Blefuscu, la jalousie éprouvée par Solanka à l'encontre du chef radical du NRV, Babur, sa dispute avec Neela, les cris dans la nuit, la « confession » au sujet de son passé, les progrès ultrarapides du projet Galilée-Rois Pantins et son énorme succès, le contre-coup d'État du « Commandant Akasz », le départ imminent de Neela : une telle accélération du flux temporel était si écrasante qu'elle en devenait comique. Neela, quant à elle, ne ressentait rien de tout cela ; créature de la vitesse et du mouvement, enfant d'une époque trépidante, elle considérait le rythme actuel du changement comme normal.

« Tu sembles si vieux quand tu parles ainsi, se moqua-t-elle. Arrête et viens ici tout de suite. »

Ils firent durer leurs derniers ébats jusqu'à l'excès. Nul problème ici de célérité postmoderne abusive. Il restait encore manifestement des domaines où les jeunes prisaient la lenteur.

Il sombra dans un sommeil sans rêve, mais se réveilla, deux heures plus tard, en plein cauchemar. Neela était encore là — elle acceptait de dormir chez Solanka, même si elle trouvait toujours désagréable de se réveiller à ses côtés dans son lit à elle, une exigence à laquelle il se soumettait sans faire de difficultés — mais il y avait un étranger dans la chambre, oui, il y avait un grand, non, un très grand type au chevet de Solanka, qui brandissait — oh, horrible miroir du propre méfait de Solanka — un hideux couteau. S'éveillant pour de bon, Solanka se redressa d'un bond dans son lit. L'intrus le salua, en agitant vaguement la lame dans sa direction.

« Professeur, dit Eddie Ford non sans courtoisie. Heureux que vous soyez des nôtres ce soir. »

Plusieurs années auparavant, à Londres, Solanka s'était fait menacer à l'arme blanche par un jeune Noir qui avait jailli d'une décapotable : il voulait utiliser la cabine téléphonique où venait juste d'entrer Solanka.

« Faut que j'appelle une nana, expliqua lc jeune. C'est urgent, tu piges ? »

Quand Solanka lui expliqua que son appel était lui aussi important, le jeune péta les plombs.

« Je vais te saigner, fumier. J'en ai rien à battre, moi. »

Solanka s'était maîtrisé du mieux qu'il avait pu. L'important était de ne paraître ni trop effrayé ni trop assuré. De la précision de haut vol. Il s'efforça également de parler d'une voix égale.

« Ça serait dommage pour moi, dit-il, mais également pour vous. »

Puis ils se défièrent du regard, et Solanka eut l'intelligence de capituler.

« Allez, dégage, connard, c'est compris ? » dit son agresseur, qui alla passer son coup de fil.

« Hé, ma belle, oublie-le, laisse-moi te montrer ce que ce pauvre type connaîtra jamais. »

Il se mit à chantonner dans le combiné des paroles que Solanka connaissait, les paroles d'une chanson de Bruce Springsteen : *« Tell me now, baby, is your daddy home, did he go and leave you all alone, uh-huh, I got a bad desire ; oh, oh, oh, I'm on fire. »* Solanka s'éloigna rapidement, tourna le coin de la rue et s'adossa à un mur, tout tremblant.

Et voilà que ça recommençait, mais cette fois c'était intentionnel, et des gestes pondérés et une voix posée risquaient de ne pas suffire. Cette fois-ci, il y avait une femme endormie à côté de lui dans son lit. Eddie Ford s'était mis à aller et venir lentement au pied du lit.

« Je sais ce que tu penses, mec, dit-il. Un mordu de cinéma comme toi. La salle du Lincoln Center, tout ça, ben voyons. *Le Couteau dans l'escalier*, t'as bien deviné, le film de Robert Wise, avec Shelley Winters, c'est bien ça. »

Le film s'appelait en fait *Le Coup de l'escalier*, mais Solanka décida de ne pas contredire Eddie pour le moment.

« Putain, tous ces films avec des couteaux, réfléchit tout haut Eddie. Mila a bien aimé Bruno Ganz dans *Le Couteau dans la tête*, mais pour moi rien ne vaut ce bon vieux classique, le premier film de Polanski, *Le Couteau dans l'eau*. Un type commence à jouer avec un couteau pour impressionner sa femme. Elle en pince pour l'autre connard d'auto-stoppeur blond. C'était une sacrée erreur, ma fille. C'est grave. »

Neela remuait et gémissait doucement dans son sommeil, comme à son habitude.

« Chhh, dit Solanka en lui caressant le dos. Tout va bien. Chhh. »

Eddie acquiesça d'un air grave.

« Je pense qu'elle va pas tarder à nous rejoindre, mec. Putain, j'attends que ça. (Puis il reprit ses ruminations :) On classe souvent les films, Mila et moi. Flippant, effrayant, tétanisant, ce genre. Pour elle, le summum, c'est *L'Exorciste*, mec, qui va bientôt ressortir avec des scènes encore jamais vues, ouais, mais moi je dis, non. Il faut remonter jusqu'à l'époque classique, jusqu'au *Rosemary's Baby* de l'ami Polanski, mec. Le coup du bébé, ça c'est fort. Bon, les bébés, tu t'y connais, pas vrai, professeur ? Des bébés qui s'assoient sur tes genoux tous les jours. Tu m'as pas répondu, professeur. Laisse-moi te le redire autrement. T'as fricoté avec ce que t'avais pas le droit de toucher, et moi je dis que le putain de coupable doit payer. Je suis la vengeance, a dit le Seigneur. Et Eddie lui aussi est la vengeance, professeur, pas vrai que maintenant qu'on est là l'un en face de l'autre, c'est le putain de moment de vérité ? On est là, tous les deux, toi sans défense avec ta nana et moi avec mon putain d'énorme couteau meurtrier dans la main qui va te trancher les burnes, alors tu crois pas que c'est le moment d'accepter, bordel, que le jour du Jugement dernier est arrivé ? »

Les films infantilisaient leur public, pensa Solanka, ou alors ceux qui se laissaient facilement infantiliser étaient attirés par des films d'un genre simpliste. Peut-être que le quotidien, sa précipitation, sa surcharge, abrutissait et anesthésiait les gens, et du coup ils se réfugiaient dans le monde simpliste des films pour recommencer à ressentir. Le résultat, c'est que dans l'esprit de nombreux adultes, l'expérience proposée dans les salles de cinéma paraissait désormais plus réelle que dans le monde réel. Pour Eddie, ses tirades de truand de cinéma étaient plus authentiques que tout autre discours « naturel », fût-il menaçant, à sa disposition. Il s'imaginait être Samuel L. Jackson s'apprêtant à descendre un minable. Il était l'homme habillé en noir, l'homme désigné par une couleur, en train de découper une victime ligotée, tout en écoutant *Stuck in the Middle with You*. Rien de tout cela n'impliquait qu'un couteau ne fût pas un couteau. La douleur restait la douleur, la mort venait toujours au final, et il y avait bel et bien un jeune homme cinglé en train de brandir un couteau devant eux dans l'obscurité. Neela était réveillée à présent, assise à côté de Solanka, elle remontait les draps sur sa nudité, comme le font les gens dans les films.

« Tu le connais ? » murmura-t-elle.

Eddie éclata de rire.

« Oh ça oui, ma beauté ! s'écria-t-il. On a le temps de jouer aux devinettes. Le professeur et moi, on est collègues. »

« Eddie, dit d'un air de reproche une Mila aux yeux curieusement pourpres et aux cheveux bleus depuis le seuil de la chambre. Tu m'as volé mes clefs. Il m'a volé mes clefs, dit-elle en s'adressant cette fois à Solanka. Je suis désolée pour tout ça. Cette histoire lui tient à cœur. J'aime ça chez un homme. Il en a surtout après toi. Ça se comprend. Mais le couteau ? Erreur, Eddie. (Elle se tourna vers son fiancé.) Erreur ! Comment ferons-nous pour nous marier si tu te retrouves derrière les barreaux ? »

Eddie eut l'air tout penaud et, tel un écolier qu'on vient de gronder, se balança d'un pied sur l'autre, passant d'une seconde à l'autre de l'état de tueur enragé à celui de chiot glapissant.

« Va m'attendre dehors », lui ordonna-t-elle, et il sortit en traînant bêtement les pieds.

« Il va attendre dehors, dit-elle à Solanka, en ignorant complètement l'autre femme dans la chambre. Nous avons à parler. »

L'autre femme, toutefois, n'avait pas l'habitude d'être radiée d'une scène où elle avait un rôle à jouer.

« Ça veut dire quoi, "il a volé mes clefs" ? demanda Neela. Pourquoi est-ce qu'elle avait tes clefs ? Et il veut dire quoi, vous êtes collègues ? Et ça veut dire quoi, "ça se comprend" ? Pourquoi veut-elle te parler ? »

Elle veut me parler, répondit en silence le professeur Solanka, parce qu'elle croit que je pense qu'elle a couché avec son père, alors qu'en fait je sais que c'est son père qui a couché avec elle, car il s'agit là d'un domaine dans lequel j'ai moi-même pas mal enquêté. Il l'a baisée tous les jours comme une brute — comme un homme — puis il l'a laissée tranquille. Et parce qu'elle l'aimait et le haïssait en même temps, elle recherche depuis des remakes, des imitations de la vie. Elle maîtrise parfaitement son époque, cette époque de simulacres et de contrefaçons, où l'on peut trouver n'importe quel plaisir sous forme synthétique, à l'abri de la maladie ou de la culpabilité — une superbe version en toc, à basses calories, du vrai monde bien crade. Une expérience bidon si agréable que vous finissez par la préférer à la réalité. La doublure, c'était moi.

Il était trois heures dix-sept du matin. Mila, en trench-coat et bottes, s'assit au bord du lit. Malik Solanka gémit. Le désastre se produisait toujours quand vos défenses étaient au plus bas, vous prenant en traître, comme l'amour.

« Dis-lui, fit alors Mila, reconnaissant enfin l'existence de Neela. Explique-lui pourquoi tu m'as donné les clefs de ton petit royaume. Explique-lui pour le coussin sur tes genoux. »

Mila avait préparé soigneusement cette confrontation. Elle défit la ceinture de son trench-coat et l'ôta, révélant, ô surprise, une nuisette de gamine. De l'usage des vêtements comme armes mortelles : Mila blessée dans le plus simple appareil à tuer.

« Vas-y, Papi, lui lança-t-elle. Parle-lui de nous. Parle-lui de Mila l'après-midi. »

« On t'écoute », ajouta avec hargne Eleanor Masters Solanka en allumant la lumière. Elle entra dans la chambre, accompagnée de son ancien pote grisonnant, l'espèce de chouette bouddhiste aux yeux clignant derrière des lunettes : l'épais Morgen Franz.

« Je suis sûre que ton récit va tous nous fasciner. »

Soit, pensa Malik. Il semble qu'on pratique l'entrée libre ici. Je vous en prie, entrez, entrez tous, ne faites pas attention à moi, faites comme chez vous. La chevelure noisette d'Eleanor était plus abondante que jamais ; elle portait un long manteau noir à col montant en cachemire, et ses yeux lançaient des éclairs. Malik la trouva superbe pour une heure aussi tardive. Il remarqua également que Morgen Franz lui tenait la main, et que Neela était sortie du lit pour s'habiller tranquillement. Ses yeux à elle aussi étaient enflammés, et ceux de Mila, bien sûr, brillaient déjà d'un feu ardent. Solanka ferma les yeux, se laissa aller en arrière et posa un oreiller sur son visage pour se protéger de tous ces regards incendiaires.

Eleanor et Morgen avaient confié Asmaan à sa grand-mère et atterri à l'aéroport JFK dans l'après-midi. Ils étaient descendus à l'hôtel avec l'intention de contacter Solanka au matin pour le mettre au courant du changement survenu dans leur vie. (Ce dont Solanka s'était douté tout seul — ou plutôt avec l'aide d'Asmaan.)

« De toute façon je n'arrivais pas à dormir, déclara Eleanor à l'oreiller. Alors je me suis dit, merde, je vais aller le réveiller. Je vois, toutefois, que tu ne t'ennuies pas, ce qui va me faciliter les choses pour ce que j'ai à te dire. »

Toute retenue avait disparu de sa voix. Elle serrait les poings, et ses jointures blanchissaient à vue d'œil. Elle faisait un immense effort pour garder une voix posée. D'un instant à l'autre elle allait ouvrir grand la bouche et, au lieu de mots, il en sortirait un cri assourdissant et destructeur de Furie.

J'aurais dû voir venir la chose, pensa Solanka en enfonçant davantage l'oreiller sur son visage. Quelle chance avait un simple mortel devant la malice sournoise des dieux ? Elles étaient là, les trois Furies, les « bienveillantes » en personne, en pleine possession de l'enveloppe charnelle de ces femmes auxquelles sa vie était profondément liée. Leur apparence ne lui était que trop familière, mais le feu qui coulait des yeux de ces créatures métamorphosées prouvait qu'elles n'étaient plus les êtres qu'il avait connus, mais plutôt des vaisseaux venus le chercher et l'entraîner dans l'Upper West Side du Divin malveillant...

« Oh, par pitié, sors de ce lit ! lui lança Neela Mahendra. Lève-toi immédiatement, pour qu'on puisse t'envoyer au tapis. »

Le professeur Malik Solanka se leva, nu, sous l'œil incandescent des femmes qu'il avait aimées. La fureur qui l'avait naguère possédé était désormais leur apanage ; et Morgen Franz était pris dans ce champ de forces, Morgen qui n'avait guère de raison d'être fier de son comportement si ce n'est que lui aussi avait appris ce que c'était que d'être le serviteur de l'amour. Morgen, à qui Eleanor avait fait le cadeau de son moi blessé et confié l'intendance de son fils. Mû par l'énergie crépitante que déversaient en lui les Furies, Morgen se dirigea vers l'homme nu tel un pantin animé par des fils à haute tension et lui balança en pleine figure son poing non violent. Solanka chut, d'un bloc.

17

Trois semaines plus tard, Solanka descendait d'un Airbus long courrier sur l'aérodrome international de Blefuscu, par une chaude journée de printemps qu'adoucissait la brise embaumée de l'hémisphère Sud. Un bouquet complexe d'odeurs emplit ses narines — hibiscus, laurier-rose, jacaranda, sueur, excrément, huile de graissage. Aussitôt, l'immense folie de ses actes le cueillit de plein fouet, plus sûrement que ne l'avait fait le coup donné par l'amant pacifiste de sa femme, cet uppercut calme, cette giflegmatique qui l'avait mis KO sur le sol de sa chambre à coucher. Mais que faisait-il, lui, un homme respectable et désormais richissime de cinquante-cinq ans, à poursuivre à l'autre bout du monde une femme qui l'avait littéralement laissé sur le tapis ? Pis, pourquoi était-il excité à l'idée que les révolutionnaires de ce pays, filbistaniens, NRV, Énervés — quand arriveraient-ils à se décider pour un nom ? —, aient endossé les identités de ses personnages, tels des pompiers ou des ouvriers dans une centrale nucléaire revêtant des tenues spéciales pour se protéger des dangers inhérents à leur travail ? Les costumes des Rois Pantins jouaient peut-être un rôle dans ce qui se passait dans cette région, mais ça ne signifiait en rien qu'il en était responsable. Tu n'as rien à voir avec ces événements, se répéta le professeur Solanka pour la énième fois, ce à quoi il se répondit : Ah oui ? Alors qu'est-ce que fait ce porte-drapeau au torse glabre de Babur avec ma petite amie, le visage dissimulé par un masque en latex à mon image ?

Le masque de Zameen de Rijk avait été modelé d'après Neela Mahendra, c'était évident, mais dans le cas d'Akasz Kronos, c'était l'inverse : avec le temps, Solanka avait fini par ressembler de plus en plus à sa créature. La longue crinière argentée, le regard éperdu de chagrin. (La bouche, elle, était restée la même.) Une étrange mascarade se déroulait sur la scène de cette île lointaine, et le professeur Malik Solanka n'arrivait pas à se défaire de l'idée que ce drame le concernait de façon intime, que les grands (ou peut-être très ordinaires) moments de sa peut-être considérable mais plus probablement pitoyable existence — c'était tout de même sa vie à lui ! — touchaient là, dans le Pacifique Sud, à leur dénouement. Ce n'était pas une idée bien raisonnable mais il faut dire que depuis les événements vaguement tragiques mais surtout ridicules de la Nuit des Furies, il était dans un état d'esprit on ne peut plus déraisonnable, ayant repris conscience avec une molaire brisée qui le faisait atrocement souffrir, et un cœur brisé qui l'élançait encore plus que sa dent. Dans le fauteuil du dentiste, il essaya de ne pas entendre la cassette des premiers morceaux du tandem Lennon-McCartney ainsi que l'agréable bavardage du carrier néo-zélandais qui sondait sa bouche comme s'il s'agissait d'une caverne — il se rappela alors que les Beatles avaient joué au tout début de leur carrière dans un club appelé *The Cavern*. Il se concentra sur Neela : ce qu'elle pouvait penser, comment la faire revenir. Elle avait montré qu'en amour elle ressemblait fort à cet homme que les femmes avaient toujours accusé Solanka d'être. Elle était là, et puis elle disparaissait. Quand elle vous aimait, elle aimait à cent pour cent, sans retenue aucune ; mais manifestement c'était également une redoutable tueuse, capable à tout moment de trancher la tête d'un amour soudain répudié. Ébranlée par le passé de Solanka — un passé qui aux yeux de ce dernier n'avait en rien influé sur l'amour qu'il éprouvait pour elle —, elle avait craqué, enfilé ses vêtements, s'était éclipsée, pour se lancer presque aussitôt dans un voyage en avion de vingt-quatre heures autour du globe sans daigner l'appeler ne serait-ce que pour prendre des nouvelles de sa mâchoire, ni même se fendre d'un mot tendre d'au revoir, et encore moins lui promettre, même vaguement, d'arranger plus tard les choses, quand l'Histoire se calmerait et lui laisserait un peu de temps. Mais c'était également une femme habituée à être traquée. Il se pouvait même qu'elle fût légèrement accro à la chose. Quoi qu'il en soit — se persuada Solanka pendant que le loquace marteau-piqueur du Néo-Zélandais pilonnait sa mâchoire —, il se devait, ayant trouvé une femme aussi remarquable, de ne pas la perdre sans se battre.

Voler vers l'est, c'était se précipiter dans l'avenir — les heures à réaction filaient bien trop vite, le lendemain arrivait sans prévenir — cela ressemblait pourtant à un retour vers le passé. Il fonçait droit vers l'inconnu et vers Neela, mais pendant la première moitié du voyage le passé le tirailla du côté du cœur. Quand il vit Bombay en dessous de lui, il mit un masque pour dormir et ferma les yeux. L'avion fit escale dans sa ville natale pendant une bonne heure ; il refusa la carte de transit et resta à bord. Mais même assis il n'était pas à l'abri des sensations. Ses œillères ne lui étaient d'aucune utilité. Des femmes de ménage montèrent à bord, bruyantes et volubiles, tout un escadron de femmes en pourpre et rose dépenaillés, et l'Inde entra avec elles, comme une maladie : la rigidité de leur maintien, la forte intonation nasale de leurs paroles, leurs plumeaux, leurs yeux durs d'ouvrières, le parfum d'onguent et d'épices — huile de coco, fenugrec, *kalonji* — qui collait encore à leur peau. Il eut le tournis, étouffa, comme en proie au mal de l'air, même s'il n'avait jamais de nausées en avion et que l'appareil était, après tout, au sol, faisait le plein, tous ses moteurs éteints. Après le décollage, comme ils survolaient le Dekkan, il réussit à mieux respirer. Quand de nouveau l'eau miroita sous eux, il commença à se détendre. Neela avait voulu voyager avec lui en Inde, elle était excitée à la perspective de découvrir la terre de ses ancêtres avec l'homme de son choix. Il avait été l'homme de son choix, il devait se cramponner à ça.

« J'espère, lui avait-elle dit le plus sérieusement du monde, que tu es le dernier homme avec lequel je coucherai jamais. »

La force d'une telle promesse est immense, et, séduit par cette promesse, il s'était même permis de rêver au retour, de croire que le passé pouvait être — avait été — dépouillé de sa force, de sorte que, à l'avenir, tout deviendrait possible. Mais voilà que Neela avait disparu telle l'assistante du magicien, et avec elle la force de Solanka. Sans Neela, il en était sûr, il ne foulerait plus jamais les rues de l'Inde.

L'aérodrome, comme l'avertissait son nom désuet, était ce qu'un touriste déterminé à voir le bon côté des choses qualifierait d'« à l'ancienne » ou de « pittoresque ». C'était en fait une porcherie, décrépite, malodorante, aux murs suintants avec des cafards de cinq centimètres de long qui crissaient sous le pied comme des coquilles de noix. Il aurait dû être détruit depuis des années, et était effectivement promis à la démolition — il était après tout situé sur la mauvaise île, et les hélicoptères qui faisaient la navette avec la capitale, Mildendo, étaient dans un état de délabrement inquiétant — mais le nouvel aéroport, GGI (Golbasto Gue Intercontinental), avait battu de vitesse le vieil aérodrome en s'écroulant complètement un mois après la fin des travaux, du fait d'une conception inédite et farfelue, quoique rentable, des rapports adéquats entre eau et ciment dans la préparation du béton.

Ce genre d'audace technique était révélateur de la vie à Lilliput-Blefuscu. Le professeur Solanka pénétra dans la salle des douanes de l'aérodrome et attira aussitôt tous les regards. Bien qu'épuisé par le vol et abruti par le chagrin, il s'était attendu à ce genre de réaction et en comprit immédiatement les raisons. Un agent tout de blanc vêtu lui tomba dessus, le regard sévère :

« Pas possible. Pas possible. Nous n'avons pas été prévenus. Vous êtes qui ? Votre nom je vous prie ? dit-il, méfiant, en tendant la main pour que Solanka lui remette son passeport. C'est ce que je pensais, dit finalement l'agent. Vous n'êtes pas. »

C'était gnomique, c'est le moins qu'on puisse dire, mais Solanka se contenta de baisser la tête avec résignation.

« Il est inconvenant, ajouta mystérieusement l'agent, de vouloir berner le public d'un pays dont vous êtes seulement l'hôte, en abusant de notre célèbre et bienveillante tolérance. »

Il désigna les valises de Solanka d'un geste autoritaire, et le professeur dut les ouvrir. L'agent des douanes étudia d'un air vindicatif leur contenu : quatorze paires de chaussettes et quatorze caleçons soigneusement pliés, quatorze mouchoirs, trois paires de chaussures, sept pantalons, sept chemises et sept chemisettes, sept polos, trois cravates, trois costumes en lin pliés et un imperméable, juste au cas où. Après avoir marqué un temps étudié, il se fendit d'un large sourire, révélant une rangée de dents parfaites qui rendirent jaloux Solanka.

« Lourdes taxes applicables, dit-il, ravi. Beaucoup d'articles à déclarer. » Solanka fronça les sourcils.

« Ce ne sont que mes habits. Vous ne taxez quand même pas ce que les gens emportent pour couvrir leur nudité ? »

Le sourire de l'agent des douanes disparut au profit d'une expression encore plus courroucée que celle de Solanka.

« Évitez paroles obscènes, je vous prie, monsieur le filou ! ordonna-t-il. Il y a là-dedans plus que vêtements. Caméra vidéo, je vois, et aussi montres, appareils photo, bijoux. Lourdes taxes applicables. Si vous voulez déposer plainte, c'est bien sûr votre privilège démocratique. Vous êtes à Lilliput-Blefuscu libre et indienne : Vive le Filbistan ! Naturellement, si vous désirez protester, vous êtes cordialement invité à vous rendre dans pièce pour interrogatoire et discuter le détail avec mon chef. Il sera bientôt disponible. Dans vingt-quatre ou trente-six heures. »

Solanka comprit. « Combien ? » demanda-t-il, et il paya ce qu'on lui demanda. En sprugs, la monnaie locale, cela semblait une somme considérable, mais en dollars ça donnait dix-huit dollars et cinquante cents. D'un geste théâtral, l'agent des douanes traça à la craie une grosse croix sur les bagages de Solanka.

« Vous arrivez à un moment historique, lui dit-il d'un ton solennel. La population indienne de Lilliput-Blefuscu a enfin fait valoir ses droits.

Notre culture est ancienne et supérieure et par conséquent l'emportera. Que les plus aptes survivent, n'est-ce pas. Pendant près d'un siècle ces bons à rien d'Elbés cannibales ont picolé — kava, glimigrim, flunec, Jack Daniels et Coca, toutes sortes de gnôles impies — et nous ont fait manger leur merde. À eux maintenant de manger la nôtre. S'il vous plaît : passez un bon séjour. »

Dans l'hélicoptère qui faisait la navette avec l'île de Lilliput, les autres passagers dévisagèrent le professeur Solanka avec autant d'incrédulité que l'agent des douanes. Il décida d'ignorer leur attitude et reporta plutôt son attention sur le paysage. Comme ils survolaient les champs de canne à sucre de Blefuscu, il remarqua d'énormes tas de roches ignées noires au milieu de chaque champ. Les ouvriers indiens naguère sous contrat, identifiés uniquement par un numéro, s'étaient rompu l'échine pour dégager cette terre, édifiant ces monticules de pierres sous la surveillance intraitable de Chifferons australiens, engrangeant dans leurs cœurs le profond ressentiment né de leur sueur et de la disparition de leur nom. Les pierres étaient des icônes de colère volcanique accumulée, d'anciennes prophéties de l'irruption de la fureur indo-lillyenne dont on pouvait voir partout les effets. Le vieil hélico LB atterrit, au grand soulagement de Solanka, sur l'aire de stationnement encore intacte de l'aéroport en ruine Golbasto Gue Intercontinental, et la première chose qu'il vit fut un immense portrait en carton du « Commandant Akasz », à savoir le chef NRV Babur avec son masque et sa cape d'Akasz Kronos. Contemplant cette image, Solanka se demanda le cœur battant si, en effectuant ce voyage aux antipodes, il n'avait pas agi comme un idiot énamouré et un naïf politique. Car le visage omniprésent à Lilliput-Blefuscu — un pays au bord de la guerre civile, où le Président lui-même était pris en otage, où un état de siège explosif couvait, et où pouvaient se produire à tout moment des événements imprévisibles — lui ressemblait étonnamment, ainsi qu'il s'en était douté. Le visage qui le fixait du haut du panneau de quinze mètres — ce visage encadré par de longs cheveux argentés, au regard dément et aux sombres lèvres en cœur, était le sien.

Il était attendu. L'arrivée d'un sosie du Commandant avait été ébruitée avant que n'atterrisse l'hélicoptère. Ici, au pays de la mascarade, l'original, l'homme sans masque, était perçu comme l'imitateur de l'homme masqué : la création était réelle, alors que le créateur était la contrefaçon ! C'était comme s'il était présent à la mort de Dieu, et que le dieu qui était mort n'était autre que lui. Des hommes et des femmes masqués munis d'armes automatiques l'attendaient derrière la porte de la navette. Il les suivit sans protester.

On le conduisit dans une « salle de transit » où le seul meuble était une vieille table en bois, surveillée par des lézards stoïques, avec des mouches assoiffées qui vinrent bourdonner aux commissures humides de ses yeux. Son passeport, sa montre et son billet d'avion lui furent confisqués par une femme dont le visage était dissimulé par un masque représentant le visage de la femme qu'il aimait. Assourdi par la musique martiale et stridente que diffusait en permanence et à fond la sono primitive à travers l'aérodrome, il percevait quand même la terreur enthousiaste dans les voix jeunes des gardiens — il était entouré de guérilleros armés jusqu'aux dents — et distinguait également des preuves de l'extrême instabilité de la situation dans les regards fuyants des civils sans masque dans l'aéroport et dans les corps nerveux des combattants masqués. Tout cela confirma à Solanka qu'il était à mille lieues de son élément, ayant laissé loin derrière lui tous les signes et codes qui l'avaient aidé à donner sens et forme à son existence. Ici, le « professeur Malik Solanka » n'avait pas d'existence en soi, il n'était qu'un anonyme embarrassant dont le visage était familier à tout le monde, et à moins de pouvoir retourner rapidement cette étonnante physionomie à son avantage, sa position allait se détériorer et aboutirait, dans le meilleur des cas, à sa déportation. Le pire des cas était quelque chose qu'il se refusait à envisager. La perspective d'être expulsé sans avoir approché Neela était déjà assez contrariante. Une fois de plus je suis nu, pensa Solanka. Nu, et stupide. Prêt pour l'uppercut final.

Au bout d'une heure environ, un break Holden australien se gara devant la remise où on l'avait confiné, et Solanka fut convié, peu civilement mais sans brutalité excessive, à monter sur la banquette arrière. Des guérilleros en tenue de combat l'encadrèrent ; deux autres montèrent dans le coffre et lui tournèrent le dos, leurs armes dépassant du hayon relevé. En traversant Mildendo, Malik Solanka eut une forte impression de déjà vu, et il lui fallut un moment pour s'apercevoir que la ville lui rappelait l'Inde. Ou, plus précisément, Chandni Chowk, le cœur tumultueux du Vieux Delhi, où les marchands se rassemblaient dans ce même style désordonné, où les devantures des échoppes étaient aussi éclatantes de couleur et les intérieurs aussi crûment éclairés, où les routes bruyantes grouillaient encore plus de piétons et de vélos, où animaux et êtres humains se disputaient l'espace, et où les avertisseurs des voitures agglutinées improvisaient la symphonie constante et quotidienne de la rue. Solanka ne s'attendait pas à de telles foules. Plus prévisible, mais non moins agaçante, était la méfiance palpable entre les communautés, les bruissants rassemblements d'hommes elbés et indo-lillyens se dévisageant avec agressivité, l'impression de vivre dans une poudrière et d'attendre l'étincelle. C'était le paradoxe et la malédiction des troubles communautaires : quand ça arrivait, c'étaient vos amis et voisins qui venaient vous tuer, les mêmes personnes qui vous avaient aidé, quelques jours plus tôt, à faire démarrer votre scooter crachotant, qui avaient accepté les sucreries que vous aviez distribuées quand votre fille s'était fiancée avec un homme honnête et instruit. Le marchand de chaussures auprès duquel vous aviez tenu votre échoppe de tabac pendant dix ans ou plus : c'était lui qui donnerait le premier coup, qui mènerait les hommes munis de torches jusqu'à votre porte et remplirait l'air de la douce fumée du tabac de Virginie.

On ne voyait aucun touriste. (L'avion pour Blefuscu était plus qu'aux deux tiers vide.) Il y avait peu de femmes dans les rues à l'exception du nombre étonnant de cadres NRV, et pas d'enfants. De nombreux magasins étaient fermés et barricadés ; d'autres demeuraient à demi ouverts, et les gens — les hommes — vaquaient à leurs tâches quotidiennes. Cependant, on voyait des armes partout, et de temps en temps, dans le lointain, on entendait des tirs sporadiques. Les forces de police collaboraient avec le personnel NRV pour assurer le maintien de l'ordre ; le semblant d'armée demeurait dans les baraquements, même si les généraux prenaient part aux négociations complexes qui se déroulaient en coulisses pendant de longues heures tous les jours. Des négociateurs NRV rencontraient les chefs ethniques elbés, ainsi que les chefs religieux et les gros bonnets. Le « Commandant Akasz » s'efforçait de donner l'impression d'un homme en quête d'une résolution paisible de la crise. Mais la guerre civile couvait. Skyresh Bolgolam avait peut-être été vaincu et capturé, mais une grande partie de la jeunesse elbée qui avait soutenu le coup d'État bolgolamite pansait ses blessures et préparait à n'en pas douter une prochaine manœuvre. Pendant ce temps, la communauté internationale n'allait pas tarder à déclarer Lilliput-Blefuscu plus petit État paria du monde, et à suspendre les accords commerciaux et geler les programmes d'aide au développement. Solanka avait profité de cette opportunité.

Des motards encadraient le break et l'escortèrent jusqu'au périmètre hautement protégé du Parlement. Les grilles s'ouvrirent et le véhicule s'engagea dans l'allée, puis se gara devant une entrée de service, à l'arrière du bâtiment principal. L'entrée des cuisines, songea Solanka avec un sourire triste, est la véritable porte du pouvoir. De nombreux employés, fonctionnaires ou quémandeurs pouvaient pénétrer dans les demeures du pouvoir par la grande porte. Mais prendre un ascenseur de service, surveillé par des chefs et des sous-chefs à toque blanche, être emporté lentement vers les étages dans une cabine nue avec des hommes et des femmes masqués et silencieux tout autour de vous : voilà qui en imposait vraiment. Émerger dans un couloir bureaucratique ordinaire et être conduit à travers une suite de salles de plus en plus banales, c'était emprunter le vrai chemin qui mène au centre. Pas mal pour un créateur de poupées, se dit-il. Tu es à l'intérieur. Voyons voir si tu en ressors avec ce que tu veux. En fait, voyons si tu arrives tout simplement à en sortir.

Au terme d'une enfilade de pièces nues et obscures se trouvait une pièce avec une unique porte. Y trônait le mobilier spartiate désormais familier : un bureau, deux fauteuils en toile, un plafonnier, un meuble classeur, un téléphone. On le laissa seul. Il décrocha le téléphone ; il avait la tonalité, et une petite étiquette sur l'appareil l'informait qu'il fallait composer le 9 pour avoir l'extérieur. Par précaution, il avait recherché et mémorisé plusieurs numéros : un journal local, les ambassades américaine, britannique et indienne, un cabinet d'avocats. Il les composa, mais chaque fois tomba sur une voix féminine enregistrée qui lui répétait, en anglais, hindi et lilliputien, que « ce numéro ne peut être composé à partir de ce poste ». Il essaya d'appeler les urgences. Pas de chance. « Ce numéro n'est pas disponible. » Ce que nous avons là, se dit-il, n'est pas du tout un téléphone, mais seulement l'apparence extérieure ou le masque d'un téléphone. De même que cette pièce n'a que l'allure d'un bureau, mais est en fait une cellule de prison. Pas de poignée à l'intérieur. La seule fenêtre : petite, et protégée par des barreaux. Il s'approcha du meuble classeur et ouvrit un tiroir. Vide. Oui, c'était un décor de scène, il avait été engagé mais personne ne lui avait donné le texte.

Le « Commandant Akasz » arriva quatre heures plus tard. Entre-temps, le peu de confiance qu'avait encore Solanka s'était presque évaporé. « Akasz » était accompagné par deux jeunes Énervés d'origine trop modeste pour être costumés, et suivi d'un chef-opérateur avec une Steadicam, d'un ingénieur du son muni d'une perche et — le cœur de Solanka bondit, tout excité — d'une femme en tenue de camouflage et masque de Zameen de Rijk : le visage dissimulé derrière une imitation d'elle-même.

« Ce corps, déclara Solanka, avide de légèreté. Je le reconnaîtrais entre mille. »

Cela ne fut pas particulièrement apprécié.

« Qu'est-ce que tu viens faire ici ? lui lança Neela avant de se reprendre. Excusez-moi, Commandant. »

Babur en costume d'Akasz Kronos n'avait plus rien du jeune homme penaud et confus que Solanka avait vu à Washington Square. Il vociférait sur un ton qui ne souffrait pas la contestation. *Le masque agit*, se rappela Solanka. Le « Commandant Akasz », le grand homme-montagne, était devenu l'homme fort de cette mare minuscule et jouait bien son rôle. Pas assez fort, remarqua Solanka, pour être immunisé contre l'effet Neela. Babur marchait d'une ample et énergique foulée, mais tous les douze pas environ son pied réussissait à se poser sur l'ourlet de son manteau tourbillonnant, obligeant son cou à se tordre bizarrement en arrière. Il réussit également, une minute à peine après avoir pénétré dans la cellule de Solanka, à se cogner contre la table et les deux chaises. Et cela, alors même que le visage de Neela était dissimulé par un masque ! Décidément, elle dépassait toujours les espérances de Solanka. Lui, toutefois, avait déçu les siennes. Il devait voir à présent s'il pouvait la surprendre.

Babur avait déjà acquis le « nous » de majesté.

« Nous vous connaissons, naturellement, dit-il en guise de préambule. Qui aujourd'hui ne connaît pas le créateur des Rois Pantins ? Nul doute que vous avez de bonnes raisons pour avoir fait le voyage », dit-il en se tournant à moitié vers Neela Mahendra.

Pas d'entourloupe, songea Solanka. Inutile de nier ce qu'il sait déjà.

« Notre question est, qu'allons-nous faire de vous ? Sœur Zameen ? Quelque chose à dire ? »

Neela haussa les épaules.

« Renvoyez-le chez lui, dit-elle d'une voix morne et indifférente qui ébranla Solanka. Je n'ai que faire de lui. »

Babur éclata de rire.

« La sœur dit que vous êtes inutile, Professeur Sahib. Est-ce le cas ? Fort bien ! Vous jetterons-nous à la poubelle ? »

Solanka se lança dans le boniment qu'il avait mis au point.

« J'ai accompli ce long trajet afin de vous faire la proposition suivante : laissez-moi vous servir d'intermédiaire. Vos liens avec mon projet n'ont pas besoin d'être rappelés. Nous pouvons vous fournir l'accès à un public mondial de masse, vous permettre d'atteindre les cœurs et les esprits. De cela vous avez un besoin urgent. L'industrie touristique est aussi moribonde que votre légendaire oiseau hurgo. Si vous perdez vos marchés d'exportation et le soutien des puissances régionales majeures, ce pays ira à la faillite dans quelques semaines ou au plus quelques mois. Vous avez besoin de convaincre les gens que votre cause est juste, que vous vous battez pour des principes démocratiques, et non contre eux. Je veux parler de la Constitution Golbasto. Vous avez besoin de donner à ce masque un visage humain. Laissez Neela et moi travailler là-dessus avec mon personnel new-yorkais, à titre gracieux. Considérez la chose comme du travail *pro bono* en faveur d'un mouvement de libération. »

Voilà jusqu'où il était prêt à aller par amour. Sa cause était la sienne. Si elle lui pardonnait, il serait l'esclave de tous ses désirs.

Le « Commandant Akasz » balaya la proposition d'un geste expéditif.

« La situation a évolué, dit-il. D'autres parties — tous de mauvais-boutistes ! — se sont montrées intransigeantes. En conséquence, nous avons nous aussi durci notre position. (Solanka ne suivait pas.) Nous avons exigé le pouvoir exécutif absolu, dit-il. Fini les politesses. Ce dont a besoin le Filbistan, c'est d'un Leader fort ! N'est-ce pas, sœur ? (Neela restait silencieuse.) Sœur ? » répéta Babur, se tournant vers elle et élevant la voix.

Elle baissa la tête et répondit de façon à peine audible : « Oui. » Babur opina.

« Une période de discipline, dit-il. Si nous déclarons que la Lune est un fromage, alors qu'est-ce que la Lune, sœur ?

— Un fromage, dit Neela de la même voix éteinte.

— Et si nous déclarons que le monde est plat, comment est-il ?

— Plat, Commandant.

— Et si demain nous décrétons que le Soleil tourne autour de la Terre ?

— Alors, Commandant, ce sera le Soleil qui tourne. »

Babur acquiesça d'un air satisfait.

« Excellent ! Tel est le message que doit comprendre le monde, dit-il. Un chef s'est manifesté au Filbistan, et tout le monde doit suivre ou en subir les conséquences inévitables. Ah, au fait,

Professeur, vous avez étudié l'histoire des idées à l'université de Cambridge en Angleterre, n'est-ce pas. Par conséquent, ayez la bonté de nous éclairer sur un point fâcheux : vaut-il mieux être aimé ou redouté ? (Solanka ne répondit pas.) Allons, allons, professeur, insista Babur. Vous pouvez faire mieux que ça ! »

Les cadres NRV qui accompagnaient le « Commandant Akasz » se mirent à tripoter leurs Uzis de façon inquiétante. D'une voix neutre, Solanka cita Machiavel : « Les hommes hésitent moins à nuire à celui qui sait se faire aimer qu'à celui qui sait se faire craindre. »

Il se mit à parler avec animation en regardant directement Neela Mahendra :

« Car l'amour ne perdure que grâce à une chaîne d'obligations qui, du fait que les hommes sont faillibles, se brise à la moindre occasion dès que leur intérêt personnel est concerné ; mais la peur, elle, s'impose par la crainte du châtiment qui ne vous quitte jamais. »

Babur s'égaya.

« Bon-boutiste ! s'écria-t-il en donnant une claque dans le dos de Solanka. Finalement vous ne serez pas inutile ! Bien, bien... Nous allons réfléchir à votre proposition. Fort bien ! Restez un temps. Soyez notre hôte. Nous avons déjà le Président et Bolgolam à demeure. Vous aussi allez assister aux premières heures glorieuses de notre bien-aimé Filbistan, sur lequel le soleil ne se couche jamais. Sœur, ayez la bonté de confirmer.
— Combien de fois le soleil se couche-t-il ? »

Et Neela Mahendra, qui s'était toujours comportée en reine, baissa la tête à la façon d'une esclave et dit :

« Il ne se couche jamais, Commandant. »

La cellule — il avait cessé de la considérer comme une chambre — ne contenait pas de lit, et était dénuée des installations sanitaires les plus rudimentaires. L'humiliation était le fond de commerce du « Commandant Akasz », ainsi que l'avait prouvé amplement sa manière de traiter Neela. Solanka se rendait compte qu'on l'humiliait lui aussi. Le temps passait ; il n'avait pas de montre pour le mesurer. La brise se calma et disparut. La nuit, la nuit idéologiquement incorrecte, la nuit non existante, se chargea d'humidité, s'épaissit et s'étendit. On lui avait donné un bol de bouillie non identifiée et une cruche d'eau suspecte. Il essaya de résister à l'une et à l'autre, mais la faim et la soif étaient ses tyrans, et il finit par manger et boire. Après ça, il lutta contre la nature, jusqu'à l'inévitable moment de la défaite. Quand il ne put plus se retenir, il pissa et chia misérablement dans un coin, ôta sa chemise et se torcha du mieux qu'il put. Il était difficile de ne pas céder au solipsisme, difficile de ne pas voir dans ces dégradations le châtiment imposé à une vie maladroite et douloureuse. Lilliput-Blefuscu s'était réinventée à l'image de Solanka. Ses rues étaient sa biographie, patrouillées par les fruits de son imagination et des versions remaniées des gens qu'il avait connus : Gudule et Perry Pincus existaient ici en version S.-F., tout comme des incarnations masquées de Sara Lear et Eleanor

Masters, Jack Rhinehart, Ciel Schuyler et Morgen Franz. Il y avait même des Wislawa et des Schlink futuristes dans les rues de Mildendo, ainsi que Mila, Neela et lui-même. Les masques de sa vie l'encerclaient d'un air sévère pour le juger. Il ferma les yeux mais les masques étaient toujours là, tourbillonnants. Il inclina la tête devant leur verdict. Il avait voulu être bon, mener une vie droite, mais la vérité était qu'il n'y était pas parvenu. Comme Eleanor l'avait dit, il avait trahi ceux dont le seul crime était de l'avoir aimé. Quand il avait essayé d'échapper à la face sombre de son moi, le moi de sa dangereuse furie, dans l'espoir de vaincre ses erreurs par un processus de renonciation, d'abandon, il était tombé dans une nouvelle et plus grave erreur. Cherchant sa rédemption dans la création, faisant l'offrande d'un monde imaginaire, il avait vu ses citoyens se répandre dans le monde réel et devenir des monstres ; et le pire monstre d'entre eux avait ses propres traits. Oui, Babur le fou était un miroir de lui-même. En cherchant à redresser une grave injustice, à servir le Bien, le « Commandant Akasz » avait pété les plombs et sombré dans le grotesque.

Malik Solanka se dit qu'il avait ce qu'il méritait. Que les moins aptes succombent. Au cœur de la fureur collective de ces îles infortunées — une fureur ô combien plus grande, plus profondément ancrée que sa propre rage pitoyable —, il avait découvert un enfer personnel. Qu'il en soit ainsi. Bien sûr, Neela ne lui reviendrait jamais. Il n'était pas digne du bonheur. Quand elle vint le voir, elle avait caché son beau visage.

Il faisait encore nuit quand on vint le secourir. La porte de sa cellule s'ouvrit et un jeune Indo-Lillyen entra, tête nue, avec des gants en plastique, un rouleau de sacs poubelle, un seau, une cuvette et une serpillière. Il nettoya les saletés de Solanka sans broncher et avec beaucoup de délicatesse, sans jamais rechercher le regard du coupable. Quand il eut fini, il revint avec des habits propres — une kurta vert pâle et un large pantalon blanc — ainsi qu'une serviette propre, deux nouveaux seaux, un vide, un plein d'eau, et un morceau de savon. « S'il vous plaît, dit-il, je suis désolé », et il se retira. Solanka se lava, se changea et se sentit un peu plus lui-même. Puis Neela arriva, seule, sans masque, dans une robe couleur moutarde, avec un iris bleu dans ses cheveux.

Le fait que Solanka ait été le témoin de son peu de réaction face au traitement que lui avait infligé Babur la perturbait visiblement.

« Tout ce que j'ai fait, tout ce que je fais maintenant, c'est pour la galerie, dit-elle. Porter le masque était un geste de solidarité, une façon de gagner la confiance des combattants. Et puis tu sais, je suis ici pour observer ce qu'ils font, pas pour qu'eux m'observent. J'ai bien vu que tu pensais que je me cachais. Ce n'était pas le cas. Idem pour Babur. Je ne suis pas ici pour débattre. Je tourne un film. (Elle paraissait tendue, sur la défensive.) Malik, dit-elle abruptement. Je n'ai pas envie qu'on parle de nous, d'accord ? Je suis prise dans quelque chose d'important pour l'instant. Je dois me concentrer sur mon projet. »

Il joua son va-tout. Tout ou rien : jamais il ne retrouverait une telle occasion. D'ailleurs, celle qui se présentait ne valait sans doute pas grand-chose, mais au moins Neela était venue le voir, elle s'était même faite belle, et c'était bon signe.

« C'est devenu bien plus qu'un projet de documentaire pour toi, dit-il. Cela touche au plus profond. Les enjeux sont énormes — tes racines déterrées te tiraillent. Ton désir paradoxal te pousse à participer à ce que tu as quitté. Et non, je ne pensais pas vraiment que tu portais un masque pour te cacher ou du moins ce n'est pas la seule chose qui me soit venue à l'esprit. J'ai pensé que tu te cachais de toi-même, de la décision que tu avais prise à un moment ou un autre de franchir la ligne et de prendre part à tout ça. Tu ne me fais pas l'effet d'être une simple observatrice. Tu es trop impliquée. Peut-être que ça a commencé par un sentiment personnel pour Babur — ne t'inquiète pas, ce n'est pas la jalousie qui parle, en tout cas je fais tout pour la contenir — mais mon idée c'est que, quelle que soit leur nature, tes sentiments pour le "Commandant Akasz" sont beaucoup plus ambigus maintenant. Ton problème, c'est que tu es une idéaliste qui essaie d'être une extrémiste. Tu es convaincue que ton peuple, si je peux utiliser un terme aussi vieillot, a été roulé par l'Histoire, qu'il mérite ce pour quoi Babur s'est battu — le droit de vote, le droit d'être propriétaire, toute la gamme des exigences humaines légitimes. Tu pensais qu'il s'agissait d'une lutte pour la dignité humaine, une juste cause, et tu étais fière de Babur parce qu'il a enseigné aux tiens comment mener leur propre lutte. Par conséquent, tu as bien voulu fermer les yeux sur une certaine dose de, comment dirais-je, d'illibéralisme. La guerre ce n'est pas rose, etc. Certaines subtilités passent à la trappe. Tout cela tu te l'es dit, et pendant tout ce temps il y avait une autre voix qui murmurait que tu étais en train de devenir la putain de l'histoire. Tu sais de quoi je parle. Une fois qu'on s'est vendu, on a peu de marge pour négocier le prix. Combien étais-tu prête à accepter ? Combien de saloperies autoritaires au nom de la justice ? Quelle quantité d'eau du bain étais-tu prête à jeter sans sacrifier le bébé ? Et maintenant tu es prise, comme tu dis, dans quelque chose d'important, et tu as raison, cela mérite ton attention, mais pas moins que ceci : tu es allée aussi loin à cause de la fureur qui s'est emparée de toi, tout d'un coup, dans ma chambre dans une autre ville dans une autre dimension de l'univers. Je ne saurais expliquer clairement ce qui s'est passé cette nuit-là mais je sais qu'une espèce d'écho psychique en boucle a résonné entre toi, Mila et Eleanor, la fureur a tournoyé, n'a cessé d'augmenter. Elle a poussé Morgen à me mettre KO et elle t'a propulsée à l'autre bout de la planète dans les bras d'un petit Napoléon qui va oppresser "ton peuple", s'il s'en sort, encore plus que les Elbés ethniques qui ont été — du moins à tes yeux — les vilains de cette histoire. Ou alors il les opprimera autant, mais différemment. Ne va pas te méprendre — je sais que quand les gens se séparent, ils utilisent d'ordinaire le malentendu comme une arme, s'emparent délibérément du bâton par le mauvais bout, s'empalent sur sa pointe afin de prouver la perfidie de l'autre —, je ne dis pas que tu es venue ici à cause de moi. De toute façon, tu comptais y aller, non ? C'était notre nuit d'adieu, et si mes souvenirs sont bons, tout s'est très bien passé jusqu'à ce que ma chambre se change en hall de gare. Donc tu serais venue ici, et l'envie d'y être t'aurait travaillée, que j'existe ou pas. Mais je pense que ce qui t'a motivée, c'est la déception amoureuse. Tu as été déçue par moi, autrement dit par l'amour, par le grand amour sans entraves que tu commençais tout juste à accepter de ressentir pour moi, tu avais à peine commencé à me faire confiance, à te faire confiance, à te laisser aller, et puis soudain le prince s'est révélé un gras et vieux crapaud. Ce qui s'est passé, c'est que l'amour que tu offrais a mal tourné, il a caillé, et maintenant tu te sers de cette aigreur, de ce désenchantement et de ce cynisme pour te précipiter au fond de l'impasse qu'est Babur. Pourquoi pas ? Si la bonté est une chimère et l'amour un fantasme de magazine, pourquoi pas ? Les types sympas terminent seconds, la palme revient aux corrompus, et caetera. Ton système lutte contre lui-même, l'amour blessé se retourne contre l'idéalisme et le rosse jusqu'à ce qu'il abdique. Et tu sais quoi ? Cela te met dans une situation impossible, où tu risques plus même que ta vie. Tu risques ton honneur et ta dignité. Le voilà, Neela, ton moment galiléen.

Est-ce que la Terre tourne ? Ne me dis rien. Je connais déjà la réponse. Mais c'est la question la plus importante qu'on te posera jamais, hormis celle que je vais te poser à présent : Neela, est-ce que tu m'aimes encore ? Parce que si ce n'est pas le cas alors je t'en prie va-t'en, va rejoindre ton destin et j'attendrai le mien ici, mais je ne pense pas que tu puisses faire ça. Parce que je t'aime vraiment comme tu as besoin d'être aimée. Tu choisis : à droite il y a ton beau prince charmant qui, pas de chance, se révèle être un porc mégalomane et psychotique. À gauche, il y le gros et vieux crapaud qui sait comment te donner ce dont tu as besoin, et qui a besoin, désespérément, de ce que tu sais en retour lui donner. Le bien peut-il être son contraire ? Le mauvais choix est-il le bon pour toi ? Je pense que tu es venue ici ce soir pour découvrir la réponse, pour savoir si tu pouvais vaincre ta propre fureur comme tu m'as aidé à vaincre la mienne, pour savoir si tu pouvais trouver un moyen de rebrousser chemin une fois parvenue au bord de l'abîme. Reste avec Babur et il te remplira de haine. Mais toi et moi, nous avons peut-être une chance. Je sais que c'est stupide de faire ce genre de déclaration alors qu'une heure plus tôt j'empestais ma propre merde et que je n'ai toujours pas de chambre avec une poignée à l'intérieur, mais voilà ce que j'avais à te dire, voilà pourquoi j'ai traversé les mers.

— Ben dis donc, fit-elle après avoir laissé s'écouler un silence suffisamment respectueux. Et moi qui croyais que c'était moi la grande gueule dans cette histoire. »

Elle sortit de son sac une barre de Toblerone ramollie par la chaleur et Solanka se jeta dessus avec avidité.

« Il est en train de perdre la confiance de ses hommes, dit-elle à Solanka. Le jeune qui t'a aidé ce soir ? Il y en a des tas d'autres comme lui, peut-être la moitié des troupes, et tous me murmurent. *Khuss-puss, khuss-puss.* C'est si triste. "Madame, nous sommes des gens bien." *Khuss-puss.* "Madame, le Commandant Sahib se conduit bizarrement, non ?" *Khuss-puss.* "S'il vous plaît, Madame, ne faites part à personne de mes pensées." Je ne suis pas la seule idéaliste par ici. Ces gamins ne pensaient pas qu'ils partaient en guerre pour rendre la Terre toute plate ou abolir les heures de la nuit. Ils se battent pour leur famille, et tous ces salamalecs les agacent. Alors ils viennent se plaindre auprès de moi, ce qui me met dans une position très dangereuse. Peu importe en fait quel conseil je donne — être un second point de ralliement, un centre rival, c'est assez dangereux comme ça. Un rat, une taupe, ça suffirait, et puisqu'on parle de crapauds, oui, je t'aime, beaucoup. Mais d'un autre côté, ce que j'ai vu à l'extérieur avant de faire entrer ici mon équipe, c'était une armée qui en a assez de se couvrir de ridicule. D'après ce que j'ai appris, ils se sont entretenus avec les Américains et les Britanniques. La rumeur prétend que les Marines et les SAS sont déjà à Mildendo, en fait, je me suis sentie assez stupide pendant des semaines après t'avoir fui comme ça. Il y a un porte-avions britannique juste en dehors des eaux territoriales, et Babur ne contrôle pas les terrains d'aviation militaire de Blefuscu. La vérité, c'est que ça fait un moment que je me dis qu'il est temps de partir, mais je ne sais pas comment Babur prendra la chose. Une moitié de lui veut me baiser sur la chaîne nationale, et l'autre moitié veut me rouer de coups pour oser lui donner de telles envies. Maintenant tu sais pourquoi j'ai porté ce masque : c'était mieux que de me mettre la tête dans un sac en papier, et toi tu as fait tout ce trajet pour moi et tu t'es jeté dans la gueule du lion. Tu dois vraiment m'aimer, hein ? J'essaie de trouver une issue à tout ça. Si je peux réunir les bons Énervés aux bons endroits, je pense pouvoir y arriver, et j'ai des contacts dans l'armée qui pourront nous conduire jusqu'au navire britannique, ou peut-être jusqu'à un avion militaire. Entre-temps, je vais m'assurer qu'on prend soin de toi. Quant à Babur, j'ignore à quel point il est zinzin. Peut-être qu'il croit que tu es un otage de valeur, même si je n'arrête pas de lui dire que tu ne vaux pas tous ces ennuis, que tu es juste un civil qui s'est fourré dans une histoire à laquelle il ne comprend rien, un petit poisson qu'il devrait rejeter à la mer. Si tu ne m'embrasses pas très vite je serai forcée de te tuer avec mes propres mains. Okay, c'est bon. Maintenant ne bouge pas. Je reviendrai. »

À Athènes, les Furies étaient sœurs d'Aphrodite. La beauté et l'ire vengeresse, comme le savait Homère, jaillissaient de la même source. C'était une seule et même histoire. Hésiode, toutefois, prétendait que les Furies étaient filles de la Terre et de l'Air, et que leurs frères et sœurs s'appelaient Terreur, Querelle, Mensonge, Vengeance, Intempérance, Altercation, Peur et Bataille. À cette époque, ils vengeaient les crimes de sang, poursuivant ceux qui blessaient (surtout) leur mère — Oreste, longtemps poursuivi par elles après avoir tué Clytemnestre aux mains sanglantes, en savait un rayon là-dessus. Le *leirion* ou iris bleu apaisait parfois les Furies, mais Oreste ne portait pas de fleurs dans ses cheveux. Même l'arc en corne que la Pythonisse, l'oracle de Delphes, lui donna pour repousser leurs assauts se révéla fort peu efficace. « Cheveux de serpent, tête de dogue, ailes de chauve-souris », les Érinyes le traquèrent pour le restant de ses jours, lui interdisant toute paix.

Ces temps-ci, les divinités, moins regardantes, étaient plus affamées, plus sauvages, et jetaient leurs rets avec plus d'ampleur. Les liens du sang faiblissaient, et les Furies commençaient à intervenir à toutes les étapes de la vie humaine. De New York à Lilliput-Blefuscu, il devenait impossible d'échapper aux battements de leurs ailes.

Elle ne revint pas. Des jeunes hommes et des jeunes femmes veillaient aux besoins quotidiens de Solanka. C'étaient quelques-uns de ces combattants las et reclus, qui, redoutant autant leur propre chef, Babur, que l'ennemi à leur porte, étaient allés chercher conseil auprès de leur sombre Aphrodite ; mais quand Solanka leur demanda où était Neela, ils répondirent par des gestes d'ignorance et s'en allèrent. Le « Commandant Akasz » ne vint pas non plus. Le professeur Solanka, oublié, se laissa aller, somnola, parla tout seul à voix haute, dériva dans l'irréalité, oscillant entre la rêverie et des crises de panique. À travers les barreaux de sa petite fenêtre, il entendit le bruit de la bataille qui s'intensifiait et se rapprochait. Des colonnes de fumée s'élevaient haut dans les airs. Solanka pensa à Cervelette. *J'aurais foutu le feu à sa baraque. Je l'aurais incendiée, moi, sa ville.*

L'action violente demeure incompréhensible pour la plupart de ceux qui s'y retrouvent mêlés. L'expérience est fragmentaire ; la cause et l'effet, le pourquoi et le comment, sont disjoints. Il n'existe qu'une série de faits. D'abord ceci, puis cela. Et après, pour les survivants, une vie entière passée à essayer de comprendre. L'assaut fut donné le quatrième jour après l'arrivée de Solanka à Mildendo. Au petit matin, on vint ouvrir la porte de sa cellule. C'était le même jeune homme taciturne — équipé désormais d'une arme automatique et de deux couteaux glissés sous sa ceinture — qui avait nettoyé sans se plaindre ses saletés quelques jours plus tôt. « Venez vite », dit-il. Solanka le suivit et se retrouva à nouveau dans le labyrinthe, repassa par les sinistres pièces en enfilade où des combattants masqués montaient la garde, s'approcha de chaque porte comme si elle était piégée, tourna à chaque coin comme si une embuscade les attendait ; et dans le lointain Solanka entendait le bavardage confus de la bataille, le papotage des fusils automatiques, les grognements de l'artillerie lourde, et au-dessus de tout ça, les battements d'ailes et les piaillements du Trio à têtes de dogue. Puis il se retrouva dans l'ascenseur de service, entraîné sans ménagement à travers les cuisines dévastées et poussé dans une camionnette banalisée sans fenêtre ; après quoi, pendant un long moment, plus rien. Une course folle, des arrêts, des éclats de voix, le véhicule qui repartait de plus belle. Des bruits. D'où venaient ces cris ? Qui mourait, qui tuait ? *C'était quoi, cette histoire* ? En savoir aussi peu, c'était se sentir insignifiant, voire vaguement dément. Ballotté au rythme des embardées de la camionnette, Malik Solanka se mit à hurler. Mais il s'agissait là, après tout, d'une opération de sauvetage. Quelqu'un — Neela ? — l'avait jugé digne de considération. La guerre efface l'individu, mais on le sauvait de la guerre.

On ouvrit la portière ; il cligna des yeux dans l'aveuglante lumière du jour. Un officier le salua — un Elbé ethnique à la moustache exotique revêtu de l'uniforme absurdement galonné de l'armée lilliputienne.

« Professeur. Très heureux de vous savoir sain et sauf, Monsieur. »

L'homme lui rappelait Sergius, l'officier hiératique dans la pièce de Shaw, *Le Héros et le Sol-*

dat. Sergius qui ne s'excusait jamais. Ce type avait visiblement reçu l'ordre de chaperonner Solanka, une tâche dont il s'acquitta sèchement, marchant devant lui du pas martial d'un jouet au ressort trop remonté. Il conduisit Solanka dans un bâtiment portant l'insigne de la Croix-Rouge internationale. Plus tard on lui apporta à manger. Un avion militaire britannique attendait pour le ramener, ainsi qu'un groupe d'autres étrangers munis de passeport, à Londres.

« On m'a pris mon passeport, dit Solanka à Sergius.

— Cela n'a plus d'importance maintenant, répliqua l'officier.

— Je ne peux pas partir sans Neela, continua Solanka.

— Je ne suis pas au courant, Monsieur, dit Sergius. Mes ordres sont de vous faire monter au plus vite dans cet avion. »

Tous les sièges de l'appareil anglais étaient tournés vers l'arrière. Solanka s'assit à la place qu'on lui indiquait et reconnut les types dans l'autre travée : c'étaient le cameraman et l'ingénieur du son de Neela. Quand ils vinrent le serrer dans leurs bras, il comprit que quelque chose n'allait pas.

« Incroyable, mon pote, dit l'ingénieur du son. Elle a réussi à te faire sortir, toi aussi. Quelle fille étonnante ! »

Où est-elle ? Cela n'a plus d'importance, ta vie, la mienne, pensa-t-il. Sera-t-elle bientôt ici ?

« C'est elle qui a tout organisé, dit le cameraman. Elle a rassemblé les Énervés qui en avaient assez de Babur, contacté l'armée par radio à ondes courtes, arrangé les sauf-conduits, tout ça. Le Président a été libéré. Bolgalam aussi. Ce salaud a voulu la remercier, il l'a qualifiée d'héroïne nationale. Elle lui a cloué le bec. Elle sentait qu'elle avait trahi la seule cause en laquelle elle avait jamais cru. Elle aidait les méchants à gagner, et ça l'a tuée. Mais elle voyait bien ce que Babur était devenu. »

Malik Solanka ne bougeait plus, ne disait plus rien.

« L'Armée en a eu marre de ce cirque, dit l'ingénieur du son. Ils ont rappelé tous les réservistes et dépoussiéré les vieilles pièces d'artillerie lourde encore utilisables. Des hélicoptères de combat datant de la guerre du Vietnam, achetés en sous-main aux États-Unis il y a plusieurs années, des mortiers au sol, quelques petits chars. Hier soir ils ont repris le contrôle du périmètre du Parlement. Mais Babur n'était pas inquiet. (Le cameraman montra une boîte argentée.) On a tout filmé, dit-il. Elle a réussi à nous faire entrer partout. Absolument partout. Il n'a pas cru un seul instant qu'ils se serviraient de l'artillerie contre le Parlement, et sûrement pas tant qu'il retenait des otages. Il se trompait au sujet du bâtiment. Il a sous-estimé leur détermination. Mais les otages étaient la clef, et Neela a ouvert cette serrure. Nous sommes sortis tous les quatre. Et puis il y a eu cette deuxième évasion, qu'elle a préparée pour toi. »

Après cela ils se turent. La chose terrible était suspendue entre eux comme une violente lumière, trop aveuglante pour qu'on la fixe. L'ingénieur du son se mit à pleurer.

« Que s'est-il passé ? demanda enfin Solanka. Comment avez-vous pu la laisser ? Pourquoi ne s'est-elle pas enfuie avec vous, pour se mettre à l'abri ? Pour me rejoindre. »

Le cameraman secoua la tête.

« Ce qu'elle a fait, dit-il, a eu raison d'elle. Elle l'a trahi mais elle n'a pas pu s'enfuir. Cela aurait été la désertion sous le feu. »

Mais elle n'était pas un soldat ! Oh bon sang. C'était une journaliste. Elle ne le savait pas, ou quoi ? Pourquoi a-t-elle franchi cette putain de ligne ? L'ingénieur du son passa un bras autour des épaules de Solanka.

« Il lui restait quelque chose à faire, dit-il. Le plan n'aurait pas marché si elle n'était pas restée.

— Pour distraire Babur », dit le caméraman d'une voix sombre, et voilà, le pire était lâché.

Comment ça, pour le distraire ? Qu'est-ce que ça voulait dire ? Pourquoi était-ce à elle de le faire ?

« Tu sais de quoi il s'agit, dit l'ingénieur du son. Tu sais ce que ça veut dire. Et tu sais pourquoi ça ne pouvait être qu'elle. »

Solanka ferma les yeux.

« Elle t'a envoyé ceci », dit le cameraman.

Des hélicoptères de combat et des mortiers lourds, avec l'accord du président libéré Golbasto Gue, pilonnaient le Parlement lilliputien. Un bombardier largua sa cargaison. Le bâtiment explosa, s'écroula, en feu. Une fumée sale et des nuages de plâtre s'élevèrent dans le ciel. Trois mille réservistes et hommes de troupes attaquèrent le complexe, ne faisant aucun prisonnier. Demain le monde condamnerait cette action cruelle, mais aujourd'hui il fallait s'en acquitter. Quelque part dans les décombres gisaient un homme portant le visage de Solanka et une femme celui qui lui était propre. Même la beauté de Neela Mahendra ne put affecter la trajectoire des mortiers, et les obus s'abattirent comme pluie de poissons mortels. Approche-toi, murmura-t-elle à Babur, je suis ton assassin, et j'ai assassiné mes propres espoirs. Approche-toi et laisse-moi te regarder mourir.

Malik Solanka rouvrit les yeux et lut le mot manuscrit : « Professeur Sahib, je connais la réponse à ta question. » C'étaient les derniers mots de Neela. « La Terre tourne. La Terre tourne autour du Soleil. »

18

De loin, les cheveux du gamin étaient encore dorés, même si ceux qui poussaient en dessous étaient plus foncés. Quand viendrait bientôt l'anniversaire de ses quatre ans, les cheveux blonds auraient presque tous disparu. Le soleil brillait quand Asmaan dévala furieusement sur son tricycle une allée en fleurs du Heath.

« Regarde-moi ! cria-t-il. Je vais vraiment vite ! »

Il avait grandi, et sa diction était beaucoup plus distincte, mais il était encore vêtu de l'éclat de l'enfance, la plus brillante des parures. Sa mère courait à sa hauteur, ses longs cheveux enroulés et glissés sous un large chapeau de paille. C'était une magnifique journée d'avril, au plus fort de l'épidémie de fièvre aphteuse. Le gouvernement était à la fois en tête des sondages et impopulaire, et le Premier ministre, Tony Ozymandias, paraissait choqué par ce paradoxe : quoi, vous ne nous aimez pas ? Mais, les gars, c'est *nous* qui sommes les gentils ! Eh-oh, tout le monde : c'est moi ! Malik Solanka, un voyageur venu d'un pays ancien, tout en regardant son fils depuis un bosquet de chênes, laissa un labrador noir le renifler. Le chien s'éloigna, ayant compris que Solanka ne convenait pas à ses desseins. Le chien avait raison. Il y avait peu de desseins pour lesquels Solanka pensait convenir en ce moment. *Il ne reste plus rien.*

Morgen Franz ne courait pas. Le jogging, ça ne le branchait pas. Avec l'air ravi du myope, l'éditeur descendait d'un pas tranquille la pente en direction de la femme et de l'enfant qui attendaient.

« Tu as vu ça, Morgen ? J'ai bien roulé, hein ? Papa serait content, non ? »

La tendance d'Asmaan à parler à tue-tête permit à ses paroles d'atteindre la cachette de Solanka. La réponse de Franz fut inaudible, mais Malik aurait pu facilement écrire sa réplique : « Champion, Asmaan ! Vraiment impec ! » Les vieilles conneries hippies. Le garçonnet fronça les sourcils.

« Mais papa il dirait quoi ? »

Solanka éprouva une petite poussée de fierté paternelle. Un point pour toi, mon garçon. Tu rappelles à cet hypocrite bouddhiste qui est qui.

Le Heath d'Asmaan — ou du moins Kenwood — était parsemé d'arbres magiques. Un chêne gigantesque abattu, dont les racines à l'air se tordaient, était un coin enchanté. Un autre arbre avec un trou à la base du tronc abritait des créatures de contes de fées, avec lesquelles Asmaan entretenait des dialogues rituels chaque fois qu'il passait devant. Un troisième arbre était la demeure de Winnie l'Ourson. Plus près de Kenwood House, il y avait d'épais massifs de rhododendrons dans lesquels vivaient des sorcières et où des brindilles tombées devenaient des baguettes magiques. La sculpture de Hepworth était un lieu sacré, et les mots « Barbara Hepworth » faisaient partie du vocabulaire d'Asmaan depuis toujours. Solanka connaissait l'itinéraire qu'allait emprunter Eleanor, il savait également comment suivre le petit groupe sans se faire remarquer. Il n'était pas sûr d'être prêt à se faire remarquer, n'était pas certain d'être prêt pour cette nouvelle vie. Asmaan demanda à ce qu'on le porte pendant le reste du trajet, car il ne voulait pas monter la pente en tricycle. C'était une vieille paresse, installée par l'habitude. Eleanor avait des problèmes de dos, aussi Morgen percha-t-il le gamin sur ses épaules. Ce privilège était d'ordinaire réservé à Solanka.

« Je peux monter sur mes épaules, papa ?

— *Tes* épaules, Asmaan. Dis : “tes épaules”.

— Mes épaules. »

C'est là tout ce que j'aime sur cette terre, pensa Solanka. Je vais me contenter de le regarder un moment. Je vais veiller sur lui à distance.

Une fois de plus il s'était retiré du monde. Même consulter sa messagerie lui était pénible. Mila s'était mariée, Eleanor laissait des messages tristes et coincés qui parlaient d'avocats. Le divorce était sur le point d'être prononcé. Les journées de Solanka commençaient, se poursuivaient, s'achevaient. Il avait renoncé à son appartement new-yorkais et pris une suite au Claridge.

La plupart du temps, il ne quittait sa chambre que pour laisser les femmes de ménage faire leur travail. Il n'appelait pas les amis, ne passait aucun coup de fil professionnel, n'achetait pas le journal. Se retirant tôt, il restait les yeux grands ouverts et le corps raide dans son lit confortable, à écouter les bruits de la lointaine fureur, où il essayait d'entendre la voix étouffée de Neela. À Noël et au jour de l'An, il se fit monter à dîner et regarda bêtement la télévision. Cette expédition en taxi dans le nord de Londres était sa première véritable sortie depuis des mois. Il n'était même pas certain de voir l'enfant, mais Asmaan et Eleanor étaient des créatures d'habitudes, et leurs déplacements étaient relativement aisés à prévoir.

C'était un week-end de vacances, et il y avait une fête foraine sur le Heath. Avant de rentrer à la maison de Willow Road — elle allait être mise en vente d'un jour à l'autre, maintenant —, Asmaan, Eleanor et Morgen se promenèrent au milieu des manèges et des baraques de foire. Asmaan se rapprochait sensiblement de Franz, remarqua Solanka : il riait avec lui, lui posait des questions, sa main disparaissant dans le gros poing aux jointures poilues d'Oncle Morg. Ils montèrent ensemble dans une auto-tamponneuse pendant qu'Eleanor prenait des photos. Quand Asmaan posa sa tête contre le blouson de Morgen, quelque chose se brisa dans le cœur de Malik Solanka.

Eleanor le vit. Il se tenait près d'un jeu de massacre et elle le fixa en se raidissant. Puis elle secoua la tête avec véhémence, et ses lèvres articulèrent en silence mais très nettement le mot *Non*. Non, ce n'était pas le bon moment ; après tout ce temps ce serait un trop grand choc pour l'enfant. *Appelle-moi*, articula-t-elle. Avant toute réunion, ils devaient discuter comment, quand, où, et ce qu'il faudrait dire à Asmaan. Le petit bonhomme avait besoin d'être préparé. C'était la réaction qu'avait prévue Solanka. Il se détourna et aperçut le château gonflable. Il était d'un bleu vif, d'un bleu d'iris, avec un escalier rebondissant sur le côté. On grimpait les marches jusqu'à un parapet gonflable, on glissait et dévalait une pente large et élastique, puis on rebondissait à cœur joie. Malik Solanka acheta un billet et ôta ses souliers.

« Un instant ! s'écria l'énorme femme du stand. C'est réservé aux enfants. Les adultes n'ont pas le droit ! »

Mais il fut plus rapide qu'elle, et, avec son long manteau en cuir flottant dans la brise, il sauta sur les marches tremblotantes, laissant des enfants étonnés patouiller dans son sillage, et, parvenu en haut des escaliers, dominant la fête foraine sur le parapet bancal, il se mit à sauter et crier de toutes ses forces. Le bruit qui jaillit de sa gorge était épouvantable, formidable, c'était un rugissement monté des Enfers, le cri des tourmentés et des damnés. Mais ses sauts étaient grandioses ; et il n'avait pas l'intention d'arrêter de sauter ou de renoncer à crier tant que le petit garçon ne le regarderait pas, tant qu'Asmaan ne l'entendrait pas en dépit de l'énorme femme et de la foule qui se formait et de la mère qui articulait des messages muets et de l'homme qui tenait la main du garçon, il continuerait jusqu'à ce qu'Asmaan se tourne et voie son père tout là-haut, son seul et unique père s'élever dans les airs, dans les cieux, *asmaan*, ramassant tout son amour perdu et le propulsant tout là-haut dans le ciel telle une blanche colombe sortie de sa manche. Son seul et véritable père qui prenait son envol comme un oiseau, pour s'en aller vivre sous la grande voûte bleue du seul ciel en lequel il avait jamais pu croire.

« Regarde-moi ! s'égosilla le professeur Malik Solanka, et les pans de son manteau en cuir battaient comme des ailes. Regarde-moi, Asmaan ! Je saute super bien ! Je saute de plus en plus haut ! »

Cet ouvrage a été composé par
Nord Compo (Villeneuve-d'Ascq)

Impression réalisée sur Presse Offset par

BRODARD & TAUPIN

GROUPE CPI

17985 – La Flèche (Sarthe), le 02-04-2003
Dépôt légal : avril 2003

POCKET – 12, avenue d'Italie - 75627 Paris cedex 13
Tél. : 01.44.16.05.00

Imprimé en France